KB117660

최후의 만찬

제9회
혼불문학상
수상작

서철원 장편소설

최후의 만찬

다선
책방

읽기 전 읽기.

- 이 소설은 오직 소설로만 읽히길 바란다.

- 소설은 과거 실존들의 삶을 따라 이어지던 각양의 소리와 색채와 이념과 신앙과 생의 신비를 들려준다. 그 속에 나라를 지탱해온 실존들의 눈물과 끈기와 믿음이 있다.

- 가상의 인물들이 서사의 축을 이어가는 면이 적지 않다. 인물 저마다 짧은 내력 속에 긴 사연을 담은 까닭은 지나온 시대의 정치적 불온과 그것을 타파하던 휴머니티 정신이 말해준다.

- 시간의 층위마다 건설된 역사적 고증은 여러 문헌을 활용하였다. 참고한 문헌은 소설 끝나는 지점에 정리해 둔다.

- 프롤로그는 〈읽기 전 읽기〉로 대신한다.

당신들의 삶을 추억하는 것만으로……

3부 세상의 향기

에필로그 기억의 끝 · 424

1부

죽은 자의 권리

애끓지 마라.
너무 간절한 것은 절망에 지나지 않음을.

신해의 가을

신해년辛亥年, 1791 시월.

승암산을 타고 내려온 바람은 시리고 매웠다. 오목대를 지나면서 바람은 두 패로 갈리었다. 전주천을 거슬러 초록바위로 향한 바람은 천주天主에 얽힌 결박과 소란을 품고 서문 가까이 불어갔다. 한 떼의 바람은 향교 앞에서 맴돌았다. 담장 너머 한림들의 발걸음은 멀고 가늘게 들렸다. 유생들의 글 읽는 소리가 일찍 깨어난 할미와 할아비의 어깨를 두드리며 밀려갔다.

향교를 지나쳐온 바람의 대오는 경기전 문턱을 딛고 솟아올랐다. 바람이 풍남문 성벽에 꽂혀 들 때, 인파 속으로 흩어지는 햇살은 뚜렷했다. 가을 전어 떼보다 빠르게 몰려든 무리 속에 한림들이 갓끈을 죄었다.

한림들의 표정은 차갑고 냉랭했다. 유생들의 표정은 읽히지 않았다. 새 울음이 들려올 때, 포승을 받은 자가 무거운 나무칼을 메고 고개를 치켜들었다. 잘린 상투 위로 헝클어진 둥지가 보였다. 그자의 목에서 들려온 것은 절규가 아니라 생존의 절박함이었다. 신해의 가을, 그자의 이름은 윤지충尹持忠이었다.

"조선은 자유의 나라이오. 신체와 신앙과 마음이 자유로운 나라에서 죽은 자의 미덕을 마음으로 섬길 수 있다면 그 또한 조선을 긍정하는 것이 아니겠소?"

윤지충은 묶인 사지로 끓는 목소리를 냈다. 그의 목에서 검고 단단한 뒤주에 갇히던 이선李愃의 비명이 들려왔다. 그 너머 파란 서슬로 찰랑이는 시류가 보였다. 얼어붙은 시대의 층간마다 사라지고 죽어가던 냉대가 뚜렷이 보였다.

조정에서 내려온 사헌부 감찰어사 최무영이 윤지충의 말을 잘랐다.

"조선의 기강을 허물고 나라의 근본을 엎었다. 죄가 하늘을 찌른다. 아느냐?"

최무영은 오직 사학죄인邪學罪人 한 가지만 다스리기 위해 내려왔다. 보름 동안 전라감영에 묵으면서 지나간 날을 앞날에 보태지 않았고, 앞날을 눈에 당겨 어제처럼 바라보지도 않았다. 최무영은 과묵하고 조용한 관료였다.

엊그제 올라온 윤지충과 권상연權尙然에 대한 마대별장馬隊別將의 보고는 간결했다. 한 줌도 되지 않은 별장의 목소리가 머릿속에 울렸다.

    …조상의 신주를 불태우고 가계를 허물었나이다.

조상의 신주를 불태운 사실만으로 별장은 윤지충과 권상연을 죄인으로 몰아갔다. 그것만으로 논리가 부족했는지 제사를 갈아엎은 죄를 덧씌워 울먹였다.

    …기일에 맞춰 올려야 할 제사를 망각하고 십자가를 집 안에 들였나이다. 그 십자가를 아비보다 높고 임금보다 거룩하다 여겼나이다.

12

마대별장의 울먹임은 단순하고 솔직했다. 갈아엎은 제사보다 윤지충과 권상연의 안방 높이 걸린 십자가에 초점이 맞춰져 있었다. 그 한없는 단순성이 칼처럼 뻗어나가 한곳을 가리킬 때 최무영은 붉고 캄캄한 앞날을 예감했다.

가릴 수 없는 감정은 깎아지른 벼랑 끝에서 서로 밀거나 당기느라 여념이 없어 보였다. 유교의 첫째가 충과 효라고 하였으니 나고 자라며 깃드는 곳에서 자유롭기는 동등하고 우열이 없어야 했으나 현실은 가릴 수 없는 감정을 앞세워 밀려왔다. 유교를 망각한 이유만으로, 벼랑 끝으로 떠밀려간 죄상은 멀고 아득해 보였다.

윤지충과 권상연을 옭아맬 죄상은 분명하지 않았으나 마대별장의 입을 타고 온 기도문만으로 과거는 보였다. 기도로 임하는 윤지충과 권상연의 삶이 얼마가 됐든 거센 피바람 앞에 모두는 헛것처럼 보였다.

신앙은 개인사일 뿐이며 나라의 이념과 사상 앞에 불화해도 치죄할 명분은 어디에도 없었다. 다만 조상의 제사를 거부하고 신주를 태운 데는 할 말이 많을 것 같았다. 변명이 아닌, 뚜렷한 마음으로 채워진 윤지충의 충과 권상연의 효만은 언제든 돌이킬 수 있을 것 같았다. 스스로 낮추고 반성할 일임에도 일을 너무 크게 벌이는 건 아닌지, 최무영의 머리는 부정에 부정이 뒤섞여 끓어올랐다.

문제는 조정이 나설 일이 아니었다. 나선들 회유와 억압보다 스스로 돌이킬 기회를 주는 것이 옳은 처사였다. 호들갑스레 형조刑曹가 나서서 진상을 가려내고 감찰어사를 띄워 다그칠수록 거칠어질 것도 최무영은 내다봤다.

국문鞠問은 순조롭지 않았다. 손톱이 끊어지는 고통을 주어도 충과 효는 나라와 조상이 물려준 것이 아닌 오직 천주의 명령이라고, 윤지충과 권상연은 말했다. 뼈가 부서지는 고문을 가해도 사람의 근본은 변하지 않으며, 육신은 삶을 운송하는 수단에 불과할 뿐 죽은 뒤에라야 복을 나누는 일은 영혼의 문제라고 말했다.

그 말이 어디까지 밀려갈지 알 수 없으나 최무영의 마음은 몹시 흔들렸다. 윤지충의 천주관이 세상을 뒤엎을 것이라는 조정의 판단이 옳은지 다시 생각해 봐야할 것 같았다. 권상연의 창조관이 세상을 노랗게 물들일 것이라는 조정의 예감을 어디까지 밀어붙여야 할지 그마저 알 수 없었다.

권상연이 고개를 치켜들었다. 사람들 사이에 욕지거리가 들려왔다. 누구를 향한 욕설인지 알 수 없으나 권상연은 개의치 않고 목을 높였다. 깨진 머리통에서 피가 흘러내렸고, 흰자위를 덮은 핏발은 뚜렷했다.

"나라의 근본이 무어란 말이오? 죽은 사람을 섬기고 죽은 사람과 더불어 사는 것이 나라의 근본이란 말이오? 사람은 살아 있기 때문에 사람이오. 사람답게 살도록 돕는 게 나라의 근본이지 않소?"

권상연은 오래전 한 줌 흙으로 돌아간 권근을 생각했다. 할아비의 핏줄로 살 자신은 있어도 죽은 할아비에게 음식을 바치고 제사를 모시는 일만큼은 할 수 없을 것 같았다. 할아비의 이름을 기억할 수는 있어도 평생 신주를 보듬고 조상의 그늘 아래 살 수는 없을 것 같았다.

혈맥을 끊고 헛것을 좇는 윤지충의 마음이 보였다. 그 마음은 가혹한 문초 앞에 조금도 부서지지 않았다. 단호한 마음이 나라를 향하고 조상을 향했다면 헛것을 좇는 일은 일어나지 않았을 것이다. 안타까웠다. 죽은 자로부터 속박을 풀어가는 것은 산 자의 자유가 아니라 죽은 자의 권리를 존중한 것이라고, 최무영은 생각했다. 최무영의 입에서 탁한 목소리가 들렸다.

"죽은 조상에 대한 후손의 의무는 간곡한 인정을 바탕으로 하지 않더냐? 이것은 죽은 자에 대한 예의를 말하는 게 아니다. 죽은 자의 권리를 말하는 것도 아니다. 제사를 뒤엎고 신주를 불사르는 것은 조상을 업신여긴 불효이고, 조상이 살다 간 나라에 해악이 되기 때문에 중하다."

최무영의 목에서 윤지충의 죄상이 보였다. 윤지충의 죄상은 어디로부터 누구에 의해 기획된 것인지 알 수 없으나 비켜갈 수 없다는 것을 알았다. 어느 나라에서 건너온 어떤 무게의 죄형인지 보이지 않았으나 헤어날 수 없다는 것도 알았다. 최무영에겐 가까운 나라가 윤지충에겐 아득히 멀어 보였다. 윤지충의 나라는 어디에서 시작되며 어디로 이어질지 물은들 답할 것 같지 않았다.

최무영이 젖은 눈으로 윤지충을 내려 봤다. 눈두덩이 부어 있었다. 권상연의 콧날은 깊은 인상을 보였다. 눈썹이 가늘게 떨렸고, 눈 속에 완강한 바람이 불어갔다.

"눈먼 자들이 세운 허상을 가까이 할 수 없소. 열린 귀로 먼 곳의 복음福音을 들을 때 참된 삶을 살아갈 수 있는 것이라고 하였소."

"삿된 소리로 가르치지 마라. 열린 입이라고 죄다 쏟아낼 작정이냐?"

　최무영은 권상연의 입에 오르내리는 복음의 실체를 알 수 없었다. 전
라감영에서 국문을 내릴 때, 증거물로 압수된 『천주실의天主實義』와 『칠
극七克』만으로 윤지충과 권상연의 죄목을 묻기엔 부족한 것을 알았다.

　마테오 리치[利瑪竇]에 의해 전파된 『천주실의』에는 삼라한 만상이
천주를 향하고 있다고 했다. 서양의 스콜라 철학을 바탕으로 선진공
맹先秦孔孟의 고전을 융화한 교리는 천주의 사상과 철학을 옹호하며 귀
에 박혀 들었다.

　들려온 말 속에 『천주실의』와 『칠극』이 품은 서학의 결정은 학문
이상 넘치지 않았다. 학문이 자유로운 나라에서 천주의 실체를 논하
고 일곱 가지 선을 지향하는 도리는 저마다 삶에 흩어져도 무방해 보
였다.

　『천주실의』와 『칠극』의 교리에서 이단을 찾을 수 없으나 조정이 내
린 결정은 단호했다. 조상을 부정하고 제사를 엎었으며 신주를 불사
른 죄목만으로 서학을 이단으로 규정했다. 이단의 본보기를 사람들
앞에서 보여주어야 하며, 완산벌의 정서를 다독이고 나라의 기강을
바로 세워야 한다는 유생들의 결의는 단단하고 서늘했다. 조정은 유
교의 단절을 염려했고, 서학의 융화를 두려워했다. 정교를 무릅쓰고
이단을 허무는 데는 그만한 이유와 까닭과 사연이 있으며, 사적 신앙
보다 국가의 존엄이 우선한다는 사직의 결정은 날카롭고 집요했다.

　권상연의 눈은 조정의 결단을 뚫고 난해한 바다를 바라봤다. 바다
위에서 목청은 흔들림 없이 굵고 맑았다.

"오래전 동짓달 눈 내리는 날 이 몸은 언약했소. 예배당 안쪽에 낡은 나무 십자가를 걸고 거짓된 허물이 벗겨지길 바랐고, 그로부터 진실한 인간이길 바랐소. 참된 인간의 믿음으로 구원받고자 함은 차별 없는 자유의 땅에서 나와 가족을 구원의 길로 안내하려 함이오. 나는 보았으므로, 신의 오른편에 서서 스스로 구원하길 바랐을 뿐이오."

권상연의 목소리는 수많은 설교와 기도로 단련된 듯이 들렸다. 구원의 길과 죽음의 길이 한곳에서 합쳐지는 이유를 알 수 없으나 목숨을 걸고 걸어가는 권상연의 길은 무모하고 위험해 보였다. 그 길이 살아서는 나갈 수 없는 길임에도 권상연은 나라의 구원과 죽음이 한곳에서 만나길 언약한 것 같았다.

최무영이 한숨 쉬었다. 긴 한숨 끝에 윤지충의 눈빛이 보였다. 윤지충은 권상연과 다를 것이라 생각했다. 윤지충은 계묘년癸卯年, 1783 늦가을 천주에 입문했다. 정약전을 대부로 삼고 3년 동안 『천주실의』와 『칠극』을 공부했다. 홀로 깨칠 수 없는 천주의 길을 윤지충은 이승훈의 도움을 받았다. 윤지충은 스스로 태생을 부정하고 혈맥을 허물며 서학에 발을 디뎠다. 그해 윤지충은 이승훈으로부터 바오로라는 세례명을 받았다.

전라도 진산珍山, 현 충남 금산으로 돌아온 윤지충은 사당을 허물고 예배당을 세운 뒤 고종사촌 권상연을 불러들였다. 윤지충은 서학의 뿌리와 기둥을 권상연에게 들려주었다. 권상연은 윤지충의 말을 믿지 않았다. 믿음이 좁아서가 아니라 세상천지 가도 가도 끝없는 속박을 해방시키는 일은 무엇으로도 만날 수 없고 어디에서도 찾아낼 수 없다는 것을 알기 때문이었다.

실사구시를 중히 여긴 권상연은 윤지충의 허물을 숨김없이 바라봤다. 그의 눈은 거짓을 담고 있지 않았다. 그 하나로 실증할 순 없으나 권상연의 마음을 흔들기에는 충분했다. 권상연은 앞날의 모호함을 권력의 부패와 모순된 현실의 개혁에서 찾았다. 언제까지 이어질지 모를 비선과 실세들의 앞날은 흔해 보였으나 그 세상은 캄캄하기만 했다. 시간이 얼마 없다는 것을 알았을 때, 윤지충이 내민 손은 너무나 따스해 보였다. 권상연은 윤지충의 손을 놓을 수 없었다.

새벽 무렵 예배당 한곳에 호롱을 밝히고 기도를 올리는 윤지충의 모습은 차분했다. 윤지충의 머리 위에 떠오른 둥근 빛을 본 것은 착시였거나 환각이었을 것이다. 새벽 달빛이 그려낸 윤지충의 모습은 바람에 기우는 헛것이었음에도 권상연의 마음을 몹시 흔들었다. 권상연은 저도 모르게 손을 모았다. 누구를 향한 기도인지 알 수 없으나 마음은 어느새 높은 곳을 바라봤다.

목을 타고 올라온 부르짖음은 낮고 고요했다.

마리아여…….

은행나무

오목대 위로 달이 떠올랐다.

기린봉을 지나쳐온 달의 행로는 느리고 가늘었다. 달 속에 살던 두 마리 토끼는 보이지 않았다. 천주와 무관한 존재들이 하루 사이 방아를 쉬고 달이 사라지든 말든 십자가를 쥐고 어디론가 숨어든 모양이었다.

토끼 녀석들이 밤이면 계수나무 아래에서 긴 방아를 찧는다는 이야기는 조선 천지 어디든 돌았다. 풍성한 말로 세상을 내려 보던 녀석들은 윤지충과 권상연이 목에 칼을 건 날엔 아무 소리가 없었다.

윤지충은 보풀 같은 삶을 생각했고, 권상연은 거룩한 죽음을 예감했다. 스스로 높은 곳을 바라보며 죽어질 수 있다면 무덤 속 조상과 생때같은 가족을 걸 수 있을 것 같았다. 죽은 조상을 데려갈 수는 없어도 생을 나눈 가족만큼은 함께 갈 수 있을 것 같았다. 구원의 길을 선택하면 천주의 오른편에 서서 세상을 지날 수 있을 것 같았다.

권상연의 입문은 윤지충이 내민 책과 설교가 아닌 스스로 정한 순수였다. 천주의 세상은 새로웠으나 그 세상을 기다려온 것은 아니었다. 기다리지 않아도 밀려올 세상은 어딘가 기다리고 있을 것인데, 세상은 때가 되어도 바뀌거나 새롭게 열릴 기미가 없었다.

권상연은 윤지충의 믿음을 의심하지 않았다. 믿음은 실체를 바라보

는 데 있지 않고 스스로 실체가 될 때 왔다. 그곳은 나라이거나 마음
이었다. 그곳은 마음먹기에 따라 달라졌는데, 땅에 열려 있었고, 십자
가에도 맺혀 있었다. 권상연이 눈을 감았다. 감긴 눈 속에 마른벼락이
뻗어왔다. 벽오동에 박혀드는 천둥소리가 들렸다.

풍남문을 에워싼 바람은 산악처럼 높고 두터웠다. 사람들은 긴 바
람으로 밀려와 물러갈 줄 몰랐다. 유건을 쓴 자들이 목청을 높였고,
섬섬한 선비와 치장한 아낙들이 매운 눈으로 윤지충과 권상연을 바라
봤다.
　바람은 어디에서 시작되고 어디로 불어 가는지 알 수 없었다. 김제
지평선 너머 완산벌 복판을 뚫고 지나는 바람의 산맥은 최악이었다.
멀리에서 환청 같은 기도문 소리가 들려왔다. 낮은 절규와 묵송의 기
도가 풍남문에 부딪혀 내릴 때, 밤을 넘기지 않고 끝날 것도 알았다.
정읍과 김제에서도 사람들이 밀려들었다. 부안, 고창에서도 사람들이
몰려왔다. 삼례에서 낫과 곡괭이를 든 자들이 밀려왔으나 그뿐이었다.
　최무영은 입이 타들어가는 것을 느꼈다. 무엇이든 결정해야 하는
데, 윤지충과 권상연의 죄상은 안개처럼 가물거릴 뿐이었다. 최무영
이 거칠게 뱉었다.
　"무엄하다. 나라의 존엄이 엄연한데, 어찌 공상으로 나라를 들끓게
하는가? 본래 자유는 넓지 않고 높지 않다. 정해진 곳에서 헤엄치는
것이 물고기의 자유이며 정해진 울타리 안에서 뛰어다니는 것이 백성
의 자유이다. 넘어서지 말고 넘치지 않아야 하는 게 나라가 정한 자유
의 값어치다."

최무영의 말 속에 자유는 흔한 보풀처럼 들렸다. 나라가 정한 자유는 작고 보잘것없었다. 그 안에서 누리고 만끽해야 할 자유는 좁고 가늘어 보였다. 닭장 안에 틀어박힌 자유는 있으나마나했다. 고작 한 줌에 지나지 않을 자유를 백성은 원한 적이 없었다. 그 자유조차 자유롭지 않은 세상에서 머리에 십자가를 심은들 소용없었다. 자유는 목마른 자에겐 한없는 기다림으로 왔으나 권세 아래 눌리고 뭉개지는 동안 형체를 알아볼 수 없었다.

최무영은 판결을 앞두고 망설였다. 조정에서 내린 명은 단호했다. 명을 어기면 전라감영이 위태로울 것이고, 명을 집행하면 윤지충과 권상연은 살아남을 수 없었다. 윤지충이 허리를 세우고 올려봤다. 나무칼이 목을 죄어오는지 질끈 눈을 감았다 떴다. 윤지충이 높지 않은 소리로 말했다.

"욕되게 살고 싶지 않소. 부끄럽지 않게 갈 것이오. 오늘 이 자리가 천주의 본보기가 된다면 그 또한 복음으로 알 것이오. 무겁게 보내주면 돌덩이처럼 가리다."

윤지충은 십자가를 걸고 저승길을 생각하는 것 같았다. 십자가를 쥐고 흰 포를 덮어쓴 나라를 떠올리는 것 같았다. 최무영의 가슴을 눌러오는 압박은 돌덩이가 아니라 바위였다. 누구의 백성이든 그 백성의 죽음은 암반 같은 것, 조선이 짊어진 이상은 죽음이 아니라 삶에 있음에도 윤지충은 돌덩이처럼 죽기를 원했다. 삶의 무거움을 끌어안는 윤지충의 죽음은 자유가 될지 몰랐다. 윤지충의 결단을 이해할 수 없었다. 최무영의 머릿속에 떠오른 죽음은 순교, 그 이상 생각나지 않았다.

"사학죄인들은 그토록 죽음이 가벼운가? 모두를 버리고 가야 할 만큼 삶이 무거운가? 죽은 조상을 위해 음식을 만들어 봉양하는 것이 그토록 비논리란 말인가?"

윤지충이 대꾸했다. 목에서 단단한 대추 씨로 결속된 묵주가 보였다.

"예부터 잠든 동안에도 음식은 드리지 않는다 했소. 하물며 죽음의 긴 잠에 든 조상에게 음식을 올리는 것은 허례이며 가식일 뿐이지 않겠소."

최무영은 윤지충의 단호함이 마음에 들었다. 무엇이 윤지충의 신앙을 원대하게 이끄는지 이해할 수 없었다. 십자가를 지고 가파른 언덕을 오르는 윤지충의 고통이 보였다. 그 고통을 대신할 수 있다면, 그럴 수 없음에도 최무영의 어깨를 누르는 통증은 허상이 아닌 정밀한 실사로 왔다. 저녁이면 깨알처럼 흩어지던 서학인의 기도가 들려왔고, 그 너머 십자가를 품은 기도문이 솔바람 속에 밀려왔다.

최무영은 대꾸하지 않았다. 고른 숨을 내쉬는 최무영의 얼굴에서 죄인을 추문하는 관료의 모습은 사라지고 새벽 기도문을 읽는 서학인의 평온이 보였다. 최무영의 마음 한곳에 불어가는 회오리가 윤지충의 눈에 보였다. 보았으므로 윤지충은 알았다. 자신과 같은 갈증을 느끼는 것이라고.

윤지충의 마음을 읽었는지 최무영이 물그릇을 건넸다. 최무영의 손은 깨끗했다. 손톱은 정갈하게 다듬어져 있었다. 손톱 아래 흰 초승달이 어른거렸는데, 자신의 것과 닮아 있었다. 윤지충이 맑은 눈으로 물그릇을 바라봤다. 마시지는 않았다. 윤지충의 머리에 물을 붓자 머리칼을 타고 물이 떨어졌다. 윤지충은 소리 없이 입술을 축였다. 권상연에게도 물그릇을 내밀었다. 권상연은 받아 마셨다. 윤지충이 고개를 끄덕였다.

전라감사가 판결을 서둘렀다. 사악한 무리의 말을 더 들어서 좋을 것이 없다는 취지였다. 형조에서 윤지충과 권상연의 죄상을 놓고 고심했다. 죄목에 해당하는 법조문이 없어 설전을 거듭했다. 신주를 불사른 것은 무덤을 파헤친 발총죄發塚罪로 묶을 수밖에 없었다. 조정은 조상의 이름을 새긴 위패와 조상이 묻힌 무덤이 한 가지로 해석되길 바랐다. 원전 없는 죄상은 헛것과 다르지 않았으나 조정은 극형 아래 죄상이 논해지길 원했다.

최무영이 고개를 가로저었다. 반역하지 않은 이상 살려주어야 하는데, 참형을 내린 조정의 뜻에 항명할 수 없는 현실이 안타까웠다. 최무영은 윤지충과 권상연에게 씌울 형률을 떠올리며 망설였다. 미룰수록 모두에게 불리했다. 더 많은 서학인의 형률을 조정은 원하고 있으므로, 윤지충과 권상연만으로 끝나주면 다행이었다.

최무영은 불편한 마음을 가누지 못했다. 최무영의 목에서 젖은 소리가 들렸다.

"신앙으로 일으킨 마음이 아무리 깊은들 나라의 근본을 흔드는 것까지 어찌 모른 체 버려둔단 말이냐? 가더라도 알고 가야 한다. 이것이 조정의 뜻이다."

윤지충은 대꾸하지 않았다. 권상연은 입을 다물었다. 윤지충의 눈두덩에 물줄기가 보였다. 권상연의 얼굴은 울먹임 없이 차분했다. 권상연은 스스로 정한 자리에 올라 죽어가길 원했다. 삶의 무거움을 버리고 가벼운 죽음으로 인도하는 천주의 길을 권상연은 택했다. 삶이 덧없진 않았다. 가혹한 것도 알았다. 살아 있는 동안 스스로를 거룩하게 하고 가족을 구원의 길로 안내하리란 믿음이 죽은 뒤에라도 남아 있으면 다행이었다.

조선의 땅에서 이름 모를 땅으로 유배된 윤지충의 영혼은 언젠가 돌아올 날을 기약했다. 망언의 땅에서 불멸의 기슭을 향하는 권상연의 길은 윤지충과 함께 유배의 속박에서 헤어나 구원의 길로 향했다.

저녁나절, 오목대에서 전라감영 요직들의 회식이 열렸다. 달은 희고 고요했다. 승암산 꼭대기에서 내려온 바람이 계곡을 돌아 이목대에서 놀았다. 능선을 따라 피어난 꽃들이 낮 동안 피워 올린 향기를 머금고 오목대로 불어갔다. 바람이 관기들의 치맛자락을 파고들 무렵 기린봉은 노피곰 달을 토했다. 신해년 가을의 달은 크고 적막했다.

윤지충의 나이는 오래전 골고다 언덕에서 십자가를 짊어진 예수와 같았다. 윤지충으로부터 야고보라는 세례명을 받은 권상연의 나이는 마흔하나였다. 나이는 숫자를 넘어 허기와 믿음으로 밀려왔다. 태생을 감춘 바람이 짙푸른 지평선을 이끌어 왔고, 그 너머 가파른 세상이 보였다.

바람이 풍남문에서 시작되어 서문으로 불어 가는지, 북문을 떠나 동문으로 밀려가는지 알 수 없었다. 짐작할 수 없는 바람은 늘 예감 속에 돌았다. 시작과 끝을 알 수 없는 바람은 무게가 없는 무엇이든 실어 날랐는데, 이따금 경기전 앞을 지나던 선비의 향낭香囊을 흔들어 은행나무 아래 두 선비의 피맺힌 자리까지 향기를 실어 왔다.

용의 눈물

피맺힌 자리 위로 풀이 돋고, 바람은 날마다 자글거렸다. 바람 부는 풀숲 위로 노을이 스미면 연기 같은 영혼들이 초가지붕 너머까지 지평선을 끌고 왔다.

엊그제 몸을 버린 영혼들이 붉은 석조夕照 위로 불어가면 느릅나무 언덕에서 피리 소리가 들렸다. 저문 뒤 세상은 지평선 너머 어디론가 흘러갔는데, 새벽이 되어서야 허기진 배를 끌고 돌아왔다.

아침 해가 잠든 세상을 소환하면 빛이 하루를 이어갔다. 저녁때 달빛 너머로 소멸하는 세상이 보였다. 무수한 떠오름과 하염없는 소멸의 시간이 이어져갔고, 죽은 자와 산 자가 서로를 바라보며 울먹여도 임금의 운신은 끊이지 않았다.

임금은 말이 없었다. 윤지충과 권상연이 죽은 까닭을 누구에게도 묻지 않았다. 임금의 눈물을 대신들은 깊이 함구했다. 실꽉한 울음이 성균관 유생들의 입에서 입으로 전해지거나 규장각 각신들의 귀에서 귀로 번져갔어도 그뿐이었다. 팔도로 밀려가진 않았으나 남산 아래 장터까지 임금의 울음은 밀려갔다.

울음 하나로 임금은 많은 것을 떠나보냈으나 윤지충과 권상연의 죽음만큼은 쉽게 떼어 놓을 수 없었다. 허무로 돌아간 자들의 기도가 울음소리에 묻혀 들리지 않기를 바랐으나 울먹임 속에 생이 부박하고 죽음이 간절한 자들의 허기는 쉬이 물러가지 않았다.

전라감영에서 올라온 최무영의 보고는 간결하게 들렸다.

"전라도 진산에서 끌려온 선비 둘을 전주 풍남문 앞에서 모두가 지켜보는 가운데 참형을 내렸사옵니다."

짧은 말 속에 나라의 고초가 보였다. 그림자를 지운 최무영의 음색 아래 임금이 짊어져야 할 고락이 보였다. 최무영을 내려 봤다. 사헌부 감찰어사의 눈은 총명하고 다부져 보였다. 최무영의 말 속에 쉽지 않았을 형륙이 보였다. 임금이 말했다.

"근자에 들려온 소리 가운데 가장 피곤하다. 기어이 형륙을 내려 피를 보고 말았다니 더 물어 어쩌겠느냐? 최선이 아니었으니 최악이었을 것이다."

"조정의 뜻이 단호했사옵니다."

최무영의 목소리는 우울하게 들렸다. 임금의 뜻과 무관한 조정의 뜻은 생각보다 가까이 있었다. 임금은 사헌부 감찰어사의 말 속에 자신을 향해 옥죄어 오는 노론의 뜻을 직감했다. 공서파攻西派를 앞세워 서학인을 치죄하는 동시에 나라의 정서를 한곳으로 몰아가는 것도 알았다.

"배교자의 순교를 염려하고 조정의 형륙을 신뢰하는 건 기나긴 나라의 화평을 다지기 위함이다. 불꽃같은 죽음 속에 죽은 자와 산 자의 구분이 있으니 더 바랄 것이 없다."

순교를 바랐을 두 선비의 마음과 형륙을 내린 집행관의 마음을 모르는 바 아니었다. 순교의 그루터기 지나 살아남은 자들이 무릅쓸 신앙을 생각하면 두 선비의 참형으로 끝나길 바랐다. 조선은 유교의 나라이므로 로마 교황청에서 조선의 도덕에 질서가 될 만한 교감과 소통을 임금은 바랐다. 기율紀律의 변법辨法에 의해 조상의 제사를 금기시킨 교황청의 옳고 그름을 따지기 전에 잠정적이든 지속적이든 조상을 향해 제사를 올리는 유교의 전통을 교의적 결정이 아닌 순수의 내력으로 바라봐주길 임금은 희망했다.

일말의 교감도 없이 조상의 제사를 거부한 까닭은 열 가지도 넘겠지만, 모친상 때 신주를 버린 이유만으로 윤지충의 믿음은 유교의 정반대 지점에 놓여 있었다. 믿음의 부작용은 윤지충을 강상綱常을 범한 죄인으로 몰아가기 충분했고, 그를 옹호하고 나선 권상연의 개입은 서학을 더욱 소란하게 할 뿐이었다.

진산에서 제사를 거부하고 신주를 버렸다는 소식이 서울로 올라오는 데는 사흘도 걸리지 않았다. 공서파는 이 사건을 조선의 유교와 사회질서를 파괴하는 패륜으로 보았고, 무부무군無父無君의 불효로 보았다. 사태의 심각성을 감지한 조정은 즉각 진산군수 신사원으로 하여금 윤지충과 권상연을 체포하여 문초하도록 했다.

전라감영에 투옥돼 모진 고문을 내려도 윤지충은 조상의 제사를 놓고 진정성 없는 조상추효祖上追孝의 법도라고 떠들어댔다. 권상연은 죽은 자를 위해 올리는 제사는 명분에 지나지 않는 허례일 뿐이며, 가식에 지나지 않을 바에는 차라리 없애는 것이 옳은 처사라고, 윤지충을 옹호했다. 결국 윤지충과 권상연은 아비도 없고 임금도 없는 사교邪敎를 신봉하고 유포시켜 강상을 그르치게 하였다는 죄명으로 풍남문 앞에서 만인이 지켜보는 가운데 처형되었다.

임금은 사건이 더 이상 확대되는 것을 바라지 않았다. 남인 계통의 상신相臣 채제공을 중심으로 한 신서파信西派와 이에 반대하는 홍의호·홍낙안 등의 공서파가 사건을 부풀리고 있다는 것도 알았다. 노론 비선들이 서학의 뒤를 캐묻고 십자가와 서적을 추적하고자 공서파를 내세운 데는 서학을 지지하는 신서파를 몰아세우기 위함이란 것도 모르지 않았다. 여기에 정약현·정약전·정약종에 이어 정약용을 겨눈 탄압과 사찰을 감행하면서 임금까지 옥죄는 노론 실세들의 의중 또한 알았다.

과거를 돌이키면 여드레 동안 뒤주에 갇혀 죽은 아비가 떠올랐고, 앞날을 생각하면 또 누가 죽어갈지 알 수 없었다. 아비를 둘러싼 과거의 불온은 예나 지금이나 변함이 없었다.

멀리에서 소쩍새 울음이 들려왔다. 임금이 물었다.

"이름이 윤지충과 권상연이라고 하였느냐?"

최무영이 짧게 대답했다.

"윤지충은 이승훈으로부터 바오로란 세례명을 받았고, 윤지충은 권상연에게 야고보라는 세례명을 내렸다 하옵니다."

이름마다 뜻이 있지 싶었다. 바오로와 야고보는 어느 시대 어느 나라에서 살다간 자들인지 알 수 없으나 이름에 든 역사와 전통만큼은 지워지지 않을 것 같았다. 윤지충과 권상연이 물려받은 세례명 속에 임금과 나라가 수용할 수 없는 사연은 없을 것 같았다. 죽은 모친의 신주를 모시지 않은 이유가 나라 안에 명백해도, 그 까닭만으로 윤지충과 권상연에게 형륙을 내린 조정의 뜻은 이해되지 않았다.

신해년 가을 두 선비의 죽음을 놓고 한쪽에서는 순교로 볼 것이고,

한쪽에서는 법률에 근거한 처형이라고 볼 것인데, 앞날에 어떤 수모와 오욕으로 밀려올지 알 수 없었다.

임금이 조용히 물었다.

"끝이 어떠했느냐? 조정에서 그토록 피를 원했으니 끝이 시끄러웠을 터……."

임금의 물음 앞에 최무영은 목이 타는 것을 느꼈다. 조용했을 리 만무한 끝을 놓고 무어라 답해야 할지 최무영은 망설였다. 입술 끝에 침을 묻힌 뒤 최무영이 대꾸했다.

"윤지충의 끝은 가여웠사옵니다. 권상연의 끝은 우울했사옵니다."

"죽음을 생각하니 그럴 테지. 허나 그들만의 세상으로 갔으니 끝이라도 깨끗하고 조용하면 다행일 것이다."

"시끄럽거나 소란해도 죽음은 그것으로 끝이옵니다. 중요한 것은 끝이 조용한 죽음이 아니라 폭풍을 잠재운 서학의 끈기에 있사옵니다."

임금이 고개를 끄덕였다. 눈을 감고 폭풍 전야에 밀려드는 신체의 떨림과 나라의 전율을 생각했다. 머리에서 어깨와 가슴과 두 손과 두 다리로 이어지는 떨림은 어떻게든 감당할 것인데, 격한 소용돌이이거나 회오리로 밀려오는 나라의 전율은 그때마다 버겁고 힘겹기만 했다.

뜬 눈으로 굽어보면 폭풍은 생애 하루에 지나지 않았으나, 그 전야는 생각할수록 머리와 어깨를 무겁게 눌러왔다. 임금이 조용히 숨을 내쉬었다.

"이대로 윤지충과 권상연은 잠들지 않을 것이다. 뒤따르는 무리들이 다시 서학을 쥐고 거리를 활보할 것이고, 누군가 피를 원할 것이다.”

한강 수면을 스치는 별빛이 깨끗해도 임금의 말 속에 떨어져 내린 불안은 쉽게 사라지지 않았다. 임금의 마음이 별을 품고 소진되길 최무영은 바랐다. 최무영의 바람 속에 구원을 희망하는 자들의 길항拮抗이 보였고, 그 너머 피를 잠재울 임금의 뜻이 잠재되어 있었다.

최무영의 얼굴 위로 피곤이 떠갔다. 피곤 너머로 윤지충과 권상연을 생각하는 한 줌 고뇌가 보였다. 최무영이 어깨를 숙이며 임금의 말을 받았다.

“당분간은 조용해질 것이옵니다. 멀리 내다보며 앞날의 근심을 지우소서. 희망은 과거가 아닌 미래에 있을 것이옵니다.”

“누가 됐든 죽음은 애석하고 불온하다. 저마다 살길이 다르니 죽어가는 것도 다를 수밖에…… 염려와 근심을 품고 오늘만은 조용히 가자. 더 올릴 말은 없느냐?”

임금은 서두름 없이 말이 끝나길 바라는 듯했다. 밀려오는 울분을 저만큼 버려두고 오늘 밤만큼은 조용히 지나기를 원하는 것 같았다. 최무영이 임금을 오래 바라봤다. 망설인 끝에 은밀히 아뢰었다.

“윤지충의 집에서 그림 한 점이 눈에 띄었사옵니다. 범상치 않았사옵니다. 국법으로 묶어 압수할 수밖에 없었사옵니다.”

죽은 자의 집에서 가져온 그림에 대한 최무영의 말은 우울하면서도 특별하게 들렸다. 윤지충의 심지를 닮았을 그림은 죽음과 별개로 호기심을 끌었다. 허튼 그림이 아닌 이상 사헌부 감찰어사가 압수할 리없었다.

대답 대신 임금이 뒤를 돌아봤다. 일월오악도日月五岳圖가 눈에 들어

왔다. 흰 달과 붉은 해를 떠받치는 다섯 봉우리의 위엄은 맑고 깨끗했다. 어좌와 잘 어울리는 한 폭의 그림은 임금이 자리에 앉아 있을 때 완결에 이른다고 했다. 두 줄기 폭포가 마르지 않는 나라의 근심을 씻어내게 하고, 오를 수 없는 물살이 나라의 역사라고, 도화서 화원들은 힘주어 말하곤 했다. 붉은 해가 굽어보고 흰 달이 비추는 세상은 두 그루 소나무가 지켜주므로 외롭지 않았다.

임금이 조용히 물었다.

"흔한 그림이 아니더냐?"

"열세 사람이 한자리에 모여 있었사옵니다. 저마다 앉거나 선 채 은밀한 표정으로 식사를 즐기는 그림이었사옵니다."

"13인의 식사?"

임금이 표정 없는 얼굴로 물었다. 임금은 저녁나절 중신들과 둘러 앉아 소박하게 나누던 회식을 생각했고, 기로들의 어깨를 다독이던 연회를 생각했다. 열세 명은 버거운 숫자로 들렸다. 많아야 대여섯 명이 고작이었을 회식이거나 연회 때마다 진을 빼던 수라간 나인과 상궁을 생각하면 그마저 부담이었다.

"비 내리는 저녁이더냐?"

빗길을 뚫고 달려온 연회는 돌아가는 것도 부담이지 싶었다. 질척거리는 바닥은 걷기 불편할 것이고, 도롱이를 뚫고 스며드는 빗줄기는 생각만으로도 언짢았다.

최무영이 짧게 대답했다.

"뒤편 날씨는 맑고 개운했사옵니다."

낮이었겠구나.

임금은 말하지 않았으나 말이 품은 낮과 저녁의 차이를 최무영은 알 수 없었다. 임금은 한가한 점심 식사보다 기름지고 풍성한 저녁 만찬을 생각하는 것 같았다. 임금이 표정 없이 최무영을 바라봤다. 멀리서 부엉이가 울었다. 부엉이 울음이 들려올 때 임금의 머리에는 한 가지만 떠올랐다.

13인의 만찬.

생각 너머에서 다시 새들이 울었다. 새 울음 속에 끝이 높고 가파른 파도가 밀려오는 것을 알았다.

13인의 만찬

최무영의 입에서 나온 13인의 만찬은 쉽게 지워지지 않았다. 생각할 수 없는 것을 머리에 새겨 넣고는 최무영은 말이 없었다. 이 밤에 임금은 그림을 쥐고 무엇을 떠올릴지. 최무영을 바라보는 임금의 눈엔 추적할 수 없는 내용과 헛것 같은 무내용의 상극이 보였다.

임금은 윤지충과 권상연을 생각했고, 나머지 열한 명의 인물을 생각했다. 정약용과 세 형들이 떠올랐다. 이승훈, 이벽, 황사영, 권일신, 이존창, 김범우, 김대건, 최양업, 주문모가 떠올랐다. 열세 명은 넘을 것 같았다.

임금의 생각 속에 떠오른 인물들은 십자가를 쥐고 서로의 세상에서 고락을 다독이느라 밤이 깊어가는 줄 모르는 듯했다. 죽은 자는 죽은 대로, 산 자는 살아 있는 대로 끓는 애도와 눈물과 감정으로 서로를 보듬느라 두메산골에 철쭉꽃이 피든 말든 다른 생각이 없어 보였다.

임금이 나직이 말했다.

"열세 명의 숫자가 버거운 건 안다. 까닭만 있어준다면 열세 명이 아니라 스무 명도 만찬을 즐길 수 있는 것 아니냐?"

"하오나 조선 사람이 아니었고, 북방 오랑캐도 아니었사옵니다."

임금은 안도했다. 정약용도 아니며, 나라 안 그 누구도 아니라는 것에 임금이 한숨을 내쉬었다. 북방 오랑캐도 아닌 얼굴은 짐작되지 않았는데, 그림이 말해줄 것이었다.

신기루 같은 임금의 표정이 그림과 겹칠 때, 최무영의 얼굴에 한 줌 의혹이 떠올랐다. 임금의 표정에도 의혹은 보였다. 그림 속에 든 열세 명의 인물을 놓고 최무영은 오래 근심한 듯이 보였다. 거짓을 담지 않은 최무영의 눈이 보였다.

임금은 조선이 지날 길목을 떠올리며 만에 하나라도 있을 난세를 생각했다. 임금의 목에서 열세 명의 그림 속 인물을 향한 치사량의 웅분과 사연이 들렸다.

"누가 됐든 열세 명의 인물을 그림으로 새길 정도면 문제가 있지 않느냐? 설령 나라를 어지럽히고 백성을 속이는 혹세무민한 자들일지라도 할 말이 있기 때문에 그림을 남긴 것 아니겠느냐?"

"신의 눈에는 오히려 그 반대로 보였사옵니다. 열세 명의 낯선 자들은 오직 한 가지 믿음을 쥐고 죽든 살든 완강한 기슭에 이르고 있다고……."

최무영은 확신하는 듯했다. 그 눈은 오묘한 감정과 사사로운 연민을 버리고 세심한 관찰과 직관으로 말하고 있었다. 최무영의 직관은 있는 그대로의 것을 새겨보는 듯했다.

임금이 덧붙여 물었다.

"허면, 부정한 세상을 척결하고 그늘진 세상을 구원할 자들이란 말인가?"

"모두가 한 가지 것을 바라보지는 않았으나 긴 날에 이어질 난세를 뚫어보고 앞날의 죽음을 예고하는 자가 그림 한가운데 앉아 있었사옵니다."

최무영의 말 속에 그림 속 인물이 가물거리며 밀려왔다. 임금의 머리를 가로질러 안개 같은 무리가 헛것을 좇아가는 듯했다. 난세를 뚫어보는 자의 눈길은 어떠한지, 죽음을 예고하는 자의 눈빛은 어떠할지 몹시 궁금했다.

한 폭의 그림을 놓고 임금은 돌이킬 수 없는 과거 사건보다 미래에 일어설 가능성을 짐작했다. 오래전에 죽었을 열세 명의 그림 속 인물들은 실존일 가능성이 높아 보였다. 그 죽음들은 윤지충과 연관이 있을 것 같았다.

임금이 주먹을 쥐었다. 손바닥에 물기가 만져졌다. 어깻죽지를 따라 가느다란 떨림이 올라왔다. 한숨을 내쉴 때 임금의 눈빛은 멀고 아득하기만 했다. 바람을 따라온 새 울음이 편전을 휘감고 돌 때 임금이 물었다.

"그자의 이름을 아는가?"

그림 가운데 앉은 자를 묻는 것 같았다. 최무영은 서두름 없이 말했다.

"죽기 전 윤지충이 말하길 예수라고 하였사옵니다."

"예수?"

들어본 적 없는 이름을 쥐고 임금은 오래 생각에 잠겼다. 이름을 놓고 긴 시간 동안 번민할 이유는 충분했다. 윤지충의 죽음이 그 첫째 이유였고, 그의 집에서 압수해온 그림이 두 번째 이유였다. 죽기 전 그의 입에서 예수라는 이름이 나온 것이 셋째 이유였다. 그 사이 권상연의 죽음이 놓여 있었고, 정약용과 그의 형제들이 섞여 있었다. 뒤를 이어 이승훈, 이벽, 황사영, 권일신, 이존창, 김범우, 김대건, 최양업,

주문모가 떠올랐다. 모두 열다섯 명은 될 것 같았다. 추적하면 더 많은 숫자가 나올 것이고, 그림 속 열세 명의 인물과는 처음부터 무관할지 몰랐다.

세상의 구원 따위 관심 없는 새 울음이 들려왔고, 임금이 조용히 물었다.

"윤지충은 솔직해 보였느냐?"

"거짓을 말하는 것 같지는 않았사옵니다."

멀리 장악원에서 가야금 소리가 밀려왔다. 밤 기슭을 가로질러 가느다란 선율이 임금이 앉은 자리를 맴돌다 최무영의 이마에 부딪혀 내렸다. 선율은 어깨를 지나 임금의 무릎을 스치며 밀려갔다. 밀려간 소리는 망루에 선 저격사들의 무장을 뚫고 광화문 쪽으로 나아갔다. 밖으로 나간 가야금 소리는 청계천 너머로 사라졌는지 돌아올 기색이 없었다.

"나머지 열두 명은 누구라고 하던가?"

"예수라는 자의 열두 제자라고 하였사옵니다."

임금이 숨을 멈추고 최무영을 바라봤다. 예수와 그의 열두 제자는 그림 속에서 무엇을 구상하고, 어디를 향하고 있는지, 임금의 생각과 무관한 지점에서 알 수 없는 누군가 그렸을 그림을 상상하는 것이 옳은 일인지, 그 또한 의문이었다.

임금은 윤지충의 뜻과 기도를 떠올렸다. 그의 뜻은 하나의 길로 뻗어가 있었고, 그의 기도는 하나의 마음에서 시작되는 듯했다. 그 뜻이 가리키는 곳의 언덕과 그 기도가 밀려가는 곳의 기슭은 어디쯤인지 임금의 마음으론 헤아릴 수 없었다. 임금의 마음과 윤지충의 마음이 달라서 그런 것 같았다. 그림 속 어디가 될지 알 수 없으나 윤지충의 뜻이거나 기도가 품은 예감만은 저버릴 수 없었다. 임금이 물었다.

"그림 속 예수라는 자와 그의 제자들은 무엇을 공상하고 있더냐? 어떤 세상을 꿈꾸길래 밤자락이 이리도 어수선한가?"

"더럽혀진 세상을 돌아보고 소란한 세상을 수확하는 듯했사옵니다."

최무영은 솔직한 듯했다. 밤이 길어지려는지 생각할 수 없던 말이 들려왔다.

임금이 눈을 감았다. 최무영의 말을 골수에 새기는 듯이 보였다. 임금의 표정은 읽을 수 없는 세상을 건너가느라 조용하기만 했다.

세상을 정화할 조건이 그림 속 높은 자의 신분에 있는지, 앉거나 선 제자들의 자리에 있는지, 세상을 바라보는 모두의 눈망울에 있는지, 알 수 없었다. 세상의 더러움을 돌아보고 시끄러운 세상을 거두어갈 존재는 가늠되지 않았으나 최무영의 말 속에 은밀함이 보였다.

차갑고 어두운 공간에 임금은 검은 갑옷을 입고 홀로 칼을 쥐고 있는 기분이 들었다. 눈을 뜨자 다시 가야금 소리가 들렸다. 시름을 걷어내는 선율이 밀려왔고, 눈에서 물이 떨어져 내렸다. 임금의 눈시울은 임오년壬午年, 1762 화변禍變으로 일렁이던 여름을 향해 울먹이며 그림 속 열세 명의 존재를 돌아보는 것 같았다. 임금이 낮게 물었다.

"조용하더냐?"

"장엄하고 무거웠사옵니다."

임금은 검고 단단한 뒤주를 생각했다. 뒤주 속에서 죽음을 받던 아비의 얼굴은 어땠을지, 아비는 하늘을 생각하고 별을 떠올렸을지, 알 수 없었다. 캄캄한 뒤주에서 아비는 무엇을 생각하며 견디었을지, 그마저 알 수 없었다.

"그림 속 저마다 소임이 어떠했든 패란(悖亂)하다. 그나마 장엄하고 무거웠다니 다행이다. 일깨우는 덕목은 있더냐?"

"가운데 앉은 자로 하여 준엄한 평정심과 완전한 자존감이 보였사옵니다."

임금의 마음보다 명쾌한 평정과 지존보다 높은 곳의 자존은 있을 수 없는 것인데, 임금을 넘어서는 존재를 모독으로 생각해야 할지, 지존으로 생각해야 할지, 판단이 서지 않았다. 생각 끝에 임금이 말했다.

"무영아, 너는 무사이며 사헌부 어사이다. 너의 문무로 나와 나의 식솔들만 지키려 하지 말고 할 수 있다면 모두를 지켜주어야 한다."

제.

최무영의 대구는 짧고 단단했다. 대답 하나에 최무영의 위치가 보였다. 높고 가파른 문무의 격을 쥐고 임금 앞에 설 때 고결해지는 것도 알았다.

임금이 덧붙였다. 목에서 처마를 두드리는 시린 비가 내렸다.

"이 비가 그치면 어디로 가야 할지 알 것이다. 죽은 자의 죽음을 기별하지 마라. 산 자는 답하지 않을 것이다."

임금의 길은 한 덩어리 고뇌로 보였다. 뜨거운 부담을 안고 임금은 살길을 모색하는 것 같았다. 칼과 창과 쇠들이 몰아가는 십자가의 길은 멀고 멀어 보였다. 길은 무한히 열려 있으나 길 위의 떨림은 죽은 자가 걸어간 기슭에서 오는 듯싶었다.

임금은 덧붙였다.

"흰 천에 무겁게 새겨라. 풍남문 앞에서 저 스스로 높고 거룩한 뜻을 띄우며 순절殉節한 두 죽음의 이름을…… 강변 하늬바람이 좋은 날 사대문을 닫고 풍등風燈에 달아 올려도 좋을 것이다."

임금의 말끝에 바람이 불어갔다. 최무영이 임금의 말을 머릿속에 새기고 돌아섰다. 돌아가는 길에 비가 내렸다. 옷 속으로 빗물이 스며들었다. 서늘한 한기가 밀려왔다. 춥고 피곤한 저녁이었다. 바람 속에 윤지충의 기침 소리가 들렸다. 빗줄기 속에 권상연의 기도 소리가 들렸다. 윤지충과 함께 손끝을 모아 이마에서 가슴으로, 왼편 가슴에서 오른편 가슴으로 이어지는 성호를 그을 때, 윤지충은 남쪽 하늘 별이 되어 밤마다 굽어볼 것을 알았다. 권상연은 서쪽에서 불어오는 하늬바람이 되어 어디로든 불어갈 것을 내다봤다.

최무영은 서두름 없이 어둠 안쪽으로 발을 내디뎠다. 귀가 먹먹하고 코가 시린 밤 자락 끝에 희끄무레한 새벽빛이 당도해 있었다.

눈보라

신해년의 탁류는 언제까지 이어질지 알 수 없었다. 비선들의 행보를 추적하는 의금부의 감찰은 갈수록 무의미해져 갔다. 실세를 향한 감찰마저 시간이 지날수록 허상을 좇아갔다. 비선을 좇는 위관 스스로가 비선이었으므로, 결국 비선은 제자리를 찾아갔다. 실세를 향한 적대감은 관료들의 사적 울분에서 시작되었으므로, 파직되거나 외방 한적한 곳으로 밀려나간 무리는 정직한 관료들뿐이었다.

광교산 어깨를 딛고 달이 떠오르던 날, 전라감영에서 올라온 전령은 불길했다. 여러 소문 가운데 윤지충의 소식은 정약용의 어깨를 짓누르는 고통이었다. 윤지충은 십자가를 짊어진 자로 낙인되어 서울 사대문을 돌아 수원천 굽이까지 밀려왔다. 수원천 위로 토막 난 달이 물비늘을 뒤집으며 먼 곳까지 흘러갔어도 불길함을 감추지 않았다.

화성을 바라보는 약용의 얼굴은 어둡고 창백했다. 화성은 완공을 앞두고 있었다. 신작로를 낸 바닥에 잔돌을 깔아 길을 다져갔고, 수원을 감싸 안은 성곽은 마무리를 앞두고 있었다. 쌓다 만 성곽 언저리에 세워둔 기중가起重架, 거중기는 짐승처럼 웅크린 채 밤이면 쉬었다.

낮에 광교산에서 실어 온 바윗덩이는 정을 찔러 넣어 순간 두 동강이 났다. 깨어져 나간 단면에 해가 스며들었다. 속살을 드러낸 화강암에서 빛이 뛰어올랐다. 빛이 물보라와 섞이어 들 때 권일신의 외조카 이복령이 사립문을 열고 들어왔다.

이복령의 걸음은 평소와 달랐다. 긴박한 박동과 어깨무지에서 번져 오는 떨림을 모를 리 없었다. 윤지충의 소식을 가져온 것을 알았으나 약용은 말없이 기다릴 줄도 알았다. 이복령의 입에서 무엇이 나오든 놀라지 말며 견뎌야 할 것도 내다봤다.

이복령이 눈썹 사이에 힘을 주었다. 얼굴에 잔주름이 그려졌고, 목에서 시린 바람이 불어왔다.

"완산벌 풍남문 앞에서 군중이 지켜보는 가운데 사제 윤지충 바오로가 권상연 야고보와 함께 목이 잘렸다고 합니다."

이복령의 말은 멀고 아득하게 들렸다. 환청 같은 이복령의 말 속에 약용의 길은 보이지 않았다. 천길 아래 벼랑으로 내려앉은 길이 가나안 너머 가파른 산맥 끝에 닿고 있는지, 바다 건너 아득한 곳으로 이어지고 있는지, 분간 없는 말 속에 약용의 길은 까마득히 멀어 보였다.

…가엽다 말하지 않겠나이다. 두 영혼의 길을 인내하소서.

저녁나절 약용은 들리지 않는 소리로 읊조렸다. 머리에서 가슴으로 이어지는 성호를 그으며 손바닥을 감쌌다. 손가락 사이로 수원천을 거슬러 올라온 솔바람이 불어갔다. 약용의 목에서 젖은 물소리가 들렸다.

"윤지충, 권상연이 기어이 십자가를 짊어졌던가? 그 많은 사람들 앞에서……."

약용의 말 속에 두 줄기 빛이 보였다. 십자가를 짊어진 윤지충의 영혼은 흰 천 같았다. 흰 갓을 쓰고 허위허위 저무는 길을 걸어가는 권상연의 마른 등짝이 보였다. 두 줄기 빛이 수원천 노을 속으로 노를 저어 갔다. 살아서는 갈 수 없는 기슭으로 두 영혼은 바람이 이끄는 방향으로 떠갔다.

이복령이 신음했다. 짧고 단단한 약용의 성호를 바라보며 이복령은 눈을 감았다가 떴다. 이복령의 눈 속에 긍정할 수 없는 죽음이 보였다. 부정할 수 없는 황천길도 보였다. 죽은 뒤 더 맹렬해지는 삶의 희구를 이복령은 이해할 수 없었다. 윤지충의 죽음과 권상연의 황천길은 이복령의 마음으론 이해할 수 없었다.

이복령은 가쁜 현실을 떠나 별이 무궁한 이상을 꿈꿀 만큼 강인하지 않았다. 그의 이상은 세상에 있을 뿐 허상에 걸지 않았다. 윤지충의 죽음과 권상연의 황천길을 이해할 수 없는 삶이 이복령의 현실이었다.

이복령이 조용히 대꾸했다.

"바오로는 바오로대로, 야고보는 야고보대로 저항 없이 제 갈 길을 갔다 합니다."

"순교란 조용하며 무거운 길이다. 길 끝에 천주의 세상과 마주할 것이다. 허나 그 길이 천주의 길이란 말인가?"

답할 수 없는 물음을 던져 놓고 약용은 깊이 시름했다. 가기 전에 보았더라면 해줄 말이 많았을 것 같았다. 가물거리는 윤지충의 길은 두려운 까닭을 안고 밀려왔다. 그 너머 권상연의 길은 무겁고 적막해 보였다. 돌이킬 수 없는 두 갈래 길이 막막하고 외로워 보였다.

약용이 나직이 말했다.

"바오로의 피가 신성한 자리에 흩어졌다고 들었네. 그 자리에 예배당이 들어설 것이네. 그동안 대부께 조심하라고 전해 주게."

약용은 바람에 흔들리는 나무를 생각했다. 나무를 생각하면 십자가가 떠올랐다. 십자가로 건너갈 세상은 여전히 두려웠다. 약용은 갓 자란 초목으로 세상을 견딜 자신이 없었다. 풀잎 같은 기도문으로 지날 세상을 생각하면 눈썹이 떨렸고, 어느새 손가락이 오그라들었다. 땅에 사지를 딛고 바람에 휩쓸리는 믿음을 생각하면 눈이 감겼다. 감긴 눈 속에 암흑의 세상이 보였다. 그 너머 칠흑의 터전이 보였다. 눈을 뜨면 세상은 여전히 흔들리는 나무 같으며 나부끼는 풀잎 같았다.

이복령이 약용을 바라봤다. 천주의 이상을 비껴 나가 스스로 선택한 현실의 울타리가 이복령의 눈에 보였다. 체제에 순응하는 이복령의 눈매는 정직해 보였다. 유교를 멸시하면서도 이단을 응시하는 이복령의 눈빛은 차갑게 보였다. 하나의 눈 속에 두 가지 신념과 긴장을 담은 이복령을 약용은 판단할 수 없었다. 감추지 않고 드러내지 않는 이복령은 거친 세상에서 부드러운 것을 손아귀에 쥐고 있는 듯했다.

이복령이 눈을 감았다가 떴다. 목에서 불길한 바람이 불어갔다.

"때가 되면 몸을 사려야 합니다. 그래야 살 수 있습니다. 먼 곳에서 피바람이 불어오고 있습니다."

이복령이 허리를 숙였다가 문을 나섰다. 하룻밤 먹을 것과 잠자리를 내주었어야 했는데, 그러지 못해 죄스러웠다. 붙잡을 틈도 주지 않고 바삐 돌아서는 모습이 어쩌면 약용과 얽히는 것을 경계하는지 몰랐다.

이복령이 돌아서고 한참이 지난 뒤에서야 약용은 정신이 들었다.

혼을 빼놓고 무언가에 열중하면 꼭 실수를 했다. 낮에 거중기 아래 손을 넣었다가 바위에 짓눌릴 뻔한 것을 생각하면 오금이 저려왔다.

약용이 머리를 흔들었다. 생각은 언제나 생각 너머에서 불어왔다. 모두로부터 잊힐 권리가 자신에게 있는지 모두에게 있는지 알 수 없었다. 저녁 바람이 순하고 부드러웠다.

서울 사대문을 돌아 수원천으로 흘러든 소문도 이복령의 말과 다르지 않았다. 들려온 말에, 완산벌 경기전 앞뜰 은행나무가 솟은 전동 한곳에 윤지충의 피가 흩뿌려졌다고 했다. 그 자리를 사람들이 신성하게 여겼다고 했다. 장날이면 발길을 멈추고 목을 떨구는 이가 많았다고 했다. 어쩌다 말발굽 소리가 그 자리를 비켜갔다고 했다. 뜬구름마저 그곳을 돌아 승암산 자락으로 방향을 바꾸었다고 했다. 하늘을 지나던 새들도 그곳을 비켜 흑석골 계곡 쪽으로 돌아갔다고 했다. 비 내리는 날이면 향교 쪽에서 책 읽는 소리가 기도 소리로 들렸다고 했다. 그 모두 바람이 들었고, 해와 달과 별들이 보았다고 했다.

광교산 머리 위로 붉은 달이 떠오르던 날 화성이 완공되었다. 임금의 부르심이 멀리에서 들려왔으나 약용은 임금을 향해 절하는 것보다 축문을 띄워 윤지충을 먼저 애도했다. 축문 속에 윤지충과 함께 목이 잘린 권상연의 영혼을 띄워 가없이 흩어진 삶을 애달아 했다.

빈집에 십자가를 걸고 귀를 기울이면 윤지충과 권상연의 기도 소리가 들려왔다. 기도가 끓어오르는 날 약용은 두 선비가 걸어간 기슭 위로 애끊는 감정과 연민을 실어 보냈다.

거룩하사, 보풀 같은 몸을 내려주신 주께 오늘 하루 기도로 지남을 감사히 여기나이다. 주의 왼편에 오른 자가 있나이다. 기억하소서. 바오로 윤지충과 야고보 권상연 사제가 몸을 버렸나이다. 이 땅의 균형과 평등을 실천하려 무거운 십자가를 등에 지고 천주께 돌아갔나이다. 영광으로 날아다니며 영생하길 원하나이다. 주여, 이 땅에는 오늘도 굽어볼 자가 많나이다. 복으로 굽어보시고 은총으로 살피소서. 성부와 성자와 성령께 비나이다.

짧고 투박한 기도 속에 긴 사연이 보였다. 기도문 속에 약용의 신념이 물결처럼 출렁거릴 때가 있었다. 빈약한 기도 속에 신앙이 가물거릴 때도 있었다. 믿음이 가벼울 때면 약용은 구원을 생각했다. 십자가를 바라보면 교리를 암송하는 자들이 언덕길을 올라가는 게 보였다. 언행이 가벼운 자들도 십자가 앞에 서면 천주에 이르는 원대함이 보였다.

윤지충은 약용 앞에 언약했다. 생의 정면에서 오직 천주만을 생각하며 돌이키지 않으리라고. 윤지충의 생각은 깊고 선명했다. 언약 속에 긴 날의 기도가 보였고, 먼 날의 죽음이 보였다. 생각보다 빠르게 왔어도 윤지충의 길은 덧없지 않았다. 윤지충의 순교는 죽음이 아니라 복음이었다. 그의 언약이 숨을 내쉴 때마다 흰 십자가로 떠올랐다.

하초동충夏草冬蟲

약용이 눈을 들어 올렸다. 하늘은 구름 없이 텅 비어 있었다. 약용의 머리와 하늘은 다른 것 같았다. 약용은 끓는 머리로 고해하는 날이 흔했다. 고해의 내용은 무의미하지 않았으나 모두를 위한 고해는 무의미한 날이 많았다.

윤지충의 죽음이 품은 조선의 유약은 무의미한 내용 중에 하나였다. 권상연의 죽음을 딛고 밀려오는 나라의 기근도 덧없는 고해 중에 하나였다. 화성을 짓는 동안 까맣게 밀려온 두 선비의 소식은 약용의 신념을 뿌리째 쥐고 흔들었다. 곡기를 끊고 기도에 묻혀도 글 속에 잠재된 천주의 신념은 허기로 왔다.

갈 수 없는 세상에 임할 조건이 신앙에 있는지, 순교로 임하는 세상이 믿음에 있는지 알 수 없었다. 순교의 그루터기에서 윤지충은 살아남은 자들의 신앙을 더 어렵게 했다. 천주의 뒤를 캐고 불온한 서적을 추적하는 공서파의 탄압은 갈수록 심해졌다. 노론 비선들이 공서파를 앞세운 데는 천주의 신봉을 묵인하는 신서파를 몰아세우는 동시에 약용의 일가를 조정에서 몰아내기 위함이었다. 약용은 약현, 약전, 약종 형들을 향한 조정의 탄압이 두려웠고, 자신을 겨냥한 노론의 사찰이 두려웠다.

약용은 강화된 슬픔이 팔도로 뻗어나가 세상을 정화하기를 바랐다.

정화된 세상에서 정직한 사람으로 살고자 하는 마음은 예나 지금이나 변함없었다. 완산벌 풍남문에서 바람을 타고 팔도로 밀려 나간 두 선비의 죽음은 모두의 기도보다 약용의 목숨을 원했다.

외사촌 윤지충에게 내린 세례가 언젠가 화살이 되어 돌아올 것을 약용은 내다봤다. 윤지충의 죽음은 화성을 완공한 뒤에도 잠들지 않고 시시때때 불길한 징후로 왔다. 좋지 않은 시기에 윤지충은 화약 같았다. 노론 대신들과의 갈등을 생각하면 공적이든 사적이든 불리했다. 약현, 약전, 약종 형들이 개입된 서학의 본성에서 약용은 자유로울 수 없었다. 약용의 배경은 신앙을 불안하게 했고, 믿음을 흔들어 놓기 충분했다.

날이 갈수록 서학인에 대한 단속은 강화되었다. 임금은 윤지충과 권상연의 죽음으로 사건이 끝나기를 바랐다. 임금의 뜻은 무겁고 단호했다. 아비를 부정하고 임금을 업신여긴 자들의 단죄가 두 선비의 희생만으로 지나가길 원했다. 뒤를 이어 서학 교주로 지목된 권일신을 유배시키는 것으로 마무리하고자 했다. 임금이 간곡히 원했어도 권력을 쥔 자들의 암투는 임금의 뜻을 거스르며 끝날 줄 몰랐다. 비선들의 행보를 낱낱이 보고받거나 개입할 수 없는 처지의 임금은 답답할 뿐이었다.

죽은 자가 다시 살아날 리 없겠지만, 천주의 그늘 아래 죽은 자가 영생을 얻어 하늘 어딘가에서 살아가고 있다는 소문이 돌았다. 그 말의 진위를 임금은 인정하지 않았으나 부정하지도 않았다. 그 믿음이 소박하고 그윽했으므로, 천주의 신념에서 아름다운 면을 발견한 임금은 윤지충과 권상연의 죽음을 놓고 번민했다. 안타까움은 그때나 지금이나 변함없었다. 두 선비를 보낼 때, 임금은 임오년 초여름 검고 단단한 뒤주에 여드레를 견디다 죽어간 아비를 생각했다. 아비를 잃은 자들의 긴 슬픔과 오랜 감정과 썩지 않은 울분만큼은 최소화하자는 게 이번 사건을 무마하는 방침이었다.

사도思悼.

혼을 흔드는 아비의 시호를 짊어지고 임금의 자리에 앉을 수는 없었다. 사도의 아들로 낙인된 삶을 임금은 원하지 않았으므로, 당상들의 뼈를 흔들고 규장각 검서관들의 골을 찌를 시호를 건져 올리던 날 임금은 서럽게 울었다.

장헌莊獻.

그 이름 안에 조선의 과거가 송두리째 묻히길 임금은 바랐다. 죽은 뒤 얻은 아비의 시호에 오래 묵은 감정이 보였고, 앞날의 감성이 찰랑거렸다. 이름자 속에 아비의 죽음과 연루된 자들의 치죄와 단죄는 여백 없이 뚜렷했으나 임금은 그 모두 울먹이고 참아내고자 했다.

임금의 감성은 어디에서 시작되어 어디로 뻗어 가는지 알 수 없었다. 당상관들의 우울은 무엇으로 채워져 있는지 그마저 알 수 없었다. 사관들의 감정은 필력으로 끊어낼 수 있을지, 그 까닭을 노론에게 물어야 할지 서학 교인들에게 물어야 할지 모호했다. 윤지충과 권상연이 죽어가던 날에도 임금과 남인 당상관들의 어록을 기록하던 사관들의 눈빛은 왠지 우울하기만 했다.

임금은 시파와 벽파로 갈라선 노론의 중추들이 공서파와 신서파를 놓고 이제쯤 순한 정책을 내세워 스스로 보듬어주기를 바랐다. 그 모두 임금의 마음 안에서 들끓어도 앞날의 두려움은 여전히 무겁기만

했다.

　이 세상의 꿈을 이끌고 저 세상의 낙원을 건설하려는 마음은 임금
도 약용도 같았다. 임금이 가리키는 저 세상의 골짜기로부터 이 세상
은 언제나 불완전했다. 비선들의 종횡과 실세들의 농단弄斷으로 이 세
상은 날마다 끓어올랐다.

　약용이 바라는 저 세상 언덕으로부터 이 세상의 능선도 언제나 어
둡고 캄캄했다. 허위로 물든 사대부의 이념과 칼을 쥔 무신들의 가식
으로 이 세상은 조용할 날이 없었다. 약용은 천주관을 뒤엎는 이념의
과잉이 두려웠고, 서둘러 윤지충과 권상연의 목을 벤 조정의 조급함
을 모르지 않았다.

　약용은 여름에 꽃을 피우고 겨울날 기나긴 잠에 빠지는 누에처럼
살고 싶어 했다. 하초동충夏草冬蟲의 원대한 이상으로 건너기엔 이 세
상은 적합하지 않았으나 풀꽃 같은 믿음으로 복되게 지나쳐 갈 수 있
는 신념은 정확했다. 가난으로 들끓는 이 세상을 복음으로 채울 조건
은 저 세상의 평등에서 왔으므로, 약용은 그 모두를 용기 있게 바라보
길 원했다.

　이 세상을 걸고 저 세상을 원하는 약용의 이상은 꿈결 같았다. 누에
의 생을 걸고 꽃을 틔우는 세상은 관념에 불과하며 머릿속 추상에 지
나지 않았음에도 약용은 그 세상을 간절히 원했다. 먼 옛날의 이야기
에 지나지 않을 천주의 태생조차 이 세상에선 가물거렸으나 약용은
날이 밝거나 어두워지면 십자가를 걸고 천주의 재림을 기다렸다.

　윤지충과 권상연도 결국 이 세상의 평등을 위해 저 세상의 평등을

끌어안고 죽어갔을 것이다. 십자가를 짊어지고 허위허위 걸어갔을 두 선비의 세상은 생을 걸었으므로 유효했으나 약용은 모두를 걸 만큼 십자가를 원하진 않았다. 너무 간절하면 머릿속 추상을 허무는 것이며, 관념으로 세운 세상마저 으깨어진다는 것을 약용은 알았다. 너무 깊어지면 믿음에 이르는 사유까지 망각하게 되는 것이며, 너무 절실하면 삶 자체가 물거품이 된다는 것을 약용은 약현 형의 굴곡과 약전 형의 허기와 약종 형의 맹목에서 보았다. 외곬이 아닌 중용의 대기아래 타협할 수 있을 때 믿음은 조율할 수 있었다. 절충할 수 있는 신앙이야말로 삶을 떠올리게 하고, 죽음을 바라보게 하는 것이라고, 신앙을 지키는 일은 주관이 아닌 실사구시의 원칙 아래 오는 것이라고, 약용은 스스로 믿음의 객관을 원했다.

윤지충의 죽음이 들려오던 날, 수원천을 바라보며 입 속을 떠돌던 말이 떠올랐다.

…애끓지 마라. 절실하다고 다 얻을 수 있는 것은 아니지 않은가. 너무 간절한 것은 절망에 지나지 않음을……

처음 십자가를 손에 쥐던 날 약용의 눈에 비쳐 든 세상은 거친 파도로 덮여 있었다. 지켜주어야 할 세상이 눈앞에 밀려왔으나 무엇으로 보듬어야 할지 알 수 없었다. 형조참의의 권한은 작고 미흡했다. 보잘것없는 신분은 헐벗은 자들을 보챌 뿐이었다.

손바닥에서 마른땀이 났고 코끝이 시큰거렸다. 십자가를 바라보며 숨을 들이마시자 폐 속으로 싸한 공기가 밀려왔다. 공기로 들어찬 뱃속은 공허하고 외로웠다. 돌이켜보면 십자가의 처음은 까마득히 멀어보였다. 그날처럼 눈물이 났다.

눈이 내려도 임금의 부르심은 멈추지 않았다. 눈보라 속에 부엉이 울음이 들렸다. 부엉이 울음 속에 눈먼 소식이 들려왔다. 여수에서 서학인이 체포되었다고 했다. 늘그막한 여인이었다고 했다. 전라좌수영 신청神廳에서 악가무로 생을 살아온 여령女伶이라고 했다. 임금이 죽이지 말 것을 명했어도 살아남기 어려울 것이라고, 이복령은 전했다. 눈보라 속에 눈 먼 죽음이 보였고, 죽음 속에 뜬눈이 보였다.

이복령은 눈을 맞으며 돌아갔다. 약용은 함박눈을 핑계로 임금 앞에 가지 않았다. 갈 수 없는 임금의 자리는 멀고 황망했다. 약용은 임금을 향해 엎드려 절했다. 눈 그친 뒤 수원천 화홍문華虹門 위로 무지개가 보였다. 먼 산마루에 새들이 날아올랐다. 무지개 속으로 새들이 헤엄쳐 갔다. 새들이 지나간 뒤 빛이 영롱하고 고왔다.

어미의 죽음

어미의 장독杖毒이 온몸에 퍼진 날 오라비는 여수 관아로 끌려갔다. 눈이 내렸다. 눈보라 속에 오라비는 마른 장작처럼 매를 맞았다. 피가 튈 때마다 핏덩이 속에 흰 사슴이 보였다. 언 볼기짝 위로 시린 눈이 내렸고, 그날 오라비는 어미가 못다 맞은 매를 맞았다.

오라비의 동자 속에 세상을 덮는 흑점이 보였다. 뼈가 부서지는 고통이 밀려왔어도 눈빛만큼은 맑고 깨끗했다. 모진 매질 앞에 오라비는 단 한 번도 소리를 내지 않았다.

"역질보다 무서운 게 서학이다. 아느냐?"

매를 내리는 관아의 집행관은 눈빛이 부드러웠다. 눈에 비쳐 든 본성이 아무리 선량해도 매질 속에 전해오는 악의 힘은 버거웠다. 오라비의 몸뚱어리 위로 눈이 내렸다. 쇠꼬챙이 같은 매질이 다시 떨어졌다. 살이 부서지고 몸이 뛰어올랐다.

집행관의 목에서 끝이 날카로운 고드름이 보였다.

"불어라. 보름날 집회를 기도한 사악한 무리들이, 지금 어디 있느냐?"

오라비의 눈 속에 거친 눈보라가 보였다.

"죽여주시오."

그 한 마디 속에 삶과 죽음은 뒤엉켜 있었다. 오라비는 삶을 걸고

52

죽음을 구걸하는 듯했다. 다시 매가 떨어졌다. 악—. 오라비의 비명이 하늘에 닿았다. 정처 없는 삶이 눈보라 속에 떠갔다. 조용한 죽음이 눈보라를 뚫고 어디로든 떠내려갔다. 삶과 죽음이 뚜렷해도 눈매가 선한 집행관의 매질은 끊어질 줄 몰랐다.

"바른대로 불어라."

"죽여……."

당—.

매질 속에 가야금 소리가 들렸다. 전신을 찌르는 매질 끝에 오라비는 실신했다. 찢어진 바짓가랑이 사이로 똥물이 흘러내렸다. 매질을 하던 집행관이 무춤거리며 뒤로 물러났다.

오라비는 죽은 듯이 보였다. 뜬 눈으로 담장을 바라보는 오라비의 눈 속에 외로운 산하가 보였다. 삶의 희구와 죽음이 뒤엉킨 오라비의 한쪽 눈에서 생이 움터오는 긴장이 보였다.

　…죽여주시오.

오라비의 외마디 속에 희디흰 삶이 보였다. 죽음의 가호는 결국 삶에 있었다. 죽음은 끌어당길수록 삶의 희구가 더 강해진다는 것을, 그때 오라비는 어렴풋이 알았다.

오라비는 반송장이 되어 업혀 왔다. 매를 맞는 동안 어미는 장독 오른 살덩이를 안고 죽어갔다. 맞은 자리는 사흘을 넘기지 못하고 썩어 들어갔다. 어미는 입에 용머리가 새겨진 비녀를 물고 피고름을 견디었다.

"오래갈 수 없었다."

여수 신청에서 나온 대방大房의 말에 어미의 죽음은 전해왔다. 대방이 붉은 눈으로 죽은 어미를 바라봤다. 어미의 죽음은 불현듯 밀려오지 않고 십자가를 짊어지고 맨몸으로 칼을 받던 예루살렘 후예처럼 조용히 밀려왔다.

악사樂士와 무부巫夫 들이 어미의 시신을 싸맸다. 어디서 구해왔는지 널을 마당에 놓고 짧은 탄식과 시름으로 긴 슬픔을 달랬다. 대방이 낮고 청아한 소리를 내며 구리 쟁반을 두드렸다. 죽은 어미의 시신을 바라보는 오라비의 눈은 메말라 보였다. 어미의 눈 속에 헐벗은 노루가 보였다. 오라비의 눈 속에 붉은 잉걸이 보였다. 대방이 말했다.

"밤이 늦었다. 산 아래 구덩이를 파놓았다."

엄동에 곡괭이질이 어려웠을 무부들의 구부정한 등짝이 떠올랐다. 하늘 모서리에서 매가 꿈결처럼 울었다. 울음이 속절없었다. 소리가 멀리 무당 집에 가서 닿았고, 마을 어귀에서 개들이 짖어댔다.

대방이 죽은 어미를 바라보며 고개 숙였다. 어미의 영혼이 조용히 이승을 떠나기를 손 모아 빌었다. 산 자의 찌꺼기를 버리고 차고 냉랭한 저승길로 오르기를 바랐다. 그 어미가 언제부터 서학쟁이라고 불리는 무리와 섞여 다녔는지, 대방은 알 수 없었다. 어미의 죽음 속에 천주는 보이지 않았으나 홀로 죽음을 자처하고 모든 것을 뒤집어쓸 때 쉽지 않으리란 것을 알아봤다. 대방이 나직이 말했다.

"날이 밝는 대로 묻을 것이다. 쉬어라."

오라비를 바라보는 대방의 눈은 굵고 총총했다. 먼 숲에서 부엉이가 울 때 대방이 헛기침을 했다. 오라비의 콧구멍에서 고른 숨소리가 들렸고, 입에서 뿌연 김이 새어 나왔다.

"고맙소."

그 말 이상 떠오르지 않았다. 대방이 고개를 끄덕였다. 오라비가 눈을 감았다가 떴다. 대방이 헛기침 끝에 돌아갔다. 돌아가지 않은 악공들이 마당 한곳에 향을 피워 올리고 장작에 불을 지폈다.

오라비가 어미의 시신을 내려 보며 주먹을 쥐었다. 널 속의 어미는 세상 번잡과 고통을 덮어쓰고 홀로 젖은 기슭을 걸어갔다. 이승과 저승은 널 하나로 갈라서 있었다. 볼 수 없는 저승이 어디인지 오라비는 알 수 없었다. 널 속에 어미의 땅이 보였다. 그곳은 억압과 설움이 사라진 자유의 땅일 것이다. 그곳은 신분과 계급이 하나의 나무 아래 둥지를 튼 평등의 땅일 것이다. 그곳은 죽은 뒤에나 갈 수 있는 땅이지 싶었다.

어미는 순한 얼굴로 누워 있었다. 살아생전 무엇도 갖지 못한 어미는 세상의 향기를 망각한 얼굴로 누워 있었다. 말로 표현할 수 없는 세상의 향기란 정해진 것이 아니라 모두의 것이므로 중했다. 그럼에도 어미는 모두로부터 맡아지는 향기의 근본을 지운 얼굴로 널 속에 누워 있었다.

어미의 향기는 부드럽고 은은한 풀잎 같았는데, 삶을 버릴 때 사라진 듯이 보였다. 어미의 삶은 싱겁고 비리며 천한 것일지라도, 그 속에 든 향기의 근성은 어미가 지닌 맛과 같았다.

맛과 향.

고향 언저리에서 전해 온 것이 맛이라면, 태어난 곳을 향하는 것이

향기인지라, 맛과 향기는 한 가지에서 나고 들었다. 맛과 향기는 본성
이 달랐으나 다름 속에 솟구치는 허기는 서로를 갈구하고 서로에게
이끌리며 닮아 있었다.

누이가 어미를 바라보며 울먹였다. 오라비가 눈을 들어 하늘을 올려
봤다. 길쓸별 하나가 서에서 동으로 뻗어갔다. 오라비가 손끝을 모아
이마에서 가슴으로 성호를 그었다. 장작더미에서 불꽃이 피어오를 때
불 속에 모여 있던 별들이 무리를 지어 하늘로 솟았다. 별들은 몹시 반
짝거렸다. 쏟아질 듯 한없이 떠오르는가 싶더니 순간에 사라졌다.

어미가 죽어간 그 밤은 오래전 거룩한 자가 태어나기 하루 전날이
었다. 그날만큼은 축복과 은총이 흔한 것이라고, 서학을 전도하던 대
장장이는 성령이 뚜렷한 표정으로 말했다. 태어난 자의 이름은 예수
라고 했다. 아비 없이 성모 마리아의 동정으로 세상에 나왔다고, 대
장장이는 덧붙였다. 대장장이는 그 밤을 크리스마스이브라고 말했다.
왠지 모르게 평화롭고 따스하게 들렸다.

초라니패

멀리에서 날라리 소리가 들려왔다. 어미의 부고를 주워들은 초라니 패거리가 몰려왔다. 눈이 내렸고, 창백한 사위 너머 초라니는 거지떼처럼 몰려왔다. 구름 속에 가려진 희끄무레한 달빛 아래 그림자를 지운 자들은 은밀하고 조용했다. 초라니 패거리가 크리스마스이브를 알고 왔는지 알 수 없으나 발걸음엔 저들만의 울분이 뚜렷했다. 발자국은 눈보라로 덮여 금세 지워졌다.

어미의 죽음 앞에 초라니의 춤은 사치였으나 춤사위 속에 평등한 세상이 보였다. 오라비가 눈을 감았다. 머리와 어깨와 팔과 등짝과 허리와 골반과 허벅지와 종아리와 뒤꿈치로 이어지는 역동을 머릿속에 새겼다.

오라비는 세상의 희비애락喜悲哀樂을 춤과 소리에 담고 싶어 했다. 춤과 소리가 합쳐지면 세상의 선악도 한곳에 모아지며, 시작을 알아야 끝을 볼 수 있을 것이라는 어미의 말은 잊히지 않았다. 춤과 소리는 오라비의 태생부터 이어졌다. 춤과 소리, 오라비에게 세상의 전부였다.

초라니 우두머리가 찢어진 눈으로 말했다.

"어미가 죽었고, 몸이 만신창이가 됐네. 그래도 살아야겠는가?"

오라비가 말없이 우두머리를 올려봤다. 우두머리는 눈매가 깊고 숨소리가 조용했다. 입술이 붉고 머리칼이 찰랑거렸다.

오라비가 겨우 뱉었다. 입 속에 고여 있던 핏방울이 바닥에 튀었다.

"이 몸은 살아야겠소. 반드시 살아야겠소. 살게 해주시오. 부디……."

오라비의 눈에 핏발이 보였다. 다시 눈이 내렸다. 눈보라 속에 가늘어빠진 운명이 보였다.

얼마 가지 못할 것이…….

우두머리가 말을 삼켰다. 장신의 몸으로 우두머리는 먼 곳을 바라보듯 오라비를 내려 봤다. 눈매가 잘 찢어져 내려다 보는 것만으로 오금이 저려왔다. 머리를 틀어 올려 묶었어도 끝은 난발이었다. 체구가 다부지고 어깨가 무지개만큼이나 넓어 보였다. 우두머리의 목에서 느리되 정직한 소 울음이 들렸다.

"우린 여립의 후예들이네. 동틀 무렵 떠날 것이야. 재주가 좋으니 함께 가면 좋겠네."

오라비가 우두머리를 올려 봤다. 오라비의 눈은 젖어 있었다. 우두머리의 어깨 위로 소박한 빛이 떠올랐다가 스르르 지워졌다. 눈을 감았다가 떴다.

아, 이것은…….

헛것이 보였다. 헛것은 사실처럼 분명하게 보였는데, 우두머리의 등짝에서 날개가 솟구치는 게 아닌가. 무당 집 지붕을 가리고도 남을 듯이 거대한 날개는 검은 깃털로 덮여 있었다. 깃털에서 빛 가루가 떨어져 내렸고, 세상천지 어디에도 없던 영롱한 무지개가 떠올랐다.

오라비의 입에서 짧은 탄식이 나왔다. 날개는 단 한 번 펄럭이는 듯이 보였다. 물처럼 부드러운 깃털 속에 칼날이 보였다. 날개 끝에 회오리가 몰아쳤고, 회오리 속에 어두운 새벽길이 보였다. 오라비가 조용히 어깨를 떨었다. 날개는 순간에 사라졌으나 여운은 뚜렷했다. 마음은 날개를 훔쳐 멀리 달아나고 있었다.

오라비가 눈을 들어 겨우 말했다. 눈빛에 물기가 보였다.

"날개였소. 날개를 보았소."

우두머리가 어이없는 얼굴로 물었다.

"날개?"

"그렇소. 날개를 보았단 말이오."

우두머리가 정색을 하고 오라비를 다독였다.

"헛것을 본 모양이네. 마음을 다잡게."

"아니, 아니란 말이오."

"무엇을 보았든 상관없네. 그래, 어쩌면 헛것의 세상이 더 간곡할 수 있네. 세상 너머 보이지 않는 진실이 더 소중할 수 있네."

그러하되, 오라비의 눈에는 조선 천지 모순을 으깰 날개로 보였다. 사람 위에 사람, 사람 아래 사람으로 쪼개어진 신분을 무너뜨릴 날개로 보였다. 죽어가는 민초를 일으키고 그늘진 통치의 얼굴을 씻어낼 선의 날개이며, 젊은 나라의 늙은 기운을 잠재울 날개라고, 오라비는 생각했다. 그 모두 헛것에 지나지 않을 환각이어도 좋았다. 우두머리의 눈을 바라보며 오라비는 선과 악으로 뒤엉킨 불안한 미래를 내다봤다. 두려운 예감은 천길 벼랑으로 떨어지듯 아득히 밀려갔다.

오라비가 말을 더듬었다.

"이 몸은, 이 몸은 같이 가겠소. 세상 어디라도……."

누이가 오라비를 바라봤다. 누이가 고개를 가로저었다. 오라비가
눈을 감았다가 떴다. 이제 막 열다섯 살을 채운 누이가 입술을 깨물었
다. 눈에서 물이 흘렀다.

가지 마셔요, 오라버니. 저 혼자 두고…….

누이는 그 말을 뱉지 못했다. 천지간 갈라서야 하는 이유는 명백했
다. 오라비도 알았고, 누이도 알았다. 누이가 고개를 끄덕였다. 오라비
의 얼굴에 알 듯 모를 듯 모호한 웃음이 피어올랐다. 누이의 가슴은
화살을 받듯 고통이 밀려왔다.

기축년己丑年, 1589 시월 정여립鄭汝立은 황해도에서 올라온 장계 하
나로 모든 반역을 덮어쓰고 스스로 죽음을 택했다. 대동계大同契를 이
끌고 공화사상을 말하던 그의 음성은 해가 바뀌어도 세상을 떠돌았다.
차가운 죽음 속에 뜨거운 삶을 가려내던 그의 눈빛은 오래도록 세상을
굽어봤다. 눈보라 속에 검은 갓을 쓴 정여립이 걸어와 말을 걸었다.

　…조선 천지는 여전히 소용돌이에 잠겨 있구나. 혁명의 날들이 기다리
　고 있네. 얼마나 많은 백성이 굶주려야 하고, 얼마나 많은 백성이 죽어야
　하는가. 피곤할세…….

180년 저편, 정여립은 순혈의 혁명가로 죽었다고 했다. 정여립이
죽던 날 북두의 하늘에 큰 나무 별자리가 그려졌다고 했다. 금가루만
큼 찬란하진 않았어도 별자리는 광활한 우주 가운데 크고 높았다고
했다. 서학인들이 손끝을 모아 긋던 십자가와 다르지 않았다고 했다.

먼저 죽은 자들이 별이 되어 나무 아래 모여 들었다고 했다. 정여립이 뿌린 희망은 멀고 아득했으나 그 세상은 소박하고 정겨웠다고 했다. 정여립은 죽어 별이 되었다고 했다.

누이가 오라비를 바라봤다. 누이의 얼굴은 청초하고 순했다. 누이의 눈은 양 갈래로 나뉘었는데, 한쪽은 파랗고 한쪽은 노랬다. 매끄러운 콧등을 지나면 콧구멍 아래 얕은 인중이 그어졌다. 인중 아래 시위를 당긴 활처럼 둥근 입술이 모여들었다. 목이 가늘고 윤곽이 부드러운 얼굴의 누이는 손 안에 불을 쥐고 눈을 감았다.

누이는 초월의 힘을 누르며 숨을 죽였다. 불을 다루는 능력은 인간의 자유를 억누르는 이상 징후일 뿐이었다. 돌연한 변이의 생태는 누이의 삶을 속박했으며, 인간에 대한 혐오로 왔다. 초월을 짊어진 누이의 삶은 두렵고 가슴 떨렸다. 숨을 내쉴 때마다 불을 다루는 염력은 인간이기를 포기한 자의 절망과 다르지 않았다. 세상에 드러나서는 안 되며, 드러나는 순간 세상으로부터 버려질 것을 누이는 누구보다 먼저 알았다.

오라비가 누이의 손을 감싸 안았다. 순한 온기가 누이의 손등을 타고 손 안으로 전해왔다. 누이가 고개를 끄덕이며 오라비를 올려다봤다. 누이의 입술에서 붉고 단단한 윤기가 났다.

오라비가 가쁜 숨을 몰아쉬며 말했다.

"드러내지 말아야 헌다. 까먹지 말아야 혀. 입 속에 든 쎗바닥 맹키로 꼭 다물고 살아야 헌다, 그 말잉 겨."

누이가 눈에 힘을 주었다. 흰 자위를 가로질러 사슴뿔 같은 핏발이 보였다.

"천하게 살라, 그 말인 줄 알아요. 오라버니, 전 달빛보다 천하게 살아도 자유롭게 살 텡께 걱정 마셔요."

널 위로 눈이 내렸다. 눈보라 속에 어미의 세상이 떠갔다. 그 너머 오라비의 세상이 떠갔다. 어미는 이마와 가슴을 지나 먼 가나안 땅을 향해 성호를 그으며 말없이 죽어갔다. 어미의 죽음 속에 아득한 과거가 보였다.

성모 마리아여…….

외마디 속에 어미의 세상이 보였다. 높은 자의 이름을 부르며 어미는 높고 가파른 언덕을 올랐다. 열다섯 살 계집아이와 열일곱 살 사내아이를 새벽 언저리에 남겨두고 어미는 저승길에 올랐다. 멀리 북망산 기슭에서 새들이 날아올라 어미의 저승길을 따라나섰다. 장독대에서 기어 나온 흰 구렁이가 장작불을 헤집고 불 속으로 뛰어들었다. 흰 뱀은 불 속에서 요동치지 않고 조용히 죽어갔다. 온전한 재로 변해가는 동안 흰 뱀은 단 한 번 세상을 향해 혀를 내밀었다. 혀는 외줄기였다.

그날 새벽.

오라비는 정여립의 후예와 함께 떠났다. 다리를 절며 허리에 부목을 끼우고 젖은 시위처럼 뻗어간 어두운 샛길 따라 허위허위 걸었다. 오라비는 들판에 세워둔 허수아비 같았다. 옷자락 사이로 지푸라기 같은 살결이 너덜거렸다. 싸맨 천 조각 너머 핏물이 보였다. 높은 곳에서 까마귀 떼가 날아다녔다. 새 울음이 곡진하게 들렸다.

절룩거리며 걸어가는 신새벽의 눈보라는 꿈속 같았다. 맞은 자리에서 고름이 차올랐다. 고름 속에 핏기가 보였다. 누르면 팽팽히 부풀다가 터졌다. 터진 구멍으로 바늘 같은 피고름이 솟았다.

한쪽 다리를 절며 오라비는 오래 걸었다. 허리에 두른 부목 안으로 구더기가 들끓었다. 살이 허물어지고 살 속에 흰 뼈가 보였다. 바람이 살을 뚫고 지날 때 먼 곳에서 부엉이가 울었다.

만경강 한적한 곳에서 오라비는 바짓단을 내렸다. 하늘 모서리에 어미의 얼굴이 지나갔다. 어미의 얼굴 위로 누이의 얼굴이 겹쳐졌다. 어미와 누이의 얼굴은 생각 속에 있지 않고 눈보라 속에 있었다. 엄하고 매운 현실 너머에 어미는 죽어 있었고, 그 너머 세상에 누이는 갇혀 있었다. 누이라도 새순 같은 청초를 버리고 질긴 민들레로 살아주기를 바랐다. 홀씨의 근본을 버리고 수많은 씨를 퍼뜨려 우거진 수풀의 근성으로 살아주길, 오라비는 하늘을 우러러 기도했다.

강변에서 아지랑이가 피어올랐다. 노을이 고왔다. 저녁때 죽은 자들의 영혼이 만경강 기슭으로 몰려와 얼어붙은 강을 건넜다. 지나간 영혼은 돌아오지 않았다. 저녁은 성급히 몰려왔다. 강가에 피워 올린 장작불에서 온기가 돌았다. 불에서 꽃이 보였다. 꽃의 너울이 부드럽고 따스했다.

불꽃

존현각 앞뜰 박석 위로 고른 달빛이 부서져 내렸다. 먼 산마루에서 바람이 헐떡이며 달려왔다.

당—.

담장 너머 장악원에서 가야금 소리가 들려왔다. 순한 소리가 헛헛한 세상 위로 튕겨 나갈 때, 임금은 십자가를 쥐고 기도를 올리는 자들을 생각했다.

임금은 저들 스스로 메시아라고 부르는 궁휼한 자의 십자가를 이해할 수 없었고, 그 근원도 알 수 없었다. 십자가를 짊어진 무리의 기나긴 바람이 삶에 있는지 죽음에 있는지는 몰라도 천주를 달빛보다 높이 바라보는 자들의 심성도 끝내 알 수 없었다.

윤지충을 생각했고, 권상연을 떠올렸다. 생각과 생각이 합쳐진 곳에서 약용은 서 있었다. 약용은 우울한 얼굴로 임금을 바라봤다. 오른손아귀에 작은 십자가를 쥐고 이승의 무의미한 기슭을 지나고 있었다. 머릿속 약용은 늘 건재했으나 현실의 약용은 볼 때마다 기근으로 왔다. 약용은 언제 올지 알 수 없었다. 부른 날이 까마득한데, 화성이 완공되었다는 기별이 이어져도 약용은 기척하지 않았다.

내금위장의 보고에 들려온 서학인들의 삶은 차돌보다 단단하게 들렸다. 임금은 차돌끼리 부딪힐 때 튀어 오르는 가느다란 불꽃을 생각했다. 외방마다 들려온 서학인의 소란은 늘 두근거리는 전율을 실어 왔다.

여수 신청에서 서학인과 서학인 사이에 다리를 놓던 늙은 여령의 가야금은 물 같고 별 같다고 했다. 물과 별을 떠올리며 임금은 꽃 지는 황사를 염려했고, 가시덤불 같은 이념과 신앙을 근심했다.

죽음은 연습할 수 없는 무방비한 현실이 이상적으로 분화될 때 오는 결과라고, 임금은 단정하지는 않았으나 늙은 여령의 죽음 속에 물과 별의 이상이 보였다. 별이 아름다운 이유는 날마다 몸을 떨어 실존의 빛을 내기 때문이며, 별은 아픈 과거를 묻지 않고 밀려오는 죽음에도 무심하므로 아름다웠다.

안쪽과 바깥을 다 품고 있으므로 별일 것인데, 약용의 천주는 별과 같을지 몰랐다. 늙은 여령의 십자가는 흔한 별 가운데 하나가 될지 알 수 없었다. 몸과 마음을 품고 도는 구원의 성체는 외줄기 이기利己로 흘려 있으므로, 늙은 여령의 죽음은 가없이 들려왔다.

임금의 눈 속에 눈보라가 보였다. 눈동자를 가로지르는 생태는 맑고 깨끗해 보였는데, 시간이 멎은 듯 적막하기만 했다. 임금이 떠올린 여령의 죽음은 지존을 허무는 사적 죽음이 아닌, 나라의 인멸을 몰아오는 숨찬 고비라고, 말하는 듯했다.

임금이 한숨을 쉬었다. 임금의 숨결 너머 허수아비 하나 없는 텅 빈 들판이 보였다. 임금을 올려다보며 최무영이 말했다.

"죽음은 본래 고요한 것이옵니다. 죽을 때 모두는 껍질을 벗고 안쪽에 감추어진 흰 빛을 드러내며 죽어가는 것이옵니다. 세상 이치가 그러하옵니다."

단정할 수 없는 세상 이야기를 쏟아놓고 최무영은 망설였다. 별마다 아름다움을 말한 뒤 죽는 날까지 별을 생각하지 말라고, 임금을 누르는 것 같았다. 약용이 꿈꾸는 구원이 별 속에 있는지, 별 속에 늙은 여령의 구원이 박혀 있는지, 임금이 조급증을 누르며 말했다.

"십자가를 쥔 자들의 눈빛을 보았느냐? 삶을 걸지 않고, 죽음을 각오하지 않고서야 그런 눈빛을 보낼 수 있겠느냐?"

"완산에서 윤지충과 권상연의 눈빛을 보았사옵니다. 여수 신청에 붙들려온 늙은 여령의 눈빛을 소리로 들었사옵니다. 모두가 삶을 건 눈빛이었사온데, 죽음을 바라는 눈빛은 아니었사옵니다."

최무영은 속을 졸이며 삶 대신 눈빛을 말하고, 죽음 대신 눈빛을 보내는 것 같았다. 이 밤에 최무영은 임금에게 많은 것을 바라는 것 같았다. 임금의 눈 속에 눈보라가 떨어져 내렸고, 말 속에 눈보라가 밀려왔다.

"그들 역시 목숨을 걸지 않고서야 어찌 십자가를 쥐었겠느냐? 방식은 달라도 끝에 이르는 구원은 모두 십자가 하나에 달려 있지 않느냐?"

"의심 없는 신앙은 맹목이옵니다. 나라의 믿음이 엄연한데, 다른 쪽을 바라보고 다른 곳으로 기우는 것은 마음을 탓할 일이 아니라 나라의 근심을 보태는 망극일 뿐이옵니다."

믿음의 방식은 달라도 구원에 이르는 방식은 윤지충과 권상연과 늙은 여령의 죽음을 두고 한 말일 것인데, 말 속에 든 구원은 약용의 것이 될 수도 있고, 임금의 것도 될 수 있으며, 자신의 것도 될 수 있을 것이라고, 최무영은 생각했다.

구원과 죽음은 다를 것이나 죽음 뒤에 올 구원이 아득할지, 구원 뒤에 밀려올 죽음이 거룩할지 최무영은 알 수 없었다. 임금을 앞에 놓고 죽음을 떠올리는 것만으로 최무영은 황망했고, 불온한 것도 알았다.

뒤주에 갇혀 여드레 동안 곡기를 끊고 죽어간 아비를 생각하면 죽음의 가혹함이 아닌 별의 구원이 떠올랐다. 임금의 목에서 젖은 바람 소리가 들렸다.

"천주의 신념은 부드럽지만 강철보다 강하다는 것을 안다. 그 논리는 유교로 풀어낼 수 없을 만큼 아득한 곳에 있다는데, 죽음을 각오한 자들의 구원은 많은 날이 흩어져가도 이해되지 않는다."

최무영이 숨을 멈추었다. 임금의 눈에 젖은 물기가 보였다. 입으로 쏟아내고 머리로 되돌리는 죽음이 최무영은 두려웠다. 재단하거나 미봉할 수 없는 죽음은 임금의 혀끝에 오래도록 묻혀온 것 같았다.

최무영이 어깨를 낮추며 임금의 말을 받았다.

"하늘의 별, 땅 위의 물은 하나이옵니다. 그 때문에 별과 물은 저마다 믿음의 원천이 되고 삶의 무늬가 되며 죽은 뒤 그 안에 묻히는 것을 구원으로 생각하는 것이옵니다."

"그러하다. 아비는 검고 단단한 뒤주에서 별과 마주했을 것이고, 죽은 뒤 깨끗한 물로 구원받았을 것이다. 그러니 별과 물은 같을 수밖에……."

임금의 눈동자에 물기가 맺혀 들었다. 임금의 눈을 바라보며 최무영은 물고기를 생각했다. 가뭇없이 사라져가는 것들의 무거운 까닭이 비늘마다 보였다. 무거운 죽음 속에 십자가를 쥐고 걸어가는 자들의 가벼운 눈빛이 보였다. 죽음은 일시에 생애가 사라지는 것이 아니라,

꿈의 자락을 열어 그 존재를 무겁게 하는 것이라고, 죽음은 바람 부는 언덕을 지나 구원의 몽상에 젖는 것이라고, 죽음은 단순한 것을 새로운 구원으로 열어가는 것이라고, 최무영은 생각했다.

임금은 여수 신청으로 이어진 추조적발사건을 언제까지 기억할지 몰랐다. 이승훈, 정약전, 이윤하, 권일신, 김범우를 건너 누구로부터 여수까지 번져갔는지 알 수 없는 사건은 꼬리를 물고 이어졌다. 입과 눈이 돌아가는 문초와 뼈가 부서지는 매로도 드러나지 않는 실체는 처음부터 실체가 없는 허상을 쫓는 건 아닌지 생각해봐야 할 것 같았다.

임금은 죽음이 풍겨오는 실체와 그 죽음으로부터 이탈된 무의미한 내용을 곱씹었다. 매를 맞고 다음 날 다시 가서 매를 맞아도 실체는 드러나지 않았다. 잡혀온 늙은 여령은 끝내 입을 다물고 죽었다고 했다. 여령의 자식이 못다 맞은 매를 맞다가 혼절해 돌려보냈다는 말도 잊히지 않았다.

긴 고통 끝에 구원을 향해 가던 자들을 떠올리는 일은 그때마다 숨이 차올랐다. 임금의 눈가에 물이 맺혀 들었고, 이마 언저리에 조용한 빛이 어른거렸다. 임금의 입에서 더운 숨이 새어 나왔다.

"윤지충의 집에서 나온 그림은 알아보았는가?"

"도화서 화원들로 하여 깊이 들여다보게 하였으나 대개 꺼렸사옵니다."

최무영의 말 속에 답답함이 보였다. 사실의 묘사와 실제의 구상을 담은 그림은 도화서 화원들에게 낯설고 어려웠을 것이다. 열세 명의 현란한 구도가 난세의 어지러움을 멀리해온 화원들에게 좋게 보였을

리 만무했다.

"꺼린 이유가 뭐라던가"

"저마다 눈빛과 차림과 생김이 사특한 모습으로 비쳐든다 하옵니다. 그 속에 사사로운 동맹과 권모와 술수와 음모가 서려 있다 하옵니다. 특히 가운데 앉은 자의 관상은 세상을 쥐고 흔들 상이라고……."

가운데 앉은 자의 관상은 특별하게 들렸다. 눈썹이 땅이고, 머리가 하늘이면, 천지가 맞닿은 자리에서 세상을 쥐고 흔들 것이라는 화원들의 소감은 임금의 이마를 뜨겁게 했다. 말 속에 가운데 앉은 자의 이마에 비쳐든 빛이 보였다. 고랑 없이 반듯한 인상으로 사색에 잠겨 스스로 존재를 묻는 듯했다.

임금이 혼잣말로 읊조렸다.

"세상의 깨끗함을 멀리하고, 사사로운 감정으로 불길한 징조만을 입에 담는 자들이 언제부터……."

화원들의 말은 세상의 깨끗함을 뒤로 물리고 눈에 익숙한 악덕으로 바라본 결과였을 것이다. 임금은 말의 불길함 속에 번져오는 선악의 기둥을 털어내지 못했다. 그 말이 틀렸다고 부정할 수 없고, 옳다고 고개를 흔들 수 없는 까닭을 임금은 노론과 촘촘히 연결된 도화서 비선들의 전횡에서 알았다.

긍정할 수 없는 악은 선이 아니며 악도 아니었다. 임금은 화원들의 관점으로부터 유효한 거리에서 그림을 바라보고 싶어 했다. 그림 하나로 악으로부터 선을 구할 기회가 이 밤에 찾아와주길 임금은 바랐다. 악의 축을 바라볼 때 그림이 말하는 선의 기둥은 드러날 것이다. 선의 기둥이 도화서 화원들에게 선이 될지 악이 될 알 수 없었다.

도화서 별제別提

  그림 속 13인의 표정은 각양이었다. 부드럽거나 차가운 눈매가 어른거렸고, 곱슬거리는 머리칼은 희거나 검었다. 저마다의 얼굴엔 오래 묵은 시간대가 겹쳐져 있었다. 평온과 가식의 표정이 대칭을 이루거나 불안과 연민이 보였다. 선악이 교차하는 얼굴들은 먼 길을 앞두고 마지막 식사로 허기를 메우는 듯했다. 선과 악은 하나가 될 수 없는 것, 임금은 그림을 떠올리며 파란 불꽃을 생각했다.

  밤이 깊어가도 새들의 활공은 계속됐다. 새 울음이 들려올 때 최무영은 말했다.

  "하오나 도화서 화원들이 시경詩經과 공맹孔孟을 들먹이며 그림을 불살라 없애라는 와중에 육품 별제別提의 말은 다르게 들렸사옵니다."

  유자들이 신주를 불사른 죄목만으로 형륙을 내린 까닭이 화원들의 말 속에 들렸다. 그 너머 다른 눈으로 다른 세상을 말하는 자의 목소리도 가늘게 들려왔다. 임금이 조급증을 삼키며 물었다.

  "단원檀園을 말하는 것이냐?"

  임금은 김홍도의 그림을 세상 위에 떠 있는 해 같으며 달 같다고 생각했다. 육중한 비경을 떨치고 사실의 구상 아래 삼라한 만상을 사실 그대로 화폭에 담아낸 김홍도는 임금의 눈에 넘치지 않았고 부족하지도 않았다. 즉위 2년 하지에 김홍도에게 어진御眞을 맡기면서 임금은 죽은 뒤 후세에 드러날 면목이 부끄럽지 않기를 바랐다. 김홍도는 그림보다 세상을 바라보는 시각이 깊고 넓었다. 보이는 그대로를 그리니 세상을 품는 것도 화가로서 정직하고 차분했다.

최무영이 조심스레 입을 뗐다.

"도화서 별제가 말하길 13인의 만찬은 세상의 비밀을 품고 있다 하옵니다. 화성 행차를 앞둔 근자에 노론의 암투와 다를 바 없다 했사옵니다."

임금은 왕가의 비기秘記를 생각했다. 오래전부터 비밀리에 전해온 비기에는 세상 안에 감추어진 존재들이 득실거렸다. 먼 시대 저편의 선왕들은 세상에 드러나서는 안 될 초월의 아이들을 비기에 실었다. 드러날 운명을 누르고 눌러 자연과 지맥과 산천이 모르도록 은밀히 기록으로 남겼다. 불과 물과 바람과 쇠와 붓을 다스리던 아이들은 여전히 불가사의였다. 천둥과 번개를 불러오던 아이는 감이 오지 않았다. 시간을 건너뛰고 꿈속을 걸으며 심미안으로 세상을 바라보는 아이들이 문장으로 전해왔으나 여전히 실존과 허상 사이에 돌았다.

돌연변이 아이들은 시대마다 나라를 흔드는 망조에 불과했다. 세상을 구하기도 했고, 세상을 위태롭게 하기도 했다. 시대마다 친화할 수 없는 적으로 배척되었고, 세상에 드러나는 것을 두려워했다. 시간을 뚫고 아이들은 출몰한다는데, 어떤 방식으로 과거 시간에서 현재로 건너오는지 알 길이 없었다. 아이들은 모두 달빛사제들과 연결되어 있다고 했다. 시대마다 치정으로 얽혀 있는 아이들의 존재를 긍정해야 할지 부정해 할지 알 수 없었다.

임금이 타는 속을 누르며 물었다.

"치정으로 얽힌 노론의 암투가 그림에서 보였다? 김홍도가 그렇게 말했단 말인가?"

"그 말을 전할 때 도화서 별제의 눈은 정직해 보였사옵니다."

치정과 음모와 반역과 불충의 회오리를 몰아오는 노론 비선들이 그림 속에서 자리를 지키려 서로를 멸시하고 부정하며 저들끼리 속삭이느라 여념이 없어 보였다. 드러내지 않으면서 은밀히, 가볍지 않은 어조로 서로는 서로를 간절히 원하는 듯이 들렸다. 조용하면서도 원대한 야망을 품은 노론 비선들이 보이지 않는 선을 잇대며 그림 속에서 다급하고 소란한 밤을 준비하는 듯했다. 임금이 한숨을 쉬었다.

노론 비선에 대한 대안은 그때마다 달랐다. 생각을 모으면 검고 단단한 뒤주가 떠올랐고, 울부짖으며 죽어간 아비의 얼굴이 떠올랐다. 저녁나절 떠오른 아비의 죽음은 허전한 생을 몰아와 돌아설 줄 몰랐다.

최무영이 나직이 덧붙였다.

"하오나 도화서 별제의 말은 노론을 예로 들었을 뿐 실상은 그보다 더 큰 무엇을 바라보는 것 같았사옵니다."

노론보다 더 큰 무엇.

임금은 말 속의 회오리를 생각했고, 그림 속 열세 명이 일으키는 소용돌이를 생각했다. 소환할 수 없는 먼 공간과 시간대에 그려졌을 그림은 좀체 감이 오질 않았다. 정체가 무엇인지 그마저 알 수 없었다. 생각할수록 완강한 무엇이 어른거릴 뿐이었다.

임금은 살아갈 땅과 죽어갈 시간을 생각했다. 삶과 죽음은 생각만으로 닿을 수 없는 모호한 언덕에서 서로를 끌어당길 뿐이었다. 메마른 능선을 따라 삶은 매 순간 죽음을 불러오는 것이며, 매 시간 죽음은 삶을 재촉할 뿐이었다. 임금의 눈은 임금만의 영토로 돌아가 삶을 몰아가는 죽음과 죽음을 불러오는 삶을 돌아보는 것 같았다.

"김홍도의 눈이 그러하다면 더 물어 어쩌겠는가?"

세손 시절부터 곁에 머물던 김홍도의 직관을 모르지 않았다. 어명을 받는 중시中侍 가까이 도화서 별제 관직을 내리게 한 것도 김홍도의 사유와 판단이 유효했기 때문이었다. 김홍도는 소리 없는 그림자 역할보다 세상과 밀접한 직설의 어려움을 두려움 없이 조언할 때가 잦았다. 늘 곁에 두지 않아도 알아서 말을 가져오니 영민하고 참신할 때도 많았다.

김홍도의 입에서 노론의 암투가 나온 것이 한두 번 아니었기 때문에 더 알고 싶지 않았다. 다만 김홍도가 노론의 암투에 빗대어 그림에 대한 의혹을 가중시킨 것은 새겨들을 것이 많아 보였다. 다른 눈으로 다른 세상으로 바라보는 김홍도의 직관엔 버릴 것이 없는 것도 알았다.

임금이 덧붙여 말했다. 목에서 가느다란 피리 소리가 들렸다.

"아마도 김홍도가 보고자 한 것은 13인의 인물이 아니라 화폭에 담긴 붓의 장력이었을 것이다. 13인의 만찬을 가늠해 조선의 행태를 더 듣어가려 했을 것이다."

김홍도는 한 폭의 그림으로 먹구름처럼 달려드는 노론의 암투를 보았을 것이고, 비선과 결탁한 시전 상인들의 농단 아래 신음하는 개별 농어민과 사적 상인들의 민음을 들었을지 몰랐다. 매의 눈으로 극사실의 그림을 그리는 김홍도의 역량이 넘치는 것은 억압받고 차별받으며 상처 입은 자들의 관점을 중히 여긴 때문이었다.

김홍도의 그림은 맑고 정직했다. 난전을 갈아엎는 시전들의 악행을 바라보면서 임금은 김홍도의 풍속도첩에 그려진 씨름꾼을 생각했다. 서로 밀고 당기며 정직한 기술과 힘으로 경쟁해야 할 싸움판이 권력을 이용해 한쪽을 무너뜨리는 일은 김홍도의 그림에선 종적을 감추었다.

육의전의 특권으로 조성된 금난전권禁亂廛權의 횡포는 극에 달해 있었다. 조정과 시전의 유착을 막자는 여론을 생각할 때도 임금은 김홍도의 그림을 떠올렸다. 서당에서 훈장에게 회초리를 맞고 우는 아이가 가엾지 않은 건 세상이 말해주었다. 글공부든 세상 공부든 게으름 피우는 자에게 회초리로 훈계하는 건 옳은 일이므로, 늙은 훈장의 얼굴 위에 그려진 우울한 표정이 자신과 닮았다고 임금은 생각했다.

채제공이 나서서 금난전권의 패악을 고하자 눈을 뒤집고 반대하던 육의전 비선들의 표정이 떠오를 때도 임금은 길쌈하는 아낙들의 순한 풍속과 소박한 삶을 생각했다. 정경 유착으로 거둬들인 검은 자본의 출처와 흐름을 꿰뚫을 때도 임금은 김홍도의 화첩 가운데 정직한 대장간 그림을 떠올렸다.

소박한 자들이 일구는 궂은 일상에는 검고 어두운 자본이 고이거나 흘러들 여력조차 없어 보였다. 아비의 죽음을 감추려 권력을 향해 질주하던 노론 비선들의 검은 갓을 떠올릴 때도 임금은 가으내 수확한 벼를 타작하는 종들과 이를 게으른 눈으로 지켜보는 사대부의 모습에서 가진 자와 가지지 못한 자로 분할된 김홍도의 그림을 생각했다.

김홍도의 그림엔 임금의 눈으로 볼 수 없는 평온한 삶과 순한 감정이 들어 있었다. 딴전을 부리는 자들의 세상 시비를 다독여주었고, 유물唯物의 세상을 유심唯心의 눈으로 바라보게 하는 너그러움도 배어 있었다. 김홍도의 그림만으로 백성의 삶을 알아가고 마음을 느끼기에 충분했다. 저마다 풍속을 반영한 그림을 통해 임금은 세상 인정과 물정과 세태를 알아갈 수 있으므로 좋았다. 김홍도의 그림엔 오래전 검고 단단한 뒤주와 함께 사라진 삶의 신비와 감성이 출렁거렸다. 김홍도는 임금의 가슴에 배어들어 사라질 줄 몰랐다.

최무영이 숨을 삼키고 임금을 올려다봤다. 임금의 눈에서 새털구름이 떠갔다.

"세상 모두가 평등할 순 없사옵니다. 차별과 억압이 사라진 세상은 권력의 적폐, 자본의 모순, 차별의 망극을 씻어낼 때 가능할 것이옵니다. 그 일의 불가능성으로부터 세상을 돌아보지 마시고, 지금 있는 그대로를 바라보심이 더 허허롭지 않을 것이옵니다."

최무영의 말이 옳은지 알 수 없었다. 틀린 말이 아닐 테지만, 다르지 않은 말로 세상의 부정을 씻어내려는 것은 단지 말로만 들렸다. 어쨌거나 백성들의 말길을 뚫어 민음을 다독이면 세상이 후련해지기는 할 것 같았다.

임금의 미간에 힘이 들어갔다.

"모두가 동등하게 말할 수 없는 세상이 옳을 것이다. 누구든 말할 수 있도록 베푸는 건 어떠할 것 같으냐?"

대의의 질서와 명분 아래 말할 수 없는 백성의 삶을 말하게 하는 백성으로 살아가게 하는 것은 임금의 도리가 될지 몰랐다. 일상의 삶에 백성이 이르고자 하는 신념은 모두에게 중하고 고결하므로, 민본을 말하지 않아도 스스로를 높여 침묵하면서 동시에 더 말할 수 있는 권리를 부여하는 것은 임금의 근본에 충실할지 몰랐다.

임금이 기침했고, 최무영이 눈을 반짝였다. 가지런한 발언이 임금을 다독이기는 했다.

"도화서 별제의 그림은 소박하고 향기로울 수 있으나 삶에 든 진실을 기름진 들판 뒤에 감춤으로써 백성을 병들게 하고 있사옵니다."

"김홍도의 그림이 평온하고 부드러운 건 안다. 허나, 그림으로 김홍도는 세상을 말하고 있지 않느냐? 풀잎 같고 바람 같으며 낱알 같은 부스러기들이 세상을 이끌어가는 것이라고⋯⋯."

이 밤에 임금은 김홍도의 그림으로 세상을 건너가는 것 같았다. 어두운 물정아래 짓눌린 인정을 묻어둔 채 고요한 그림 속 기슭으로 사뿐히 걸어가는 듯했다. 그림은 그림일 뿐인데, 임금은 김홍도의 그림을 현실로 끌어당겨 세상의 고락을 쓰다듬는 듯했다.

길쓸별

인왕산 비탈에서 늑대 울음소리가 들려왔다.

이 밤에 이승을 떠나는 자들의 저승길이 외로울 것 같지 않았다. 길 위에 사람이건 짐승이건 울음이 들어차서 죽은 자의 영혼이 순한 바람결에 조용히 떠가면 다행이었다. 산 자들이 향을 피워 죽은 자의 소식을 이승 끝에 전하면 그 또한 견딜 만했다. 저승길 위로 꽃 같은 연기가 피어오르면 산 자들이 엎드려 절하고 이별을 고하는 것도 꽃 지는 시절엔 참아줄 만했다.

이승의 소란을 저세상으로 흘려보내는 일은 그때마다 달랐으나 늙은 여령의 죽음은 헛것 같지 않고 또렷했다. 죽을 수밖에 없는 생의 면목과 척박함은 먼 별 속에 더 분명했다. 늦은 저녁에 늙은 여령의 몸에서 빛나는 별들의 융화가 임금의 눈에 보였다.

임금은 죽기 직전까지 빛나던 몸을 생각했고, 몸으로 맞서던 꿈을 생각했다. 늙은 여령의 죽음이 생각보다 오래가는 것을 알았다.

"죽기 전 늙은 여령이 남긴 말은 없더냐?"

최무영이 올려봤다. 생각에 잠긴 뒤 최무영은 조용히 대답했다.

"십자가엔 오래된 믿음과 그 믿음으로부터 나온 감성이 있고, 감성의 울분이 나라마다 산천으로 뻗어가 고을이 생겨나고, 그곳에 깃들면서 세계인의 추억과 사랑과 믿음의 공동체가 된다고 하옵니다. 늙은 여령이 목숨을 버리며 남긴 십자가의 내력이 그것이며, 완산의 윤지충과 권상연이 죽어간 이유도 그와 다르지 않사옵니다. 세상의 적막을 끊어내는 저들만의 역사로부터 십자가는 오래도록 세상을 떠돌다 다시금 올 것이옵니다."

임오년 왕가의 결정이 떨어져 내리던 날, 검은 뒤주 속에서 수긍할 수 없는 아비의 죽음을 임금은 매운 눈으로 바라봤다. 임금은 아비의 죽은 자국이 뚜렷한 사유로 남길 바랐다. 임금은 죽은 아비의 바람이 관념의 영토에서 화해와 치유로 이해되길 바랐다.

임금이 조용히 물었다.

"예수라는 자에 대해서는 알아보았느냐?"

"야훼라는 자를 믿던 마리아라는 여인이 사내와 통정 없이 순수한 동정으로 낳은 아이가 있었는데, 그자가 바로 예수라고 하옵니다. 마리아의 계시는 야훼라는 자로부터 시작되었다고 하옵니다."

낯설고 어려운 이름들이 최무영의 입 속을 벗어나 임금의 귓속으로 밀려왔다. 접근할 수 없는 자들이 무성한 잎사귀로 귀화해 머릿속에 붙어 다녔다. 허깨비 같은 자들이 몽매한 백성을 앞세워 스스로 거룩해지기를 바라는 것이라고, 임금은 생각했다. 유건을 쓴 자들까지 십자가를 쥐고 조선을 어지럽히는 이유를 알 것 같았다.

임금은 그림 속 열세 명의 인물과 윤지충으로 이어지는 열네 명의 유자들을 생각했다. 권상연과 정약용이 떠올랐고, 약현, 약전, 약종으로 이어지는 약용의 형들이 머릿속을 스쳐갔다. 뒤를 이어 이승훈에서부터 주문모가 차례로 떠올랐다. 머릿속에 떠오른 유자들은 십자가를 추적하는 공서파의 정면에서 서서 비선들과 대치하고 있었다.

약용의 입 속에 돌던 꿈같이 고요하고 물같이 평등한 나라, 예루살렘 어느 곳에 있다는 골고다 언덕에서 바람과 석양에 기우는 가나안 땅은 결국 허균의 이야기 속 나라 율도栗島와 다를 것 같지 않았다. 멀리 문장으로 임할 수 없는 나라를 생각할 때, 임금은 그림과 현실의 중간을 가늠했다. 목측할 수 없는 나라의 임금으로 살아갈 수는 없을 것인데, 저마다 가고자 하는 세상은 그림 속 인물들의 시선에 가려 보이지 않았다.

그림과 현실의 경계를 허물고 세상 속으로 뛰어드는 날, 비선들은 검거될 것이고, 뒤집힌 세상 밖으로 실세들은 자취를 감출 것이다. 숨막히는 때에, 임금은 삶과 죽음을 놓고 십자가를 쥔 자들을 생각할지 몰랐다. 삶을 돌이키고 죽음을 바라보는 까닭만으로 얽히고설킨 죽음의 실체를 가늠할 날이 오리란 것을 최무영은 조용히 내다봤다.

열세 명의 인물과 함께 뱃속 저 까마득한 곳에서 솟구치는 부드러운 관용을 최무영은 이해할 수 없었다. 이따금 눈을 찌르며 빛의 속도로 파고드는 가파름조차 이해되지 않았다.

칡덩굴처럼 얽힌 감성으로 모두를 바라보는 임금의 눈은 시리게만 보였다. 늦은 밤에 임금은 김홍도를 생각하는 것 같았다.

"조용한 날에 도화서 별제를 불러라. 백동수로 하여 안일함 없이 데려오라 명하라."

어린 시절부터 임금을 호위해온 백동수는 어렵고 까다로운 무사였다. 최무영은 백동수의 칼끝이 두렵고 그 눈빛이 어려웠다. 까닭 모를 살기로부터 자신을 옥죄어 오는 백동수의 눈빛은 임금과 가까이 있으므로 임금은 늘 안도했다. 슬픔을 잠재한 눈으로 임금의 곁을 지키는 이유만으로 백동수는 임금의 비선이 될지 몰랐다.

"조용한 날 은밀히 데려오라 전하겠사옵니다. 하오나……."

… 신은 백동수와 다르옵니다.

최무영은 뒷말을 삼켰다. 물러설 때 부엉이 울음이 들렸다. 낮에 울던 부엉이 울음과 백동수의 칼끝을 딛고 들려온 부엉이 울음은 다르게 들렸다. 다른 이유를 알 수 없었다. 최무영의 어깨 너머로 뚜렷한 혜성이 보였다. 꼬리를 늘어뜨린 길쓸별은 떨어지는 순간 생명이 소진된 것을 아는지 몹시 밝고 휘황했다.

서편으로 기우는 길쓸별을 바라보며 임금은 백동수를 생각했다. 날이 좋은 날 쉬게 할 참이었다. 날이 좋지 않아도 호젓한 곳으로 불러들이고 싶었다. 바람 없는 날에도, 눈비 나리는 날에도 백동수는 최무영과 다른 얼굴, 다른 말로 임금 곁에 있어줄 것이었다.

제비꽃 그 아이

세월은 가없고 허랑했다. 시간은 적막을 뚫고 뚜렷이 흘렀다. 물 같고 눈비 같으며 바람 같은 시간은 날마다 흐르고 흘렀다. 흔한 별처럼 떠올랐다가 꿈처럼 사라져 가는 것이 시간인데, 망각의 기슭에서 점점이 소멸할 때 시간은 더 뚜렷했다. 시간은 멈춘 듯 보였으나 보이지 않는 매 순간 바위를 뚫고 지나갔다. 시간은 말없이 흐를 뿐인데, 한번 지난 시간은 다시 돌아오지 않았다.

언제부턴가 횃불이 보였다. 하나둘일 때는 외롭게 보였으나 숫자가 불어나면서 걷잡을 수 없이 타올랐다. 아궁이에서 시작된 횃불은 광화문에서 끝나지 않았다. 횃불은 광화문을 지나 남산 아래로 몰려갔다. 종묘 앞에서 횃불은 한바탕 꿈처럼 휘돌며 사대문으로 뻗어갔다.

자하문 밖에서도 횃불은 타올랐다. 조지서造紙署 앞마당에 모여들 때 횃불은 종이와 오래 대치했다. 종이의 근본은 물에서 오는 것이므로, 불을 누를 조건은 종이보다 물에 있었다. 불과 상극할 수밖에 없는 종이의 순응이 불을 켠 자에게 있다는 것도 알았다. 물은 불을 누르고, 불은 종이로 흡수하며, 종이는 물에서 시작돼 불로 소멸되는 변증의 논리를 모르지 않았으나 그러거나 말거나 한번 일어선 횃불은 끝을 볼 듯이 세상 앞에 이글거렸다.

경상, 전라, 충성, 강원, 함경 지맥을 따라 외방 장터에도 불꽃은 피어올랐다. 횃불은 드러나는 곳마다 산발적이거나 급작스러웠는데, 난리 속에서도 들불처럼 분명했다. 고요히 타올라 멀리 뻗어갈 때도 횃불은 뱀 같은 민첩함을 놓지 않았다.

언제부턴가 민가 장터에 불을 실어 나르던 사람이 죽자 무당 집 어귀에서 그의 영혼을 보았다는 소문이 돌았다. 민가의 밤이 길어서 그런 것이라고, 사람들은 생각하지 않았다. 불을 쥔 자들을 토끼 몰듯 한곳으로 몰아붙이면, 남은 불길이 더 거세어진다는 것도 알았다. 잠재울 수 없는 불길은 버려두어야 했으나 언제까지 두고 보아야 할지 알 수 없었다. 관아에서 밤마다 불을 죽이려 불을 들고 나왔으나 바람부는 대숲 언저리에 불은 언제나 살아 있었다.

오래전 누이와 오라비는 보풀처럼 흩어졌다. 오라비는 여립의 후예와 함께 길을 나섰다. 눈보라가 세상을 덮던 날 어미의 죽음이 그곳에 있었다. 오라비는 밤마다 누이의 꿈속에 나타나 흩어진 불길을 돋우고 소리 없이 돌아섰다. 꿈에서 깨어나면 오라비는 불속에도 물속에도 보이지 않았다.

…오라비는 어느 깊은 곳에 숨어든 것일까? 오라비는 나를 잊은 것일까?

누이의 눈에 오라비는 서편 하늘 별이 되어 있었다. 어미의 핏줄기속에 보이던 강기슭 초목은 누이의 기억을 떠나지 않았다. 마당 가운데 솟구치던 불길을 떠오를 때, 다리를 절며 떠난 오라비의 뒷모습은 잊히지 않았다. 마당을 가로질러 불길에 몸을 던진 흰 뱀이 떠올랐다. 보풀처럼 살았어도 누이는 밤마다 떠오르는 별처럼 순한 불꽃을 생각했다.

누이는 궁궐에 들어갔다. 장악원掌樂院에서 무거운 궁중음악을 몸에 실었고, 드난 여령으로 연명했다. 여령은 세상 안에서도 밖에서도 보이지 않았다. 아이는 드러낼 수 없었고, 드러나지 않아도 뚜렷이 살아가길 바랐다. 어미를 보낸 기억은 캄캄한 숲에 머물러 있지 않고 오라비와 함께 서쪽 하늘 별로 남아 있었다.

해가 기울었다. 남은 해가 전각 모서리에 부딪혀 부서져 내렸다. 해거름을 딛고 가야금 소리가 들렸다. 소리의 허상들이 전각 모서리를 스칠 때, 아이는 죽은 어미의 눈망울과 손마디를 떠올렸다. 선율을 바라보던 어미의 눈은 늘 젖어 있었다. 금琴을 뜯던 어미의 손마디에 잔물결이 출렁거렸다. 어미는 물빛의 금을 아이에게 물려주고 싶어 했다.

　…금琴을 뜯으면 옛 가야의 선율이 세상 밖으로 흘러나온다. 바위에 올라 천년 마멸을 견딘 석상오동石上梧桐 만이 가야의 선율로 환생할 수 있지. 가야의 선율은…….

하늘 모서리에 떠오른 잔별들이 북한산 기슭에 닿아 빛났다. 바람이 동에서 서로 불어 가는지, 서에서 동으로 불어 가는지 알 수 없었다. 바람은 수시로 방향을 바꾸어 늘 짐작할 수 없는 먼 곳으로 불어갔다.

장악원 담장 너머에서 불어온 가야금 선율은 여백 없이 저녁 공기를 갈랐다. 소리는 늘 바람 속에서 놀았는데, 바람은 어디에서 시작되고 어디로 가는지 약용은 알 수 없었다.

장악원 안으로 발을 내디뎠다. 악사와 무부와 무동들이 돌아간 태평관 마루에 아이는 혼자 앉아 있었다. 그 해 동짓달 눈 멎은 날에 아이는 언 손을 쥐고 아득한 향기로 왔다. 자하문 밖 한강 북편의 바람을 등진 채 아이는 긴 머리칼을 날리며 남사당패에 섞여 있었다. 얼어붙은 손등 위로 피가 흘렀고, 눈빛이 모호했다. 아이의 등에 묵직한 가야금이 얹혀 있었다.

    …나으리, 선율의 길을 가려합니다. 소리를……, 가야금을……, 뜯도록 해주셔요.

흔들리던 눈빛 끝에 바람 속으로 끌려가던 아이의 목소리가 귓가에 생생했다. 아이는 전라좌수영 신청에서 왔다고 했다. 관기官妓의 아이는 한쪽 눈이 파랬고, 한쪽 눈은 노랬다. 사람들은 아이의 눈빛을 어려워했다.

아이는 신청에서 가야금을 뜯거나 대금을 불었다고 했다. 아이의 가야금 소리를 들으면 가슴 한곳이 무너지는 기분이 들었는데, 그때마다 약용은 선율에 스며든 울분과 광기와 총기를 바라보곤 했다. 아이가 대금을 불면 가슴이 먹먹해졌는데, 이해할 수 없는 소리의 결이 사방에서 불어와 약용을 어렵게 했다. 광기와 울분과 총기가 버무려진 소리 속에 아이의 감정이 보였다. 샛강처럼 가느다란 감정을 몰아와도 약용은 아이를 가까이 두었다.

삶과 죽음의 길 여기에 있음에 두려워하고
나는 간다는 말도 못다 이르고 가는가?
어느 가을 이른 바람에 여기저기 떨어지는 나뭇잎처럼
한 가지에 나고서도 가는 곳을 모르겠구나.
아아, 극락세계에서 만나볼 나는 도를 닦으면서 기다리리라.

아이의 〈제망매가祭亡妹歌〉는 울적하고 쓸쓸하게 들렸다. 월명사月明師가 지은 향가鄕歌에 아이가 곡을 입혔다고 했다. 노래 속 극락세계에서 윤지충과 권상연은 약용을 기다리고 있을지 몰랐다. 그 세계에 임할 조건이 윤지충에게 있는지 권상연에게 있는지, 그도 저도 아니면 아이에게 있는지 약용은 알 수 없었다.

약용은 공서파를 피해 달아나지 않았으나 윤지충이 저세상에 오른 뒤 스스로 서학을 단속했다. 피할 수도 즐길 수도 없는 서학을 옷자락에 묻히거나 보폭에 얹는 일도 멀리했다.

화성 완공 후 약용은 좌부승지에서 동부승지로, 동부승지에서 형조참의로 상승의 시간을 보냈어도 노론의 그늘에서만큼은 자유롭지 못했다. 홍국영과 채제공을 억누른 노론은 한시도 약용을 버려두지 않았다. 약용은 해직과 복직을 반복하며 겨우 살아갔다.

해가 무르익어 갔어도 윤지충의 옷자락과 권상연의 십자가는 몸속 깊이 감춘 묵주에 감겨 있었다. 이마에서 가슴으로 이어지는 성호 때마다 윤지충은 약용의 마음에 떠올랐다. 성호를 긋지 않아도 권상연은 약용의 머리맡에 돌았다.

아이의 노래가 끝나자 약용이 입을 열었다.

"듣기 좋구나. 사연이 있느냐?"

"……."

아이는 말없이 약용을 바라봤다. 대꾸가 없자 약용이 말을 이었다.

"꼭 만나야 할 사람이라도 있는 것 같구나."

"오래전 헤어진 오라비를 생각하고 곡을 지었습니다."

약용은 아이의 얼굴을 뚫어지게 바라봤다. 아이의 몸에서 모과 향이 밀려왔다. 향이 아련했다. 귓가가 데워지는 기분이 들었다. 약용이 느슨히 물었다.

"천지간 핏줄이라곤 오라비 하나만 있다고 했느냐?"

"어딘가에서 저를 찾고 있을 것입니다."

"때가 되면 만나게 될 것이야. 그것이 사람 사는 이치가 아니더냐?"

아이가 소리 없이 웃었다. 익은 뺨에서 이번엔 복숭아 향기가 밀려왔다. 약용이 빙긋이 웃었다.

"그래, 언 손은 다 나았느냐?"

"겨울을 넘긴지라……."

아이는 겨우 올려다보며 대꾸했다. 약용이 고개를 끄덕였다.

"손등을 보자꾸나."

"……."

손을 내보이며 아이는 쑥스러워했다. 얼었다 녹은 아이의 손등은 거칠고 메말라 보였다. 손등 위로 뻗어나간 핏줄이 붉고 선명했다. 강줄기 같은 핏줄이 손마디 안으로 스며드는 게 보였다. 손가락 위로 들판에 피어오르던 아지랑이가 보였다. 그 손으로 불을 다스릴 줄은 꿈에도 알 수 없었다. 불의 쥐던 때와 달리 아이의 손은 부드러운 언덕으로 채워져 있었다.

"풀린 손으로 뜯는 가야금 소리가 좋구나."

"겨우내 얼어있던 줄에 빛이 들고 향기가 차오른 것 같습니다."

"향기? 가야금에도 향기가 있느냐?"

약용이 호기심 어린 눈으로 물었다. 아이가 대꾸했다.

"선율이 곧 향기인지라, 향기 없는 소리는 없다고, 전악典樂이 말해주었습니다."

장악원 전악의 말 속에 소리마다 얽히고 맞물린 향기가 전해왔다. 소리와 향은 별개의 것인데, 어찌 전악은 소리가 머금은 향기를 입으로 말할 수 있는지 알 수 없었다. 후각이 아닌 오감으로 전해지는 선율의 향기는 듣기에 좋았다.

약용은 덧붙였다. 목에서 긴 날의 허기가 밀려왔다.

"본래 오동은 저 자신이 품은 향기뿐 아니라 가야금을 뜯는 연주자의 향기와도 친밀하지 않더냐? 너에게도 너만의 향기가 있듯 선율에도 소리의 향기가 있는 것이다."

아이가 고른 치아를 가리고 실팍하게 웃었다. 아이가 웃으면 천대받는 자들의 고통이 조금 사라지는 것 같았다. 아이가 속절없이 대꾸했다.

"가야금은 현마다 소리가 숨어 있습니다. 소리는 층을 이루는 계음마다 특별한 향기를 지니고 있습니다. 그래서 눈을 감아도 손가락 닿을 자리가 어디인지 알 수 있습니다."

말끝에 미나리 향이 밀려왔다. 약용이 깊이 숨을 들이마셨다. 텅 빈 허파 속으로 된장이 풀어진 저녁 밀물이 들어차는 것 같았다. 벼루의 연안에서 세상과 대치 중인 붓을 떠올리며 아이에게 물었다.

"너는 짚어야 할 곳과 뜯고 퉁겨야 할 곳을 향기로 알 수 있느냐?"

"그러합니다."

아이가 눈빛을 한데 모았다. 잘 찢어진 눈두덩 속에 노란 것과 파란 것의 차이가 또렷했다. 두 갈래 색채로 갈라선 아이의 눈동자는 깊게 보였다. 흰자위가 여백 없이 깨끗했다. 약용이 덧붙여 물었다.

"그 작은 손으로 줄과 줄을 짚는 게 어렵진 않느냐?"

"쉽진 않으나 어렵지도 않습니다."

"계음이 놓인 자리를 모두 외우고 있는 것이냐?"

"저와 금琴은 하나입니다."

…이 아인 극도로 예민한 아이구나. 선율 하나로 세상을 일으킬 아이야.

약용은 말하지 않았다. 말을 삼키며 아이의 눈을 바라봤다. 아이의 눈 속에 비쩍 마른 노루가 보였다.

…너는 가야의 향기가 좋으냐?

입 속에서 맴도는 말을 누르며 약용은 조용히 숨을 내쉬었다. 겨우 내 허드렛일을 하던 아이를 생각하면 마음 한곳이 쓰라렸다. 언 손으로 금을 어르는 아이의 손을 바라보면 가슴 한곳에 서늘한 바람이 불어갔다.

"장악원 가야금은 조선 금琴 가운데 으뜸이다."

"그렇게 알고 있습니다. 하지만 아직 배울 것이 많습니다."

바람이 불었고, 살이 떨렸다. 노을이 인왕산 아랫자락까지 넓게 비추었으나 왠지 모르게 추웠다. 낮에 빛나던 것들이 하나둘 어둠 속으로 머리를 들이밀자 멀리 종묘 쪽에서 부엉이 소리가 바람에 실려 왔다. 소리는 장악원 전각을 깎아지르며 너울너울 춤추듯 담장을 넘어갔다.

"너는 금이 좋으냐? 그토록 애가 타느냐?"

약용이 아이의 눈을 바라봤다. 아이는 생각에 잠겼다가 대꾸했다.

"금에 실려 있는 아득한 소리가 좋습니다."

그러하되, 가야의 금에 실린 소리의 저장처를 약용은 알 수 없었다. 깊고 넓으며 높은 곳의 골짜기를 더듬어가는 소리의 계통을 약용은 맡을 수 없었다. 소리는 붓의 현오와 먹의 자유와 벼루의 고요로 일으킬 수 없었다. 실사구시의 학문으로도 이해되지 않았다. 오래전 가야의 악사가 일으킨 선율을 소환하는 그것만으로 좋았다.

아이가 눈을 들어 약용을 바라봤다. 두 갈래의 빛이 왠지 모르게 외롭게 보였다. 아이가 손끝을 들어 올렸다.

당—.

가야금에서 홀로 된 소리가 들렸다. 아이의 목에서 소리의 근성이 밀려왔다.

"소리는 마음과 다르지 않습니다. 소리를 더듬으면 선율 속으로 가야의 흥망이 손에 잡힐 듯 제게 옵니다."

다시 아이가 금을 그었다. 다당—. 소리가 맑았다. 약용의 입가에 알듯 모를 듯 미소가 번졌다.

"마음, 그것은 만질 수 없고 붙들어 맬 수 없는 것 아니냐? 소리도 마찬가지다. 그래서 가야의 선율은 들을 때마다 아름다운 것이야"

당—.

가야금에서 튕겨 나온 소리의 허상이 담장 너머 종묘 쪽으로 뻗어 갔다. 소리의 실상을 만들어내는 아이의 손은 언제나 그랬듯 달빛 같았다. 소리의 허상을 좇아가는 마음은 약용의 것인데, 손과 마음의 다름이 약용은 어렵고 생소했다. 다름 속에 솟구치는 허기가 약용을 옭죄어도 소리의 실상은 만질 수 없으며 만질 수 없는 소리는 허상일 뿐이라고, 약용은 생각했다.

약용이 생각 끝에 뱉었다.

"어렵구나……"

한마디 속에 세상 희비가 보였다. 노기에 찬 세상도 보였고, 살아가기 벅찬 세상도 보였다. 탐학에 굶주린 노론의 붉은 세상도 보였으며, 소론의 끈기로 이어지는 풍진 세상도 보였다.

이색홍채異色虹彩

풍진 세상 저쪽으로 오래전 캄캄한 뒤주에서 마주한 세자 이선의 죽음이 보였다. 그 세상은 난바다에서 역풍을 맞은 배처럼 출렁거리며 밀려왔다. 연암의 북학北學에서도 시비는 엇갈렸고, 홍대용의 낙론洛論에서도 논쟁은 들끓었다. 그 세상은 약현, 약전, 약종 형들에게 본 천주의 간절함과 달랐다. 다름 속에 떠오른 어려움은 몹시도 닮아 있었다. 약용은 형들의 허기를 놓을 수 없었다. 천주의 허기는 오직 천주로 채울 수 있을 것인데, 약용은 가야금이 뿜어내는 선율의 이야기를 아이에게 들려줄 수 없었다.

아이가 조용한 눈으로 말했다. 말 속에 저문 뒤 잎 지는 세상이 보였다.

"가야금엔 옛 가야의 산천이 깃들어 있고, 가야인의 추억과 사랑과 향기의 공동체가 들어 있다 들었습니다. 세상으로부터 적막을 끊어내는 것이 가야의 소리라고 했습니다."

아이의 말 속에 땅과 하늘로 갈라선 가야의 선율이 보였다. 억눌린 인고의 자국마다 소리의 결이 그어졌고, 바람의 돛폭에 맞서 소리는 가늘고 팽팽했다. 아이의 손바닥 안에 청명한 하늘이 떠오르면 가야의 선율은 땅의 향기로 번져가는 듯했다.

선율에 얽힌 가야의 추억이 너른 지평선을 가로질러 세상 속에 밀려올 때, 약용이 물었다.

"그래 장악원은 견딜 만하더냐?"

"전악 나으리가 이곳이 저 살 곳이라 했습니다."

아이의 얼굴에서 익은 복숭아가 떠올랐다. 빛이 무난하고 향이 부드러운 복숭아는 생김부터가 약용의 마음을 끌었다.

"소리 하나로 살아갈 수 있겠느냐?"

"아직은 잘 모르겠습니다."

아이의 생각이 깊은지 알 수 없었다. 이 생각과 저 생각이 합쳐진 아이의 생각은 해 지는 시간에 읽히지 않았다. 멀리 북한산 자락에서 뻐꾹새 소리가 들렸다.

아이의 거친 손마디를 바라보며 약용이 물었다.

"가야금을 배우고 싶어 하지 않았느냐? 선율 속에 가야인의 추억과 사랑과 향기가 들어 있다니, 너 살 곳이 여기 말고 또 어디 있겠느냐?"

"그렇게 알고 살아야 하는데, 이곳은 타악과 관악이 더 중한 곳입니다."

"관악 가운데 현악의 불굴이 있지 않느냐? 타악의 둔중함 속에 현악의 부드러움이 있는 것이다. 나팔의 우람함 속에 소리의 태생이 들어 있다면 너의 생애에 마주할 가야금 또한 그 속에 있지 않겠느냐?"

목소리가 떨리는 것을 알았다. 정직한 목소리로 약용은 아이의 머리를 쓰다듬고 등을 토닥거려주고 싶었다. 아이가 올려봤다. 약용이 숨을 멈추었다. 아이의 눈 속에 파란 새순과 노란 죽순이 보였다. 순마다 물기를 머금고 있었다.

아이의 목소리가 젖은 듯이 들렸다.

"그 모두 저에게 어렵고 힘겹기만 합니다."

안타깝지 않은 삶이 어디 있을까마는 이 아이의 근성은 좀체 적응이 되지 않았다. 젖은 목에서 외로운 근성이 밀려오는 것을 알았고, 세상 밖으로 밀려나간 신분의 애처로움도 보였다.

아이가 젖은 눈으로 약용을 바라봤다. 놓을 수 없는 두 갈래 눈빛이 이마를 찔러왔다. 입술이 붉고 이마가 청명한 아이는 세상 시름을 홀로 짊어진 듯했다. 아이의 입 속에서 갯벌 같은 비린내가 밀려왔고, 약용이 손가락 끝으로 아이의 입술을 눌렀다.

붉게 물든 아이의 양 뺨을 바라보며 약용이 말했다.

"견뎌야 살 수 있는 나라이다. 무거운 것은 버려야 한다. 할 수 있겠느냐?"

다시 북한산 마루에서 뻐꾹새 소리가 들렸다. 아이의 입에서 날숨이 새어 나왔다. 목소리가 중성적으로 들렸다.

"새벽에 기도문을 외웠습니다. 외운 후에 태웠습니다."

…천주의 땅, 가나안 멀리 야훼께서 조선에 임하시기를…….

아이의 목에서 임오년 창덕궁 선인문宣仁門 앞에서 땅을 향해 무너져 내리던 소리가 들렸다. 하늘 모서리로 흩어지던 광기가 밀려왔다. 천지간 빛과 소리의 결정이 무너져 내리던 날, 검고 단단한 뒤주 너머 수긍할 수 없는 세자의 죽음을 임금은 목메어 바라봤을 것이다. 세자의 죽음을 신체의 고통과 사유의 통증으로 받아내기엔 모두가 역부족이었다. 폐서인이 된 세자가 뒤주에 갇혀 죽어갔어도 모두의 입은 닫히고 몸은 무겁기만 했다. 사건의 전말이 바람을 타고 팔도에 번져갔으나 어떤 소리도 들리지 않았다. 세자의 죽음에 관한 어떤 바람도 불어오지 않았다. 모두는 엎드려 말이 없었다.

새벽에 임박한 아이의 기도문이 무의미하지 않다고 약용은 생각했다. 한 줌 재로 돌아간 기도문의 가치는 죽음에 있을 것인데, 죽음은 부활을 의미하는 것이며, 부활은 영생으로 이어지는 것이라고, 약용은 생각했다. 그 생각은 오래전 머릿속에 새겨진 것이었으나 새벽 나절 아이의 기도는 약용의 어깨를 짓눌러 오는 부담이었다. 단번에 머릿속이 끓어오르는 것을 알았다. 고른 문장으로 채워진 기도가 귀를 데우는 것도 알았다.

오래전 예루살렘인들의 기나긴 유랑과 말씀을 새긴 문장으로 약용은 세상 안쪽을 정화하고 싶어 했다. 유랑과 말씀 가운데 떠도는 천주와 성모 마리아의 존경으로 조선을 일으키고 싶어 했다. 그러할 수 있을지, 약용의 생각은 어디까지 밀려갈지 알 수 없었다.

아이의 눈 속에 두 갈래로 나뉜 서학의 색채가 보였다. 서학은 두려운 학문이자 만인의, 만인을 위한 보편의 학문이었다. 감출 만큼 감추고 드러낼 만큼 드러내야 함에도 서학은 민초의 골수에 사무친 궁핍과 정한을 걷어 내질 못했다. 대개는 서학을 남녀와 지위와 신분의 고하가 뒤엉킨 무질無秩의 기운으로 보았으므로 불온했다. 임금에 의해 팔도에 흩어진 천주의 행방은 묘연한 날이 많았고, 새벽 나절 기도문의 소진이 두려운 날도 많았다. 달빛 아래 광채를 내던 십자가의 전율이 가여울 때도 잦았다. 그 가여움은 결국 약용 자신의 것이므로, 아이의 머리맡에 떠오른 십자가의 광채가 오늘따라 더 안타깝게 보였다.

약용의 목에서 가시 박힌 노기가 들렸다.

"죽기를 바라는 것이냐? 기도문만큼은 입에 올리지 말아야 한다. 그래야 살 수 있는 나라다."

역정을 내지는 않았으나 단숨에 차오른 노기만큼은 숨길 수 없었다. 누가 봐도 알아챌 정도였다. 아이가 움찔했다.

"어찌……."

아이의 입에서 생강 냄새가 났다. 아이의 날숨이 깊게 들려왔다. 새벽녘에 태웠다는 기도문은 약용의 머릿속을 헝클어놓기에 충분했다.

"그만 쉬거라. 내일 저물녘에 아이를 시켜 가야금을 보낼 것이다."

"가야금을 말입니까?"

"우륵이 만든 벽조목霹棗木 가야금이라고 했다."

아이가 동그랗게 눈을 치켜떴다. 벼락 맞은 오동을 깎아 만든 우륵의 가야금은 전설로만 전해왔다. 아이가 놀라움을 감추지 못했다.

"그것을 어찌 제게……."

"청나라에서 가져왔다. 너와 잘 어울릴 가야금으로 보였다. 또 보자꾸나."

아이가 오래 약용을 바라봤다. 파랑과 노랑으로 나누어진 아이의 눈동자가 약용의 눈에 맺혀 들었다. 햇빛 좋은 날 이덕무는 아이의 눈을 이색홍채異色紅彩라고 했다. 야생의 삶과 고양이에게서 볼 수 있는 희귀한 변이라던, 이덕무의 말은 신비롭게 들렸다. 이덕무는 말끝에 매혹魅惑이라고 덧붙였다. 다시 아이의 눈을 바라봤다. 호기심을 끌고 남을 눈동자가 아이의 눈 속에 들어 있었다.

아이의 이름은 도향渡香이었다. 본관이 나주라고 했다. 성씨는 말하지 않았다. 약용은 묻지 않았다. 때가 되면 저절로 알 것이라 생각했다.

장악원을 순찰하는 병사들이 외대문 앞에서 번을 교대했다. 병사들의 창끝에 별이 떨어져 내렸다. 별 속에 오래전 가야의 세상에서 떠돌던 향기가 밀려왔다. 바람이 순한 저녁이었다.

마른 숨결, 젖은 별

만경강 기슭에 당도한 오라비는 여립의 후예들과 언약했다. 달 뒤편으로 해가 숨어들던 밤 버들가지 너머엔 샛강이 흘렀고, 물고기 등짝 위로 은빛 비늘이 보였다. 달빛 한 자락 강물 위에 내리면 건너편 능선은 꿈결처럼 밀려왔다.

초라니 우두머리가 무거운 눈으로 오라비를 바라봤다. 우두머리는 눈 속에 사슴을 담고 있었다. 오라비의 눈빛은 서글펐다. 네 명의 초라니가 젖은 눈으로 오라비를 바라봤다.

우두머리가 낮게 말했다. 입김 속에 잔 빛이 보였다.

"태생을 잊어라. 근본을 지우고, 말투도 바꿔야 산다."

오라비가 우두머리의 말을 받았다. 입에서 파란 입김이 나왔다.

"이 몸은 아지랑이 같은 생을 잊고 복수를 생각합니다. 마음의 선으로 세상의 악을 누르는 복수, 마음의 악으로 세상의 선을 일으켜 세우는 복수……"

오라비의 영혼은 두 갈래였다. 선에 대항하는 악의 본성은 거칠고 메말라 보였다. 악을 누르는 선의 조건은 칠극으로 뻗어 있었다. 어미가 죽던 날 오라비는 죽음보다 가혹한 현실을 바라봤다. 마음은 한 점 틈 없이 복수로 들어찼다.

우두머리가 고개를 끄덕였다. 오라비의 마음을 읽은 우두머리의 목은 차분했다.

"가혹한 세상을 만났으니 해보다 달이 그리울 것이다. 마음에서 해를 지우면 달마저 마음에서 사라진다. 마음의 해달로 세상의 선악을 나누지 마라."

오라비가 눈을 치켜떴다. 눈에서 가느다란 불꽃이 보였다.

"십자가가 닿지 않는 자리에 올라 분명한 악으로 세상을 씻어낼 것입니다."

오라비는 십자가 속에 묻히길 원했다. 십자가 너머 악의 그늘에서 따사로운 인정보다 캄캄한 복수를 원했다. 단순하면서도 거칠 것 없는 오라비의 복수는 단호하고 매웠다.

두 갈래 영혼으로 나누어진 오라비를 바라보며 우두머리는 한숨을 쉬었다. 두려운 악의 기운에 몸을 떨었고, 선의 좌절에 깊이 절망했다. 때가 되면 오라비는 세상을 뒤흔들지 몰랐다. 우두머리는 세상 끝의 막막함이 두려웠고, 그 두려움이 다시 막막했다.

그날 어미의 살덩이 속으로 뻗어간 장독은 검붉은 갯벌 같았다. 그날 오라비가 본 것은 선이 허물어진 악의 영토였다. 어미가 죽던 밤 오라비는 십자가로 얼굴을 가린 악의 존재를 바라봤다. 악의 원천은 선에서 오는 것이며, 선은 악을 필요로 한다는 것을 알았다. 악은 인간을 위협하는 박멸의 대상이었으나 오라비에게는 다르게 보였다. 악은 어둡고 습하며 차가운 곳에 숨어 다닌다고 했으나 밝은 날에도 악은 사람들 속에 섞여 있었다. 악은 박멸되지 않았다. 인멸할 수도 없었다. 악의 존재를 서학인은 사탄이라고 불렀다.

천주와 사탄은 눈에 보이지 않았으나 서로를 헐뜯고 미워하며 대척할 때 두 존재는 살아남았다. 오라비는 악의 존재가 어찌 천주를 미워하는지를 생각했다. 미움 속에는 갈망이라는 것이 들어 있는데, 미워하기 위해서는 끝없이 부르고 불러야 하는 것도 알았다. 천주와 사탄의 적대감은 신앙으로 풀리지 않았다. 믿음으로 화해되지도 않았다. 서로는 서로의 적이었으며, 서로에게 서로는 이단이었다. 서로는 서로에게 끊임없이 배척되고 분해되었으며, 부서져 흩어지더라도 끝내 식별되기를 원했다.

서로는 정반대 편에서 불리어지길 원했는데, 사람들은 천주의 뜻과 사탄의 뜻이 어떻게 다른지 알지 못했다. 천주의 뜻은 십자가에 있고, 사탄의 뜻은 사람들 사이에 있다는 말은 누가 들어도 어려웠다. 어떤 사람들은 천주의 뜻은 보이지 않아도 사탄의 뜻은 보인다고 말했고, 어떤 무리는 사탄의 뜻이 보이지 않아도 천주의 뜻은 보인다고 말했다. 다른 이들은 천주의 근본은 사탄과 무관한 존재이며, 천주를 시기하는 존재가 사탄이라서 끊임없이 천주를 흉내 내는 게 사탄이라고 말했다.

사람들 중에 악의 존재를 악이라 부르지 않고 천사장이라고 부르는 축도 있었다. 그 사람들이 말하기를, 본래 사탄은 천주의 오른팔 같은 천사였다고 했다. 씻지 못할 죄를 지어 인간 세상으로 흘러들어오게 되었다고 했다. 아마도 그 말을 가장 신통하게 들은 축은 스스로 악의 구렁에 자신을 밀어 넣고 구원받길 바랐는지 몰랐다.

금위영 나장과 기찰포졸은 천주와 사탄을 구분 없이 잡아들였다. 관아에서는 천주와 사탄을 동등한 존재로 보았고, 동등한 이단으로 대했다. 천주도 서학이었고, 사탄도 서학일 뿐이었다. 전파되어서는 안 될 흉흉한 것이었으며, 조정을 음해하는 것이라고, 주저 없이 규정하고 떠들어댔다.

조정에서는 천주만큼이나 사탄도 골머리를 앓았다. 사탄의 이름은 루시퍼라고 했는데, 본래 천사들 가운데 천사장의 명호를 얻은 자라고 했다. 여인네들은 야훼의 이름에서도 아늑함과 푸근함을 느꼈다. 과부들은 야훼의 이름만 가지고도 한밤중에 베갯잇을 적셨고, 새벽나절 마른 요를 적셨다. 루시퍼에 대한 아낙들의 감성은 특별했다. 야훼가 남성의 기지와 여성의 섬세함을 합친 중간의 존재였다면, 루시퍼는 남성의 성정이 강한 존재였다. 야훼의 성정은 온화하고 푸근했으며, 루시퍼의 성정은 날카로우면서 단호했다. 야훼는 선을 중시했으며, 루시퍼는 악에 집중되어 있었다. 야훼는 높고 거룩했으나 모호했고, 루시퍼는 높지 않으면서 강인했다. 야훼는 독립적이며 직선을 선호했고, 루시퍼는 낭만적이면서 곡선으로 둘러싸여 있었다. 야훼가 지평선이었다면, 루시퍼는 수평선이었다. 야훼와 루시퍼는 한곳에 모일 수 없는 평행선 같은 존재들이라 결코 만날 일이 없다고 했다.

그러든 말든 조정에서는 날을 세우고 서학인들을 잡아들였다. 서학 무리에는 성균관 유생도 있었고, 규장각 각신도 있었다. 조지서 관원도 있었고, 장악원 악사도 관여되어 있었다. 도화서 화원도 있었고, 내명부 지밀상궁도 섞여 있었다. 무관도 있었고, 문인도 기도문을 암송했다. 비단 장수가 기도문을 비단을 덮어 나르면 사공이 뱃노래를 찬송가로 대신 부르곤 했다. 장터 주막 주모는 술과 밥을 내올 때마다 높이 걸어둔 십자가를 바라봤다. 장날이면 옹기장수가 항아리 속에 기도문을 실어 나르곤 했다.

무리 가운데 유건을 쓴 자들은 본보기의 대상이 되었다. 나라의 녹을 먹는 자들이 주자를 버리고 천주를 받아들인 것은 있을 수 없는 일이었다. 제사를 뒤엎는 교리는 이단이며, 그것은 곧 패륜이었다. 기찰에 붙일 때 이들은 모두 죽어 마땅하였다. 살려둔들 가혹한 고문에 다리를 못 쓰거나 입이 돌아갔다. 눈이 돌아가고 귀청이 막힌 자도 있었다. 잡힌 자들은 고문 끝에 천주를 비호하다가 죽어가거나 천사장을 떠벌리며 죽어갔다.

천주와 천사장이 어떻게 다른지 관료들은 알지 못했다. 천주와 천사장은 엄연히 다른 존재였으나 그 다른 존재를 조정에서는 하나로 속박하길 원했고, 하나의 이단으로 판명되길 바랐다. 두 존재는 결코 합쳐지지 않았으므로, 하나가 될 수 없는 근본을 합치려 서로 헐뜯고 부수며 파괴해도 그뿐이었다. 두 존재는 핍박을 두려워하지 않았고, 탄압을 피하지도 않았다. 두 존재는 서로를 갉아먹고 장성하는 버섯 같았다. 버섯이 무럭무럭 자라도 조정에서는 어느 것이 먹을 수 있는 버섯인지 감을 잡지 못했다.

기찰 단속에 붙들린 어미가 전라좌수영에서 매를 맞던 날, 오라비는 자신의 가슴에 악의 존재가 희미하게 자리 잡아가는 것을 알았다. 그것은 어미가 혼절한 뒤 대신 매를 맞을 때 더 가깝게 다가왔다. 오라비는 천사장을 악의 존재로만 보았는데, 생각을 뒤집는 데는 많은 시간이 걸리지 않았다. 오라비는 스스로 위험한 거래를 했다. 천사장의 이름을 부르며 불온한 약조를 맺었다.

그날 오라비는 초라니 우두머리와 네 명의 초라니들 사이에 외롭지 않았다. 우두머리의 이름은 박해무였다.

달이 숨어든 시간에 박해무의 어깨 위로 솟던 검은 날개를 오라비는 잊을 수 없었다. 헛것의 날개는 오라비의 눈에 환각이 아닌 실체로 왔다. 검은빛이 뛰어오르는 깃털에서 오라비가 본 것은 무지개였는지 몰랐다. 빛이 영롱한 날개를 오라비는 넋을 놓고 바라봤다. 날개는 단 한 번 펄럭임으로써 오라비의 눈에서 사라졌다. 물처럼 부드러운 날개 속에 조선의 산하가 보였다. 그 뒤 날개는 보이지 않았다.

네 명의 초라니는 김혁수, 배손학, 김순, 이하임으로 불리었다. 오라비는 그들과 오래 이야기를 나누었다. 이야기 속에 별이 솟고 바람이 불어갔다. 바람 속에 칼날 같은 사연이 보였다. 사연마다 얼어붙는 눈보라가 불어갔다.

해가 기운 뒤 불 가에서 오라비는 복수를 언약했다. 달 뒤편으로 해가 숨어들던 시간에 박해무는 무거운 눈으로 오라비를 바라봤다. 박해무를 바라보는 김순, 배손학, 김혁수, 이하임의 눈빛은 맑고 단단했다. 이야기는 밤사이 모두의 눈 속에 맺혀 들거나 귓속에 파묻혀 형체를 지웠어도, 다음 날, 그다음 날, 그다음 다음 날에도 머릿속에 남아 있었다.

"복수는 나의 것. 이 몸은 기필코 해낼 것이오."

오래된 기도문 구절을 암송하며 오라비는 이마에서 가슴으로, 심장 부근에서 어깨로 이어지는 성호를 그었다. 구약 기도문 '신명기' 32장 35절 기도문 속에 오라비의 복수는 일자로 뻗어 있었다.

복수.

말은 쉬워도 뜻은 어렵고 두려웠다. 말 속에 세상은 선과 악으로 갈라서 있었다. 세상은 선으로 채워질 수 없다는 것을 알면서도 모두는 악을 허물고 선의 향기만을 원했다. 악이 무너진 자리에 선의 향기가 솟기를 바랐으나 악이 무너진 자리에선 새로운 악이 움트는 것을 그들은 알지 못했다.

강변 바람이 거칠고 사나웠다. 멀리에서 시린 눈보라가 예감되었다. 오라비가 덧붙였다. 목에서 버림받은 자의 외로운 근성이 보였다.

"신해년 가을 완산 풍남문 밖에서 윤지충과 권상연이 목이 잘려 죽었소. 얼마지 않아 어미가 죽었고, 수많은 서학인이 죽어갔소. 이 몸은 복수를 원하고 있소. 높은 자의 이름으로……"

… 이 모두 선으로 매듭짓는 악의 끝이 될 것이오.

오라비는 두려움이 없어 보였다. 세상 위에 그어진 선악을 망각한 자의 눈빛은 시린 겨울에 머물러 있었고, 목소리는 깊은 적의와 살기로 채워져 있었다.

복수.

오라비의 뜻은 은밀하며 확고해 보였다. 오라비는 한 번의 복수에 모든 것을 거는 듯했다.

오라비가 눈두덩을 누르며 주먹을 쥐었다. 주먹 속에 쥐어지는 공기가 공허했어도 박해무, 김순, 배손학, 김혁수, 이하임은 오라비의 눈을 바라보며 저마다 손바닥을 모았다. 모두를 바라보는 오라비의 눈에 물이 비쳐 들었고, 만경강 물길이 그 모두를 지켜봤다.

박해무가 오라비를 바라봤다. 선을 앞세워 복수를 원하는 것만으로 불온이며 악이 될 것을 박해무는 알았다. 박해무의 목에서 굵은 대나무가 보였다.

"대역의 죄를 바라느냐? 닿기도 전에 죽은 것이다. 목을 걸어도 갈
수 없는 길이다."

박해무의 말끝에 의금부 지하 감옥에서 탈옥한 김순이 주먹으로 바
위를 내리쳤다. 김순의 목에서 나무 부러지는 소리가 들렸다.

"이 몸은 젊은이와 함께 목숨을 걸 준비가 되어 있소."

김순의 손등에서 붉은 핏방울이 솟았다. 김순이 입술을 깨물고 한
쪽 눈을 깜빡거렸다. 한쪽 눈을 잃은 김순은 걸을 때마다 돌부리에 걸
리거나 나무뿌리에 걸려 넘어지기 일쑤였다.

김순은 상의원尙衣院 어침장이었다. 실과 바늘을 쥐고 임금과 중전
의 옷을 꿰맸다. 실과 바늘과 비단 자락에 김순의 희비애락은 한 땀
한 땀 매운 근성으로 기워져 있었다. 어침장의 손가락 끝에 바늘을 놓
이면 비단은 짙푸른 바다로 왔다. 바다 위로 폭풍이 몰아치고 태풍이
몰려와도 김순에게 실과 바늘의 사투는 생의 전부였다.

김순의 집념은 질기면서도 고요했다. 그런 그가 서학에 눈을 뜬 것
은 항아姮娥의 기도와 가르침에서 시작되었다. 김순은 의금부에 끌려
가 모진 고문을 당했다. 고문 끝에 왼쪽 눈을 잃었는데, 끌려온 의녀
가 보더니 동자가 파열되어 고름이 찼다고 했다. 다음 날 의녀는 머리
가 깨지고 허리가 부러져 죽었다.

오라비를 바라보는 이하임의 눈은 부드러웠다. 이하임은 목이 가늘
고 가슴이 도톰했다. 허리가 잘록하고 골반이 풍성했으며, 두드리면
북소리를 낼 것 같았다.

오라비가 이하임에게 말했다.

"장차 모두가 살길이오. 그리하도록 해주시오."

이하임이 고개를 가로저었다. 진심인 것 같지는 않아 보였으나 눈빛만큼은 오라비와 함께 지평선을 걸어갔다. 이하임이 오라비의 어깨를 감싸 안았다. 젖비린내가 오라비의 콧속을 후벼 팠다. 이하임의 눈은 젖어 있었다. 죽기를 작정하고 걸어가는 오라비의 길은 삶을 바라는 욕망보다 맑고 또렷하다고, 이하임은 생각했다.

"저도 함께할 것입니다. 그러니 마음 놓으세요."

이하임의 목에서 서학인들이 부르던 찬송가가 나왔다. 예루살렘인들의 유랑 끝에 부르던 노랫가락이었다. 오라비가 이하임의 눈을 바라보며 입술을 깨물었다. 이하임이 오라비의 얼굴을 쓰다듬었다.

강 건너 흰 산들이 겹친 곳에서 새들이 날아올랐다. 새들이 강물 위에 비친 달 속을 지날 때, 어린 반달곰이 강 언저리에서 홀로 울었다. 어미 곰은 보이지 않았다. 새와 곰이 허공에 둥근 무늬를 남기며 울었다. 소리가 사라질 때 능선 위로 눈보라가 일었다.

역린逆鱗

죽은 자의 영혼이 물고기를 거느리고 서쪽 하늘 멀리 느릿느릿 흘러갔다. 노을은 멍든 세상을 감추고 먼 곳의 어둠을 불러와 땅 위에 꽂았다. 따순 온기가 밀려올 때 능선 위로 별이 하나둘 떠올랐다.

여드레 동안 검고 단단한 뒤주에 갇힌 아비의 얼굴은 이 밤에도 떠올랐다. 진실은 머릿속에 떠도는 아비의 잔상이 아니라 세상을 쥐고 흔드는 노론에 있었다. 임금은 치정과 음모와 반역과 불충의 소용돌이 속에 살아온 날들과 잔물결이거나 큰 물살로 살아갈 날들을 생각했다. 지나온 자리는 보여도 살아갈 자리는 보이지 않았다.

임금은 어디로든 뛰어오르고 날아들며 스며들 것인데, 그곳은 광활한 영토 너머 무지의 소치로 겨우 닿을 몽매한 자리에 놓여 있었다.

이 밤에 거꾸로 박힌 임금의 비늘은 온전할지 알 수 없다. 갈수록 복잡하게 얽혀가는 비선들의 전횡도 언제까지 이어질지 알 수 없었다.

임금의 사지로 일으킬 대궐의 피바람은 한 뼘 역린에서 올 것이며, 그날이 언제가 될지 알 수 없었다. 비선들의 살기 어린 용단은 음모로 막을 내리게 될지, 어느 날 문득 눈앞에 들이닥칠지, 그마저 알 수 없었다. 임금만이 용의 다섯 발톱과 역린을 지닐 것인데, 이 밤에 임금의 이마에서 뛰어오른 비늘은 한줌 부담이었다.

최무영이 나직이 말했다.

"조용한 저녁이옵니다. 도화서 별제가 붓을 놓고 달려와 기다리고 있사옵니다."

"술시부터 별이 조붓하다 여겼다. 좋은 때 와주었다. 들라 하라."

임금은 소란한 날이 가고 조용한 날이 오길 기다려 온 듯했다. 궂은 날에도 임금은 김홍도를 생각한 것 같았다. 화구를 쥐고 삿된 망상을 끊어내던 김홍도의 눈썹을 생각할 때 손끝이 떨려왔다.

인정전 문턱을 넘는 김홍도의 얼굴은 어둡고 조용했다. 붉은 갓에 검은 도포를 걸친 김홍도의 표정은 차분하면서 색깔이 없었다. 청홍 의관에 학과 거북과 소나무를 새긴 혁대를 두른 문무백관들의 걸음걸이보다 무겁고 냉정한 보폭이 보였다. 김홍도는 엎드려 절하고 마른 음색으로 아뢰었다.

"도화서 별제 김홍도 입시入侍하옵니다. 해가 차고 기우는 동안 좋지 않은 날을 뒤로 물리고 이제야 기별하옵니다."

김홍도의 목소리는 등판에서 나오는 것 같았다. 임금이 대꾸했다.

"사헌부 감찰어사를 시켜 조용한 날에 보자고 기약했다. 날들이 시끄럽고 어수선했다. 소란을 뚫고 문밖에 기다리고 있었다니 다행이다."

"부르심을 듣고도 많은 날이 지났나이다. 늦었다 꾸짖으소서."

내금위로부터 의금부에 보고된 첩보는 앞뒤 없이 어수선하고 몹시 패란했다. 비밀리에 내금위를 민간으로 내려보내 사찰을 감행한 데는 백 가지 이유가 넘었다. 불길하고 흉흉한 요언들이 탑을 쌓고 울타리를 치는 동안에도 말은 끊이지 않았다. 탑을 가운데 놓고 도는 자들이 밤과 밤을 지나 긴 날에 이어져도 바른말은 수확할 수 없었다.

붙잡아 주리를 틀고 눈을 뽑아도 물증은 허상만 남을 뿐이었다. 십자가를 쥔 자들의 행방은 끝내 쫓을 수 없었고, 실마리는 들려오지 않았다. 보이지 않는 그림자는 종적을 감추고 세상 밖으로 밀려 나간 듯했다. 알 수 없는 실체는 민촌 깊숙이 숨어들어 그 흔적조차 들여다볼 수 없었다.

임금이 기침했다. 목에서 젖은 감성이 들려왔다.

"잦은 꾸지람도 시기와 질투를 버리지 못한 마음에서 나온다. 사무치지 않는 이상 기다릴 줄 아는 게 삶이다."

김홍도가 엎드린 채 임금의 말을 받았다. 김홍도의 등짝이 넓고 아담하게 보였다.

"신의 생은 미생과 다르지 않사옵니다. 미천한 화가로 하여 사사로움을 떨치려함은 입을 무겁게 하고 삶의 여백을 가벼이 가져가라는 것으로 이해되옵니다."

김홍도는 스스로 말보다 그림에 집중하는 화가였다. 죽순 같은 말로 그림을 그리는 사대부들의 천박함과는 비교할 수 없었다.

어린 시절 무반에서 중인으로 전락한 가계를 등지고 김홍도는 스승이 있는 안산으로 내려갔다. 스승 강세황은 습기習氣와 속기俗氣가 사라진 무아의 세계에 내려앉아 산수가 품어내는 진경을 화폭에 담아냈다. 강세황은 그림에 대한 감식과 첩경 같은 화가의 길을 모색한 화가였다.

화가로서 강세황의 재능은 침착하고 차분했다. 세상을 바라보는 눈빛이 섬세하면서도 명쾌했다. 거침없는 산수의 그림을 바라보면 시간은 태고로 밀려갔다. 그림에 투영된 사유는 세상을 삼키고 남을 적막을 끌어와 세상의 소란을 잠재우곤 했다.

선대 임금은 강세황을 아끼고 그림을 쓰다듬기를 마다하지 않았다. 할 수만 있다면 곁에 오래 두어 묻히는 순간까지 함께하길 바랐다. 선왕은 강세황의 그림을 삿된 이념과 사상과 신념을 잠재우는 유교의 밑그림으로 삼았으며, 국정을 열어가는 기둥으로 가져가고자 했다. 강세황은 관념의 풍경을 버리고 진경의 산수를 화폭에 옮겨온 장인이었다. 조선의 풍속을 예와 의로 그리길 원했으므로, 조선의 세상 위에 새로운 인물화와 풍속화를 남길 줄도 알았다.

강세황의 추천으로 화원이 된 김홍도는 조선이 원하는 인재였다. 김홍도는 세상을 바라보는 눈이 면밀하고 다감했다. 스승으로부터 이어받은 화풍을 섬세한 필치로 다루면서 넓고 멀리 바라봤다. 스승의 영향을 고수하면서 세상에 떠도는 무수한 이야기를 그림으로 전할 줄도 알았다.

김홍도에게 세상은 바다 같았다. 건져 올리는 풍속마다 생명을 불어넣느라 늦도록 잠을 이루지 못했고, 그림으로 삶을 소진하면서 늙어가는 줄 몰랐다. 김홍도에게 그림은 삶의 전부이며 삶 그 자체였다.

신축년辛丑年, 1781 초봄에 익선관을 쓴 임금의 초상을 그리면서 동참화사 김홍도는 생애 두 번째 어진을 남겼다. 조선의 산수를 화폭에 새기면서 아스라한 진경으로 모두의 오감을 쓰다듬었고, 민간의 풍속을 화폭에 그리면서 떨칠 수 없는 붓 자국을 보였다. 김홍도의 그림은 아름답진 않아도 세상을 바라보는 통찰이 늘 화폭에 따라다녔다.

임금이 조용히 말했다.

"별제의 그림 속 화중 인물들이 삶의 미혹을 버리고 순수의 삶을 깨치려 함은 일찍이 보아왔다. 그해 과인의 초상을 그리면서 밝은 눈으로 세상을 바라보는 별제의 이상은 별 같고 물 같았다."

김홍도는 깊이 수그렸다. 굽은 등으로 예를 좇아 임금의 바다로 나아가는 듯했다. 김홍도의 목에서 젖은 대기를 가르는 소리가 들렸다.

"달과 해를 좇는 별이 무난할 것이옵니다. 흐르고 흘러 마침내 지존의 바다에 이르는 냇물 같은 존재로 신은 남기를 바라옵니다. 길지 않은 기다림 끝에 신은 작은 불나방으로 살아도 좋을 것이옵니다."

임금이 말없이 고개를 끄덕였다. 생각보다 말수가 많았으나 말 속에 든 신념은 끓어오르지 않고 차분하게 들렸다. 말 속에 한 점 불꽃이 보였고, 불길 속으로 헤엄쳐가는 높다란 나방이 보였다. 무지갯빛 가루를 뿌리며 날아오르는 나방의 생존은 김홍도의 삶이 아니라 어쩌면 자신의 삶이 될지도 몰랐다.

임금이 기침 없이 나직이 말했다.

"기다림을 알아주니 다행이다. 사헌부 감찰어사가 말한 그림은 보았느냐?"

김홍도는 성균관 장고에서 숨 막히는 순간을 잊지 않았다. 최무영으로 하여 그림을 덮은 천을 걷어내게 할 때 김홍도는 까마득한 시간을 거슬러 태어나지 않은 시대로 밀려가는 것을 알았다. 그림을 바라보는 순간 까닭 모를 두려움이 밀려왔고, 시간이 멎은 듯 눈앞이 캄캄하고 어두웠다. 얼어붙는 느낌은 무엇이 될지, 몸서리치는 것도 잠시 삶과 죽음으로 분할된 양자의 선택이 그림 속에 들어 있는 것을 알았다. 천지를 하나로 잇는 그림엔 땅과 하늘의 간극이 소멸되어 있었다.

그림 속에서 나고 들고 죽어가는 생의 면목들은 부질없고 의미가 없었다.

김홍도가 소리 없이 숨을 빨아 당겼다가 뱉었다.

"열세 명의 현자들이 마지막 날의 전야를 기려 만찬을 즐기는 모습은 충격이었사옵니다. 가운데 앉은 자를 중심으로 세상 희비와 고락이 쇠하고, 저마다 늙어가는 모습들이 팽팽한 박동으로 전해왔사옵니다."

김홍도의 말 속에 생각할 수 없던 반전이 밀려왔다. 쇠함과 박동의 절묘한 대비가 그림의 추상을 가라앉히고 무언지 모를 본질을 떠올리게 했다. 명쾌한 실체를 드러낸 것은 아니었지만, 김홍도의 말은 임금의 생각과 닮은 구석이 많았다. 그림의 배경이 낮처럼 보여도 일몰의 짙은 해거름만은 지울 수 없다는 것도 같은 생각으로 읽혔다.

임금이 돌아봤다. 일월오악도 좌측으로 그림이 보였다. 모사의 그림치고는 깨끗하고 정밀해 보였다. 가운데 앉은 예수를 중심으로 좌우 여섯 명씩 대칭을 이루며 앉거나 서 있었다. 생사와 무관한 식사가 될지, 최후의 날을 준비하는 과장된 만찬이 될지, 무엇도 배제할 수는 없는 그림이 보였다.

그림을 바라보는 임금의 눈이 떨렸다. 헛기침 끝에 임금이 말했다.

"내가 봐도 소박한 식사를 즐기는 그림이 아니다. 만찬이 의미하는 풍성한 먹거리의 나눔이 오히려 누군가의 생사를 암시하는 것으로 보인다. 아마도 그 누군가의 생은……."

임금이 말을 아꼈다. 서두르는 모양새가 좋게 보일 리 없지 싶었다. 임금이 손바닥으로 이마를 짚었다. 땀방울이 만져질 때, 임금은 그림 속에서 들려오던 소리를 생각했다. 무수한 색채를 딛고 밀려온 소리는 절규처럼 들렸다. 세상을 돌아보게 만드는 절규를 놓고 임금은 사대문 밖에서 생을 일구어가는 백성을 생각했다. 그 속에 날마다 울려오는 믿음을 생각했다. 떠오르는 것이 많아도 입에 담을 것은 얼마 되지 않았다.

김홍도가 총총한 눈으로 올려봤다. 김홍도의 눈 속에 서리가 내렸다.

"신이 본 것은 무겁고 가혹하옵니다. 신의 판단으론 오래된 선악을 머금고 있었사옵니다."

"선과 악, 그렇게도 보였을 것이다. 허나 그 너머 진실은 선악이 아니라 그 무엇이지 않더냐?"

그 무엇이 무엇인지 임금은 알 수 없었다. 알았더라면 김홍도를 부르지도 않았을 것이다. 임금의 머리로 닿을 수 없는 무엇은 짐작과 추측과 예감만으로 부족한 것을 알았다. 임금에겐 그림에 대한 사적 감정보다 그림에서 풍겨오는 13인의 표정과 태도와 눈빛에 대한 객관의 이해와 안목이 중했다. 김홍도를 부른 이유가 이것이라고 말하지는 않았으나 도화서 별제의 해설과 직관으로 그 무엇은 이해되길 바랐다.

임금은 서두름이 없었다. 김홍도의 관자놀이를 바라볼 때도 마음은 차분했다. 임금의 판단으로 그림 속 무엇은 김홍도의 입에서 시나브로 무르익을지 몰랐다. 그림 하나로 조선의 세상을 그려나가는 도화서 별제에게 그 이상 바랄 것은 없었다.

숨을 들이켠 후에서야 김홍도는 무겁게 입을 뗐다.

"하오나 그림은 악이 팽배한 자리를 택해 선이 자라고 있음을 암시하옵니다. 악을 딛고 선이 일어서므로, 그림은 선으로 악을 무마하고, 무너진 악으로 선을 세우고 있사옵니다."

그림은 중첩된 선악으로 세상을 말하고 있는지 몰라도 임금의 눈엔 감이 오지 않았다. 선과 악은 본래 하나가 될지 별개의 것이 될지 알 수 없으나 선악이 구별되는 세상 안에서 살고자 하는 마음은 예나 지금이나 변함없었다. 임금은 이 밤에 건너갈 길이 먼 것을 짐작했다. 임금의 눈 안쪽으로 평생을 살다 간 하루살이가 하나둘 별이 되어 떠올랐다.

오병이어 五餠二魚

···신이 본 것은 무겁고 가혹하옵니다. 신의 판단으론 오래된 선악을
머금고 있었사옵니다

김홍도 말은 쉽게 지워지지 않았다. 씻은 듯 맑은 목소리엔 감동이
있었고, 조리도 있었다. 오래전 중음신이 된 자들의 사후를 목격한 김
홍도의 말을 어디까지 믿어야 할지 아직은 알 수 없었다.

임금은 그림이 보여주는 가상공간을 생각했고, 그 속을 걸어가는
불멸의 징후를 생각했다. 언제까지 이어질지 모를 선악의 논쟁에서
그림은 한 줄기 희망이 되어줄지, 밑도 끝도 없는 나락이 되어줄지 알
수 없었다. 악에 대한 선의 의미가 최선이 아님을 알고 있으므로, 선
에 대한 악의 집중이 최악이 아님도 알았다. 그것이 세상 이치였다.
그 이치는 역리이거나 순리일 것이다.

권선勸善이란 악의 논리가 아닌 철저한 선의 바탕 위에 선행되어야
하며, 악에서 선을 구하는 것은 비논리이며 악일 뿐이다. 징악懲惡은
선을 위한 것인데, 선으로 악을 징벌하는 이치가 선이 될지 악이 될지
임금은 규정할 수 없었다.

임금의 목에서 씹어 넘기기 까다로운 말이 들렸다.

"선악이란 가혹한 것이다. 선의 추상으로 악을 응징할 수 있으리란

114

믿음은 신앙 없이 불가능하다. 신앙은 선악에 따라 생겨나고 소멸하는 것이 아니라 저마다 불굴의 신념 아래 촘촘히 고여 드는 것이 아니더냐? 그리하여 믿음이 생겨나고 믿음이 자라 신앙을 이루는 것처럼. 그 때문에……."

임금의 말은 끊어질 줄 모르고 이어졌다. 말 속에 믿음을 찾아 나선 자들의 기나긴 방랑이 보였고, 바람 부는 곳에서 신을 부르짖는 외로운 눈빛과 비단 같은 검은 머릿결이 보였다. 외로운 자들의 어깨 너머로 가시덤불로 채워진 광야가 펼쳐졌고, 누구도 발을 딛지 않은 황량한 기슭이 강세황이 그린 진경산수처럼 밀려왔다.

김홍도가 표정 없는 얼굴로 대답했다.

"미천한 신이 듣기로, 그 오래전 인간의 계율에 개입한 대가로 천상에서 쫓겨난 천사가 있었다고 하옵니다. 쫓겨나면서 타락천사의 오명을 뒤집어썼다 하옵니다. 극악하게는 사탄이라는 어두운 이름을 달고 세상에 내려왔다 하옵니다. 사탄의 다른 이름은 루시퍼라고 하였으며, 악을 추종하는 무리의 우두머리라는 말도 들렸사옵니다."

김홍도는 선악의 출몰에서 악의 태생을 말하는 듯했고, 악을 추적하는 과정에서 천사의 이름을 기억해낸 듯했다. 사탄은 악마의 다른 이름이어서 악의 어둠은 극명하며, 악의 의미를 알아야 선을 행할 수 있다고 말하지 않았으나 서학이 전하고자 하는 뜻은 알 듯했다. 악의 자질을 딛고 선을 세우면, 그 선은 선에 닿지 못할 것이었다. 징악할 수 없는 권선은 선이 아니라 악이 될지 몰랐다. 그것이 김홍도가 찾아낸 선악의 개념일 것이고, 그림에서 발견한 징악의 논리였을 것이다.

서학인들이 말하는 선악의 연대기는 오랜 시간 이어져 왔으므로,

흐린 날에도 밝은 날에도 꾸준히 이어질 것이다. 임금은 선악이 사라진 세상을 원치 않았으나 악이 창궐하는 무질서도 바라지 않았다. 임금은 선악이 공존하는 세상을 희망하지 않았으며, 선이 난무하는 세상도 원치 않았다. 빛이 사라지고 어둠이 지배하는 악은 처음부터 생겨나지 말았어야 한다는 것도 알았다.

악의 세상은 악한 자의 입에서 시작되어 선한 자의 마음으로 전염되는 구전의 덫일 뿐이었다. 한번 빠져들면 헤어나기 어려웠고, 평생 악의 구덩이에서 빠져나오지 못한 자도 많았다. 선악은 본래 마음에서 시작되어 마음에서 끝나야 하는 하는데, 서로는 서로를 멸하려 끝까지 살아남아 그 존재를 과시하려 했으므로 악의 누명을 달았을지 몰랐다.

악한 자에게 마음이 있는지는 알 수 없으나 그것들이 모여 밝음을 극지로 밀어내는 일은 황망하고 서글펐다. 여드레 동안 아비를 뒤주에 가둔 자들의 마음도 결국은 선과 악 가운데 하나일 것인데, 이것을 악으로 간주하면 역모이며 반역일 것이고, 선으로 여기면 아비의 죽음이 온전한 것이 될 것이므로, 이 밤에 거꾸로 박혀든 비늘을 일으키기엔 증오와 분노와 울먹임이 너무 많았다.

임금이 눈을 감았다. 전각 위로 떠오른 먼 별이 눈에 들어왔다. 긴 꼬리를 지닌 길쓸별 하나가 서에서 동으로 뻗어갔다. 새로운 별이 태어나느라 죽은 별이 떨어지는 것이라고, 임금은 꿈속을 거닐던 아비의 눈을 생각했다.

임금이 말을 늘였다.

"선악은 마음에서 시작되는 것이다. 선한 마음으로 악한 것을 보는 것이고, 악한 눈빛이 선한 마음을 바라보이게 하는 것이다. 그림 속 열세 명의 인물 가운데 누가 선하고 누가 악한 자인지를 묻는 것이 아니다. 만찬의 모습이 다만 삶의 단절을 예고하기 때문에 예사롭지 않은 것이다."

김홍도는 늦추지 않고 대답했다. 목에서 성근 바람이 임금의 등짝을 두드리며 지나갔다.

"신도 느꼈사옵니다. 그림은 그 자체로 순수한 만찬을 보여주고 있으나 세상을 등지기 직전의 마지막 식사를 보여주고 있사옵니다. 확언컨대 숨은 서학인들을 수소문하여 알아보니 최후의 만찬이라고 호명하였나이다."

"최후의 만찬?"

임금은 놀라움을 버리고 호기심 어린 표정으로 김홍도를 내려다봤다. 서학인들이 손끝을 모아 이마에서 가슴으로 정령들을 불러 모아 십자가의 가호를 이어간다는 성호의 의미는 동쪽 하늘이거나 서쪽 하늘에 떠오른 별이 될지 몰랐다. 별을 바라보며 임금은 검고 단단한 뒤주를 생각했고, 아비의 눈빛을 생각했다. 임금의 머릿속에 뒤주는 뚜렷했으나 아비의 눈빛은 떠오르지 않았다. 임금이 덧붙여 물었다.

"최후의 만찬을 그린 자가 있지 않느냐?"

"그자의 이름은…… 레오나르도 다빈치라고 하였사옵니다."

수평선보다 막막한 이름이 김홍도의 입에서 들려왔다. 입에 올리기 거추장스러운 이름은 임금과 무관한 나라에서 높고 거룩한 이름으로 유일무이하게 죽었을지 몰랐다.

이국의 이름 속에 세상이 저무는 소리가 들려왔다. 연기 같은 언어가 이름 속에 조용히 울려왔고, 파편 같은 생의 부스러기가 낯선 이름을 딛고 먼 거리에 흔적을 남기는 것도 알았다.

다빈치는 이름을 걸고 평생 그림만 그리다 죽어갔는지, 평생 그림을 걸고 저만의 이름을 남겼는지는 알 수 없었다. 그의 생사가 이름 속에 있지 않고 그림 속에 있다는 사실 하나는 분명해 보였다. 그림 속 최후의 만찬이 거론하는 생사의 갈림길은 오직 다빈치만이 알 것이었다. 산 자들의 이름과 죽은 뒤 묻힐 이름들을 생각하며 다빈치는 그림을 남겼을 것이고, 생사의 전야에 열세 명의 인물은 저마다 선악을 나눠 지고 마지막 저녁을 살다 갔을지 몰랐다.

임금은 별을 바라보며 서학인들의 입에서 입으로 번져가는 오병이어伍餠二魚를 생각했다. 다섯 조각의 주먹밥과 두 마리의 물고기로 수천수만의 기근을 끊어냈다는 구전은 믿기지 않았으나 허황된 전설이 사람들을 서학으로 물들게 하고 십자가를 쥐게 한다는 것을 알았다. 임금이 다시 별을 바라봤다. 별 속에 별 아닌 것이 없어도 사람들 중에는 다른 삶을 살아가는 흔적이 무궁해 보였다.

김홍도가 조용히 덧붙였다. 목에서 화원의 체질로 관찰하고 수집한 내용이 무겁게 들려왔다.

"다빈치는 과거 수백 년 저편 서양에서 회오리처럼 일어난 르네상스를 대표하는 화가라고 하옵니다. 그림뿐만 아니라 천재적인 재능으로 과학과 기술에도 능했으며, 사상을 조율하고 수많은 문명을 일으켜 사람들 사이에 이름을 남겼다 하옵니다. 그 시대에 다빈치는 최후의 만찬 하나로 르네상스 미술을 완성에 이르게 하였다 하옵니다."

실체의 문장과 실세의 기록으로 다빈치는 살다 간 듯했다. 임금은 수백 년 저편에 살다 간 허균을 생각했다. 훈민정음 창제를 도운 정인지, 박팽년, 최항, 신숙주, 성삼문, 강희안, 이개, 이선로를 생각했다. 단종 선왕의 복위를 꿈꾸다 허물을 뒤집어쓰고 죽어간 사육신을 생각했다. 저마다 태어난 곳과 죽은 자리가 같아질 수 없는 이유가 세상에 있을 것이고, 그 세상은 제각기 다른 이름과 저마다 삶의 방식이 정하지 싶었다.

"태어난 곳은 어디라고 하더냐?"

"이탈리아라고 하였사옵니다. 지중해를 끼고 천혜의 비경을 품은 나라라고 들었사옵니다. 다빈치는 그곳 밀라노에서 '최후의 만찬'을 그렸다 하옵니다."

확신할 수 없는 이국의 땅덩어리는 낯설고 감이 오지 않았다. 남의 나라 낯선 땅 이름에는 부드러운 어감이 돌았으나 그러든 말든 다빈치가 살다 간 곳은 바다가 펼쳐진 흔한 땅일 뿐이었다.

나라를 끼고 도는 지중해 바다는 청량하게 들려왔다. 돌고래가 헤엄쳐가는 짙푸른 바다에는 옅은 초록과 회색의 산호가 자라고 있을 것이다. 굽이치는 파랑을 떠올리며 임금은 수원화성을 생각했다. 행궁 길에 만난 소박한 길과 짙푸른 강과 야트막한 산자락과 깎아지른 벼랑을 올려다보며 조선의 산수가 품은 온전한 땅의 생김과 천혜의 미덕을 느꼈다.

외롭지 않은 나라의 젊은 기운은 조선의 산수에서 오는 것이며, 산수로부터 고을이 솟고, 마을이 들어서며, 장터가 만들어지면서 저마다 삶을 누리는 것이라고, 임금은 생각했다. 그 속에 삶의 고락과 애환과 추억을 쥐고 살아가거나 죽어가는 것이라고, 임금은 행궁 길의 사색을 잊지 않았다. 길 끝으로 저물어가던 세상과 그림 속 가운데 앉은 자의 머리끝으로 이어지던 소실점 너머 세상은 임금의 오감으론 닿을 수 없는 곳으로 뻗어나가 있었다.

임금을 올려보며 김홍도는 덧붙였다. 곁에 선 최무영이 무거운 눈으로 김홍도와 임금을 바라봤다. 김홍도의 목에서 더운 바람이 불어왔다.

"다빈치는 많은 것을 세상에 남겼다 하옵니다. 그자는 그림뿐 아니라 다산 대감보다 훨씬 앞서 거중기를 고안해 집을 짓고 성을 쌓았다고 하옵니다."

화성을 지어 올린 지 다섯 달이 지나도록 약용은 임금 앞에 모습을 드러내지 않았다. 스스로 면목을 숨기고 윤지충과 권상연의 죽음을 마음에 담고 있다고 했다. 애도가 끊이지 않고 슬픔이 처절하다는 소리도 들렸다. 화성 축조의 명분보다 십자가의 고결성을 말할 수 없으니 얼굴을 보이지 않는 것이라고, 임금은 생각했다. 당분간만이라도 소리가 끊지 않는 곳에 약용을 두어야 할 것 같았다.

"시대는 달라도 생각은 같을 수 있는 것이다. 이제라도 정약용이 거중기를 만들어 화성을 쌓아 올렸다면 누가 먼저 만들었는지는 중요하지 않다."

임금의 말 속에 약용을 감싸는 마음이 보였다. 임금은 언제까지 약용을 곁에 둘지 알 수 없었다. 임금이 눈을 감을 때 김홍도의 입에서 생각할 수 없던 말이 들려왔다.

"다빈치가 고안한 특별한 물건이 있는데, 하늘을 날 수 있는 기계라고 하옵니다. 이 기계의 시작은 세종대왕 아래 정오품 상의원 별좌를 지낸 장영실의 머리에서 나왔다 하옵니다."

날마다 그림과 삶을 일구어가는 도화서 별제가 장영실의 얼굴을 모를 리 없었다. 깊은 곳에 봉인해둔 성균관 장고에서 보았을 것이고, 엄한 서열로 묶어놓은 춘추관 기록에서 보았을 것이다.

장영실.

임금은 그 이름을 되묻지 않았다. 놀라지도 않았다. 삼백 년 저편에 살다 간 관노 출신의 장영실을 기억에서 지울 리 만무했다. 시류에 장영실 같은 인물은 정약용이 최선이며 그 이상 찾아볼 수 없는 것이 안타까울 뿐이었다. 상의원 별제의 관직은 이름에 불과했으나 장영실이 남긴 업적은 조선을 과학의 나라로 만들기에 충분했다.

간의대簡儀臺와 앙부일구仰釜日晷와 천평일구天平日晷와 현주일구懸珠日晷를 만든 장영실은 자라고 익히면서부터 임금의 머리에 돌았다. 일성정시의日星定時儀로 별을 관찰하던 세종 선왕을 도운 것도 모를 리 없었다. 조선의 과학과 문명을 일으킨 기린아가 너무 먼 곳으로 떠난 것은 아니었는지. 스스로를 낯선 땅으로 유배 보내면서 장영실이 얻고자 한 것이 무엇인지 김홍도의 말 속에 들려왔다.

하늘을 나는 기계.

왕가의 비기에는 장영실이 하늘을 날 수 있는 기계의 설계도를 쥐고 이국의 낯선 땅으로 건너갔다고 했다. 장영실이 꿈꾼 하늘은 실제가 아닌 상징이었을 것인데, 사관의 입장에서 너무 부풀린 건 아닌지 의구와 의혹이 들끓었다.

임금은 왕가의 비기를 신뢰하지 않았으나 저버릴 수 없다는 것도 알았다. 장영실이 하늘을 통해 얻고자 한 것이 세상의 대동大同에 있다는 것도 모르지 않았다. 『승정원일기』를 끝으로 조선에서 사라진 장영실의 행적은 왕가의 비기가 뒷이야기를 들려주었어도 답답하기는 마찬가지였다. 막막한 길을 따라가다보면 장영실의 길은 『시경詩經』 '빈풍豳風' 편에 홀로 울던 올빼미로 남아 있었으나 행방이 묘연한 것은 사실이었다.

임금은 장영실에 관한 의구가 이제쯤 사라져 주길 바랐다. 끝을 알 수 없는 뒤를 캐물어 추적한들 얻을 수 있는 가치가 무엇이 될지 알 수 없었다. 임금이 놀라움 없이 김홍도를 바라봤다. 살을 찌르는 통증은 다음 말에서 왔다.

"더 놀라운 것은 다빈치의 그림 속에 장영실이 남아 있다 하옵니다. 비록 생김은 그곳 사람 같으나 흰머리에 총명한 눈두덩을 가진 오른쪽 두 번째 자리에 서 있는 자가 바로 장영실이라 하옵니다."

임금이 그림을 돌아봤다. 가운데 앉은 자의 조용한 눈총이 보였다. 식별할 수 없는 용기와 예측할 수 없는 전의가 밀려왔다. 생사를 가르며 죽음과 단절이 넉넉한 전야에 한적한 식사로 세상을 건너가는 열세 명의 인물은 무엇 때문에 한자리에 모여들었는지 알 수 없었다. 외롭거나 헐벗지 않은 저마다 모습은 여전히 수군거리며 살아 있는 듯했다.

그림의 역설은 임금의 마음 한곳에 무겁게 왔다. 오른쪽 두 번째 자리에 서 있는 자가 장영실이라는 김홍도의 말은 받아들여지지 않았으나 버릴 수 없다는 것도 알았다.

장영실.

임금이 나직이 불렀다. 눈을 감을 때 장영실은 그림자를 이끌고 걸어왔다. 머릿속에서 장영실은 먼 눈길로 임금을 오래 바라봤다. 어깨 너머로 해와 달과 별들이 지나갔고, 바람은 멈춘 듯 소리가 없었다. 별자리마다 박힌 사연들이 하나둘 임금의 머릿속에 떠올랐다. 별은 명멸의 순간을 하늘에 새기면서 땅의 기복을 헤아리는 듯했다.

별은 죽는 순간까지 머릿속에서 지워지지 않아서 아름다운 것 같았다. 임금의 머릿속 은하는 금빛으로 보였고, 은빛으로도 보였다. 별은 변치 않고 오래도록 하늘에 떠 있어서 별인 것 같았다.

별을 불러온 장영실은 말이 없었다. 머릿속 장영실과 그림 속 장영실은 닮지 않은 얼굴로 서로를 바라봤으나 그러든 말든 억울할 건 없어 보였다.

임금이 조용히 숨을 내쉬었다. 별이 조붓한 저녁에 너무 멀리 나아간 건 아닌지, 바람이 순한 저녁에 갈 길이 먼 것을 알았다. 임금이 김홍도와 최무영을 번갈아 봤다. 멀리에서 부엉이 울음이 들렸다.

이화우梨花雨

비가 내렸다.

장악원 안쪽으로 뻗어간 길은 먼 곳부터 가물거렸다. 비를 뚫고 새들이 날아올랐다. 낮게 내려온 구름 속으로 가야금 선율이 번져갔다. 악사와 무부들은 퇴근하고 없었다. 해질 무렵 가야금 소리가 청명했다.

태평관 툇마루 처마 아래 도향은 앉아 있었다. 열두 줄 법금法琴이 도향의 무릎 위에 놓여 있었다. 약용이 보낸 우륵의 벽조목 가야금은 편안해 보였다. 줄을 뜯자 장방의 악기에서 빗방울 소리가 새어 나왔다. 도향의 손마디는 가을날 젖은 갈대 같았다.

장악원 뜰에서 약용은 오래도록 도향을 바라봤다. 젖은 도포 안으로 빗물이 스며들자 소매 안쪽에 소름이 돋았다. 등짝이 젖어들었고, 어깨가 시렸다. 떨리는 어깨 너머 먼 곳에서 청계천 물소리가 들려왔다. 가야금 소리와 물소리는 천성이 같아 보였다.

우륵은 가야금을 만들 때 중원의 쟁箏을 본으로 했는지, 삼한의 금琴을 바탕으로 했는지 알 수 없었다. 우륵의 벽조목 가야금은 위쪽이 볼록하게 나와 있었고 아래는 비어 있었다. 약용이 청나라를 다녀오면서 어렵사리 가져온 가야금이었다.

도향은 오른쪽 무릎 위에 현침絃枕를 올리고 양이두羊耳頭를 왼쪽 무릎에 비스듬히 걸쳐 놓고는 가야금을 뜯었다. 오른손으로 현침 너머 미끄러지듯 열두 줄을 뜯으면 천둥소리가 났고 방아 찧는 소리가 들려왔다. 오른손이 던져준 소리를 왼손이 안족雁足 근처를 밀고 당기며 흔들어 농현弄絃으로 받았다. 오른 손마디가 내준 선율을 가지런히 흘려 퇴성退聲으로 장식하면 왼손이 전성轉聲으로 받아쳐 도도한 선율을 일으켜 세웠다. 줄을 퉁길 때 새소리와 물소리와 바람소리가 섞인 겹의 소리가 들렸다.

가야금을 탈 때 도향은 딴 세상을 날아다니는 듯이 보였다. 열두 줄에서 튕겨 나온 선율은 허허롭고 가뭇없이 들렸으나 세상 밖으로 밀려갈 때 소리만큼은 온전했다. 도향의 가야금 연주는 먼 세상의 소릿결을 부여잡고 생의 번잡과 희로비환喜怒悲歡을 달래는 듯했다.

선율을 다스리는 도향의 눈은 조용하고 처연한 기색이 돌았다. 약용의 목소리가 들려왔다.

"그새 소리가 조밀하고 풍성해졌구나."

도향이 가야금을 내려놓고 몸을 일으켰다. 도향의 눈빛이 흔들리는 것을 알았다. 가야금 밖에서 약용은 무엇이 될지 알 수 없으나 자신을 눈에 담을 줄 아는 도향이 좋았다. 약용은 속내를 말할 자신이 없었다. 도향의 시선이 닿는 한 그루 나무가 되면 좋았고, 십자가로 열어가는 한적한 모퉁이라도 좋았다.

도향이 말했다. 목소리가 쉬어 있었다.

"나으리, 도포가 젖었습니다."

"선율이 빗줄기 속에 아득히 저무는구나. 빗소리와 잘 어울려."

해질녘에 약용의 목소리는 무게를 지우며 밀려왔다. 그림자마저 해거름에 던져놓고는 물끄러미 도향을 바라봤다. 도향이 대답했다.

"잠시 우륵을 생각했습니다."

"그래, 그랬구나……."

…나를 생각할 순 없느냐?

약용은 묻지 못했다. 뱉을 수 없는 말은 물레처럼 마음 한곳에서 헛돌 뿐이었다.

약용이 숨을 들이마셨다. 허파 속으로 저녁 밀물이 들어차는 것 같았다. 저녁나절 약용은 세상의 중심을 생각했고, 세상의 중심에서 들려오는 선율을 생각했다. 약용은 저만의 세상을 찾아갈 것인데, 도향은 어떤 선율로 세상을 헤엄쳐 갈지 알 수 없었다. 우륵의 가야금을 퉁기며 도향은 어디로 향할지, 그마저 알 수 없었다.

도향이 빗물에 젖은 갓과 도포를 받았다. 갓을 벽에 걸고 젖은 도포를 펴서 마룻바닥에 널었다. 솜이불을 꺼내 약용의 어깨를 덮어 주었다. 가을빛이 무르익었어도 흐린 날엔 왠지 모르게 추웠다.

"해지는 시간에 어쩐 일로? 피곤해 보이셔요."

도향은 조용히 말했다. 눈빛은 씻은 듯이 맑아 보였다. 바람 같은 아이는 눈빛 하나로 약용의 마음을 흔들었다. 도향의 한쪽 눈 속에 파란 물결이 보였고, 다른 한쪽엔 노란 노을이 비쳐 들었다.

"너의 눈빛은 늘 모호하구나. 마음속에서 떠나질 않아."

"울적해 보입니다. 무슨 일이라도 있으세요?"

"아니다. 식은 밥이라도 좋으니 뭐든 내오너라. 시장하구나."

시장하다는 약용의 말에 도향이 상을 내왔다. 술은 없었다. 약용이 술을 싫어한다는 것을 알고 지레 묻지도 말하지도 않은 것 같았다. 밥상은 소박했다. 낮에 먹다 남은 식은 밥에 김치와 아욱국이 전부였다. 숟가락 하나면 시장기를 달랠 수 있을 것 같았다.

"많이 드셔요."

"너는 먹지 않느냐?"

"……."

도향은 대답 대신 물끄러미 약용을 바라봤다. 머릿속에서 물방울 소리가 들렸다. 약용이 다시 물었다.

"밥과 국이 없느냐?"

"어찌 나으리와 겸상을……."

도향은 어두운 표정으로 말했다. 표정이 지워진 도향의 얼굴은 뭔지 모르게 불안해 보였다.

"창백하구나. 근심이라도 있는 것이냐?"

"아닙니다."

"밥을 내오느라. 너도 먹어야 살지 않겠느냐?"

도향은 살기 위해 먹겠다고 말한 적이 없었다. 먹기 위해 살아갈 것이라고도 말하지 않았다. 약용은 살기 위해 먹는지, 먹기 위해 사는지 알 수 없었다. 아욱국에 밥을 끌어당기는 별개의 맛이 있는지는 몰라도 허기를 달래기 위해 먹을 뿐이었다.

도향이 물었다.

"밥만 내와야 합니까?"

"아욱국도 함께 내오거라."

도향을 처음 본 저녁에도 아욱국을 먹었다. 도향은 밥과 국을 큰 숟가락으로 떠서 겨우 먹었다. 감지 않은 머리에서 이가 기어 다녔다.

머리칼은 번들거렸고, 입에서 익은 청국장 냄새가 났다. 언 손등 위로 핏물이 고여 있었다. 서툰 숟가락질은 언 손가락이 문제였거나 입에 비해 숟가락이 큰 것이 문제인 것 같았다.

도향의 입술은 작고 도톰했다. 밥과 국을 삼키면서 도향은 말이 없었다. 말없는 아이의 밥과 국은 싱거워 보였다. 약용은 큰 숟가락으로 연이어 밥과 국을 삼켰다. 약용의 밥에서는 조밀한 단내가 났다. 된장과 뒤섞인 아욱은 식욕을 당기기에 충분했다. 약용은 편히 먹고 수저를 놓았다.

도향의 숟가락질은 깨작거릴 뿐 밥이 줄어들지 않았다. 약용이 다시 물었다.

"근심이 있느냐?"

도향이 약용을 바라봤다. 한 줌도 되지 않는 눈빛이 약용의 심장을 멎게 했다. 한숨을 들이켜고 나서야 도향은 입을 열었다.

"나으리, 다 드신 후에 나으리께서 제게 준 가야금 소리를 들어보셔요."

도향의 말에 기침이 나왔다. 입을 가리며 눈에 힘을 주었다. 헛기침 끝에 말했다.

"알았으니 어서 먹기부터 하거라."

그 말에 도향은 환한 얼굴로 숟가락질을 했다. 하늘 한곳에 별들이 오붓이 떠올랐다. 별 사이로 서늘한 바람이 불어갔다. 별들은 바람 속에서도 자리를 이탈하지 않고 반짝였다.

밥상을 물리고 입을 행군 도향이 가야금을 가져왔다. 굳은 표정은 읽히지 않았다.

"나으리, 이상할지 모르나 한번 들어 보셔요."

도향의 자세는 정해진 법금 자세가 아니었다. 약용이 물었다.

"어찌 가야금을 그런 모양새로 타느냐?"

"저만의 연주법입니다. 들어 보셔요."

약용은 묻지 않고 고개만 끄덕였다.

도향은 아까와 다르게 반대로 현을 짚었다. 보인즉, 오른쪽 무릎 위에 현침을 올려놓아야 하고, 양이두를 왼쪽 무릎에 걸쳐놓아야 하는데, 정반대로 가야금을 놓고는 약용을 바라봤다. 잘했다고 머리라도 쓰다듬어 주어야 할지, 환하게 웃으며 칭찬이라도 해주어야 할지 알수 없었다. 뭐가 됐든 들어봐야 할 것 같았다.

도향이 왼손을 그었다. 현침 너머에서 정해진 자세로 연주했을 때와 전혀 다른 소리가 났다. 정음과 달리 기이한 소리가 났다. 천둥소리와 방아 찧는 소리가 나던 것과 확연히 달랐다. 물소리나 바람소리같지도 않았다. 깊은 바닷물에 가라앉듯 먹먹한 소리가 들려왔고, 저까만 우주를 지나는 미세한 선율이 들려왔다.

이해할 수 없는 선율은 다른 세상을 끌고 오듯 생생했다. 머릿속이 헝클어지는 것을 알았고, 약용은 도향이 던지는 선율을 정의할 수 없었다. 세상 밖의 악상은 오묘했으나 신비와는 달랐다. 이 아이만의 연주는 특별하게 들렸다.

연주를 마친 도향이 입을 열었다.

"이것은 금기의 연주법입니다."

받아들일 수 없는 선율은 이해되지 않았다. 무엇을 말하는지 알 것 같기도 했고, 모르는 게 나을 것 같기도 했다. 호기심이 없진 않았으

나 알아야 할 의무도 없었다. 불가사의한 연주를 도향은 어려운 말로
덧붙였다.

"이 연주는 왼손잡이만이 가능한데, 금기로 묶은 까닭이 있습니다.
오래 들으면 죽음에 이르며, 설령 죽지 않아도 머리를 풀고 천지를 헤
맨다고 했습니다. 왼손잡이들이 가야금을 멀리한 이유가 이 금기의
연주 때문입니다."

처음으로 도향의 입에서 두려운 말이 나오는 것을 알았다. 약용의
표정은 놀라움을 감추고 무뚝뚝하게 밀려갔다. 깊고 어두운 물속으로
가라앉는 기분이 들었고, 머릿속이 아득해지는 느낌이 왔다. 처음이
란 멀고 아득한 것인데, 도향의 좌익 연주는 오래전부터 준비된 것 같
았다.

약용이 굳은 얼굴로 물었다.

"괴이한 연주구나. 이런 연주법이 가능하단 말이냐?"

"아는 자가 없을 뿐입니다."

위험한 생각이 아니어도 금기의 연주에 대해 알아야 할 이유가 보
였다. 약용이 다시 물었다.

"너는 어찌 아느냐?"

"저는…… 원리만 전수받았고, 나머지는 혼자 깨쳤습니다."

머릿속에서 총총히 떠가는 그림자가 보였다. 위험하며 불미하다고,
머릿속 그림자는 말하는 듯했다. 약용은 더 묻지 않았다. 말하지 않아
도 좌익 연주를 금기로 묶은 까닭을 알 것 같았다.

생각은 머릿속에서 돌고 돌았다. 어깨가 떨렸고, 떠오른 생각은 놀
랍고 두려웠다. 떨림 속에 수천수만 마리 검은 그림자가 머릿속을 날

아다녔다. 그림자마다 쇳소리가 들렸는데, 꿈인지 생시인지 모호했다.

도향의 연주는 배꽃 날리는 이승을 지나 눈보라 치는 저승을 걸어가는 것 같았다. 죽은 자의 영혼이 산 자의 육신에 전해오는 것이며, 산 자의 육신이 죽은 자의 영혼에 임하는 것이라고, 약용은 생각했다. 생각으로 닿을 수 없는 저승이 이 밤에 가깝게 보였다.

처마 아래로 바람이 불어갔다. 밤기운이 서늘했다. 파란 입김이 나왔고, 왠지 모르게 추웠다.

그 밤의 언약

만경강 노을은 붉고 선명했다. 주먹밥으로 허기를 달랜 뒤 긴 밤을 지났다. 불을 피운 자리에 새순 같은 바람이 불어 다녔고, 모두의 눈빛은 별만큼이나 또렷했다.

그날 밤 오라비는 박해무, 김순, 배손학, 김혁수, 이하임과 오래 이야기 나누었다. 종잡을 수 없는 이야기는 별이 되거나 불꽃이 되어 사방을 비추며 내렸다. 이야기는 밤사이 꺼지지 않고 모두의 눈 속에 맺혀 들거나 귓속에 파묻혔어도 오래도록 지워지지 않았다. 이야기 속에 눈보라를 뚫고 걸어오는 낯선 자가 보였다. 모두의 눈에는 허상으로 보였어도 낯선 그림자의 정체를 오라비는 알았다.

복수는 나의 것.

그 말의 불온이 천주를 망각한 것이며 천주를 욕되게 하는 것을 오라비는 알았다. 그 말의 순수가 죽어간 서학인의 영혼을 구천에 떠돌게 한다는 것을 박해무는 알았다. 그 말의 진실이 저편 저승이 아닌, 이편 사람 사는 세상에 있다는 것을 김순은 뚜렷이 알았다. 그 말의 뜨거움이 서학을 삿되게 하고 십자가를 더럽힌다는 것을 배손학은 김순보다 먼저 알았다. 그 말의 전율이 죽은 자의 영혼을 불러와 무당집 근처에 머물게 한다는 것을 김혁수는 오라비의 눈을 바라보며 읽었다. 그 말의 어려움 속에 칼과 가면이 떠가고, 칼 속에 눈보라가 일어서는 것을 이하임은 가장 먼저 알아챘다.

이하임은 상의원 뒤뜰 담장 너머 장악원에서 소리를 했다. 미색이 뛰어났으나 몸뚱어리만큼은 함부로 굴리지 않았다. 돈과 권력보다 소리를 좋아하는 여령은 드물었다.

장악원을 나오기 전 이하임은 십자가를 섬겼다. 구들과 기둥 사이에 십자가를 두고 밤마다 기도했다. 기도 속에 삶이 보였다. 십자가 속에 구원의 소리가 들렸다. 십자가를 따라 생의 환희가 밀려오면 그 안에 죽은 뒤 오를 수 있는 천상의 신비가 보였다. 육신의 죽음은 헛된 것이며, 헛됨 속에는 삿됨이 들어 있는데, 죽으면 천상에서 불멸의 생을 얻을 수 있다는 믿음은 이하임의 머릿속에 곧고 견고했다.

이하임은 까다로운 여인이었다. 사대부 손에 이끌려 골방에서 아편 연기를 피워 올릴 때도 이하임은 눈 하나 깜빡이지 않았다. 오히려 침을 흘리며 눈이 뒤집힌 사대부 장손을 다듬잇방망이로 턱이 돌아가게 만든 것도 그녀였다. 사대부 장손의 턱은 예전으로 돌아오지 않았다.

그뒤 이하임은 서학에 연루되어 의금부 지하 습하고 더러운 곳에 감금됐다. 고문 끝에 엉뚱한 사대부 아들을 서학쟁이로 끌어들였다. 시시때때 태평관으로 이하임을 불러 세운 동문 최참판댁 셋째 아들이었다. 이름만 들어도 치가 떨리는 최참판 아들은 곧바로 육모 방망이를 든 기찰포졸에게 체포되었다. 그 길로 이하임은 풀려났다.

감옥을 나온 이하임은 남산 아랫녘에서 가면을 쓰고 널뛰듯 춤을 추던 초라니 패거리와 섞여 들었다. 이하임의 소리에는 이따금 천상의 무늬가 보였는데, 스무 살의 청아하고 단아한 여기女妓의 소리는 많은 사람들의 귀를 서학으로 물들게 했다. 이하임은 신분의 천함을 스스로 높여 천주의 곁으로 가길 원했다. 천주는 갈구할수록 갈증으로 왔고 목마름으로 왔으나 이하임은 뜻을 굽히지 않았다. 의금부에 잡혀 들어간 최참판 아들은 죽었는지 살았는지 알 수 없었다. 이하임의 십자가는 내금위장으로부터 왔다.

오라비가 핏기 없는 얼굴로 말했다.

"다정한 날들이 손과 머리와 마음에 떠나지 않고 있소. 부르지 않아도 떠오르는 건 그때가 절박해서가 아니라 순수했기 때문이라는 것을…… 긴 날을 걸으며 생각했소. 다시 돌아갈 수 있다면 어미를 그렇게 보내지 않을 거라고……."

오라비는 죽은 어미를 생각했고, 누이의 걸음을 생각했다. 어디로 흘러들었을지 가물거릴 뿐 죽은 어미도 홀로 남겨둔 누이도 대답이 없었다.

배손학이 소리 없이 고개를 끄덕였다. 상처 입은 자들이 마음을 모아 복수를 다짐한들 헛된 망상에 지나지 않으므로, 오라비의 말은 철없는 울분으로만 들렸다.

긴 날을 걸어 당도한 강기슭에서 서로가 입은 상처를 어루만져 줄 수 있다면 그것으로 족했다. 복수를 다짐하고 대의를 계획한들 쉽지 않으리란 것을 알았다. 서학과 무관한 지점에서 복수를 품은들 무슨 의미가 될지 알 수 없었다.

배손학이 젖은 얼굴로 말했다. 목에서 별과 별 계곡을 건너가는 긴 바람이 보였다.

"이 밤에 무엇도 계획하지 말게. 세상은 마음으로 쥘 수 없고, 몸으로 옮길 수도 없는 것이네. 먼저 간 자들의 이름을 기억하고 살아온 날의 온기를 추억하는 것만으로도 복이 되고 남을 걸세."

배손학은 복수의 무모함과 갈등의 모호함을 머릿속 겹겹의 톱니바퀴와 굴렁쇠를 굴려 계산한 모양이었다. 성공의 확률보다 실패의 징후가 분명한 복수는 피를 부를 것이고, 그 피는 결국 모두에게 오리라는 것도 아는 눈치였다. 배손학은 생의 부드러움을 좇아 먼 곳에서 십자가를 쥐고 온 사도使徒 같았다. 머리에 흰 테두리 대신 유건을 쓴 자의 마음은 별이 되고 남았다.

배손학의 마음을 오라비는 알았다. 생의 부드러움은 모두에게 한결같다는 것도 알았다. 오라비가 배손학의 말을 받았다.

"살아남은 자들의 슬픔이 이 밤인들 온전하진 않을 것입니다. 그 때문에 철없는 자의 마음은 자꾸만 복수를 떠올리고 있습니다."

오라비의 어깨를 다독이며 배손학이 말했다.

"그 마음 모르지 않네. 섣불리 나섰다간 복수는 고사하고 살아남을 수 없을 걸세. 시간, 시간이 필요한 일이네."

오라비가 침통한 표정으로 고개를 끄덕였다. 물길 위로 바람이 불어갔다. 등짝이 시렸다. 장작불에서 샛노란 불꽃이 보였다. 불꽃 속에 십자가가 보였고, 바람 속에 찬송가가 들려왔다.

오라비가 젖은 눈으로 주먹을 쥐었다.

"고문으로 죽어간 서학인들의 영혼이 구천을 떠돌고 있습니다. 이 밤에도 의금부 지하 감옥에 갇힌 천주인들의 신음 소리가 들려오고 있단 말입니다."

오라비의 절규가 모두의 귀에 뚜렷이 밀려갔다. 박해무, 김순, 배손학, 김혁수, 이하임이 귀를 열어 오라비의 말을 새겼다. 말 속에 들려온 서학의 훼손을 모르지 않았으나 말할 수 없는 자의 본성은 한결같았다.

박해무가 말할 때 목에서 늙은 버드나무가 보였다. 박해무는 오라비의 천성을 아는 듯했다.

"복수의 마음을 접어라. 자신을 옥죄고 스스로를 죽이는 일이 될 것이야. 그 마음은 결국 먼저 간 자들의 영혼을 욕보이는 것 이상 무엇도 없다."

박해무의 말이 무겁게 들렸다. 오라비가 눈을 감고 고개를 떨어뜨렸다. 배손학이 오라비의 어깨를 다독이며 박해무의 말을 거들었다.

"이미 많은 서학인들이 죽어갔네. 앞으로 더 많은 천주인이 죽어갈 것이네. 이쯤에서 조정이 나서 멈추도록 해야 하는 것도 아네."

한쪽에서는 드러나는 복수를 원하는 것 같았고, 다른 한쪽에서는 드러나지 않는 화해를 원하는 것 같았다. 배손학의 말이 오라비의 마음을 뚫고 지날 때 모두는 조정의 완강함에 치를 떨었다.

배손학의 말대로 조정이 나서서 무마하면 좋으련만, 기대할 수 없는 바람만이 저마다 머리끝에서 흔들렸다. 오라비의 마음을 다독일 때 배손학은 자신마저 복수를 생각하는 것을 알았다. 복수의 마음보다 앞날이 중요하므로, 오라비와 함께 목숨을 걸어야 할 날이 올 것도 알았다. 그날이 오면 태생을 망각하고 신분을 돌이키며 이름을 지워야 할 것도 내다봤다.

배손학이 큰 숨을 내쉬었다. 배손학의 눈에 불꽃이 보였다. 불꽃 속에 가나안 길을 걸어가는 예루살렘인의 척박한 걸음이 보였다. 배손학의 눈은 맑고 청명했으나 움푹 꺼진 눈동자는 젖어 있었다.

배손학은 유건을 쓴 자였다. 성균관 한켠에서 『시경』을 해독해 유
생들과 조용히 읊조리면 주자의 말씀이 신기하게도 천주를 향한 기도
문과 닮아갔다. 『시경』의 주해에서 서학의 증거를 찾아내는 배손학의
끈기는 차분했다. 『시경』을 열면 천주의 말씀이 들려온다는 배손학의
학강은 주자의 신망을 드높이면서도 서학의 바람을 훈풍으로 이어갔
다. 배손학의 『시경』은 파격이었다.

　　四矢反兮 너의 화살이 같은 자리에 꽂혀드니
　　以禦亂兮 세상 환란과 어지러움 거두고 남도다

『시경』 제풍齊風 편에 '아름다운 세상'[猗嗟]으로 천주는 예견되어
있었다. 서학이 학문적 질료를 딛고 조선에 올 것이라는 주해는 전례
가 없었다. 전례가 없는 해석은 논리로 증명되는 것인데, 『시경』과 서
학 사이 깊은 골짜기를 더듬어 갈 유생은 성균관에 전무했다. 『시경』
의 파격이 어찌 서학의 진정과 뒤섞이는가를 식별해낼 소론도 없었
고, 이것을 뒤엎을 노론 또한 없었다.

배손학은 『시경』의 변전變轉을 유물唯物로 보았고, 서학의 교리를 유
심唯心으로 보았다. 해독할 수 없는 배손학의 논리는 추앙받기보다 지
탄받거나 비판받았는데, 언제부턴가 유생들 사이에 그의 논리는 철저
히 묵살됐다.

지나친 파격은 오해가 따라붙기 마련이었으나 오해든 아니든 배손

학은 『시경』 속에 끝없이 나누어지는 서학의 근성을 버리지 못했다. 주자를 업고 천주를 살피었고, 천주를 엎고 『시경』을 전파했다. 배손학의 관점은 까다로웠으나 그 까다로움이 독이 되어 자신에게 올 것은 끝내 알지 못했다.

소론은 배손학의 관점을 『시경』의 인멸이라고 말했다. 노론의 정수는 배손학의 주해를 『시경』을 삿된 사학邪學으로 물들이는 악의 집체集體라고 했다. 그러거나 말거나 배손학은 바람난 유객처럼 동문에서 서문으로, 남문에서 북문으로 사대문을 휩쓸고 다녔다.

배손학은 주자의 가르침을 받은 학자이면서 천주의 교리를 중시하는 서학인이었다. 두 가지 신념을 하나의 얼굴에 지닌 배손학은 성균관 종칠품 순유박사諄諭博士였다. 문장이 순한 배손학은 말보다 글이 뒤처지거나 글보다 말이 앞서지 않았다. 차분한 돌 뜰만큼이나 배손학의 글은 무거운 자향을 지녔고, 문장의 품격을 사대부의 체통 따위로 우기지 않았다. 글 속에 말을 심지 않아서 깨끗했고, 말 속에 묵은 고사를 보태지 않아서 무난했다. 배손학에게 서학의 빛을 쪼이게 한 자는 어의御醫 김혁수였다.

김혁수가 배손학의 어깨를 다독였다. 배손학이 김혁수의 눈을 오래 바라봤다. 등짝을 타고 식은땀이 흘렀다. 등짝이 시렸다. 오라비가 김혁수를 바라봤다. 김혁수의 눈빛은 오라비의 속을 읽는 데 게으름이 없어 보였다. 김혁수는 밀려오는 눈빛을 뜨거운 시선으로 되돌리는 자였다.

김혁수가 나직이 말했다.

"젊은이, 자넨 어려운 시대를 순수의 힘으로 누르고 있네. 추억과 회환으로 덮어씌워도 자네의 마음은 오직 하나뿐이네. 그 마음 내게 주게. 나는 살 만큼 살지 않았는가?"

김혁수의 말 속에 복수의 어려움이 보였고, 복수로 들어찬 오라비의 마음이 보였다. 추억과 회한으로 가린 젊은 치기의 무모함을 골라내는 가시도 보였다. 그물처럼 촘촘한 김혁수의 언어는 오라비가 품은 악의 근성을 찌르는 칼날이기도 했다.

오라비가 흔들리는 눈으로 대답했다.

"지나온 날들 속에 내가 살아온 날의 증거가 있습니다. 삶을 돌아보는 건 앞날을 구하기 위함이며, 앞날은 지나온 날보다 소중하기 때문입니다."

그 마음은 날마다 저무는 꽃들이 애석하기 때문이지 낮 동안 떠 있는 해를 가리기 위함이 아니라고, 오라비는 말하고 있었다.

"그런 자네 마음은 아름다움을 말할지 몰라도 마음 저 깊은 곳은 악으로 물들어 있네. 선을 대척으로 삼는 악의 근성은 외로운 거라네……."

김혁수가 말끝을 흐렸다. 선을 찌르는 악은 무모하고 어리석다고, 김혁수는 말하는 듯했다. 선의 긍휼은 신중하게 열어갈 때 오는 것인데, 김혁수의 말 속에 들려온 악의 실체는 불에 달군 쇠꼬챙이만큼이나 급작스럽고 뜨겁게만 들렸다.

복수.

그 말의 뜨거움이 보풀 같은 용기에서 시작된 것을 모를 리 없었다. 말끝에 악의 근성을 떠올린 것은 모진 고문 끝에 죽어간 서학인의 해부와 영혼의 찢김에서 왔다.

오라비가 조용히 김혁수의 말을 받았다.

"어미의 죽음으로 앞날은 산산이 흩어지고 부서졌습니다. 나의 생은 여기까진가 봅니다. 이 몸은 목숨이 끝나는 날까지 추억할 것이고, 기억할 것입니다."

오라비의 말은 절박하게 들렸다. 오라비의 말에 김혁수가 본 것은 복수의 마음이 아니라 상처 입은 자의 울분에 다르지 않았다. 눈에서 물방울이 떨어질 때, 김혁수는 죽은 자의 몸에서 떨어져 나오던 고결한 영혼을 생각했다. 어깨가 떨렸고, 손끝을 따라 아릿한 통증이 밀려왔다. 조급증을 누르며 김혁수가 입을 열었다.

"영혼을 아는가?"

김혁수의 눈과 오라비의 눈이 허공에서 부딪혀 내렸다. 짧은 시간이었으나 하루가 지나듯 길게 느껴졌다. 강변에 모여든 하루살이 떼가 저들만의 생을 살다 떨어져 내렸다. 아직 죽지 않은 하루살이들은 작은 날갯짓으로 긴박하게 날아올랐다. 날개마다 숨찬 박동과 기나긴 생명의 연대가 핏줄처럼 엉겨 있었다. 게으르지 않은 하루의 역동이 강기슭 너머로 저물어갔다.

오동나무

김혁수는 창덕궁 내의원 어의였다. 종육품 신분으로 흰 도포에 푸른 앞섶을 두르고 인정전 서쪽 전각에서 오래 임금의 질환과 다투었다.

임오년 초여름 캄캄한 뒤주 안에서 세자가 죽어가던 날 김혁수는 창경궁 선인문을 한걸음에 달려갔어도 죽음 앞에 나서지는 못했다. 죽음 속에 든 충의 진실을 김혁수는 누구보다 먼저 알았고, 가슴속에 묻어둔 채 오래 궁을 드나들었다. 광기와 불온을 덮어쓴 죽음이 두려운 후문을 남기며 궁에서 자취를 감출 때도 김혁수는 세자 이선을 잊지 않았다.

윤지충과 권상연이 완산벌 풍남문 앞에서 몸을 버린 이듬해 혜민서로 출장을 나간 것은 이선의 죽음과 무관했다. 그날 밤 흐린 호롱 아래 김혁수가 본 것은 충격이었다. 켜켜이 쌓여 있는 짐짝이 시신이라는 것에 김혁수는 당혹스러웠다. 누구냐고 물었을 때, 늙은 의녀는 눈빛이 침착하고 고요했다.

"나라 안에 독버섯처럼 번지고 있는 서학쟁이들입니다. 의금부에서 죽은 지 얼마 되지 않은 자들만 보내왔습니다."

늙은 의녀의 말에 김혁수는 입 안이 타들어가는 것을 알았다.

"내의원에서는 들은 바가 없네. 혜민서는 알고 있는가?"

"어차피 연고가 없는 자들입니다."

늙은 의녀가 말을 돌렸다. 혜민서에서 주관할 리 만무한 일이었다. 늙은 의녀는 시종 비밀을 삼킨 눈빛으로 대답했다.

"어떻게 죽었는지 아는가?"

"모두 고문으로 죽었을 것입니다."

죽은 뒤 묻힐 곳도 갈 곳도 없는 사학죄인들이라고 늙은 의녀는 덧붙였다. 의녀의 혀가 한 치만 더 길었어도 그 혀를 잘라버렸을 것이다. 김혁수가 노려보자 늙은 의녀는 손에 묻은 피를 앞섶에 문지르며 밖으로 나갔다.

그곳은 생각보다 은밀하며 비밀스러웠다. 김혁수는 눈꺼풀이 떨리는 것을 알았다. 내의원에서 떨어져 나온 특별한 부서인 것 같았는데, 전의감과 혜민서와도 무관한 것 같았다. 들어본 바가 없는 이곳을 내의원에서 모를 리 없었다. 서학인의 시신을 해부하는 곳은 들은 바가 없었다. 남문 밖 외진 곳이었는데, 들리는 말로는 자리를 옮겨가며 시신을 해부한다고 했다.

그날 김혁수는 보아서는 안 될 것을 보았다. 해부용 탁자 위에 시신은 반듯이 누워 있었다. 시신을 바라보는 김혁수의 숨은 몹시 거칠고 다급했다. 숨을 멈추고 시신을 바라봤다. 시신은 버려진 땅덩이처럼 누워 있었다. 황량한 들판은 속이 비어 있었고, 늑골을 드러낸 민둥산은 벌거벗은 채 버려져 있었다. 혀가 잘린 시신은 고문의 최종 정착지까지 간 것 같았다. 더 이상 알아낼 것이 없을 때 행해지는 고문의 최종은 생의 종결과 이어져 있었다.

연고 없이 떠돌던 서학인의 시신은 버려졌다. 그중 일부는 한적한 곳에서 여러 어의들이 지켜보는 가운데 해부되었다. 배를 가르고 누운 시신은 젊은 아낙이었다. 스물도 되지 않은 처녀 같았다. 여인은 철저히 분해되어 있었다. 죽기 전 본인이 원하면 어의들에게 몸을 기증할 수 있으나 적어도 그랬을 것 같지는 않아 보였다.

여인은 조선에 떠도는 학질과 수두의 종결을 위해 이 자리에 누웠을 것이고, 어의들은 무수한 속앓이와 피부병을 위해 여인의 배를 갈랐을 것이다. 여인은 조선이 앓고 있는 모든 병의 근성을 파헤쳐 삶의 연장과 죽음의 유예를 위해 해부되었을 것이되, 처음부터 실험체로 죽고자 하지는 않았을 것이다.

여인은 무도한 서학쟁이로 죽었을 것이고, 천주를 따르는 삿된 무리로 죽었을 것이다. 혀가 잘리고 손톱이 뽑히는 극한 고통에도 여인은 천주를 머리에 이고 그 이름을 부르며 죽었을 것이다.

죽은 여인의 눈은 청명해 보였다. 여인의 눈 속에 빛나는 십자가를 김혁수는 단번에 알아봤다. 성정이 가라앉은 여인의 몸은 짧은 생을 선한 종자로 살아왔음을 말해주었다. 여인의 죽음에서 선악의 자국은 보이지 않았다. 생을 누르며 밀려들던 죽음의 실체를 거역할 수 없었을 것이고, 죽기 직전까지 온전한 서학인으로 살았을 것이다. 여인의 죽음을 따라온 생의 장력은 무수한 고통과 인내로 단련된 듯했다.

죽은 뒤에도 여인의 몸은 부드러운 살과 단단한 골격을 보여주었다. 여인은 머리에서 발끝까지 매끄러운 살결을 보였다. 단아한 근육들은 가슴에 모여들지 않고 허리와 배로 퍼져나가 풍성한 골반으로 뻗어갔다.

여인의 젖가슴은 흔들림 없이 흰 사기그릇을 엎어놓은 듯했다. 젖가슴은 모성 하나로 끝나지 않고 완고한 여인으로 건너가고 있었다. 젖가슴 위로 결이 곧고 단단한 오동나무가 떠올랐다. 여인은 죽어서도 젊고 완강한 몸으로 버티고 있었다. 그 몸은 죽은 뒤에도 왕성한 산하로 채워져 있었다.

몸은 목 아래부터 배꼽 아래까지 열려 있었다. 흉부 안쪽으로 긴장된 산하가 보였다. 김혁수는 숨을 멈추고 여인의 속을 바라봤다. 속에서 여인이 살다 버린 숨 조각이 불어왔고, 갯가 비린내가 밀려왔다. 여인의 뱃속에 구불구불 뻗어간 조선의 산하가 보였다. 그 속에 두렵고 살 떨리는 피의 산맥이 들과 강과 바람으로 출렁거렸다. 얼굴을 보는 순간 김혁수는 눈을 감았다. 심장이 멈추는 것을 알았다. 여인은 김혁수의 누이였다. 열일곱 살 누이는 저 죽은 까닭을 뱃속에 묻고 죽은 것 같았다.

시신들 사이로 솥단지가 보였다. 곰국이 끓어 넘치고 있었다. 끓는 육수 가운데 고깃덩이가 보였는데, 무슨 고기인지 알 수 없었다. 술단지가 질펀하게 쌓여 있었고, 곳곳에 토사물이 보였다. 집도하던 어의가 토했는지 술김에 병사가 토했는지 알 수 없었다. 잔칫집인지 집도실인지 알 수 없는 곳에서 송장 썩는 냄새가 났다. 솥에서 익어가는 냄새가 났다.

김혁수는 그길로 의금부에 고했다.

"이보시오. 내 누이가 살해당했소. 죽은 몸을 갈라 안을 파고 자궁을 도려냈소."

의금부 별장은 조정과 무관한 일이라고 김혁수를 박대했다. 더 지껄이면 무고죄를 씌워 사학죄인과 함께 투옥될 것이라고, 의금부 별장은 으르렁댔다. 다시 찾아오면 모진 고문으로 죽게 될 것이라고, 협박과 으름장을 놓고 돌아섰다. 김혁수는 두 눈 부릅뜨고 대들지 못했다. 겨우 귀가해 닷새를 두문불출했다.

시신을 해부하는 자들이 옮겨 다닌다는 그 말은 사실이었다. 김혁수가 다시 그곳을 찾아갔을 때 시신은 보이지 않았다. 집도실은 핏방울 하나 없이 말끔히 치워져 있었다. 어디로 숨었는지 찾을 수 없었다.

나라의 질병을 막기 위한 해부의 뜻은 확고했으나 그 속내는 서학인에 대한 응징과 보복이었다. 늙은 할아비에서 젊은 아낙에 이르기까지 죽은 자들의 해부는 가혹한 박해이자 박멸의 다른 이름이었다. 들려온 말에 김혁수는 다시 놀랐다. 해부가 끝난 시신을 누군가 수레에 싣고 나가는 것을 보았는데, 자하문 너머 화장터로 향한다는 말이 들렸다. 해부된 시신을 강변에 자갈을 걷어내고 얕게 묻었다는 말도 들렸다.

…사람이 사람에게 몹쓸 짓을 저지르고 있다. 삿된 무리라고 이토록 박해할 수 있는 것인가? 사람의 탈을 쓰고 죽은 자의 신체에 칼을 대고 배를 갈라 속을 들여다봐도 되는 것인가? 온전한 몸을 조각 내고 부수며 갈갈이 찢어놓아도 되는 것인가? 이것은 죽은 자를 더럽히는 것이며, 그 영혼을 다시 짓누르는 것이다. 사람이 사람에게 어찌…….

그날 김혁수는 서학인에게 내려진 박해의 실체를 알았다. 김혁수는 오랫동안 울먹였다. 다시 볼 수 없는 누이의 얼굴을 떠올리며 서럽게 울었다. 모진 삶을 살다 간 누이의 몸을 떠올리며 다시 울먹였다. 세

해가 지난 일이었다

　해 질 녘 강변에 퍼져나간 석조를 뚫고 눈이 내렸다. 김혁수의 말 속에 밀려온 어린 누이의 죽음이 눈 속에 보였다. 오라비는 파란 살덩이를 안고 죽어간 어미를 생각했다. 어미의 살덩이 속에서 울려 퍼지던 각양의 소리와 색채가 떠올랐다. 껍질을 벗은 노루가 보였고, 핏빛의 노루는 잘린 다리를 끌며 겨우 걸어갔다.
　홀로 두고 온 누이를 생각하면 눈과 손이 떨렸다. 한쪽 가슴이 무너져 내렸고, 눈발은 거칠 줄 몰랐다. 새순 같은 아이가 들풀처럼 살아가기를 두 손 모아 빌었다. 들판의 초목으로 살아가거나 강가 버들로 살아가면 외롭지는 않을 것 같았다.
　오라비의 눈두덩을 가로질러 달이 차올랐다. 강변 언저리에서 뜸부기가 울었다. 소리가 빈 들에 가서 닿을 때, 서편 하늘에 큰 나무 별자리가 보였다. 만경강 물길 따라 오래전 죽은 정여립의 혼백이 실려 왔다. 흔한 믿음으로 세상이 열리는 곳, 혼백은 그곳을 대동세상이라고 했다.

2부
길 위의 별들

미천한 자의 행보를 의심치 마소서.
세상 어디든 갈 수 없는 나라가 없나이다.

추적

저녁은 서둘러 밀려왔다. 구름 걷힌 겨울밤 달빛은 낮고 조용했다. 존현각 뜨락을 비출 때 달빛을 머금은 보풀이 박석 위로 떠올랐다. 보풀 속에 해금 소리가 들려왔다. 장악원 담장을 넘어온 선율은 맑고 청아했다.

처마 아래 임금의 표정은 맑게 개어 있었다. 임금 곁에 선 백동수의 얼굴은 피곤한 기색 없이 침착했다. 호위 무사의 정결은 눈빛과 몸가짐에서 시작될 것인데, 이 밤에 백동수의 눈빛은 임금의 그림자보다 뚜렷해 보였다.

임금이 말했다. 투명한 물소리가 들렸다.

"이 밤엔 해금 소리가 제격이다. 다툼 없는 소리 하나가 세상을 물들이는구나. 조용할 날 없는 세상이 모처럼 선율에 씻겨 나가는 듯하다."

달이 기우는 밤에 임금은 해금 소리 하나로 시끄러운 세상을 지우는 모양이었다. 사색하는 시간에 임금은 가혹함을 버리고 조용한 세상을 이끌고 오는 듯했다. 소란한 떨림을 한 줌 해금 소리에 실어 외딴섬으로 흘려보내는 것 같았다.

내금위 무사들과 함께 기찰에서 돌아온 최무영의 얼굴은 피곤해 보였다. 임금을 올려보며 해금 소리와 무관한 음성으로 말했다.

"키 큰 박해무가 한 손엔 칼을 쥐고 다른 손엔 십자가를 쥔 채 초라 니 패거리와 천지를 떠돌고 있사옵니다."

최무영의 말끝에 피리 소리는 사라지고 임금의 눈빛만 보였다. 임 금의 눈빛은 무겁고 고요했다. 임금은 박해무를 잊지 않았다. 오래전 검고 단단한 뒤주를 놓고 갈라선 젊은 내금위장과 박해무의 겨룸도 잊지 않았다.

박해무는 세자익위사世子翊衛司였다. 작은 신분으로 아비의 곁을 지켜 야 했다. 아비가 죽던 밤, 박해무는 내금위장과 알력 없이 깨끗하게 겨 루었다. 겨룸 끝에 이긴 자도 진 자도 없이 박해무 스스로 칼을 거두 고 뒷모습을 보였다. 어린 임금의 뒷일을 내금위장에게 물려주고 박해 무는 너른 세상으로 나아갔다. 스산한 기억 모퉁이에 박해무를 소환할 수 없는 까닭이 보였다. 박해무는 정여립의 대동세상을 열어가고자 했 다. 반역 중에 반역으로 낙인된 그 세상을 이어가려 했다. 박해무는 반 역을 안고 세상에서 지워졌다. 임금의 기억은 거기까지였다.

"박해무를 버려둘 수 없는가? 그가 남긴 공헌을 생각하라."

"사헌부에서 가장 위험한 사학죄인으로 점찍고 있사옵니다."

최무영의 말이 눈을 찌르듯 날카롭게 들렸다. 말속에 박해무는 아 비를 위해 쌓은 공헌을 허물고 천길 벼랑으로 달려가고 있었다. 임금 이 조급증을 삼키고 물었다.

"무엇 때문에?"

"삿된 무리를 이끌고 음지를 돌고 있사옵니다. 밤마다 성물로 일 컫는 십자가를 쥐고 난해한 기도를 올리며 남녀 구분 없이 같은 곳에 서 몸을 누이고 한곳에서 먹거리를 나누고 있사옵니다. 불결한 머리와 비린 몸으로 대동세상을 열어가려 정여립을 입에 올리고, 그 후예를 자처하며 응징과 복수를 위해 천지를 돌고 있사옵니다. 나라에 끼칠 해악이 너무나 크옵니다. 그 까닭이 박해무를 버려둘 수 없게 하고, 박해무를 따르는 무리를 추적하게 옵니다."

"······."

임금이 손으로 이마를 짚었다. 기억 속 희미한 길목을 걸어가는 키 큰 박해무는 십자가와 무관한 지점에서 대동세상을 열어갔다. 그런 그가 어쩌다가 칼 대신 십자가를 쥐고 캄캄한 숲을 배회하거나 오랜 날 강 언저리를 떠돌고 있는지 알 수 없었다.

박해무의 삶 속에 그려진 무늬를 생각하면 손이 떨리는 것을 알았다. 숨을 죽이며 박해무를 떠올릴 때 여러 개의 가면을 쓴 헛것이 보였고, 그 너머 선악으로 갈라선 실체가 보였다. 정여립의 대동세상과 서학의 평등세상이 무엇이 다른지 임금은 알 수 없었다. 성물로 일컬어지는 십자가를 쥔 것 말고는 무엇으로 두 세상을 갈라놓아야 할지 알 수 없었다.

임금의 머릿속에서 박해무가 걸어 나왔다. 박해무는 흰 가면과 검은 가면과 붉은 가면과 푸른 가면을 번갈아 쓰며 너울너울 물결 같은 춤으로 흔들리며 밀려왔다. 흰 가면을 쓸 때는 손에 칼을 쥐었고, 검은 가면을 쓸 때는 십자가를 쥐고 있었다. 붉은 가면을 쓰고서 활을 쥐었고, 푸른 가면으로 바뀌면서 기도문을 쥐고 있었다. 상극의 가면들이 눈앞에 어른거릴 때 임금은 박해무의 진정을 생각했다.

흰 가면을 쓴 박해무의 잔상은 불꽃 같았다. 검은 가면으로 가린 박해무의 얼굴은 달빛 같았다. 붉은 가면을 쓴 박해무의 자리는 살아온 날들의 추억 같았다. 푸른 가면을 쓴 박해무의 시간은 한 줌 바람 같았다. 임금의 마음으로 갈 수 있는 박해무의 삶은 어디까지 이어질지 알 수 없었다.

임금이 긴 숨을 내쉬었다.

"박해무가 무리를 이끌고 어디로 갔느냐?"

"전라도 김제 지평선 지나 만경강 기슭으로 향했사옵니다."

그 오래전 아비와 함께 배를 띄운 강물이었다. 어린 눈에 비쳐든 강줄기는 바다처럼 넓고 아늑하게 보였다. 군데군데 모래 삼각주가 섬처럼 떠 있었고, 수풀 우거진 곳에서 새들이 날아올랐다. 물길은 지평선 끝으로 들을 내고 땅과 부딪히는 곳에서 물고기를 띄우고 있었다. 그 강의 작은 섬들은 어린 임금에게 꿈결같이 건너와 멈추지 않는 생장의 거리에 쌓여갔다. 어린 임금은 박해무의 손을 쥐고 안개 너머 어딘가 있을 거라던 이무기를 찾아 흔들리는 배 위에서 멀미를 가라앉혔다. 박해무는 어린 날의 임금을 잊었을지 몰랐다.

가을장마

박해무는 어려서 궁에 들어와 임금의 아비를 지켰다. 고아로 자란 박해무는 내금위장의 눈에 띄어 내금위 무사로 길러졌다. 박해무의 무예와 명예는 내금위장으로부터 이어받았다. 박해무의 삶과 죽음도 내금위장으로부터 물려받았다.

··· 내금위의 삶은 칼과 활과 창으로 응집된 쇠의 탄력에서 온다.

내금위장은 곧잘 말했다. 고도의 훈련을 거치는 날마다 내금위의 명예는 죽음 그 이상 없다고, 그 이상의 바람은 사치이며 환상이라고, 내금위장은 잘라 말했다.

내금위는 자연사로 죽는 것을 치욕으로 알았다. 훈련 중에 죽거나 실전 속에 죽음은 왔는데, 장려한 죽음 속에 자연의 뜻이 들어 있다고, 내금위들은 믿었다. 믿음 속에 죽음은 흔하게 왔으나 내금위는 내금위에 관한 모든 것을 훌훌 털어버린 후에라야 온전히 죽을 수 있었다.

내금위는 살아 있을 때도 죽은 뒤에도 종오품 이상의 관직을 얻을 수 없었다. 군왕을 대신해 죽었어도 그 이상 품계에 오를 수 없었다. 내금위의 역량은 오직 칼과 활과 창과 갑옷에서 왔는데, 갑옷을 벗고 평복으로 위장할 때 순수한 내금위로 돌아가는 것이라고, 내금위장은 말했다. 내금위는 흔적 없이 사라질 때 가장 명예로운 것이라고, 내금 위장은 우울한 얼굴로 말을 맺었다.

　박해무는 칼과 활과 창을 젓가락처럼 다루었다. 그 가운데 활의 영민함과 민첩함을 가장 신뢰했다. 박해무 스스로 칼은 성질이 급한 병기라고 말했고, 창은 느리고 게으르며 욕심이 많은 병기라고 했다. 그가 지닌 활은 비선무飛仙㭉였다. 신선의 땅에서 자란 모과나무로 빚은 활이었다. 박해무는 비선무가 지닌 활의 본성을 아꼈다. 비선무에 담긴 정밀한 구조도 쓰다듬곤 했다. 비선무는 서역에서 건너온 석궁보다 날렵하고 정확했다. 근정전에서 시위를 당기면 남산 아래 장터까지 화살이 뻗어갔다. 바람 없는 날 힘주어 겨누면 인왕산 선바위까지 화살이 날아갔다.

　비선무는 시위를 당길 때마다 장력이 솟구쳤고, 장력 속에 휘몰아치는 소용돌이가 보였다. 출전피에 장식된 코뿔소 뿔이 내금위의 살수殺手를 말해주었다. 회피단장에 박힌 불꽃무늬가 비선무의 전통을 말해주었다.

　임금이 기억하는 박해무는 거기까지였다. 기억 속의 그 손은 아지랑이처럼 멀고 부드러웠다. 임금이 나직이 말했다.

　"한적한 강변에서 무엇을 할 수 있겠느냐?"

　"장터나 대처로 나오기 전에 끝내야 하옵니다."

　임금이 오래 생각에 잠겼다. 아비와 함께 죽지 못한 박해무는 갈 곳을 정하지 못하고 세상을 떠도는 것 같았다. 보풀보다 가벼운 의지로 질긴 풀뿌리처럼 생을 이어갈지 몰랐다. 어딘지 모를 외딴 기슭으로 박해무는 허위허위 걸어가고 있었다.

"짧고 조용히 끝내야 할 것이다. 뒷말을 남기지 말아야 한다. 무리와 함께 양지에 묻어야 한다."

임금의 바람은 박해무의 죽음 이상 있지 않았다. 방식이야 그때그때 다를 것이나 뭐가 됐든 짧고 치명적인 죽음을 임금은 바랐다. 어디에 묻히든 죽인 자가 알아서 할 것인데, 양지바른 자리가 있어주면 다행이지 싶었다. 임금은 박해무와 모두의 주검들이 강변에 버려질 것을 근심하는 것 같았다.

최무영이 짧게 대답했다.

"최선을 다하겠사옵니다."

말속에 알 수 없는 허기가 밀려왔다. 임금도 알았고, 최무영도 알았다. 뒤편에 소리 없이 선 백동수의 눈빛도 선한 죽음이 안겨주는 고결함보다 응분한 죽음이 던져주는 교훈이 더 많은 것을 아는 듯했다.

정여립은 세상을 공물公物로 보았고, 세상의 주인을 구분하지 않은 까닭에 난세를 덮어쓰고 갔다. 어지러운 나라에서 왕위 계승은 혈통보다 자격과 성정을 중시했으므로, 정여립은 반역으로 몰렸다. 요堯 · 순舜 · 우禹로 이어지는 왕위의 선양禪讓을 정여립은 모범으로 삼았는데, 그 때문에 죽었다는 말도 돌았고, 자결했다는 말도 돌았다. 박해무는 정여립의 후예로 죽어질 수 있을지 알 수 없었다.

임금은 〈최후의 만찬〉을 생각했고, 열세 명의 인물이 던져주는 교훈을 생각했다. 다빈치의 그림은 박지원이 지닌 북학의 관조만큼이나 깊어 보였다. 이서구의 문장만큼 강해 보였다. 박제가의 개혁 의지만큼 혁신적으로 보였다. 유득공의 잃어버린 나라 발해만큼 가까이 있었다. 이덕무의 필력으로 가야 겨우 닿을 경계에 놓여 있었는데, 〈최후의 만찬〉은 모두의 실사구시를 거스르며 밀려왔다. 그림 스스로 감춘 파격이 출렁거리며 밀려올 때, 임금은 김홍도를 생각했다.

김홍도가 남긴 말의 실체는 임금의 머리로 닿을 수 없는 무지의 들판 지나 몽매한 언덕에 꽂혀 있었다.

…다빈치의 그림 속에 장영실이 남아 있다 하옵니다.

김홍도의 말 속에 장영실은 조선 땅 너머 이탈리아 밀라노의 기슭을 밟은 지 오래돼 보였다. 문학과 그림과 음악과 학문의 르네상스를 물려받은 밀라노에서 다빈치와 함께 장영실은 거센 과학의 물결을 일으켰을지 몰랐다.

추측만으로 장영실의 여정을 물을 수는 없었다. 전라도 서쪽 바다 밤섬이 아닌 지중해 연안을 끼고 있는 밀라노에 닿은 장영실의 발길은 짐작일 뿐이었다. 먼 이국땅에서 하루하루 내디뎠을 걸음을 생각하기엔 하룻저녁만으론 모자랄 것 같았다. 임금은 조선 땅의 광활함을 다 겪지 못한 탓에 들과 강과 바다와 빙하와 산맥을 넘는 것도 버거웠다. 백두대간을 따라 이어진 지리의 요원함도 끝없이 너르게 왔으므로, 장영실의 행방을 어디로 이어야 할지 알 수 없었다.

임금의 목소리 뒤로 귀뚜라미 울음이 들렸다.

"사계를 가로질러 대륙으로 길을 잡았을 장영실을 생각하면 마음이 무겁다. 조선의 문물을 서역 멀리 전한 것은 우리가 앞서서가 아니라 대동세상을 꿈꾸던 장영실의 삶에서 왔을 것이다. 나무람이 없으니, 가상하다 여길 것이다."

임금의 말을 받는 최무영의 눈빛은 부드러우면서 차분했다. 최무영
의 목에서 사계를 가르는 바람이 불어갔다.

"너무 가벼이 받아들이지 마소서. 장영실은 무거운 십자가와 연루
되어 있으며, 의문의 그림 속에서 뚜렷하지 않은 모습을 목전에 들이
밀고 있사옵니다. 깊이 받아들이면 자칫 빠져들 수 있고, 가상히 여기
면 그 존재가 편견으로 굳어질 것이옵니다."

임금의 조급함을 다독이기엔 좋은 시간이긴 했다. 임금의 감성과
연민을 딛고 장영실은 매운 시류를 견디며 이곳까지 밀려온 듯했다.
임금의 편견으로 장영실은 흰 머리로 서학의 어려움을 들려주고는 바
삐 그림 속으로 돌아가는 듯했다.

최무영이 마른침을 삼키며 임금을 바라봤다. 임금은 장영실을 몹시
기다려 온 것 같았다. 아비를 삼킨 뒤주는 임금의 머리에서 지워진 듯
했다.

"삼백 년 저편의 일이다. 그 행적이 어느 나라 어느 땅으로 뻗어가
든 이 시절에 어울리는 인물임에는 틀림없다. 이제라도 그림으로 기
별하니 반갑기 그지없다."

임금의 말 속에 개운한 날씨가 보였다. 모처럼 임금의 머리에 쾌청
한 햇살이 떠올라 고른 잎을 틔우며 최무영의 눈으로 건너왔다. 최무
영이 대답했다.

"장영실은 과학의 삶과 서학의 변증에 이르는 이중의 삶을 지닌 인
물이옵니다. 함부로 입에 올려서는 아니 되옵니다."

과학의 삶.

최무영 말 속에 끈기로 채워진 삶이 보였다. 임금의 시절에 볼 수 없는 실사구시의 과학은 장영실의 삶이 말해주었다. 장영실은 오래도록 묻혀 있다가 문득 세상 밖으로 나온 것이 아니라 철저한 계획 아래 때가 이르렀음을 몸소 실천하는지 몰랐다.

윤지충 집에서 서학의 실마리를 머금고 나온 장영실의 모습은 그림 속 오른 끝에서 두 번째 인물을 가리키고 있었다. 이제쯤 백발의 늙은 얼굴로 임금 앞에 모습을 드러내는 것은 과학의 삶을 말하기보다 서학의 부드러움을 증명하기 위한 것은 아닌지…….

추측만으로 판단할 수 없는 장영실의 의중은 서학과 통하는 지점에서 최무영의 사지를 옥죄며 밀려왔다. 한 줌도 되지 않는 부담을 안고 장영실은 오랜 날 그림 속에서 기다려온 것 같았다.

임금의 입에서 오래 묵은 신음이 들려왔다. 삼킬 수도 뱉을 수도 없는 서학의 배앓이는 언제까지 이어질지 알 수 없었다. 장영실은 이럴 수도 저럴 수도 없는 존재로 와서 임금에게 무엇을 말하고자 하는지 아직은 알 수 없었다.

서학의 변증.

시린 체온의 서학은 아비를 가둔 뒤주만큼이나 검고 단단해 보였다. 그 한마디에 서학은 조선을 두 개로 나누며 유학과 더불어 창조적 계승을 꿈꾸는 약용의 머리를 다독이는 듯했다. 그림만으로 유학과 서학의 융화를 기다리는 김홍도의 머리를 씻어내는 듯했다.

임금이 은근한 목소리로 물었다.

"김홍도는 왜 보이지 않느냐?"

"보름 전 제주 앞바다에 밀려온 이양선에 태워 밀라노로 보냈사옵니다."

임금의 눈이 동그랗게 뜨였다. 놀란 것 같지는 않아 보였는데, 불편한 심기를 보이는 것도 성가신 얼굴이었다.

"왜 이제야 그 말을 전하느냐?"

"비밀리에 보내야 했사옵니다. 노론 비선들이 윤지충의 집에서 나온 그림이 전하의 사심을 쥐고 흔든다고 하여 조바심 끝에 숨죽여 보냈사옵니다. 자객들이 이양선을 따라붙지 못할 곳에 이른 후에서야 고하옵니다."

최무영은 김홍도를 보낸 뒤 누구도 추적할 수 없을 만큼 멀어지길 기다린 모양이었다. 김홍도를 태운 이양선은 수평선 너머 바다로 나가 자취를 감춘 것 같았다. 최무영이 안도의 눈빛을 보낼 때 임금은 노론 비선들의 출몰을 생각했다. 언제까지 노론의 행각을 보고만 있을지 알 수 없었다.

임금이 고개를 끄덕이며 물었다.

"어디까지 갔는가?"

"지금쯤 여송^{필리핀} 인근의 비사야 제도에 당도했을 것이옵니다."

여송은 단 한 번 국조를 맺은 적이 없는 나라였다. 지중해로 가는 바다 길목에 위치한 나라였다. 사람들은 고깔 같은 대나무 삿갓을 쓰고 다닌다고 했다. 더운 날씨에 우기가 잦다고 했다. 아열대 나무에서 자란 과실은 단물을 머금고 있다고 했다.

"여송은 먼 곳에 있는가?"

"바람 없이 잠잠하면 이양선으로 닷새 만에 닿을 수 있다고 했사옵니다."

임금이 다시 고개를 끄덕이며 눈을 들어올렸다. 별이 총총한 저녁
에 임금은 낯선 곳의 풍경을 한 줌 시름으로 받고는 말로 답했다.

"멀리 다녀올 것이라고 기척했다면 몸 성히 다녀오라 전했을 것이
다. 좋은 날 좋은 소식을 안고 돌아오면 고생했다 다독여 줄 것이다."

임금의 아쉬움은 조용히 끓어올랐다. 볼 때마다 김홍도는 임금의
눈총에서 과하지도 부족하지도 않았다. 중용의 관계는 약용도 있었으
나 불러도 닿지 않는 형조참의는 답답할 뿐이었다. 김홍도와 약용을
놓고 누구를 향하든 임금의 마음이 될 것이며, 그 마음이 어떤 무게로
누구를 향하든 임금만이 알 것이었다.

최무영이 조용히 말했다.

"김홍도가 떠나기 전 전한 말이 있사옵니다."

"……"

임금은 묻지 않고 기다렸다. 최무영은 뜸을 들인 후에 입을 열었다.
최무영의 목에서 춘풍에 밀려가는 민들레 홀씨가 보였다.

"〈최후의 만찬〉 가운데 앉은 자의 머리 뒤로 소실점에 이르는 곳에
인왕산이 자리 잡고 있다 하옵니다. 조선의 산세를 옮겨놓은 것은 우
연이 아닌, 다빈치의 계획이었다 하옵니다. 조선의 산세를 알 리 없는
다빈치가 인왕산을 그린 의도는 비상한 계획 아래 비밀스러운 구도로
채워져 있다 하옵니다."

임금의 놀라움은 얼굴이 아닌 손끝에 보였다. 가늘게 떠는 임금의
손마디가 그림 속 소실점의 중함을 말해주었다. 최무영은 임금의 놀
라움에 아랑곳하지 않고 덧붙였다.

"적확한 구상과 인과율을 적용해 소실점 끝에 인왕산을 옮겨놓았다 하옵니다. 아마도 장영실의 머리에서 나왔을 것이라고, 떠나기 직전 김홍도가 전했사옵니다."

조선의 산세를 그림 속에 남겼을 장영실의 의중은 읽히지 않았다. 13인의 등 뒤로 가물거리는 인왕산을 부탁하면서 장영실은 다빈치와 동지로 여생을 보냈을지 몰랐다. 둘은 어떤 계획 아래 과학과 그림을 세상에 남겼을지 알 수 없으나 막막할 것도 답답할 것도 없어 보였다.

〈최후의 만찬〉에 조선의 산세를 남긴 것만으로 장영실의 실사구시가 될지 몰랐다. 장영실은 무거운 세상을 일으켜 삼백 년 저편의 감성과 정서와 울분을 안고 임금 앞으로 밀려왔다. 인과율의 합리와 변증의 조건으로 장영실은 전라도 바다 위에 떠 있는 밤섬을 버리고 거대 산맥과 빙하를 건너 남의 땅에서 조선의 운명을 점지하고 있었다.

최무영의 말끝에 가을 날 추림秋霖에 젖은 시린 바람이 불어왔다. 바람 속에 겨울이 예감되었고, 눈 내리는 인왕산 자락이 멀리에서 가물거리며 밀려왔다.

선율의 밤

꿈은 짙푸른 물결로 밀려왔다.

꿈속에 조지서造紙署는 우람한 건축물 같았다. 종이에서 떨어져나간 보풀이 쓸려가면서 기왓장마다 푸른빛이 돌았다. 기와 얹은 지붕은 도향의 눈처럼 모호한 빛으로 흔들렸다. 기와를 떠받친 서까래마다 젊은 총기가 맺혀 있었다. 건조대에 널린 종이들이 일제히 먼동을 바라보며 펄럭거렸다.

건조대 너머에 도향이 앉아 있었다. 꿈속에서 도향은 말했다. 목소리가 중성적으로 들렸다.

"오래 들으면 죽음에 이릅니다."

약용의 귀에 들려온 도향의 목소리는 생시 같았다. 도향의 꿈속에 들어간 약용이 도향을 꿈꾸는지, 약용의 꿈속에 들어온 도향이 약용을 꿈꾸는지 알 수 없었다. 꿈속에 새들은 날지 않았다. 비도 내리지 않았다.

약용은 좁은 길을 따라 도향이 있는 곳으로 걸어갔다. 도향은 가야금을 타고 있었다. 꿈결에 도향은 왼쪽 무릎 위에 현침을 올려놓고, 오른쪽 무릎에 양이두를 걸쳐놓고 있었다. 금기의 연주법이었다. 도향의 가야금에서 불꽃이 보였는데, 약용은 단번에 저승불이란 걸 알았다. 불꽃은 너울너울 춤추듯 도향의 주변을 돌았다.

도향은 다른 세상의 아이 같았다. 금기의 연주법으로 가야금을 뜯을 때, 귀를 찢는 선율이 들려왔다. 사람의 의식을 혼미하게 만든다는 금기의 연주는 꿈속에 뚜렷했다. 선율 하나로 도향은 약용이 죽어질 자리까지 내다보는 건 아닌지. 꿈이 아닌 생시가 흔들릴 정도면 금기의 연주는 예삿일이 아닐 것 같았다. 생을 밀어내고 죽음의 곡절을 끌어들이는 선율의 정체는 쉽게 오지 않았으나 생각할 것이 많아 보였다.

꿈에서 깼을 때 약용의 등짝은 식은땀으로 젖어 있었다. 문틈으로 젖은 바람이 불어왔다. 밤사이 머리맡에 버려둔 벼루와 연적에 정령들이 들락거린 모양이었다. 약용이 긴 숨을 내쉬었다. 아침나절 텅 빈 벼루에 볕이 비쳐들고 연적에 맑은 물이 차오를 때 꿈은 지워졌다.

병신년丙申年 늦겨울, 도향은 각처를 돌며 기예를 팔던 남사당 패거리 사이에 섞여 있었다. 남도에서 올라온 패거리 속에 도향은 남루했으나 눈빛만큼은 두 갈래로 빛을 냈다. 옷섶과 머리칼에서 땟국이 흘렀어도 몸은 청아했다. 몸에서 익은 배 향이 났는데, 남정네들이 한 뼘이라도 가까이 다가서려 헛짓을 일삼았다.

날카로운 봄날, 패거리 가운데 하나가 기어이 피를 봤다. 중년의 사내였고, 홀아비였다. 아내를 하루걸러 한차례 두들겨 패고도 모자라 기어이 유곽에 팔아넘긴 자였다. 도박과 술을 즐겼는데, 그저 즐길 뿐이었다. 대접 돌리는 솜씨가 괜찮았는지 어쩌다 버나가 된 모양이었다. 사내는 이름 없이 버나로 불렸다. 아이들이 그 이름을 부르면 불같이 성을 냈다. 술 마신 뒤에는 하염없이 주사를 부렸다. 술기운에 눈자위가 시뻘게져 천지를 헤매고 다녔다. 짐승보다 못한 놈이라고들

했지만, 꼭두쇠는 버나를 끝까지 데려가고 싶어 했다.

장터로 모두 연행을 나가자 도향과 버나 둘이 남게 되었다. 강냉이 알곡을 씻어 불에 안치는 도향을 버나가 덮쳤다. 술기운이 아니었음에도 버나는 눈 속에 시뻘건 물을 담고 있었다. 쓰러진 도향이 버나를 노려봤다. 옷섶 안으로 가슴골이 드러났다. 순간 끝이 날카로운 불꽃이 도향의 손에서 뻗어나갔다. 불길은 한 번에 버나의 손목을 그었다.

툭-. 숯불 위에 버나의 손목이 떨어졌다. 불길은 순식간에 버나의 손목을 삼켰다. 버나는 열린 입을 다물지 못했다. 울부짖지도 못했다. 잘려나간 손목을 붙들고 겨우 마당으로 나가 꼬꾸라질 뿐이었다. 그날 버나는 도향의 옷자락 하나 건드리지 못했다.

연행에서 돌아온 꼭두쇠가 손이 잘린 버나를 바라보며 혀를 찼다. 생각할 것도 없이 버나를 쫓아버렸다. 오른손이 없으니 대접은 고사하고 밥도 제대로 먹지 못할 것 같았다. 두들겨 패지 않는 대신 다시는 놀이판에 기웃거리지 못하도록 단단히 일렀다. 버나는 천으로 팔목을 싸매고 패거리를 떠났다. 버나가 떠나던 날 들판 가운데 아지랑이가 피어올랐다. 머리 위에서 까마귀가 울었다. 어름이 허공에 돌팔매를 했다. 돌은 겨우 치솟아 올랐다가 땅에 떨어졌다.

"괜찮은 것이냐?"

꼭두쇠가 물었다. 도향은 고개를 끄덕였다.

"버나의 손은 네가 그랬느냐?"

"……."

도향은 대꾸하지 않았다. 꼭두쇠가 오래 도향을 바라봤다. 도향의 얼굴엔 표정이 지워져 있었다. 꼭두쇠가 고개를 흔들며 돌아섰다.

봄이 지나가도록 버나는 돌아오지 않았다. 여름 장마 끝에 버나의 시체가 상류에서 떠내려왔다. 퉁퉁 불어 있었지만, 손이 잘린 것을 보고 모두는 알았다.

불을 다스리는 도향의 능력은 십자가와 무관한 지점에서 시작됐다. 어느 날인가 아궁이에 불을 지필 때, 불의 세기와 강약이 도향의 생각 속에 있는 것을 알았다. 불 속에 새가 날아다녔고, 물고기가 헤엄쳐갔으며, 나비가 날아다녔다. 불로 집을 짓고, 불꽃으로 나룻배와 물레방아와 죽마를 만들면서 도향은 스스로 놀라워했다. 칼과 활과 창을 만든 뒤 놀라움은 더 컸다. 다시 손을 내려 봤다. 손바닥 안에 작은 불꽃이 너울거렸다. 눈이 떨려왔다. 불을 다스릴 수 있다는 것을 감지했을 때 도향은 전율했다. 정주간을 뛰쳐나가 소리를 지르고 싶었으나 그래서는 안 될 것 같았다. 머릿속으로 한 점 바람이 불어갔고, 순간 세상에 드러나서는 안 될 초월의 능력이라는 걸 어렴풋이 알아차렸다.

…어미의 신기를 타고 온 것이야. 세상 어디에도 드러나선 안돼…….

도향은 시시때때 손아귀에서 일어서는 불을 다독여야 했다. 그때가 열세 살 되던 해였다. 초경을 시작한 지 하루 만에 불은 도향에게 왔다. 불은 아이에게 어미와 오라비 다음으로 친한 동무였으며 세상의 전부였다. 아이의 손바닥 위에서 불은 자유롭게 흔들리며 뻗어갔는데, 원하는 무엇이든 만들어냈다.

도향은 아무도 없는 때만 불을 소환했다. 불이 쇠보다 날카로운 것을 알기까지 많은 날을 흘려보내야 했다. 끝이 예리한 불꽃으로 자르지 못할 것이 없었는데, 칼보다 빠르고 민첩했다. 불은 도향의 마음보다 더 빠르게 움직여 주었고, 세상에 널린 위험을 도향보다 먼저 알아차렸다.

불을 다스리는 아이의 능력은 그 오래전부터 비밀리에 전해왔다. 왕가의 비기가 전하는 불을 다스리는 아이는 고려 이전부터 존재한 것으로 기록되어 있었다. 후삼국 쟁탈이 불붙던 때에 궁예弓裔와 견훤甄萱에 맞서 불을 다스리는 아이로 하여 위기를 벗어난 것으로 왕가의 기록은 전했다.

초월의 아이는 여러 장의 그림으로 실려 있었다. 손바닥 위에 불을 올려놓거나 머리 위에 회오리 같은 불길을 그려 넣기도 했다. 호랑이와 기린과 코뿔소와 용의 형상으로 그려져 있기도 했다.

천 년에 한 명꼴로 세상에 없던 새로운 아이가 태어났는데, 화기로 세상을 누르는 아이로는 도향이 두 번째에 해당됐다. 시간의 연대는 멀고 까마득했으나 가느다란 핏줄을 타고 전해왔을 도향의 능력은 어미가 죽던 밤 다시 손아귀에 타올랐다. 오라비를 떠나보낸 후 도향은 전라좌수영으로 달려갔다. 관아를 통째로 불태우고서야 도향의 심기는 잠잠해졌다. 도향은 울지 않았다.

남사당

　남사당은 꼭두쇠가 패거리를 통솔했다. 풍물과 버나가 판을 돌면 살판꾼은 곡예를 넘었다. 어름꾼이 외줄에서 한껏 치솟아 오르면 세상이 조금 환해지는 것 같았다. 장날 군중이 모여들면 덧뵈기^{탈놀음}는 신명을 띄워 사람들의 마음을 흔들었다. 노인네와 아이들을 모아놓고 덜미^{꼭두각시놀음} 막이 오르면 공연은 절정에 달했다. 따로 보수는 없으나 먹을 것과 잘 곳을 주면 마을 큰 마당과 장터에서 밤새워 판을 벌렸다.

　꼭두쇠의 역량에 따라 패가 모아지기도 하고 흩어지기도 했다. 꼭두쇠는 패가 모아질 때를 알았고, 패가 부서질 때도 알았다. 패는 어디에서도 모을 수 있었고, 어느 곳에서든 해산할 수 있었다. 먹거리가 풍부해야 패거리는 모아졌다. 잠자리가 있어야 패는 살아남았다. 곤궁하고 추워지면 패는 뿔뿔이 흩어졌다가 이듬해 봄이면 남산 아래 장터에 모여들었다.

　패는 농사를 짓다가 모여들기도 했다. 버려진 아이를 데려다 가르치기도 했다. 주막을 기웃거리던 거지가 하룻밤 만에 패거리가 될 수 있었고, 아이를 낳다가 정신을 놓고 웃던 아낙이 다음 날 패거리가 되기도 했다. 여자 패거리에게 수작을 부리다가 쫓겨나는 남정네가 많았다. 남의 집 담장을 넘다가 관아에 넘겨지기도 했다. 빌어먹다가 꼭두쇠에게 죽도록 얻어터진 후 버려지기도 했다. 조직은 일사불란했고, 획일적이었다. 자치 규율은 엄하고 매웠다.

맑은 날 도향은 장터에서 춤을 추었다. 궂은 날 도향은 주막에서 가야금을 탔다. 도향의 가야금 선율은 높고 고왔다. 가야금을 탈 때 도향의 선율은 사람들의 머리를 맑게 깨운다고 했다.

도향의 가야금 소리는 천상에서 내려온 선율이라고 사람들은 말했는데, 그 말의 신비를 약용은 첫눈에 알아봤다. 약용은 음악에 문외한이었다. 음악은 문장으로 쌓아 올릴 수 없는 아득한 높이의 산마루였으나 살아가는 동안 신비감을 주는 것은 분명했다.

가야금 선율 안에 도향은 늘 자유로웠다. 그 자유는 도향의 것이므로 누구도 빼앗을 수 없었다. 자유롭고자 할수록 자유로울 수 없다는 사실을 도향은 부정했으나 도향의 자유는 늘 가야금 선율 속에 청정하고 무궁했다.

장터에서 쇠와 북과 장구 소리에 맞춰 춤을 추는 도향을 본 것은 약용에게 행운이거나 불행이 될지 알 수 없었다. 약용은 궂은 날 주막에서 가야금을 뜯는 도향을 불러내 장악원 전악典樂 전인수에게 연결시켜 주었다. 음악을 총괄하는 전인수에게 도향은 보풀처럼 가벼웠으나 그는 흔쾌히 약용의 뜻을 받아주었다. 약용은 전인수에게 사정하지 않았다. 삼품의 신분을 이용하지도 않았다. 장악원에 들어갈 조건은 약용이 아닌 도향에게 있었다.

전인수는 도향의 기량을 첫눈에 알아봤다. 전인수가 물을 때, 도향은 어려서 여수 신청에서 일은 보았다고 했다. 어미로부터 물려받은 재능은 출중하고 완벽했다. 어미가 죽은 뒤 남사당패에 섞여 어디든 휩쓸려 다녔다고 했다. 오라비에 대해서는 말을 아꼈다. 악가무가 빼어난 오라비가 어찌 누이를 버리고 천지를 떠도는지 약용은 알지 못했다. 오라비가 아쟁과 대금, 춤사위와 노래에 빼어난 재주를 지닌 것을 알았으나 약용은 오라비에 대해 무엇도 묻지 않았다.

엽전을 쥐어줄 때, 꼭두쇠는 도향의 춤사위가 백학 같다고 했다. 춤사위 속에 춤이 있고, 춤을 잇댄 자리에서 다시 춤이 이어지는 혼신의 춤사위라는 말에 약용의 눈은 하늘을 향했다.

도향의 가야금은 물같이 부드러운 선율로 들려온다는 꼭두쇠의 말에 약용의 가슴은 조용히 뛰었다. 선율과 선율이 허공에서 공명하는 순간 두근거릴 만큼 청아한 선율이 이어진다는 꼭두쇠의 말에 약용의 머리는 가야금 선율로 가득 들어찼다.

…저 아이의 가야금은 세상의 모든 소리를 향기로 들려줍니다.

그 말의 감성과 신비를 약용은 알지 못했다. 세상 위에 흩날리는 각양의 무늬와 시간과 색채가 꼭두쇠의 말에 들렸다. 도향의 재능을 아끼는 꼭두쇠의 말이 무겁게도 들렸다. 남사당패를 떠날 때 꼭두쇠는 눈물을 보이며 아쉬워했다. 엽전 다섯 냥을 더 쥐어주자 눈물을 멈추고 순한 얼굴로 도향을 보냈다.

도향의 장악원 발탁은 빼어난 가무와 가야금 솜씨를 지닌 자로서 당연한 채용이었다. 스스로 물러나지 않는 한 언제까지라도 장악원에서 살아갈 수 있을 것 같았다. 오라비를 만나기 위해서라도 장악원에 몸을 의지해야 했다. 삶에 눌려온 아이의 용기는 조용하고 과묵해 보였다. 도향은 연명해야 했고, 어떻게든 살아남아야 했다. 지루하고 팍팍한 뜸부기 같은 생활이어도 도향은 견딜 수 있었다.

도향에게 내려진 신분은 작고 보잘것없었다. 여령은 사직의 크고 작은 연향에 수시로 불려갔다. 그때마다 악가무를 공연하거나 무거운 의장儀仗을 들고 시위侍衛에 가담해야 했다. 신역身役에도 동원되었다. 지치는 날이 많아도 도향은 가야금을 놓지 않았다.

약용은 도향의 가야금 연주를 평범하게 보았으나 그게 아님을 나중에서야 알았다. 도향은 가야금을 숟가락 뒤집듯 탔고, 좌익의 기법으로도 났는데, 장악원 악사들은 해괴하고 요망하다고 말했다. 도향의 대금은 문무백관 집회나 연향 때 드러나지 않고 눈에 띄지 않았다. 그것이 오히려 약용의 마음을 편하게 했다. 빼어나면 드러날 것이고, 드러나면 눈에 띌 것이기 때문에 약용은 도향에게 당부했다.

…대금으로 드러나지 마라. 그것으로 가야금 연주는 끝이 될 게야.

도향은 말없이 고개를 끄덕였다. 표정이 멀고 아득했는데, 두 줄기 눈빛 때문인 것 같았다. 도향의 눈빛을 바라보면 약용의 가슴에 알 수 없는 두근거림이 밀려왔다. 도향의 마음이 건너오는 것을 알았을 때, 약용은 눈과 귀를 의심했다.

…천하게 살고 싶지 않습니다.

그때 도향은 울고 있었는지 기억나지 않았다. 웃거나 웃지 않았어도 도향의 표정은 한 가지였고, 한 가지 표정엔 늘 슬픔이 맺혀 있었다. 도향의 감정은 약용에게 무엇도 강요하지 않았다. 도향의 표정이 연민으로 오는 날이 더 많은 건 사실이었다.

장악원은 엄한 규율로 여령들을 단속했으므로 볼 수 없는 날이 많았다. 정해진 규범 속에 종사하기를 원했고, 속박 속에 죽어가기를 바랐다. 여령들은 수시로 진풍정進豊呈과 청나라 사신 접대에 동원되어야 했다. 정이품 백관과 종친들은 빼어난 여령을 첩으로 삼아 속신贖身의 기회를 빼앗기도 했다. 그 사이에 난 자녀들은 악공樂工이나 무동舞童으로 기르기 위해 장악원으로 보내는 게 관례였다.

저녁나절 비가 내렸다. 광화문 어귀에서 만난 도향은 밝아 보였다. 키가 큰 아이는 어여쁘게 보였다. 옷이 젖어 연한 살결이 옷깃을 따라 드러나 있었고, 어깨선이 떨리는 것을 알았다.

약용은 도향의 어깨선에 박음질된 패랭이꽃을 바라봤다. 물에 젖은 패랭이꽃은 붉게 벌어져 있었다.

"비에 젖는구나. 이러다 몸이라도 상하면……. 어디든 가자꾸나."

도향의 눈은 젖어 있었다.

"나으리."

도향의 목소리는 가늘게 떨렸다. 바라볼 때 약용의 눈 속 깊은 곳을 찌르는 것을 알았다. 약용이 조급하게 물었다.

"무어냐?"

"오늘은 나으리와 함께 있고 싶습니다. 허락해 주셔요."

"전악이 무어라 하지 않겠느냐?"

대답 대신 도향은 약용을 바라봤다. 머리와 어깨가 비에 젖든 말든 마음은 이미 젖은 기분이 들었다. 도향의 목에서 갓 잡아 올린 물고기의 처연함이 묻어왔다.

"남문 김대감 댁에서 종친 연회가 있다고 속였습니다."

작정을 하고 외출을 한 것 같았다. 어디로 데려가야 할지 막막했으나 비를 멈추게 할 수 없다면 어디든 가야 했다. 약용은 겨우 대꾸했다.

"그래도 전악이 아는 날엔……."

"알아도 무방합니다. 여령들 모두 속이고 함께 외출했습니다."

머릿속이 헝클어지는 것을 알았고, 알든 모르든 아무도 없는 거리에서 약용을 기다린 모양이었다. 약용이 기침 없이 물었다.

"그래서 뿔뿔이 헤어졌느냐?"

"제 갈 곳을 찾아 갔을 것입니다."

도향은 갈 곳이 없는 것 같았다. 거칠고 억센 장악원에서 일구어가는 드난의 삶은 도향에게 고문과 같을지 몰랐다. 도향의 눈동자를 바라보며 약용이 물었다.

"너는 어렵사리 외출을 허락받아서 고작 내게 왔느냐?"

"나으리가 가장……."

약용은 생각에 잠겼다. 갈 곳 없는 아이를 혼자 버려둘 수 없는 노릇이었다. 북평관北平館에서 홍대용을 만나기로 했는데, 약속을 어겨야 할 것 같았다. 홍대용의 화이華夷와 북벌北伐을 지지해야 할지 허물어야 할지, 그의 지전설과 무한 우주관을 어떻게 받아들여야할지, 오늘쯤 맥을 짚고자 했다.

세상의 중심을 조선으로 삼은 홍대용의 사유는 생각만으로 가슴이
벅차올랐다. 두근거리는 홍대용의 언행은 사유의 언덕에서 병든 땅을
치유하느라 고단해 보이기는 했어도 만나는 날 맥을 함께 공유하고자
했다. 정한 날이 오늘 자정 무렵인데, 아무래도 다음 날로 미루어야
할 것 같았다.

젖은 도향을 바라보는 일은 막막하고 곤혹스러웠다. 도향의 눈 속
에 젖은 별무리가 보였다. 사람을 시켜 홍대용에게 일러주어야 하는
데, 그마저 마땅하지 않았다. 기다리다 지치면 비 탓으로 여겨주면 좋
으련만, 끓어오르는 생각 끝에 약용이 겨우 뱉었다.

"허락하마."

허락한다는 말에 도향은 눈을 반짝였다. 눈을 들어 올리자 하늘은
젖빛으로 물들어 있었다. 순한 감정이 빗물에 드러나는 것을 알았다.
도향의 생애가 한순간 밝아지는 듯했다. 도향의 눈에서 눈물인지 빗
물인지 모를 것이 흘렀다. 마음이 무거웠다.

도향의 얼굴을 쓰다듬을 때 뺨은 차갑게 식어 있었다. 목 언저리를
지나는 체온은 뚝 떨어져 있었다. 서두르는 게 좋을 것 같았다. 북평
관으론 갈 수 없었다. 자하문 밖 허운당이 나을지 싶었다. 한적한 곳
이니 비 내리는 날엔 머무는 사람도 드물지 싶었다. 도롱이를 도향에
게 덮어주었다. 도롱이를 쓴 도향의 모습은 그림 같았다. 약용이 갓
끈을 조여 매고 걸음을 내디뎠다. 도향이 뒤따라 걸었다.

멀리 비를 뚫고 새들이 날아올랐다. 새들은 평소보다 큰 힘으로 날
아갔다. 새 울음은 들리지 않았다. 조용하고 소박한 저녁이었다. 외롭
지 않다고, 약용은 생각했다.

빈 칼, 질긴 몸

그 밤에 김혁수는 버려진 자들을 위해 눈물 흘렸다. 소리 없이 밤을 건너 새벽까지 김혁수의 눈물은 이어졌다. 어의 김혁수에게 천주의 길을 인도한 자는 그 자신이었으나 칼을 쥐게 한 자는 박해무였다. 박해무를 만난 그 길로 김혁수는 날마다 십자가를 품었고, 일어나는 아침마다 칼을 쥐었다.

김혁수의 칼은 길고 차가웠다. 긴 칼로 김혁수는 세상의 선을 되찾고 싶어 했다. 그의 바람은 간절하고 진실한 것이어서 누구도 막지 못했다. 김혁수의 칼에는 어의의 침착함과 무인의 날카로움이 배어 있었다. 늦은 밤에 칼을 쥐면 사위에 도깨비가 몰려들어 웅성거렸다. 그의 칼에는 악의 본성이 서둘러 왔는데, 칼 속에 스민 악의 정령을 떼어내지 못했다. 김혁수에게 칼은 기다림과 같았다. 선과 악은 하나가 될 수 없으나 칼에 스며든 악의 본성으로 선을 일으키고 싶어 했다.

김혁수의 칼에 맺혀든 악의 본성이 박해무는 두려웠다. 악을 누르는 김혁수의 예감은 선 앞에 무력했으나 선을 찾아 나선 그의 칼은 늘 악의 정령이 출렁거렸다. 악을 누르는 힘의 원천은 결국 악일 것이고, 칼로 선을 되찾은들 그 선은 결국 악일 뿐이었다.

만경강 마른자리에서 박해무가 칼을 쥐고 말했다.

"칼과 몸은 다르지 않네."

말 속에 닿을 수 없는 깊이의 구멍이 보였고, 만질 수 없는 그림자가 밀려왔다. 김혁수가 대꾸했다.

"칼끝에 모여든 빛이 봄날 아지랑이처럼 따사롭게 보였소."

김혁수는 칼을 생명으로 알았다. 선이 집중된 자리에 생명이 오는 것도 알았다. 불을 들이대면 칼날에 반사된 빛의 종자들이 칼날 위에 흩어져 칼끝을 갉아대는 것도 알았다. 칼끝에 모인 빛을 따라 부드러운 새순이 자라면, 빛은 허공으로 사라질 듯 선명했다.

"칼은 사람의 마음을 닮아가는 것일세. 근본이 따사로우면 칼도 아지랑이처럼 보일 것이네."

박해무의 칼은 마음에 있는 것 같았다. 마음을 걸 때 칼은 알아서 오는 듯했다. 김혁수가 박해무의 말을 받았다.

"허나 내 마음은 오래전 얼어붙었소."

김혁수의 눈이 젖어 있었다. 침을 삼키려다 말고 딸꾹질을 했다. 안개 낀 만경강 자락에서 김혁수의 딸꾹질은 소쩍새 울음처럼 가뭇없고 허허롭게 들렸다.

…내 마음은 무엇으로도 녹일 수 없는 쇳덩이로 봉인되었소.

김혁수는 입 속에 괸 침과 함께 그 말을 삼켜야 했다. 박해무가 등짝을 다독여주어도 김혁수의 딸꾹질은 멎지 않았다. 마음이 데워질 리 없으니 딸꾹질도 멎지 않는 것 같았다.

김혁수는 칼과 하나가 되기를 원했으나 칼은 언제나 다른 쪽을 바라봤다. 김혁수는 선이 무화된 악의 기지로 칼을 받아들이려 했고, 악이 무성한 선의 뜻으로 칼을 지니고 다녔다. 칼을 신뢰할 조건은 김혁수 자신에게 있으나 언제쯤 빈 몸으로 세상을 지나게 될지 알 수 없었다. 김혁수가 지날 곳이 칼이 뻗어갈 자리였다.

박해무의 칼은 조용하고 가벼웠다. 그의 칼 속에 잠긴 악의 순수와 악의 민첩함이 김혁수는 마음에 들었다. 박해무가 칼을 쥐고 휘두르면 머리에 칼을 그려 넣었고, 눈망울에도 칼을 새겼다. 눈에 새긴 칼 속에 운명이 보였고, 언젠가는 지날 길목도 보였다.

칼을 대하는 김혁수의 본능은 과거에서 시작되었어도 쥐는 순간 칼은 미래를 예감했다. 칼은 농도가 없다고 했으나 칼 속엔 끝없이 펼쳐진 들녘을 따라 짙은 노을이 밀려들곤 했다. 닿을 수 없는 바다가 고여 들기도 했고, 오를 수 없는 산마루가 배어들기도 했다.

박해무가 조용한 눈으로 말했다.

"가파르고 광활한 것이 칼이네. 그 넓음과 깊음과 높음에 칼의 능선이 그려지고 칼의 무늬와 형체가 스며드는 것이네."

칼의 가파름과 광활함은 입속 혀끝에서 시작되는 것이 아니라 칼 자체에 있으므로 칼의 성질을 헤아리는 일은 쉽지 않았다. 혼을 실을 때 밀려오는 칼의 능선은 새로웠으나 칼은 느낌만으로 오는 경우가 허다했다. 느낌만으로 칼을 쥘 수 없으므로 칼의 길은 가물거릴 때가 많았다.

김혁수는 단 한번 어의의 길과 무인의 길이 같아지길 바라지 않았다. 다를 수밖에 없는 길을 놓고 목을 걸 만큼 확신하지도 않았다. 어의의 길과 무인의 길은 다를 것이고, 천주의 길과 복수의 길도 다를 것이어서, 입술을 깨무는 날엔 눈물도 흔했다.

오라비가 박해무의 눈을 바라봤다. 김혁수를 바라보는 박해무의 눈은 김제 들판에서 따라붙은 두 마리 늑대와 닮아 있었다. 늑대들이 박해무를 좋아하는지 알 수 없었다. 박해무는 늑대들의 사나운 근성과 대치했어도 털 속에 박힌 부드러움만큼은 쓰다듬기를 원했다. 쓰다듬을 때 놈들이 으르렁거리며 쇳소리를 내든 말든 박해무에겐 살가운 짐승에 지나지 않았다.

박해무의 말 속에 늑대의 울부짖음이 들렸다.

"살아남아야 평등한 날도 올 것이네. 물거품 같은 대의로는 온전한 죽음도 없네. 모두 살아남을 때 세상도 살아남을 것이네."

박해무의 말이 오라비의 심중을 눌러왔다. 살아남아야 하는 까닭은 저마다 다를 것인데, 그 다름 속에 솟구친 목마름은 몹시도 닮아 있었다. 목숨을 놓고 숨통을 죄는 심리를 오라비는 박해무의 찢어진 눈에서 보았고, 그의 메마른 목에서 들었다.

김혁수가 박해무의 말을 받았다. 김혁수의 목에서 설익은 칼잡이의 치기가 들렸다.

"삶이 간절한 건 죽음이 가깝기 때문이오. 죽음이 절박한 까닭은 살고자 하는 사연과 본성이 함께하기 때문이오. 우리 모두는 살고자 이곳에 모여든 것 아니겠소?"

말 속에 생의 긴장이 보였다. 숨통을 죄어 오는 삶의 박동도 보였다. 말 속에 생의 사연과 죽음으로 치닫는 간극은 한없이 가깝게만 보였다.

김혁수의 말끝에 오라비가 두 마리 늑대를 바라봤다. 암수였다. 놈들의 본성은 조용하고 치밀해 보였다. 눈빛 하나로 상대를 누르려 했고, 날카로운 울음으로 살기를 드러냈다. 놈들의 본능은 허기와 다르지 않았는데, 허기로부터 살기는 오는 듯했다.

놈들의 살기는 눈빛에서 시작되어 송곳니로 이어져 갔다. 놈들의 송곳니는 극에 달해 있었다. 놈들의 극점은 보이지 않았으나 살기만큼은 또렷이 보였다.

멀리에서 솔부엉이가 속을 졸이며 울었다. 제 속을 향해 우는지 울음 속에 각이 맺혀 있었다. 소쩍새가 덩달아 울었고, 두 마리 늑대가 세상 위에 긴 울음을 보탰다. 밤 자락을 찢는 울음이 만경강 너머까지 요요히 번져갔다.

세자익위사世子翊衛司

솔부엉이 울던 그날 밤, 박해무와 암수 늑대의 싸움은 거친 파도 같았다. 강변에서 박해무와 두 마리 늑대는 최대치의 수위로 맞붙었다. 박해무는 칼의 정결을 싣고 들판에 나섰다. 놈들은 눈과 송곳니와 발톱을 세우고 뛰어들었다.

박해무의 칼에서 빛이 뛰어올랐고, 놈들의 털에서 물방울이 떨어져 내렸다. 놈들은 눈부신 사지로 박해무의 머리만큼 뛰어올랐다. 놈들의 사지는 박해무의 예감 밖에서 뛰고 돌았으며 솟구쳐 올랐다가 내려앉았다. 박해무는 놈들의 사지를 가늠하며 조밀한 속털을 손 안에 쓸어 모았다가 놓았다. 놈들의 감각은 예민하면서도 극도의 긴장을 보였다. 거친 숨소리가 북소리처럼 들려왔다.

놈들에게 사람에 대한 예의는 보이지 않았다. 포식자의 근성으로 놈들은 왔다. 놈들은 오직 허기만으로 야성을 토했다. 오랜 시간 굶주린 짐승은 극도로 예민하고 충동적이었다. 놈들의 본성이 마음에 들었고, 예감이 좋았다. 놈들의 눈빛은 내금위의 눈빛과 닮아 있었다.

들판 모서리에서 놈들은 걸음을 멈추고 박해무를 노려봤다. 놈들은 독한 눈매로 앞을 응시했다. 은빛과 구릿빛이 감도는 털 속에 조밀한 빛이 기어 다녔다. 송곳니를 드러내면 쇳소리가 났다. 바람을 등지고 밀려올 때 시간은 멈춘 듯했다. 놈들의 눈은 화살을 맞고 죽은 어미를 생각하는 것 같았다. 그물 덫에 걸려 붙들려간 형제들을 생각하는 것 같았다. 놈들의 눈빛이 치명성을 안고 올 때, 박해무는 저항과 생존을 생각했다.

　…사람이든 짐승이든 살고자 하는 본성은 같다. 죽을 수 없는 이유는 해 저문 뒤 세상이 말해준다. 이제라도 뛰어올라 내게로 오라.

박해무의 말이 끝나기 무섭게 암컷은 주저 없이 달려들었다. 암컷이 뛰어오르는 순간 박해무의 머리 위를 날아오르는 수컷이 보였다. 지평선 너머 암컷은 정밀한 그림처럼 보였다. 만경강 물줄기 너머 수컷은 달빛 같았다. 놈들과 박해무는 완고한 그림의 질감으로 맞붙었는데, 부딪히는 순간 긴 꿈을 꾸는 것 같았다.

강변 모서리에서 박해무와 놈들은 춤을 추는 듯이 보였다. 춤 속에 박해무가 살아온 삶의 어려움이 보였고, 가파른 날들이 보였다. 춤 속에 놈들의 주린 허기가 보였다. 춤 속에 또 다른 춤이 보였는데, 척박함 속에 부드러움을 감추고 춤은 밀려왔다. 천지를 가르는 천둥소리가 들려왔고, 날카로운 벼락이 강변에 꽂히는 것을 알았다.

박해무와 놈들은 서로의 기운을 통찰하며 뛰었다. 박해무의 손길은 난바다를 향해 올리는 애기 무당의 해원解寃 같았고, 놈들의 대치는 대숲을 쓸고 지나는 긴 바람 같았다. 놈들은 끝내 길들여지지 않았다.

박해무가 지친 암수 늑대를 이끌고 왔다. 오라비가 박해무를 바라봤다. 박해무의 입에서 오래된 무인의 기운이 보였다.

"금위영 군사와 내금위 무사들이 이곳까지 추격해왔네. 오래 끌 일이 아니네. 모두는 살아남아야 하네."

김혁수가 머뭇거리지 않고 박해무의 말을 받았다.

"조선을 바꿀 수 있다면 세상 끝까지 갈 것입니다."

김혁수의 목에서 평생 어의로 살아온 자의 정도는 사라지고 무인의 기지가 보였다. 김혁수의 전향은 얼마나 갈지 알 수 없었다. 김혁수를 바라보는 박해무의 눈빛은 읽히지 않았다. 정교하면서도 먼 곳을 가늠하는 눈빛은 김혁수의 눈빛과 달랐다. 박해무가 오라비를 바라봤다. 청명한 눈 속에 박해무는 세상을 담고 있었다. 읽을 수 없는 눈빛은 저런 것이라고, 오라비는 생각했다.

박해무는 품계를 지운 세자익위사였다. 세자 이선을 호위했다. 박해무는 이선과 동년배였다. 뒤주에 갇힌 지 여드렛날 새벽에 이선은 눈을 감았다. 이선이 죽던 날 박해무는 내금위장과 겨루어야 했다. 세자 스스로 익힌 무의 총기는 세자만의 것인데, 어찌 자신의 칼과 연루되어 있는지, 박해무는 알 수 없었다. 노론은 이선과 박해무가 한통속이 되어 사라지길 원했다. 이선의 죽음 가까이 있었다는 이유만으로 박해무는 노론의 적이었고, 적의 동지로 죽어가길 바랐다.

세자익위사 관직을 박탈당하고 의금부 지하 감옥에 감금되었다가 탈출하면서 쫓기는 몸으로 전락하기까지 박해무의 생은 고비의 연속이었다. 진안 천반산으로 밀려 나간 박해무는 내금위와 오래 대치했다. 죽도를 바라보며 박해무는 벼랑 아래로 투신했다. 그때 박해무는 한 차례 죽음을 맞이했다가 겨우 살아남았다.

진안을 나와 박해무는 완산벌 풍남문 근처 장터에서 신분을 숨기고 살았다. 박해무에게 십자가를 쥐어 준 아이는 눈이 밝고 말이 없었다. 죽도에서 할미와 함께 박해무를 살려준 아이였다. 아이에게 십자가를 목에 걸어 준 자는 권상연이었다. 권상연이 윤지충과 함께 몸을 버린 뒤 박해무는 칼 속에 십자가를 새겨 넣었다.

검명 아래 십자가를 새겨 넣어도 박해무의 천주는 맑고 깨끗했다. 본래 믿음은 그 믿음으로 인해 때가 묻고 더럽혀지는 것인데, 박해무의 천주는 깨끗한 결정이 맺혀 있었다. 결정 속에 봉인된 십자가가 박해무의 청아清雅를 증명했다.

박해무의 십자가는 눈 밝은 아이로부터 시작되었으나 서학의 바탕은 정약용으로부터 이어졌다. 약용의 실학적 덕망과 서학의 실리는 깊고 가파른 것이어서, 눈 밝은 아이가 십자가를 쥐어 줄 때 박해무는 한눈에 그 모두를 알아보지는 못했다. 약용으로부터 윤지충으로 이어지는 천주와, 윤지충에서 권상연으로 이어지는 서학은 하나의 계통으로 이어져 있었다. 권상연과 눈 밝은 아이의 인연은 길지 않았으나 십자가에서 시작되어 기도로 이어진 것을 박해무는 알았다.

박해무의 눈에 약용의 예지는 높고 광활했다. 여러 갈래의 길 가운데 천주의 길만큼은 또렷했다. 삶의 길과 죽음의 능선이 한데 엉켜 있어도 결국엔 천주로 통하는 길목에 이르게 될 것이란 확신은 나중에서야 왔다. 약용의 천주는 정처 없이 가나안을 찾아가는 예루살렘인의 유랑의 길과 달랐다. 다르지 않음으로 내금위의 길을 인내해온 박해무에겐 영혼을 흔들어놓는 충격이었다.

박해무가 하늘을 올려 봤다. 입에서 더운 김이 새어 나왔다.

"이 밤에 천주의 성체 가운데 오직 하나의 존재만이 빛을 내고 있네. 혼돈하지 말게 빛과 칼은 다를 수밖에 없고, 다른 구도로 세상을 살 수는 없네. 가야 할 길은 정해져 있네."

김혁수가 허리를 구부렸다. 오라비가 눈을 감고 성호를 그었다. 박해무의 어깨 위로 함박눈이 내렸다. 천지를 덮는 눈발은 하얀 꽃송이 같았다. 저 먼 다른 세계에서 피어난 꽃은 다른 세상을 이끌고 오는 것 같았다.

오라비가 입을 벌려 눈을 받았다. 김혁수가 눈을 입을 벌렸다. 이하임이 입을 벌리며 눈을 감았다. 배손학이 눈송이를 바라보며 입을 벌렸다. 김순이 입 속에 눈을 담았다. 꽃잎 같은 눈 속엔 어떤 맛도 들어있지 않았다. 눈은 입에 들어오는 순간 형체를 지우며 물로 돌아갔다. 목마른 자의 갈증을 채우기엔 턱없이 부족했으나 물기만으로 세상은 한층 부드러워지는 것 같았다. 눈을 받는 모두의 코끝은 쩡하고 눈물이 났다.

박해무가 모두를 바라보며 입을 벌렸다. 박해무의 입 속으로 눈이 내렸다. 입 속에 눈보라가 불어갔다. 박해무의 어깨 위로 검은 날개가 펄럭이며 솟구쳤다. 오라비가 숨을 멈추고 박해무를 바라봤다. 단 한 번 펄럭인 날개는 눈발에 가려 금세 형체를 지웠다. 환각일 것인데, 그처럼 생생한 날개는 어미가 죽던 밤에 이어 두 번째였다. 붙잡을 수 없다는 것을 알았을 때, 가슴 한곳이 얼어붙는 것을 알았다. 오라비가 손을 모으며 눈을 감았다.

날개가 떠오른 저녁나절 모두는 배가 고팠다. 주린 배를 다독이며 모두는 완강한 삶을 바랐고, 완전한 날을 기억하고자 했다. 붉은 동짓날까지 오라비의 이름은 도몽渡夢이었다.

외인外人

박해무가 이끄는 무리를 놓고 임금은 오래 시름에 잠겼다. 버려야 할지 살려야 할지 알 수 없는 상황에 시간은 뚜렷이 흘렀다.

임금은 눈 내리는 만경강 기슭을 생각했고, 붉은 석조 위로 비쳐든 만경 들녘을 생각했다. 들판을 가로질러 불어가는 바람 속에 세상을 등진 외인外人들의 감성은 가파르게 밀려왔다. 외인들의 정서를 생각할 때 완산에서 죽어간 윤지충과 권상연이 떠올랐다.

　…두 죽음이 열어가는 서학의 길은 어디로 뻗어 있는가? 스스로 목숨을 던져서라도 가야 할 만큼 가파른 언덕이고 거룩한 자리인가?

저승길 너머의 윤지충과 권상연은 편안한지 알 수 없었다. 살고자 십자가를 쥐었을 것이고, 죽고자 천주에 매달렸을 것 같지는 않아 보였다. 두 선비는 죽은 뒤에도 오를 곳이 남은 것 같았다.

생각 끝에 약용이 떠올랐다. 약용은 끝내 오지 않았다. 오래도록 윤지충과 권상연의 무덤가를 떠나지 못했다고 들려왔다. 기별해도 약용은 소식이 없었다. 안타까운 마음을 전해도 약용은 장악원 여기의 품에 묻혀 세월을 보낸다고 했다. 십자가를 끊고 아득한 비탈길에 스스로를 유폐함으로써 세상 끝으로 걸어가고 있다는 소식은 울적하게 들렸다. 전해온 말들이 적막한 저녁 길을 떠올리게 했고, 그 너머 새벽 길로 뻗어간 세상은 올 때마다 비에 젖어 축축했다.

만경강을 다녀온 최무영은 임금의 마음을 아는지 모르는지 조급한 표정을 지우지 못했다. 박해무에 관한 최무영의 보고는 길고 어렵게만 들렸다. 최무영의 목에서 기갈을 견디는 목마름이 들렸다.

"박해무가 이끄는 외인들이 만경강 기슭에 묻혀 때를 기다리고 있사옵니다."

전에 내린 명은 기억나지 않았다. 죽이라고 한 적도 살리라고 한 적도 없는 모호한 명을 받고 최무영은 이러지도 저러지도 못한 채 시간을 보내고 돌아온 것 같았다. 최무영은 덧붙였다.

"외인들의 기도 소리가 밤에 무겁게 들렸사옵니다. 스스로 날개를 만들어 하늘로 솟구치기를 바라고 있었사옵니다. 버려두면 위태를 안고 나라를 병들게 할 것이옵니다."

이 세상 연민을 이끌고 저 세상 꿈을 원하는 자들의 기도 소리는 벼락처럼 들려왔다. 끝을 바라보는 자들의 목소리는 물 가운데 뜬 물고기 천둥소리처럼 들려왔다.

만경강에서, 최무영은 두 마리 늑대를 사슬로 묶고 외인들을 지켜봤다. 밤늦도록 늑대 울음이 강변에 들렸다. 놈들의 눈이 박해무의 눈과 닮은 것 같았다. 은빛 늑대의 눈 속에 허기가 보였고, 검은 늑대의 눈에서 주림이 보였는데, 살기가 사라진 놈들의 허기와 주림은 외인들의 기도 소리와 다르지 않았다.

…이 밤에 천주의 성체 가운데 오직 하나의 존재만이 빛을 내고 있네.

임금을 부정하는 박해무의 암송은 복음이 될지 반역이 될지 알 수 없었다. 먼 곳의 기도는 침착하고 분명했다. 외인들의 기도 속에 삶의 단절과 죽음은 예비되어 있었다. 그 말의 가혹함을 알았고, 그 말의 신성함도 알았다. 매운 근성으로 빛을 내던 박해무의 눈은 늑대들의 눈에 가려 보이지 않았으나 그 말의 진실만큼은 묻히지 않고 강변을 떠돌았다. 다시 늑대 울음이 들녘으로 울려 퍼질 때 외인들의 절규가 들렸다.

복수는 나의 것.

그 말의 신념 아래 모두는 하나인 것 같았다. 강변을 떠돌아도 하늘 맞닿은 곳에 떠오른 기도는 별과 같았다. 별빛 속에 박해무의 근성이 보였다. 별빛 내린 자리마다 외인들의 기도 소리가 들렸다. 강기슭 외진 자리를 바라보며 최무영은 생을 나눈 자들의 절규를 생각했고, 십자가를 쥔 자들의 운명을 예감했다.

한순간 박해무의 어깨 위로 날개가 솟는 게 보였다. 날개는 검은 들판 자락 같았다. 두 마리 늑대가 움츠리며 뒤로 물러났다. 대기를 가르는 쇳소리가 들려올 때, 날카로운 섬광을 바라보며 모두는 숨을 죽였다. 거센 바람이 불어갔고, 바람 속에 물살을 휘젓는 회오리가 꿈결처럼 밀려왔다.

최무영을 바라보는 임금의 눈은 사슴을 닮아 있었다. 눈 안쪽에 붉은 대숲이 보였다. 대숲 너머 만경강까지 끌고 간 두 마리 늑대가 보였다. 임금의 눈에 별이 스러져 내리면, 늑대들은 임금의 눈 안쪽에서 쉼 없이 달렸다. 임금의 머릿속에 다시 천둥소리가 들려왔고, 늑대들의 송곳니마다 숨은 살기가 떨어져 내렸다.

임금의 눈에 실린 힘이 한번에 밀려왔다.

"죽이기엔 아까운 자들이다. 살려서 함께 갈 수는 없는가?"

"전향하지 않을 것이옵니다. 모두 칼과 십자가를 쥐고 복수를 언약하였사옵니다."

답답했다. 임금의 마음을 누르는 외인들의 최종 종착지는 삶이 될지 죽음이 될지 알 수 없었다. 임금의 마음을 다독이는 자가 장영실이 될지, 김홍도가 될지, 약용이 될지 그마저 판단이 서지 않았다. 임금이 다급하게 물었다.

"홍도, 김홍도가 있었어도 그랬을 것 같은가?"

"……."

최무영은 대꾸하지 않았다. 김홍도를 생각했고, 그림 속 장영실을 생각했다. 이양선에 오른 김홍도가 답해주면 좋으련만 언제쯤 귀국할지 멀고 막막하기만 했다. 귀국 길에 풍랑을 만나지 않으면 다행이었다.

임금이 다시 물었다.

"김홍도가 어디쯤 당도했을지 말해줄 수 있느냐?"

임금의 마음은 난바다를 저어가는 이양선 뱃머리 같았다. 거친 항해로 이어지는 마음은 멀미를 잠재우고 나아가는 듯했다. 외인들의 목숨을 놓고 끓어오르는 임금의 마음은 흔들리고 또 흔들렸다. 머리를 치켜들고 찌를 듯이 거친 항해를 서두르는 목소리가 들렸다.

"지금쯤 돌아오고 남지 않겠느냐? 누구든 마중을 나가야 할 것이다.”

조급한 마음을 다독이듯 최무영이 은밀히 전했다.

“도화서 별제가 다녀올 곳은 멀고 까마득한 바닷길 끝에 있사옵니다. 허나, 돌아오는 즉시 날렵한 무사들로 하여 안전하게 데려올 것이옵니다. 내금위장에게 이미 말해두었고, 비밀로 할 것도 당부해두었사옵니다.”

시작과 끝이 싸늘한 무사들이 떠올랐다. 칼과 활이 전부가 아닌 내금위의 용기를 생각하면 김홍도의 안전엔 문제가 없어 보였다. 뱃머리에서 대양을 바라보며 두 팔을 벌리고 있을 김홍도를 생각하면 까맣게 밀려오는 해풍의 짠내가 목에서 울컥 솟았다. 마음은 생사를 잊고, 임금마저 망각하고, 망각의 사지로 임금을 대할 면목조차 사라지면 최무영은 진실로 세상을 알 것 같았다.

최무영이 덧붙여 말했다.

“여송 인근의 비사야제도를 벗어난 지 까마득하옵니다. 바람과 물살을 타고 갈 수 있는 최대치의 속도로 도화서 별제는 너른 대양을 지났을 것이옵니다.”

임금이 고개를 끄덕였다. 짐작만으로는 김홍도를 어디든 데려 놓을 수 있을 것인데, 그곳이 어디가 될지 임금도 최무영도 알 수 없었다. 임금의 마음은 메마른 잎사귀이거나 젖은 풀잎 같아서 김홍도를 보채는 마음엔 기다림만 곡진할 뿐이었다.

“돌아올 날이 언제가 되더라도 기다리마.”

“풍랑에 배가 뒤집히지 않았다면 지중해 연안에 닻을 내리고 있을 것이옵니다. 그곳은 양인들이 바라는 꿈의 나라라고 하옵니다.”

꿈의 나라.

임금의 머릿속에 떠오른 나라는 잠든 뒤 떠오른 별처럼 소박하고 꿈결처럼 조용했다. 절기에 따라 일정한 비가 내렸고, 바람이 불어갔으며, 시장은 들끓었다. 눈 내리는 산등성을 따라 산양이 뛰어다녔고, 젖을 짜 일용할 양식을 얻어 생계를 이어가는 풍속이 보였다.

생각에는 순한 짐승과 노란 곱슬머리 사람들이 한데 모여 꿈같이 살아갔다. 사람들은 수확과 소비로 문명을 일으키며 일정한 삶의 무늬를 직조하느라 멈추지 않았다. 짙푸른 수평선 너머 멀거나 가까운 섬들이 떠있었고, 맑은 날 먼 곳에서 돛폭이 밀려오면 안도의 숨을 내쉬며 아낙네들이 모여들었다. 무엇을 바라든 이루어질 것 같은 느낌이 오감을 죄어왔고, 정원을 따라 핀 수선화 위로 나비들은 날아다녔다. 옹기종기 향기와 먹거리를 주고받는 나라를 생각하며 임금은 깊은 숨을 내쉬었다.

임금의 한숨 속에 나고 자라며 죽어가는 샛노란 전통이 뚜렷이 보였다. 전통 위에 가문이 성하고 혼례가 번져갔으며 계절은 오갔다.

임금이 오래 생각에 잠겼다가 말했다.

"지중해를 낀 도시에서 장영실은 무엇을 꿈꾸고 살았을지…… 답답하다. 답답하니 조급하고, 조급하니 잠이 오질 않는다."

임금의 성마른 바람은 바다 멀리 나간 김홍도를 불러와 장영실을 캐묻고 있었다. 임금의 바람이 이 밤에 울적하게 들렸다. 볼 수 없는 먼 곳의 꿈의 나라가 눈에 가물거리며 밀려왔다.

"도화서 별제는 장영실의 자취와 흔적을 찾아올 것이옵니다. 먼 곳에서 풍운의 뜻을 품고 살았을 장영실의 흔적을 쥐고 올 것이옵니다.

때가 되면 기별할 것이고, 내금위 무사들을 띄워 데려온들 늦지 않을 것이옵니다."

임금은 김홍도의 걸음을 생각했고, 걸음마다 놓인 장영실의 흔적을 더듬어갔다. 지중해 연안의 밀라노 기슭에서 장영실은 어떤 세상을 꿈꾸었을지, 임금의 머리는 먼 바다 너머로 출렁거리며 밀려갔다.

시간의 마루

짙푸른 바다를 끼고 장영실은 낯선 땅 밀라노에서 저만의 여생을 보냈을지 몰랐다. 조선의 과학을 물려주며 다빈치와 함께 꿈과 망상으로 일렁이는 세상을 다독였을지 몰랐다.

밀라노.

장영실이 선택한 최종 정착지는 서역 깊숙한 곳에 자리 잡고 있었다. 그곳은 지중해를 배경으로 신앙의 갈망 끝에 콘스탄티누스의 칙령을 딛고 믿음의 자유를 보장받은 나라였다.

최무영은 꿈의 나라라고 했으나 임금의 눈엔 멀고 막막할 뿐이었다. 갈 수 없는 나라가 임금의 마음을 데우기는 쉬웠다. 최신의 문물과 최상의 신앙이 들끓었다고 했다. 사람 중심의 선율과 화풍이 유행했으며, 고운 색깔의 비단이 장터를 채웠다고 했다. 조선에 없는 일천 가지 향료가 맛을 보태고, 맛의 향연이 거리에 넘쳤다고 했다.

바다 건너 아득한 나라에는 십자가 목걸이가 흔했고, 이름 모를 향기가 담겨 사람들에게 팔려나갔다. 아담한 호리병에 담긴 향수는 사방 천지를 떠돌며 사람들의 취향을 자극했다.

임금은 밀라노를 떠돌았을 향기를 생각했다. 떡갈나무 뿌리로 묵주를 만들어 팔목에 두른 아낙의 팔목에서도 향기가 돌았을 것이다. 붉은 벽돌로 지어진 가옥에서 이국의 여인들은 조선에 없는 향기를 머금고 밥을 짓고 국을 끓여 일용할 양식으로 삼았을 것이다. 아담한 비탈에 첨탑을 세운 예배당마다 저녁이면 찬송가가 흘러나오고, 돌아가는 걸음은 가벼웠을 것이다.

거리를 오가던 사람들은 그곳이 밀라노일 거라는 생각은 애초부터 없었고, 설령 밀라노가 아니어도 무방했을 것이다. 이름은 본래 있다가도 없어지는 것이며, 없다가도 생겨나는 것이므로 장영실이 찾아간 곳은 말하지 않아도 밀라노였을 것이다.

장영실의 이상은 임금 가까이에서 과학의 삶이 전부가 아니었다고 전해왔다. 그의 꿈은 신분이 사라진 자리에서 모두가 평등한 삶을 누리길 원했다. 장영실이 바란 세상은 과학이 목적이 아닌 모두가 동등하게 살아가는 고른 혜택의 땅이었다.

명나라에서 돌아와 머릿속에 저장해둔 혼천의를 구상하면서 장영실은 입자가 고른 평등을 생각했다. 측우기를 만들 때도 모두의 머리에 내리는 부드러운 눈발을 생각했다. 앙부일구를 설계하면서 무너진 서까래 아래 모여든 가난한 자들을 떠올렸고, 간의대를 다듬어 설치하면서 흉년에 헐벗고 깃들 곳 없는 궁핍한 자들을 생각했다. 일성정시의를 만들면서 변방으로 자식을 보낸 자들을 애달아했고, 천평일구를 거리에 내걸면서 해그림자를 등지고 어미를 산자락에 묻고 돌아오는 가난한 아들을 안타까워했다.

장영실은 세상 가운데 사람이 가장 먼저였다. 사람이 우선이고 그 다음에도 사람이었다. 사람 위에 사람 없고, 사람 아래 사람 없는 세상을 장영실은 과학의 삶에서 찾았고, 과학으로 돌려주고 싶어 했다.

사람 사이 고른 입자의 평등은 조선 천지 어디에도 없으나 장영실은 그 세상을 절실하게 원했다. 너무 간절하면 무너지고 부서지며 흩어진다는 것은 알았는지 장영실은 조선을 벗어나고자 했다. 세종 임금으로 하여 허술한 수레에 오르게 할 장영실이 아님은 삼척동자도 알았다. 장영실은 계획하고 실천함으로써 스스로 유폐의 길을 선택했다고 했다.

세종 임금과 사전에 조율했는지는 알 수 없으나 궁에서 쫓겨난 장영실의 행로는 전라도 서쪽 바다에 떠있는 밤섬으로 이어졌다고 했다. 그곳에서 장영실은 신분을 버리고 모두가 동등한 조건에서 평등한 삶을 살아가길 원했다고 했다. 지금까지 들려온 말로는 밀라노와 무관한 곳으로 장영실은 길을 잡았다고 했다. 따로 만들어둔 휴대용 해시계를 쥐고 누구도 모르는 밤섬으로 발길을 내디디면서 장영실은 그곳에서 마지막 여생을 보냈다고 했다.

밤섬으로 이어진 장영실의 삶은 들려온 것만으로 신빙성을 찾을 수 없었다. 규장각 검서관도 알았고, 각신들도 알았다. 최무영도 알았고, 백동수도 알았다. 중전도 알았고, 임금도 알았다. 그 삶의 진정이 전라도 바다 위에 떠 있는 밤섬 하나로 끝낼 일이 아님은 장영실의 과학이 말해주었다. 넓고 광활한 이국의 땅에서 장영실은 과학으로 대동세상을 짓고 때가 되면 부수어지길 희망했을지 몰랐다.

　…미천한 자의 행보를 의심치 마소서. 세상 어디든 갈 수 없는 나라가 없나이다. 그 밤에 생의 과오를 성찰하려 먼 길을 나섰나이다.

흰머리의 장영실은 임금을 바라보며 옷을 접고 낮게 절했다. 장영실은 울먹임 없이 찬찬히 임금의 얼굴을 바라봤다.

머릿속이 끓어올랐다. 임금이 고개를 끄덕이며 환각의 장영실에게 답했다.

…그대는 어쩌자고 그 먼 길을 나선 겐가? 이 밤에 갈 수 없는 나라가 과인의 속을 태운다.

장영실은 웃지 않았다. 궁에서 버려진 몸이 아닌 스스로 택한 길 위에 서서 임금을 바라봤다. 늦은 밤에 구만리나 떨어진 비탈에 올라 조선의 세상을 굽어봤다.

장영실의 눈매는 정직했으나 외로워 보였다. 눈매가 삶을 말하는지는 알 수 없으나 장영실의 삶은 눈매에 맺혀 있었다. 그 삶은 서러운 자들을 뒤로하고 조선을 떠나면서 넓고 광활한 세상으로의 항해를 원했을지 몰랐다.

장영실이 휴대할 수 있는 천평일구를 몸에 지닌 것은 시간의 흐름을 중히 여긴 때문이었을 것이다. 시간의 개념을 손과 머리에 쥘 때 세상의 흐름을 탐색할 수 있으며, 세상 너머의 일을 조율할 수 있었을 것이다. 시간이란 세상 어디에 있든 공간을 인식하는 좌표로 가장 효율적이었을 것이다.

임금이 말했다. 목에서 낮고 조용한 물소리가 들렸다.

"장영실에겐 시간이 중했을 것이다. 조선 너머 어디를 가든 하루를 열고 닫으며 달을 채우고 비우기를 반복했을 터, 시간은 갈 방향을 알려주었을 것이고, 장영실은 무한히 열린 길을 걸었을 것이다."

임금의 사색이 밤 자락을 딛고 깊어갔다. 최무영이 임금의 말에 답했다.

"어디를 가든 갈 곳을 정하는 일은 물과 바람이 흐르는 곳을 간과하고서는 어려웠을 것이옵니다. 해와 달과 별의 기울기를 알지 못하면 밀려가는 걸음의 끝도 알 수 없었을 것이옵니다."

최무영의 말은 명쾌하고 단호하게 들렸다. 머릿속에 많은 것을 담지 않아도 최무영은 임금의 속을 읽는 데 게으르지 않은 것 같았다. 임금이 최무영의 말을 받았다.

"시간은 모두에게 사소하게 보여도 그 중함을 장영실은 알았을 것이다. 장영실에게 시간은 일용할 쌀보다 고귀했을 것이고, 몸을 덮을 옷보다 훈훈했을 것이다. 발을 감쌀 짚신보다 소중했을 것이고, 밤마다 떠오르는 별보다 진실했을 것이다. 시간은……."

장영실에게 시간은 간단하면서도 명료했다. 천평일구에 적도시반을 만든 이유도 시간의 분할에서 삶의 목적과 생의 공백을 조율하기 위함이었을 것이다. 그 모두를 알았기 때문에 장영실은 시간에 갇혀 살아갈 이유를 스스로 유폐시키거나 망각하였을지 몰랐다. 시간과 함께 밀려오는 아늑한 생애도 원하지 않았을 것 같았다. 시간 지나면 알게 될 일을 시간 속에 묻어 두고 차분한 생을 살다갔을지도 몰랐다.

휴대용 해시계 하나로 세상을 떠돌거나 헤쳐 나가는 일은 아무나할 수 없었다. 천평일구는 세종 19년₁₄₃₇ 되던 해에 처음 만들어 말등에 얹어 시험을 했다고 전해왔다. 같은 시기에 정초·김빈·이천·김돈과 함께 아라비아의 영향을 받은 현주일구의 용도가 유사했으나 중심에 기둥을 세워 둥근 바늘을 남쪽과 북쪽에 꽂음으로써 원주율을 찾아낸 것은 고도의 창의였다고 했다.

현주일구는 시표時標와 시반時盤이 수직이 되도록 기둥을 세워 십자로 새긴 중심에 추가 집중되도록 하여 흐트러짐이 없었다. 시표의 간극을 삼각의 세선細線으로 그어 접을 수 있도록 했다. 적도시반 양면에 눈금을 새겨 놓고 바늘 그림자가 가리키는 먼 시간을 생각했을 것이고, 시간을 딛고 이어지는 먼 나라를 떠올렸을 것이다.

천평일구 시반에 그려진 절기를 뚫고 나아갔을 장영실의 보폭을 생각하면 잠이 올 것 같지 않았다. 낮엔 바늘 그림자가 가리키는 방향을 잡았을 것이고, 밤엔 북두에 떠오른 별을 보고 갈 곳을 물었을 것이다.

『택리지擇里志』를 엮은 이중환도 세상의 광활함에 취해 천지를 돌며 갈 곳을 글로 남겼다고 했다. 조선의 지리를 두루 살펴 역사와 전통을 발로 새기며 사람이 떠돌 자리보다 깃들며 살 자리를 중하게 여겼다고 했다. 주거를 결정하는 기준으로 지리·생리·인심·산수를 들어 살아도 될 곳과 살 수 없는 곳을 구분하며 생의 방향을 더듬어갔다고 했다.

이중환에게 지리는 풍수風水를 품고 도는 자리의 세력을 뜻했고, 생리는 살고 나고 드는 자리의 풍요와 윤택의 조건으로서 유리한 공간을 말했다. 지리는 물과 바람 속에 드러났으나 생리는 비옥한 토지가 첫째였고, 어염魚鹽이 필수이며, 내륙에서 자라는 곡물과 면화를 사고파는 위치를 제격으로 여겼다. 물건을 실어 나르는 바닷길과 뭍을 연결하는 하운의 요지를 강조하면서, 자리와 위치와 공간을 둘러싼 산수를 배경으로 삶이 즐거워질 수 있고, 순한 인심을 발휘될 수 있다고 이중환은 믿었다.

머릿속에 그려진 지도를 따라 산맥과 빙하를 지나 낯선 땅에 닿기를 장영실은 희망했을 것이다. 희망은 희망할 수 없는 날마다 조용히 끓어올라 어느 날엔가 밀라노에 닿았을 것이다.

장영실의 길과 이중환의 팔도가 뒤섞인 임금의 눈은 침착해 보였다. 임금은 먼 자리의 사색을 가져와 가까운 입으로 풀어내는 것 같았다.

"장영실은 조선의 과학을 널리 알리려 했을 것이고, 이중환은 산수의 아름다움을 실사 같은 문장으로 남겼다. 살다간 시대는 달라도 둘의 족적이 오래도록 세상에 남아 있지 않느냐?"

이중환의 『택리지』는 보이지 않는 먼 자리의 장영실을 가까운 곳으로 불러들이고 있었다. 이중환을 생각하는 임금의 표정은 밝아 보였다. 임금을 바라보는 최무영의 시선은 조용했다.

"이중환은 땅의 중함을 알은 것 같사옵니다. 장영실은 시간 너머 무엇이 올지 예감한 것 같사옵니다. 아득한 물결로 밀려오는 문물의 창조와 개혁으로부터 문명의 혁신을 장영실은 예감한 듯하옵니다."

임금이 고개를 끄덕였다. 부정할 수 없는 골자가 이중환의 땅에서 시작돼 장영실의 과학으로 이어지고 있었다. 임금의 생각이 아닌 장영실의 삶에 말해주었고, 그 삶에 빛나는 과학이 보여주었다. 장영실은 당대를 떠나 임금의 시류에도 끓어오르는 연민이었다.

최무영이 낮게 덧붙였다.

"쇠와 나무가 융화된 기계의 단순함과 강인함을 부드러운 성정으로 바라보소서. 그 속에 장영실의 과학이 있을 것이고, 과학으로부터 장영실이 그토록 원한 대동세상이 있을 것이옵니다."

대동세상.

최무영의 말 속에 장영실의 불꽃같은 삶이 보였다. 별과 바람과 물의 신비를 담은 장영실의 과학이 보였다. 스스로를 유폐하면서까지 멀고 먼 남의 땅 꿈의 나라에 당도한 장영실의 세계관은 멀고 광활한 사유 끝에 어렴풋이 보였다.

장영실은 세상의 중심을 조선에 옮겨 놓으려 했는지 알 수 없었다. 조선을 세상의 중심으로 바라보고, 세상의 가운데 조선이 임하길 바란 건 아닌지. 임금의 생각만으로 짐작할 수 없는 먼 세상이 눈에 어른거렸다.

조선 너머 광활한 세계로 편입을 계획하면서 장영실은 마침내 조선 땅에서 버려지기를 희망했을지 몰랐다. 그의 꿈과 이상은 조선을 떠날 수밖에 없는 운명이었을 것이다. 홀로 운명을 짊어지고 높고 가파른 언덕길을 걸어가려 했을 것이다. 장영실은 실록에 새길 수 없는 불모의 기록을 남기고 후세에 다시 조선 땅을 밟기를 희망했을 것이다.

임금은 모두가 밤섬으로 떠났다고 믿은 장영실을 생각했고, 허균이 이야기 속에 건설한 율도를 생각했다. 장영실과 허균의 율도는 합쳐지지 않는 자리에서 서로의 세상을 바라보며 임금 앞으로 밀려왔다.

밤이 깊어가도 간간이 새 울음이 들렸다. 집을 짓지 못한 새들은 이슥한 바위 아래 깃들거나 풀잎 속에 숨어들어 밤을 보냈다. 멀지 않은 풀숲에서 벌레 울음이 들려왔다.

몸과 악기

홍대용을 만나기로 한 날.

비를 뚫고 건너온 도향의 몸은 순하고 조용했다. 홍대용을 떠올리
며 약용은 밤하늘에 뜬 별을 생각했다. 박해무의 칼에 새겨진 십자가
를 생각했고, 그 너머 홍대용의 우주관을 생각했다. 박해무는 어디에
있는지 알 수 없었다. 약용은 유교와 서학의 전쟁이 끝나는 지점을 예
감했다. 그 끝은 한 점 소리로 돌았다. 소릿결을 부여잡고 바람이 불
어갔다. 바람이 세상 너머 우주로 불어갔다.

  …우리가 살고 있는 이 별은 둥글다네. 이 별은 날마다 엄청난 속도로
  일주하고 있지. 그 속도가 어쩌나 빠른지 벼락같고 포환 같다네. 더 신기
  한 것은 우주 저편 멀리에는 우리가 알지 못하는 외계 생명체가 존재하
  고 있다네. 농이 아닐세.

우주 너머 외계 존재에 관한 홍대용의 말을 믿어야 할지 버려야 할
지 알 수 없었다. 홍대용의 세계관은 복잡하고 집요했으며 이해할 수
없는 부분이 많았다. 한 세대를 더 살았으니 부정할 수도 없었다. 홍
대용의 주된 관점은 지전설도 외계 생명체도 아닌 화이와 북벌이었
다. 세상의 중심이 조선이라는 사실 하나로 약용은 벅차올랐다. 들을

때마다 두근거리는 홍대용의 언행과 사유는 언제쯤 맥을 짚어낼 수 있을지.

그날 저녁 허운당에서 도향의 몸은 허허벌판 같았다. 바람 한 점 없는 텅 빈 들판에서 약용은 외로웠다. 새들이 날아올랐고, 바위와 수풀과 능선에서 물이 솟았다. 도향의 몸은 아늑하고 푸근했다. 능선마다 불그스름한 빛이 돌았다. 몸에서 향이 맡아졌는데, 복숭아 향인지 모과 향인지 알 수 없었다.

도향은 젊고 왕성했다. 젖빛 능선을 따라 해가 기울고 달이 차올랐다. 도향의 입에서 가야금 소리가 나왔다.

"나으리, 저는 처녀입니다."

도향의 입에서 단내가 났다. 밀려오는 허기를 삼키며 약용이 물었다.

"처녀의 몸으로 어찌 내게 왔느냐?"

도향은 허리를 세워 올렸다. 어깨가 떨리는 것을 알았다. 도향의 어깻죽지에 입술을 묻었다. 도향이 가늘게 신음했다.

"가지셔요. 늦추지 마시고……."

겨드랑이에서 젖비린내가 났다. 약용이 숨을 몰아쉬었다. 도향의 몸은 멀고 아득한 곳으로 뻗어갔다. 도향의 몸속에서 약용은 새가 되는 것 같았다.

도향의 몸은 무수한 선율과 소리로 단련되어 있었다. 단아한 살결이 전신에 퍼져 있었다. 젖가슴은 작고 도톰했다. 닿으면 출렁거리지 않는 대신 한곳을 응시했다. 호리병 같은 허리선을 따라 내려간 골반 능선에서 탄력이 느껴졌다. 고요한 아이는 수줍은 얼굴로 다시 말했다.

"저는 나으리 것입니다. 이 몸은 나으리만이 가질 수 있습니다."

도향의 입에서 날라리 소리가 났다. 소리는 높아졌다 낮아졌고, 끊어졌다 다시 이어졌다. 빗소리 가운데 소리는 선명하게 들렸다. 소리를 에워싼 소리가 뒤로 물러가자 새로운 소리가 앞당겨 왔다.

도향의 옷자락에서 바람이 일었다. 약용은 숨을 멈추었다. 뼈를 감싼 살결마다 소용돌이치는 물결이 밀려왔다. 흘러내린 옷자락을 바라보며 약용은 신음했다.

이 아인 대체……

불빛이 살갗에 닿자 무수한 땀방울이 은하수처럼 반짝였다. 도향의 몸은 별자리를 모아놓은 것 같았다. 도향의 배꼽은 젖무덤과 검은 수풀 가운데 신중히 놓여 있었다. 살은 출렁거리지 않았다. 요동치지도 않았다. 간결한 근육으로 둘러싸인 도향의 살결은 옛 발해의 능선처럼 야트막한 곡선으로 채워져 있었다.

"너는 가야금 같은 아이다. 만지고 쓰다듬는 자리마다 세상을 망각하게 해……"

도향의 몸을 바라보며 약용은 전율했다. 눈을 감았다. 망설이지 않고 끝까지 밀고나갈 수 있을지 알 수 없었다. 도향의 표정은 읽히지 않았다. 숨을 내쉴 때 도향의 입에서 가야금 소리가 들렸다. 어여쁜 아이의 살결은 세상 밖으로 향기를 내보냈다.

도향의 눈을 바라봤다. 어둠 속에서도 두 갈래 홍채가 보였다.

…양 갈래 빛이 어둠 속에 떠오르니 어여쁘구나. 어여쁘니 어렵고, 어

려우니 더 애처롭구나.

홍대용의 말 속에 도향의 눈빛은 두 갈래로 나누어져 있었다. 언젠
가 도향의 눈을 바라본 홍대용은 시름을 달래듯 난해한 문장으로 말
했다. 두 갈래 빛으로 가르마를 타던 홍대용의 관점은 낯설지 않았다.
낯설지 않음으로 도향의 눈빛은 더 또렷했다.

홍대용은 쉽사리 머리에서 지워지지 않았다. 허운당에 도착하자마
자 아궁이에 불을 넣는 아이를 시켜 북평관으로 전갈을 보냈을 때도
마음 한곳은 무거웠다. 도향을 만나지 않았더라면 늦도록 외계 생명체
와 지전설을 논할 것이고 화이와 북벌에 대해서도 다툴 작정이었다.

홍대용에게 빛은 무엇으로 둘러싸여 있으며, 어둠은 무엇으로 나누
어져 있는지. 어찌 빛은 어둠과 갈라서기를 원하며, 어둠은 어떤 이유
로 빛과 구분되기를 바라는지.

끝없는 실증의 허기가 홍대용이 지닌 낙학洛學의 근성일 것인데, 홍
대용의 낙학에는 박제가의 실학과 다른 무엇이 들어 있으며, 연암의
북학에서 번득이는 유물의 세계와 다른 어떤 물질이 들어 있는지, 약
용은 알 수 없었다.

몸으로 임할 수 없는 외계의 생태를 고려하면서까지 빛과 어둠의
실사구시를 끌어내는 홍대용의 낙학은 낯설고 어렵기만 했다. 보름
후 빛과 어둠에 대해서도 논해야 할 것 같았다.

그날 밤 도향의 몸은 너른 들판 같고 깊은 바다 같았다. 도향은 아
늑한 몸으로 오지 않고 뜨거운 정신으로 왔다. 속으로 읊조릴 때 빗물

에 젖은 부엉이 울음이 들렸다.

  …도향의 몸은 바람 같구나. 능선과 능선이 겹친 산맥 끝에 불어오는
바람…… 도향의 몸은 가야금 소리에 둘러싸인 선율의 유산이며, 이것은
꿈결 같아도 도향의 것이다. 이 아이의 몸은 헛것처럼 아름답구나.

  그 몸은 소리이거나 물일 것인데, 소리와 물은 합쳐지지 않은 끈기
로 세상을 견디는 중이라고, 그 몸은 말했다. 하나의 토대 위에 여럿
의 소리로 변주되는 도향은, 약용의 악기였다. 약용의 악기는, 도향의
몸속 저 안쪽에서 약용에 의해 움터오고 연주되고 있었다.
  도향의 몸은 정직했다. 끊어지지 않는 하나의 선과 윤곽으로 여백
없이 이어져 있었다. 머리끝에서 발끝까지 뻗어간 곡선은 흐트러짐
없이 날렵하고 깨끗했다. 어깻죽지에서 가느다란 박동이 전해왔다.
가슴 근처에서 바람 소리가 들려왔다. 살갗의 요철에 생기가 돌면서
불그스름한 혈색이 돌았다. 그 몸은 다시 고요하면서도 집요해 보였
다. 소리와 선율로 단련된 무늬가 살결에 보였다. 파란 구름무늬 치어
들이 뛰어오를 때, 약용은 세상의 끝을 보았는지 몰랐다.
  다시 도향의 몸은 아늑하고 아득했다. 이따금 머릿결에서 갈맷빛
산노을이 비쳐들었는데, 가닥마다 차분한 늦가을 햇살이 만져졌다.
떨림을 가라앉힌 도향의 목선은 달처럼 순하고 고요했다. 어깨 능선
을 타고 내려온 가슴은 매끄러운 굴곡을 그리며 아래로 뻗어갔다. 도
향의 배에서 아지랑이 같은 박동이 전해왔다. 배꼽에 땀이 고여 있었
다. 골반을 따라 갯내음이 밀려왔다.

등줄기를 따라 내려온 골반은 봉분을 엎어놓은 것 같았다. 봉분을 따라 내려 뻗은 허벅지 안쪽에서 혈맥이 뛰었다. 무릎에서 긴장감이 느껴졌고, 종아리에서 윤기가 났다. 발등에 입을 맞추자 멀지 않은 곳에서 부엉이가 울었다. 개들이 따라 짖었고, 밤 자락 안에 바람이 마른기침을 했다. 민가의 소들이 긴 울음을 울어 밤을 깊게 했다.

도향이 창밖을 바라보며 낮게 말했다. 도향의 목소리는 가느다란 선율처럼 들렸다.

"나으리, 날이 밝으면 저를 데리고 멀리 가시어요."

"너는 자유를 원하느냐?"

도향은 억압의 세상에서 고통이 아닌 자유를 원하는 듯했다. 도향은 굴레보다 못한 장악원에서 절망이 아닌 희망을 바라는 듯했다. 삶의 자유와 생의 희망을 원하는 아이의 말은 마음에 와서 맺혀 들지 않았다. 본래 그런 아이는 아닐 것이라고, 약용은 생각했다.

지난 밤 호롱불 아래 올린 기도문이 떠올랐다. 생이 절박한 자들이 기도 소리를 듣고 안식과 평안을 찾아가길 바랐다.

…성모 마리아여. 삶의 불안을 한 가지 희망으로 인도하소서. 그리하여 우리에게 오소서. 끝에서 기다리겠나이다.

기도문 속에 약용의 앞날이 보였다. 약현, 약전, 약종 형들의 앞날과 황서영의 앞날도 보였다. 그들이 짊어진 십자가의 고난과 유배의 질곡이 보였다. 황서영의 삶에서 기다리는 죽음은 완고하고 철저해 보였다. 천주 앞에 죽음은 삶과 다르지 않았으나 죽음은 늘 실체로 왔다. 십자가를 짊어진 삶은 불모의 유랑일 것이되, 죽음 속에 밀려오는 깨끗함을 황서영은 단 한번 거부하지 않았다.

하얀 나라가 일으키는 검은 전쟁의 불길에서 약용은 온전히 살아남을 수 없다는 것을 알았다. 온전히 죽을 수 없다는 것도 알았다.

하얀 나라, 검은 전쟁.

그 가운데 약용은 서 있었다. 천주의 삶을 희망해도 정치적 박해와 학문적 핍박과 국가적 멸시를 견딜 자신은 없었다. 약용은 홍대용을 앞세워 조선을 세상의 중심으로 실천하고 『천주실의』를 언약하며 살아갈 수 있을지 자신할 수 없었다. 천주의 삶을 견디며 앞날의 죽음까지 깨끗해지길 바랄 순 없었다. 소망은 삶 속에 파묻혀 형체를 지우는 날이 많았는데, 죽음은 결국 허망한 삶 속에 있었다.

들창 너머 달빛을 받은 지붕에서 잿빛이 뛰어올랐다. 서까래마다 푸른 기운이 돌았다. 처마 너머로 이름 모를 새들이 별무리 속을 헤엄쳐 다녔다. 간간이 새 울음이 들렸다.

도향이 낮게 말했다.

"저 많은 별 속에 나으리와 저의 별도 있을 테지요?"

벼루의 연안을 생각했다. 마테오 리치의 『천주실의』가 내린 약용의 벼루는 늘 비어 있었다. 닻을 올린 붓의 선박들이 수평선 너머로 밀려나갈 때도 약용은 완강한 기도문보다 별이 총총한 벼루 속 바다를 생각했다.

붓의 함선들이 날마다 노를 멈추거나 수평선 너머에서 쉬는 날이 많아도 언제든 떠날 준비가 되어 있었다. 깨알 같은 별들이 벼루에 내릴 때, 약용은 생의 어려움과 죽음의 낯섦을 생각했다. 저 많은 별들이 밤마다 버루의 연안에 정박해 있을 때도 약용은 천주를 생각했고, 십자가가 새겨진 별자리를 돌아봤다.

밤마다 흘레붙는 별들 가운데 도향의 별은 어디에 있는지 알 수 없었다. 약용은 짧게 대꾸했다.

"하늘 어디엔가 너와 나의 별은 한 몸으로 있을 것이야."

도향이 한숨을 내쉬었다. 도향의 한숨은 세상의 부정과 악의 축을 흔들어 놓는 것 같았다.

"나으리, 저의 삶은 선율 하나로 명백할 수 있겠지요?"

도향의 눈은 갓 잡아 올린 물고기 눈처럼 보였다. 도향의 눈물은 이해되지 않았다. 도향의 눈물은 쩡한 것이 아니라 가슴 한곳을 찌르는 화살 같았다. 도향이 파고들자 약용의 가슴팍에서 별이 돋는 소리가 들렸다. 도향의 등을 쓰다듬었다. 부드러운 아이의 등짝은 예루살렘 인들이 걸어가던 유랑의 언덕 같았다.

도향의 눈을 바라보며 약용이 말했다.

"자고 나면 달라져 있을 게야. 푹 자 두거라. 잠들 때까지 옆에 있어 주마. 내가 할 수 있는 건 여기까지다."

"깨어나는 새벽에 나으린 돌아가고 없을 테지요?"

"그게 너를 지키는 일이다."

안타까웠다. 도향은 생의 모서리에서 방황하고 있었다. 소리와 선율의 전쟁에서 도향은 살아남을 수 있을지 알 수 없었다. 이 전쟁은 이 아이의 전쟁이지 자신의 전쟁은 아니라고, 약용은 생각했다. 전쟁에서 죽고 사는 건 각자의 생존율에 달려 있을 것이고, 저마다 정해진 숙명으로 삶과 죽음은 올 것이다.

"나으리, 마음으로 베풀어주고 몸으로 쓰다듬어주서요."

아이의 애절한 목소리는 한 덩어리 부담으로 왔다. 마음은 언제든 베풀 수 있으나 몸은 쓰다듬을수록 떼어 놓을 수 없었다. 마음은 나눌 수 있는 것이지만, 몸은 나누어지지 않는 것이라고, 약용은 생각했다.

도향의 몸에서 패랭이꽃이 보였다. 옅은 분홍색이었다. 선악의 구분이 필요 없는 도향의 몸은 빛과 어둠으로도 나눌 수 없었다. 도향의 몸은 빛이되 어둠이었고, 어둠으로 출렁이되 빛을 머금고 있었다. 생면부지의 살 속에 높고 낮은 음계가 보였다. 눈과 귀와 입과 손과 머릿속에 새길 때, 살결은 찌르듯 왔다. 아, 알 수 없는 일······.

약용은 역류를 꿈꾸었을지 몰랐다. 세자 이선의 죽음을 딛고 태어난 운명조차 무마하고 싶어 했다.

세자는 홀로 불로와 영생을 바라지 않았을 것이다. 얻고자 하는 게 무엇이었는지는 몰라도 세자는 아득히 먼 뱃길을 따라 탐라와 우산과 강화와 흑산을 시찰하고 돌아와 다시금 대리청정의 불구덩이에 뛰어들었다. 종사에 세자는 안일하였는지 알 수 없었다. 세자는 가까운 미래에 죽어질 것을 내다보며 삶 속에 깃든 황폐함보다 죽음 속에 빛나는 건실함을 생각했을 것이다.

죽음에 앞서 세자는 허균의 율도를 구상했을 것이다. 보이지 않는 섬나라, 신분과 계급과 남녀와 문무의 차별이 망실된 이상적 분화가 이상이 아닌 현실로 건설된 나라를 세자는 바랐을 것이다. 이상과 현실, 그 머나먼 간극을 약용은 헤아릴 수 없었다. 끌어당길 수 없으며 합칠 수 없는 나라의 이상과 그 나라가 임한 현실은 매울 뿐이었다.

이상 속에 현실이 무화되고, 무화된 현실 속에 이상이 싹트는 이상을 약용은 바라지 않았다. 현실 속에 이상이 무화되고, 무화된 이상 속에 현실이 건설되는 세상도 바라지 않았다. 결국 바랄 수 없는 이상과 현실이 약용의 이상이었다.

천주의 긍휼로 모두의 이상을 무마할 수는 없다는 것은 오래전부터 알았다. 십자가로 모두의 고통을 대신할 수는 없다는 것은 그전부터 알았다. 약용이 품은 믿음은 늘 청정했으나 믿음 하나로 모두의 고통을 어루만지거나 보듬을 수 없었다. 징후만으로 믿음을 확신할 수 없는 조건은 공서파의 후속이 두려워서도 신서파의 지지가 부드러워서도 아니었다.

약용은 세자 이선의 나라를 떠올렸고, 허균의 율도를 생각했다. 길은 어디로 이어질지 아직 알 수 없었다.

새벽 무렵 도향은 겨우 잠들었다. 잠든 도향을 두고 허운당을 나왔다. 방을 나설 때 도향의 몸은 고요히 빛을 냈다. 도향은 수줍은 여인으로 돌아가 있었다. 젊고 왕성한 아이는 편안해 보였다. 도향은 금생의 윤곽에 빛나는 생의 무늬를 좋아했다. 가야금 하나로 생의 신비를 찾아내면 선율에 잠긴 세상을 따라 저만의 삶을 찾아가지 싶었다. 어여쁜 아이는 새벽 할미가 점지한 태몽 끝나는 곳에 잠들어 있었다.

동편 하늘에 홀로 밝은 빛을 내는 별 하나가 떠 있었다. 우주 저편에서 별자리 사이를 오가는 외계의 존재를 생각하면 어깨가 떨렸다. 홍대용이 고른 문장으로 외계의 일을 적어온 날이 언제였는지, 늦가을 저녁 무렵이었던 것 같고, 중추가 지난 뒤 흐린 아침나절 같기도 했다. 홍대용의 영혼은 푸른빛이거나 흰빛일지 몰랐다. 십자가 아래 밝힌 촛불처럼 홍대용의 언어는 오래도록 사그라들지 않았다.

초저녁 서편 하늘 별 속에 십자가가 보였다. 강원도호부에선 태백성이라 불렀다. 새벽 무렵 동편에 떠오르면 샛별이라 불렀다. 청계천 상인들은 개밥바라기 별이라 불렀는데, 별 이름 하나로 저잣거리의 척박함을 달래었다. 밤마다 흰 십자가로 피어나는 별, 금성이었다.

외로운 길

해가 기울었다. 먼 능선에서 새들이 날아올랐다. 새 울음을 깔고 세상은 어둑어둑 먹물로 채워졌다. 바람 부는 대숲을 빠져나와 박해무는 오래 걸었다. 어둠이 출렁거리며 밀려왔다. 세자 이선을 생각했고, ·도몽을 떠올렸다. 세자와 도몽은 뒤주 하나를 놓고 팽팽한 시름으로 갈라서 있었다. 그 사이 바람이 불어갔다.

바람이 시작되는 언덕에서 박해무가 시위를 당겼다. 젖은 시위에서 튕겨나온 쇳소리가 무겁게 들렸다. 화살은 시간을 뚫고 날아갔는데, 볼 수 없는 미래가 화살 꽂힌 자리에 드러났다. 미래를 볼 수 있는 눈은 없어도 미래를 향해 날아가는 활은 박해무의 비선무뿐이었다.

모과나무로 만든 비선무는 삼백 년 저편 허균이 율도에서 가져왔다고 했으나 진위를 가릴 수 없었다. 서역에서 건어 온 석궁보다 날렵하고 정확한 건 사실이었다. 왕들이 아끼던 고익기古翼機와 차원이 달랐다. 고익기는 과거를 향해 날아들었고, 비선무는 미래를 향해 뻗어간다고 했다. 고익기의 시위는 고래기름을 머금고 있었는데, 시위를 당기면 시간을 거슬러 먼 과거로 날아들었다. 시간을 거스를 만큼 빠른 화살은 세상 어디에도 없으나 활을 신뢰하는 자들은 언제나 빛보다 빠르고 시간을 뛰어넘는 활을 원했다.

비선무를 쥐는 순간 박동이 전해왔다. 시위를 당기면 화피단장 끄트머리에서 퉁소 소리가 들려왔다. 굴곡진 줌통에서 맑은 단소 소리가 났다. 시위는 수염고래 심줄로 만들어 퉁기면 질긴 쇳소리를 냈다. 비선무에 담긴 고도의 정밀을 박해무는 아꼈다.

박해무가 서둘러 안개 속을 뚫고 걸었다. 마을 북쪽 언저리 무당 집 앞에서 박해무는 오래전 기억을 떠올렸다. 무당 집은 허물어져 낡은 기둥만 겨우 바닥을 딛고 있었다. 삭풍에 떨어져나간 문풍지가 문살을 뚫고 펄럭거렸다. 우물은 메워져 속이 보이지 않았다. 남몰래 세자와 만나던 애기무당은 어디로 갔는지 알 길이 없었다. 죽어 세자의 무덤가에 할미꽃으로 피어나고 싶다던 애기무당은 죽었는지 살았는지 그마저 알 수 없었다.

기억 속에 세자는 또렷했다. 세자는 저승길의 무거움을 벗고 박해무의 머릿속으로 조용히 걸어왔다. 붉은 눈으로 애기무당 집을 바라보던 세자의 얼굴은 맑고 부드러웠다.

…이곳을 다니는 일도 오늘이 마지막이 될 것이네.

오래전 세자는 박해무를 조용히 불러 말했다. 세자의 입에서 마른 미역 냄새가 났다. 세자의 목마름은 어디에서 비롯되며 어디로 튈지 알 수 없었다. 광기를 잠재운 세자의 눈에는 생의 부드러움이 보였다. 박해무는 세자익위사의 소임으로 세자를 바라봤다. 세자의 얼굴은 그날따라 맑고 냉랭해 보였다. 표정은 어느 때보다 솔직해 보였다.

박해무가 대답했다. 박해무의 목에서 오래전 뭍으로 올라와 뙤약볕에 바싹 말라 죽은 북어 울음이 들렸다.

…저하, 오늘따라 부드러운 성정이 느껴지나이다. 오늘이 마지막이라 하셨사옵니까? 정녕, 그러하실 수 있사옵니까?

그 말을 끝으로 박해무는 더 묻지 않았다. 박해무의 말 속에 세자의 체념이 보였다. 불에 달군 쇠꼬챙이만큼이나 뜨거운 광기도 보였다. 얼마나 갈 수 있을지. 알 수 없는 불안과 조바심을 안고 떠밀려오는 노론의 냉기를 박해무는 삼켜야 했다.

…애기무당 하나로 모두가 나를 미친 자로 보고 있네.

그 말은 진실이었다. 사사로운 말 속에 큰 뼈가 들어 있었다. 뼛속을 흔드는 바람이 불어왔고, 바람 속에 세자의 죽음은 예고되어 있었다. 애기무당은 사소했어도 노론이 몰아오는 치정은 가볍지 않았다. 골수를 찌르며 밀려오는 노론의 냉기는 세자뿐 아니라 모두의 시선을 얼어붙게 했다. 노론의 노선은 정면에선 보이지 않았다. 노론은 극우인지 극좌인지 알 수 없으나 측면을 파고드는 전술만큼은 틈이 없었다.

세자의 체통과 대리청정의 유구함을 허물며 노론은 까맣게 밀려왔다. 얼어붙은 한강 너머에서 맹렬히 불어오는 북서풍 같은 것이 노론이라고는 말할 수 없으나 뱉을 수 없는 입 속의 가혹함을 박해무는 알았다. 말발굽 같은 노론의 논풍論風은 늘 조바심으로 들끓었다. 멀리에서 세자의 운명은 각양의 무늬와 소리와 바람으로 예감되었다.

강나루에서 애기무당과 투신할 것이라는 헛소문이 언제부턴가 돌았다. 머리를 삭발한 비구니를 편전으로 끌어들일 것이라는 해괴한 소리도 돌았다. 바람난 유객처럼 저자를 쏠려 다니며 술과 기녀에 묻혀 불륜으로 뼈를 흔들 것이란 말도 들렸다. 음습한 예배당에서 서학인과 기도문을 외우며 주자를 버릴 것이란 소문이 돌았는데, 누구도 말이 품은 신기루를 눈과 귀에 담지 않았다.

잃어버린 나라 고구려와 발해의 이름으로 북벌을 구상하느라 노론의 정수와 오랜 날 적대감정을 소진할 것이며, 종국에는 요동 땅 허허벌판에 홀로 버려질 것이란 소문은 세자의 이념과 노선을 부추겼다. 모두의 사연과 각설과 소문 속에 세자의 운명은 죽음으로 끝을 맺었는데, 이름 없는 길쓸별처럼 홀로 저물 것이라던 세자의 운명은 가혹하고 서글펐다.

박해무가 비선무를 쥐고 시위를 당겼다. 화살 끝에 구름이 보였다. 구름에 묻힌 산하는 시위를 늘일 때마다 근심으로 밀려왔다. 광화문 일대를 휘돌아 서편으로 불어가던 노론의 바람은 역풍의 긴장을 끌어안고 날마다 출렁거렸다. 외롭고 척박한 이편에서 박해무는 노론의 진경산수를 보았다. 쪽빛으로 빛나는 저편에 박해무는 세자의 죽음을 끌어안고 서 있었다.

시위를 당긴 비선무 속에 둥근달이 보였다. 달은 속이 비어 있었다. 시위를 놓자 구름 속으로 화살이 날아들었다. 화살은 돌아오지 않았다. 박해무가 안개를 뚫고 자하문 밖 구석진 초가로 들어섰다.

김혁수의 칼끝에 빛이 모여 있었다. 빛 더미 속에 오래전 죽은 누이의 눈동자가 보였다. 눈동자를 따라가면 파란 물고기가 헤엄쳐갔다. 비늘로 덮인 지느러미 가운데 누이는 배를 가르고 누워 있었다. 누이의 뱃속에 새벽이슬을 머금은 산하가 보였다.

김혁수의 칼은 고요하고 집요했다. 칼끝에 집중된 선과 악의 본성은 놀랍고 두려웠다. 김혁수의 칼은 선으로 악을 감추고 악으로 선으로 누르고 있었다. 칼의 본성으로 악을 누르겠다던 김혁수의 언약은 저녁나절 서쪽 하늘에 물든 노을처럼 붉고 차분했다. 칼의 능선을 거슬러 선을 세우겠다던 김혁수의 복수심은 세상의 악을 목전에 놓고 대치 중이었다. 악을 누를 선의 조건도 결국 악에서 올 것인데, 칼날에 집중된 복수심으로 선을 구하면 선이 될지 악이 될지 알 수 없었다.

선악이 묻힌 칼의 능선은 빛과 어둠이 교차할 때 드러났다. 해 지는 한강 기슭에서 김혁수는 그림자를 지우고 칼을 바라봤다.

  …칼과 몸은 다르지 않네.

만경강 언저리에서 던진 박해무의 말은 오래도록 잊히지 않았다. 어의로서 김혁수에게 칼은 인술을 집행하는 도구일 뿐이었다. 박해무의 말은 닿을 수 없는 깊이의 구멍으로 왔다. 구멍은 허기와 같았는데, 어의의 품격으론 내려갈 수 없는 우물과 같았다. 김혁수에게 칼은 생명이자 죽음이기도 했다.

김혁수는 칼끝에 모여든 선악의 평행선이 두렵고 어려웠다. 선과 악이 끝없이 이어지는 칼의 지평선은 모호하고 막막했다. 오래전 김혁수는 어린 누이를 두고 말했다.

"하늘엔 별, 바람, 빛…… 땅엔 사람, 인술, 양심……."

잎 지는 가을날 김혁수의 말은 어린 누이의 가슴에 박혀들었다. 그 말이 거대한 암벽으로 올 때 누이의 가슴은 조용히 요동쳤다. 바위를 딛고 가파른 산을 오르는 벅찬 희열로 누이는 의녀의 꿈을 키웠다. 누이의 꿈은 깊고 단단했다. 김혁수의 인술은 새벽 나절 빛나는 차돌 같았다.

누이는 두근거리는 마음을 가누지 못했다.

"오라버니, 저는 의녀가 될 것입니다. 고통받는 사람들 속에서 그 고통이 다할 때까지, 성한 몸이 부서지더라도 그렇게 살 것입니다."

누이의 목소리는 저물녘 우물 속에 비쳐든 별빛 같았다. 바람 한점 없는 우물 속 차가운 대기를 가르던 누이의 말은 김혁수의 가슴에 돌이 되어 맺혀 들었다.

누이의 언약은 밤하늘 별 같으며, 들판을 가르는 한 줄기 바람이라고, 김혁수는 생각했다. 어린 누이의 언약은 곧고 발랐으나 말 속의 질곡을 김혁수는 처음부터 알았다. 누이의 말을 곱씹고 되새겨 보아도 뚜렷한 답은 나오지 않았다. 어린 것에게 헛된 꿈과 망상을 심어준 건 아닌지, 김혁수는 오래 근심했다. 우물 속에 비친 별을 바라보며 김혁수가 고개를 끄덕이며 말했다.

"그래야 한다. 더불어 살아야 한다. 양심으로 치료하고 평등하게 돌보아야 한다."

…너의 꿈은 가상하고 아름답다.

김혁수는 마지막 말을 삼켜야 했다. 뱉을 수 없는 말은 누이 스스로 알아갈 일이지 싶었다.

누이의 어깨 너머로 길쓸별 한 점이 지나갔다. 눈동자 안쪽으로 사선을 그으며 별은 사라졌다. 누이의 어깨가 떨렸다. 김혁수가 누이의 어깨를 감쌌다. 여리고 조용한 아이의 생각을 읽은 뒤 김혁수는 어의의 사념을 다시금 다졌다.

누이의 꿈

　김혁수의 눈에 물기가 비쳐들던 밤, 누이의 꿈은 사치가 아닌 단단한 돌비녀 같았다.

　　…인술은 사람을 위한 것, 의술은 양심으로 집행하는 것…….

　오라비의 가르침을 누이는 서쪽 하늘 샛별처럼 바라봤다. 꿈은 멀고 요원했으나 꿈이 있으므로 기다릴 줄도 알았다. 더딘 삶을 견디느라 지치는 날도 많았다. 순한 눈동자로 세상을 바라보는 날은 좋았다. 빛나는 세상 가운데 흑점 같은 어둠을 목격한 누이는 오래 신열을 앓았다. 윤지충과 권상연이 십자가를 쥐고 죽은 뒤 누이는 십자가를 품었다.

　누이의 눈에 윤지충과 권상연의 삶은 새벽길을 비추는 여명 같았다. 누이에게 두 선비의 죽음은 침몰하는 불꽃처럼 보였다. 여린 것의 눈에 십자가의 삶은 뜨거움으로 왔다. 누이의 심장에 죽음은 견디기 벅찬 박동으로 왔다. 죽음을 불사하는 천주의 신망을 이해할 수 없으나 불꽃같은 심정으로 숨통을 거는 서학인의 맹목이 누이에겐 삶의 신비였다. 삶과 죽음이 겹쳐진 모순을 이해할 순 없어도, 누이는 모진 고문 끝에 죽어가는 사학죄인의 삶과 죽음을 간절히 원했다.

간절하면 부서지고 흩어지며 사라지는 것을 알고 그랬는지 몰라도 고문 끝에 한쪽 눈을 잃은 늙은 서학인을 바라보는 누이의 모습은 서글펐다. 누이가 꿈꾸듯 말했다.

"오라버니, 저분에게 저의 눈을 줄 수 없나요?"

누이의 말을 듣고 있으면, 일찍이 몸과 머리로 알아온 것과 다른 세계의 목마름이 밀려왔다. 누이의 목마름엔 선의 바람이 너무도 강렬해서 김혁수마저 어찌할 수 없었다.

고문으로 혀가 잘린 아낙을 바라보는 누이의 눈은 오래전 죽은 어미를 생각하는 것 같았다.

"오라버니, 저의 혀를 저분에게 드리고 싶어요."

그 말의 어리석음과 부질없음을 김혁수는 알았으나 누이의 눈동자에 차오른 애처로움을 생각하면 손끝이 떨려왔다.

남산 아래 가마터에서 몰래 서학인을 치료하던 누이는 기찰포졸에게 끌려가 일주일을 버티었다. 의금부에 찾아가 누이를 본 김혁수는 누이의 삶이 불꽃처럼 꺼져가고 있다는 것을 알았다. 누이는 눈이 보이지 않은 것 같았다. 김혁수의 손을 잡고 누이는 겨우 소곤거렸다. 누이의 목에서 순한 바람이 불어갔다. 김혁수가 누이의 손을 잡았다.

"오라버니, 저 죽거든 저의 몸을 모두에게 베풀어 주셔요. 저의 바람입니다."

누이의 속삭임은 꿈결 같았다. 말속에 아지랑이 같은 불꽃이 보였고, 눈 속에 세상의 악을 가르는 선의 집도가 보였다. 누이의 목을 건너온 선악의 경계는 몹시 모호했는데, 악과 겹친 자리의 선은 오래전 죽은 듯이 보였다.

누이는 다음 날 죽었다고 했다. 시신을 남문 밖 허름한 창고에 쌓아두었다고 의금부 포졸이 전했다. 김혁수는 남문을 뒤졌다. 창고에서 본 누이의 얼굴은 창백하고 부어 있었다. 눈은 청명해 보였는데, 눈 속에 십자가가 가라앉아 있었다. 성정이 사라진 누이의 몸은 황토 같았다. 짧은 생애에 의녀의 꿈을 키운 것 말고는 어떠한 악의 종자를 퍼뜨리지 않은 선한 여인으로 살아왔음을 누이는 벗은 몸으로 말해주었다. 누이의 몸에서 선과 악의 대치는 보이지 않았다.

누이의 몸은 목부터 배꼽까지 열려 있었다. 누이의 몸은 결이 곧은 오동나무 같았다. 누이는 죽어서도 완강한 몸으로 세승을 보듬고 있었다. 두렵고 살 떨리는 붉은 산맥에서 김혁수는 예루살렘인의 기나긴 유랑을 본 것 같았다. 들과 강과 바람으로 출렁거리는 천주의 길을 본 것 같았다. 십자가의 신망을 몸으로 실천한 누이의 바람은 높아 보였다.

김혁수는 보았으므로 알았다. 서학인을 박해할 이유가 이념에 있는지, 사상에 있는지, 학문에 있는지 알 수는 없으나 주자를 거스르는 이유 하나로 삿된 무리가 되어 몸을 버려야 하는 조선의 망상을.

…이념의 칼로 죽은 자의 육신을 가르는 것이 옳은 것인가?

죽은 까닭을 저 스스로 몸속에 묻고 죽어간 영혼이 보였다. 멀리에서 저녁이 밀려왔다. 다시 눈이 내리려는 것 같았다.

…오라버니, 저의 몸을 모두에게 베풀어주셔요.

바람 한 점 없는 우물 속 차가운 대기를 가르던 누이의 말은 김혁수의 가슴에 돌이 되어 박혀들었다. 누이의 눈빛은 한 점 별이 되어 날마다 하늘 모서리에서 굽어봤다. 누이의 언약은 한 줄기 바람이 되어 세상을 떠돌았다. 누이는 가고 없었다. 가없는 신체로 누이는 김혁수의 칼끝에 누워 있었다.

김혁수가 멀리 안개 낀 북한산을 바라보며 한숨 쉬었다. 안개 속으로 파도 같은 산들이 몰려왔다. 조급증을 누르며 김혁수가 외딴 무당 집을 돌아 마을 어귀로 들어섰다. 자하문 밖 인왕산 위로 달이 차올랐다.

배손학의 머리 위로 유건 대신 삿갓이 보였다. 얼굴을 가린 배손학의 손에 낡은 『시경』이 보였다. 머리에 기도문을 담고 걷고 또 걸었다.

배손학은 오랜 시간 견딘 듯이 보였다. 그의 유랑은 거칠고 고단했어도 천지를 돌아 천주의 땅으로 흡수되길 바랐다. 칼로 세상의 선을 일으키려던 김혁수와 달리 붓 하나로 악을 몰아내고 싶어 했다. 배손학의 절규는 이쪽 세상의 악으로 저편 세상의 선을 갈망하는 듯했다. 그의 절규에는 『시경』의 목마름이 언제나 함께했다.

서학.

금기와 이단의 실체는 학문의 기근을 몰아 학구의 호기심으로 이끌었다. 금기를 묶는 욕망은 어디에도 없으며, 욕망을 감추는 금기는 이단이라고 배손학은 못 박았다. 본래 욕망은 금기로 인한 것이며, 욕망으로 인한 금기는 있을 수 없다는 논리를 배손학은 『시경』을 뛰어넘어 감성과 서정에서 찾아냈다.

욕망.

그 하나로 배손학은 학자의 끈기를 지탱할 수 있었다. 학문의 노선
은 욕망으로 묶을 수 없고, 욕망이 거세된 금기는 학자의 호기심을 자
극할 수 없었다. 욕망과 금기의 모호한 인과율은 서로를 배반할수록
더 거세어진다는 논리가 아니어도 배손학의 『시경』은 언제나 정결하
고 순수했다.

『시경』이 품은 깨끗한 힘으로 배손학은 서학을 본받았다. 그의 붓
에는 문관의 침착함과 문인의 끈기가 배어 있었다. 해거름에 붓을 쥐
면 어둠 속에 별들이 깨어났다. 아침나절 벼루를 갈면 밤사이 중천을
가로지르던 별들이 벼루의 연안에 몰려들었다. 배손학의 붓에는 『시
경』의 정령이 맺혀 있었는데, 시편의 바다에 떠오른 선악의 본성을 배
손학은 버리지 못했다.

　　…변전에 변전을 거듭하는 것이 시경의 주해이다. 해석은 시대마다 괄
　　목한 시각 아래 거듭된다.

붓은 길고 먼 기다림의 연속이었다. 당대를 아우르는 학문은 유행
일 뿐이라는 과도한 이념을 내세우지 않아도 배손학의 학문은 고인
물처럼 차분히 가라앉아 있었다.

배손학은 『시경』을 선으로 보지 않았고, 서학을 악으로 규정하지도
않았다. 본래 선과 악은 하나가 될 수 없으므로, 『시경』과 서학도 하
나의 학통 아래 이해될 수 없었다. 서학은 유학의 반대편이 아닌 평등

의 다른 외침일 뿐이었다.

그의 학풍은 자유, 그 하나만큼은 은밀하고 확고했다. 『시경』과 서학이 물고 물리는 끝의 공허와 맞서지 않아도 될 자유로 배손학은 끝을 맺고 싶어 했다. 배손학의 관점은 까다로웠으나 그 까다로움으로 주자를 업고 천주를 세우거나 천주를 업고 『시경』을 퍼뜨리지는 않았다. 바람난 유객처럼 동에서 서로, 남에서 북으로 사대문을 휩쓸고 다녀도 배손학의 머리는 책장을 넘겼으며, 손에는 묵주가 올려 있었다.

배손학은 붓과 십자가가 하나가 되기를 바랐다. 그 일은 끝내 이룰 수 없었다. 새벽 나절 기도문에서 떠오르는 십자가의 섬광이 먼 지평선으로 뻗어갈 때 배손학은 선의 부드러움을 생각했다. 붓의 진실은 선과 통한다는 배손학의 관점은 언제나 또렷했다.

天子命我 천자께서 우리에게 명하시되
城彼朔方 북녘땅에 성을 쌓게 하시도다

『시경』 속에 천주는 북녘땅 어딘가에 임하는 중이었다. 평양이 될지 옛 발해 땅이 될지 알 수는 없으나 두 마디 예언 속에 헐벗은 자들의 행렬을 『시경』은 들려주었다. 십자가를 짊어진 서학인의 고난도 예견되어 있었다. 붓의 능선에 피어오른 『시경』 마디에 선의 가호는 보였다.

북녘땅.

그 한마디 속에 선악이 엇갈린 『시경』이 보였다. 주자의 길과 천주의 길은 같을 수 없었다. 다른 사연과 다른 질곡으로 이어질 수밖에 없는 두 갈래 길을 놓고 배손학은 생의 뜨거움도 말하지 않았다. 유생의 길과 서학인의 길은 다를 수밖에 없으므로, 다른 목적으로 질주하는 길목 앞에 배손학은 입술을 깨물지도 않았다.

글 속에 악을 심지 않은 것만은 정확했다. 배손학이 품은 글이 선해서만은 아니었다. 배손학의 기도에는 십자가의 섬광보다 『시경』이 자주 어른거렸으나 문장으로 임할 땐 선악의 경계가 분명했다.

멀리에서 부엉이가 울었다. 서두는 기색 없이 저녁은 밀려왔다. 굳게 닫힌 자하문을 돌아 배손학은 느린 걸음으로 김순의 초가를 향해 걸었다. 끈을 죄어 느슨한 삿갓을 바로 썼다. 눈이 올 것 같았다.

뜻밖의 이름들

저마다 이름자에 뜻을 새긴 이유를 알 것 같았다.

소박하거나 그윽하지 않아도 이름은 불리어질 때 의미가 있지 싶었다. 무겁거나 가벼워도 이름은 뜻을 새긴 자와 뜻을 받은 자의 인연이 긴 연민으로 이어져 있었다.

기쁘거나 기쁘지 않아도…….

슬프거나 슬프지 않아도…….

따뜻하거나 따뜻하지 않아도…….

순하거나 순하지 않아도…….

크거나 크지 않아도…….

작거나 작지 않아도…….

외롭거나 외롭지 않아도…….

높거나 높지 않아도…….

물과 바람과 별과 산들의 기다림을 품거나 품지 않아도 이름은 저마다 소중한 의미로 채워져 있었다.

달빛 내린 밤에 임금은 윤지충과 권상연의 이름을 생각했다. 윤지충의 이름 위로 내려진 바오로란 세례명을 생각했고, 권상연의 이름자를 덮은 야고보란 세례명을 떠올렸다. 부드러운 윤곽의 생이든 질 경이 같은 삶이든 모두는 이름으로 남는 것 같았다.

박해무의 이름을 생각할 때, 전각 위로 밀려가는 새 울음이 들렸다. 박해무와 함께 만경강 기슭으로 밀려나간 외인들의 이름을 생각했다. 들려오지 않는 이름 가운데 여수 신청에서 붙들려 온 서학쟁이의 아들이 있었다는 말이 들렸다. 회오리 같은 말 속에 장독으로 죽은 늙은 여령이 어른거렸고, 어미의 길을 따라 걸어간 아들의 모습이 보였다.

만경강 기슭에서 박해무와 두 마리 늑대가 오래 다투었다는 최무영의 말은 떨리는 숨결을 싣고 왔다. 멀고 아득한 자리에서 사나운 짐승과 진을 뺐을 박해무를 생각하면 마음이 좋지 않았다. 정여립의 후예를 자처한 박해무의 질긴 여정을 더듬어 가면 긴 연민이 사슬처럼 당겨져 왔고, 연민 속에 고락은 절로 보였다.

최무영이 몰고 간 늑대는 오래전 강릉도호부에서 실려 왔다. 속리산 흔들바위 근처에 어미를 잃고 버려진 새끼 늑대들을 강원감사가 임금께 올렸다. 기르기 까다로운 늑대들을 금위영 나장에게 내렸고, 나장이 내금위 무사들에게 물려주었다.

늑대의 본성과 내금위 무사들의 본능은 섞이는 구석이 많았다. 공격할 때 민첩함이 닮아 있었고, 사나움이 한데 어울릴 때가 많았다. 순간의 타격에 치명적인 부상을 입히는 힘과 속도도 비등했다. 척후의 대응과 눈앞의 빠른 공격에도 내금위와 늑대는 은밀한 수비와 대처가 능했다.

만경강에서 늑대들의 전의는 무의미하지 않았다. 흔하게 들려오지도 않았다. 박해무와 두 마리 늑대의 싸움은 한 자락 몽환 같아도 싸움 속에 든 진실은 삶 아니면 죽음뿐이었다.

허공에 뛰어오른 두 마리 늑대와 박해무는 극사실의 그림처럼 들려왔다. 놈들과 박해무는 태생을 잊고 긴 춤으로 흔들렸다고 했다. 춤 속에 박해무의 삶이 보였고, 춤을 따라 놈들의 주린 생애가 보였다. 춤과 춤이 부딪히면 지평선을 가로지르는 부드러운 바람이 임금의 머릿속을 불어갔다.

임금이 조용히 말했다. 목에서 박해무의 거친 숨결이 밀려왔다. 늑대들을 쓰다듬는 외줄기 연민도 들렸다.

"박해무와 늑대가 오래 다투었다고 들었다. 그 다툼이 먼 난바다를 향해 올리는 애기무당의 해원 같았다고 들었다."

"멀고 긴 싸움이었사옵니다. 내금위가 길들인 늑대들이 무슨 일로 박해무를 좋아하는지 알 수 없으나 놈들은 끝내 박해무를 이기려 하지 않았나이다."

위를 바라보고 아래를 굽어봐도 임금의 강단으로 풀어갈 수 없는 골자는 분명했다. 임금은 두 개로 분할된 세상을 생각했고, 그 세상 위에 떠 있는 두 개의 해와 두 개의 달을 생각했다. 임금은 어느 세상의 어떤 해와 달을 가리키며 백성을 다독여야 할지 알 수 없었다.

"무엇으로 연민하겠는가? 묻지 말고 고하라. 누구의 것이든 치사량의 사연만큼은 달 뜨는 밤마다 희고 시리다 전할 것이다."

윤지충과 권상연의 죽어간 소식이 들려왔을 때도 임금의 마음은 개운함보다 쓰리고 안타까운 서정이 먼저였다. 둘에게 내린 사헌부 감찰어사의 결정은 조정의 결단을 반영한 것이며, 조정의 결단은 나라가 세운 법제를 위임한 것이었으므로, 그것은 곧 임금이 내린 뜻이었다.

신앙은 깊고 넓은 세상을 작은 개인으로 하여 존재의 의미를 깨닫게 하고 살아갈 날들의 희망을 열어가는 데 있었다. 김홍도를 바다 멀리 이양선 태워 보낸 것도 장영실이 살아갔을 세상의 가치와 내용을 살피려 한 까닭이 먼저였다. 장영실이 열어갔을 희망과 희구의 날을 돌아보는 것은 조선의 과학을 후세에 전하기 위함이었다. 그 삶을 추적하는 것은 한 점 그림에서 시작되었으나 그림이 전부가 아님을 임금도 알았고, 최무영도 알았다.

　장영실은 조선의 삶을 감추고 낯선 땅에서 저만의 삶을 살았을지 몰랐다. 죽음을 멀리 두고 밀라노에서 새로운 세상을 열어갔을지 몰랐다. 그림 속에서 낯선 자들과 뒤섞여 최후의 날을 준비하는 전야에 장영실은 외롭거나 쓸쓸하지 않은 모습으로 귀환을 예감했을 것이다.

　최무영이 말없이 임금을 올려봤다. 임금이 나직이 말했다.

　"모두가 장영실은 전라도 밤섬으로 유폐되었다고 했으나 집현전 학사들이 남긴 말은 다르게 들렸다."

　임금은 그 모두를 알고 있는 듯했다. 장영실이 조선을 떠난 사적 이유부터 아스라한 빙벽을 넘어 밀라노를 향한 까닭까지…….

　최무영이 속을 졸이며 대답했다.

　"까마득한 날에 묻힌 이야기일 뿐이옵니다. 이야기가 이야기를 만들고 이야기 속에 이야기가 피어나는 것이 세상 이치이옵니다."

　긴 날에 잠긴 장영실의 울분을 다독이는 최무영의 마음을 모르지 않았다. 덮어둘수록 모호하고 불리해지는 까닭을 임금은 기어이 이 밤에 돌아보려는 것 같았다.

　"흰머리산 너머 외진 골짜기 기슭 지나 대륙을 건너갔다는 소식도 들려왔다. 까마득한 물길을 건너 삼 년 만에 낯선 땅으로 스며들었다는 말도 들렸다. 어디로 가든 흔적은 남는 것이다."

임금은 밤섬을 생각했고, 밀라노를 생각했다. 허균의 이야기 속 나라 율도는 장영실의 세계에 편입할 수 없는 좁고 협소한 섬일 뿐이었다. 장영실이 바란 대동세상은 조선 너머 대륙을 가로질러 삼 년을 걸어야 겨우 당도한 곳에 있거나 뱃길 따라 백 일 동안 순풍에 돛을 맡겨야 닿을 곳에 있었다. 장영실의 밀라노와 허균의 율도는 외딴 공간에서 서로의 세상을 가리킬 뿐이었다.

최무영이 대답했다. 목에서 실사와 허구의 이야기가 들렸다.

"허균이 공상으로 지은 율도는 장영실의 행보와 무관할지 모르옵니다. 정여립이 꿈꾸었던 세상도 장영실의 대동세상과 무관할 것이옵니다."

"장영실은 그 많은 과학과 기술을 내려놓고 떠났다. 당대에 남긴 업적을 뒤로하고 떠난 데는 그만한 이유가 있지 않겠느냐?"

세종 3년 되던 해 장영실은 윤사웅·최천구와 함께 명나라에 유학하면서 별자리를 살피는 천문 기구를 익혀서 돌아왔다. 천문의 지평을 열어간 장영실의 삶은 별을 닮은 것 같았다. 스스로 신분의 굴레를 벗어던지고 높고 가파른 과학의 삶을 원했을 것이다. 허술한 수레를 지어 세종 선왕을 놀라게 한 까닭은 어쩌면 그만의 기획이었을 것이다.

임금이 이마를 짚었다. 밤이 깊어 가면서 새 울음이 잦아들었다. 새들은 둥지에서 서로를 보듬고 조용한 숨결을 나누는 모양이었다. 집을 짓지 못한 새들이 나무 아래 깃들거나 바위틈을 찾아 숨어든 것 같았다. 바람결에 벌레 울음이 실려 왔다.

동시성同時性

장영실이 행방을 감춘 까닭은 감옥이 두려워서가 아니라 태어나고 자라며 죽어갈 세상에 보탬이 되는 기술과 과학을 원한 때문이었다. 조선을 떠나 너른 항해 끝에 새로운 삶을 모색하려 한 것도 과학의 삶을 목적으로 했기 때문이었다. 장영실은 어느 날 문득 조선에서 사라진 것이 아니라 철저한 계획 아래 넓고 광활한 세상으로 나아간 것은 아니었을지.

조선 너머 너른 땅에서 살아갔을 장영실을 생각했다. 가본 적 없는 남의 나라에서 장영실은 조선의 긍지로 과학의 삶을 살다 갔을 것이다. 밀라노에서 별무리를 이끌고 날마다 혁신하는 삶을 살았을지 몰랐다. 현주일구에 비쳐든 해그림자를 따라 하염없는 사색으로 유일무이한 조선을 세상의 중심으로 원했을지 몰랐다. 그 삶은 한 덩어리 고뇌를 싣고 너른 세상에서 대동을 외치며 살다 갔을 것이다.

이 밤에 별과 물과 쇠로 몰아치는 장영실의 길은 먼 곳으로 뻗어나가 있었다. 갈 수 없는 길 위의 떨림은 어디로 이어질지 알 수 없었다. 임금이 조용히 물었다.

"장영실의 과학은 언제까지 이어질 것 같은가?"

"실학의 시대에 과학은 세상을 비추는 거울 같으며 따사로운 빛과 같사옵니다. 장영실의 이름은 오래도록 후세에 전해질 것이고, 그의 과학도 오래 세상 위에 남을 것이옵니다."

무엇으로도 장영실은 부정되지 않았다. 부정할수록 차원이 다른 해석이 내려졌다. 긍정하고 긍정할 때 미완의 생은 목격될지 몰랐다. 임금이 고개를 끄덕이며 말했다.

"그럴 테지. 허면 장영실은 무슨 마음을 품고 그 먼 곳까지 갔단 말인가? 떠났으면 그만이지 어떤 명목으로 다시 돌아온단 말이냐? 그것도 세상을 쥐고 흔드는 그림 안에서 백발의 늙어가는 모습으로…….''

임금이 윤지충의 집에서 가져온 그림을 돌아봤다. 〈최후의 만찬〉에 든 열세 명의 인물을 찬찬히 바라봤다. 그림 속에 저물어가는 세상을 바라보며 오금이 저려오던 까닭이 가운데 앉아 있는 자의 위엄에 있는지 알 수 없었다. 13인의 인물들이 가리키는 최후의 날은 언제가 될지 알 수 없었다.

오른쪽 두 번째 백발의 늙수그레한 인물을 가리켜 장영실로 규정한 까닭이 김홍도만의 시각인지 그 너머 보편의 관점인지는 파악되지 않았다. 김홍도의 말 속에 들려오던 교훈은 선악의 경계에서 선으로 악을 누르고 눌린 악으로 선을 지켜나가는 데 있지 싶었다. 다빈치의 의도는 선악이 아니라 최후의 날을 증명하는 것인데, 전야에 13인의 인물은 무엇을 돌이키고 무엇을 묻고 있는지 알 수 없었다.

그림이 묻고 있는 선악은 13인의 눈빛에 있는 들어 있는 듯했다. 들리지 않는 소곤거림과 와자한 수런거림에 있는지도 몰랐다. 가운데 앉은 자의 머리 위로 이어지는 소실점 끝에 모여든 선악의 실증은 새벽 나절 밀려들던 물안개와 다르지 않았다.

소실점 너머 그려진 인왕산 산세는 장영실의 입을 통해 나왔을 것이지만, 다빈치마저 밀라노의 산세를 가리고 광화문과 가까운 인왕산을 그림 속에 옮겨놓아야 했는지, 임금의 생각으론 도무지 알 수 없었다.

임금의 머릿속 골짜기에서 최무영이 바라본 것은 다빈치의 〈최후의 만찬〉이 아니라 장영실의 흔적이 가장 또렷했다. 임금의 머릿속 샛강에서 건져온 공허를 누르며 최무영이 말했다.

"장영실은 소박한 과학으로 큰 세상을 바랐을 것이옵니다. 다빈치와 영감을 나누면서 한결 푸근한 세상을 구상했을 것이옵니다."

"보이지 않는 세상이 모두가 바라는 세상이란 말이냐? 그런 세상이 조선에 올 수 없다는 것을 장영실은 알았단 말이냐?"

말끝에 가을 날 장맛비에 젖은 바람이 불어갔다. 바람 속에 인왕산 자락이 가물거렸다. 장영실은 무거운 세상을 버리고 비 내리는 가벼운 세상을 싣고 밀려왔다. 장영실은 남의 땅에서 조선의 운명을 예감한 것 같았다.

김홍도의 말 속에 〈최후의 만찬〉은 인왕산을 소실점으로 하여 조선의 운명을 백두대간 위에 올려놓고 있었다. 흰머리산 지나 대륙 끝으로 조선의 산세는 아슬아슬한 지리를 물고 이어져 갔다.

"장영실은 이 시대가 원하는 삶이 무엇인지 말하기 위해 돌아온 것 같사옵니다. 삼백 년 저편의 과거와 현재를 연결하는 동시성同時性을 안고 역류하고 있는 건 아닌지, 그마저 생각할 이유는 있사옵니다."

임금의 눈이 동그랗게 뜨였다. 놀라는 것 같지는 않아 보였다.

"동시성?"

"모두는 과거의 사건과 직면하거나 조우하면서 살아갈 수밖에 없사옵니다. 이유는 단순하옵니다. 과거의 인물은 현재 시간대에서의 과거 관측자인 동시에 과거 시간대에서의 미래 예측자일 수밖에 없 사옵니다. 시대좌표는 어느 시대 어느 시점에서든 변환되지 않사옵니다. 즉 과거 관측자의 동시同時는 미래 예측자에 관해서도 동시가 되는 것이옵니다."

임금은 현재 시간대의 최무영을 바라봤고, 과거 시간대의 장영실을 생각했다. 그 사이 간극을 바라보는 객관의 인물로 자신을 가리킬 때 최무영의 말은 이해가 됐다.

"말인즉 모든 과거가 현재의 시간을 이루듯 모든 현재가 과거 시간대로 뻗어간다는 말인가? 과거를 딛고 모두는 살아가고 있다는 말인가?"

"모든 어제가 현재의 과거이며, 모든 현재가 어제의 미래일 수밖에 없사옵니다. 그 때문에 동시성의 원칙은 어제도 오늘도 내일도 변하지 않는 것이옵니다."

동시의 원리는 과거의 시간대가 현재 시간대와 혼돈하는 것이 아니라 과거로부터 현재에 이르는 연속된 시간대가 동일한 개연성을 지니며 동질한 의미로 오는 것을 말했다.

임금의 귀에 시간의 객관화는 비사실적으로 들렸다. 동시의 원리는 임금의 머릿속에 회오리만큼이나 놀라운 사유로 밀려왔다.

"허면, 과거와 현재를 잇는 동시성의 본질은 무엇을 말하느냐?"

"믿음이 자유로운 곳에서 평등한 신분으로 살아가는 것을 말하옵니다."

장영실은 임금의 마음으론 닿을 수 없는 미망의 자리로 뻗어나가 있었다. 믿음과 자유와 평등을 위해 조선으로부터 자신을 버린 데는 장영실만의 까닭이 있지 싶었다. 그만의 계획을 실행하면서 장영실은 미래 시대에 조선 땅에서 회복될 자신을 바랐을지 몰랐다.

"〈최후의 만찬〉은 다빈치가 그렸음에도 장영실의 의도가 숨어 있다는 말로 이해된다. 그 때문에 〈최후의 만찬〉은 조선 땅에 흘러들었을 것이다."

창 너머 소실점에 인왕산을 그려놓은 다빈치의 우연은 여전히 오감을 죄어왔다. 최후를 앞둔 만찬의 느낌이 저벅거리며 밀려오는 것도 알았다. 최후는 언제 어느 시간이 될지 알 수 없으나 전야의 느낌은 잊히지 않고 머릿속에 돌았다.

최무영이 제주에서 이양선에 오르기 전 김홍도가 남긴 말을 전했다. 알려야 할지 덮어 두어야 할지 망설일 이유가 더 이상 없지 싶었다.

"〈최후의 만찬〉은 완전한 구도 위에 인체에 관한 정밀한 황금분할과 인과율 아래 그려졌다 하옵니다. 이 모두 장영실의 머리에서 나왔을 확률이 높다고, 도화서 별제는 말을 남겼사옵니다."

다빈치의 그림이 조정의 멸시와 박해를 견디며 조선에 건너온 까닭이 있지 싶었다. 어쩌면 13인의 인물들이 일으키는 불화와 단절과 음모와 시기와 질투에 이유가 있을지 몰랐다. 모두를 응시하듯 가운데 앉아 사색에 잠겨 있는 자로부터 자유는 신앙이 될지, 배반이 될지 알 수 없었다.

장영실이 지났을 길을 떠올리며 임금은 가느다랗게 신음했다. 김홍도가 지났을 뱃길을 떠올리며 바다 너머로 사라지는 길을 짐작했다. 〈최후의 만찬〉을 바라볼 때 전율의 이유를 알 듯했다. 그림 속에 선을 지배하는 악의 근성이 보였고, 악을 누르는 선의 힘이 느껴졌다. 선과 악은 서로를 겨누는 밀도로 인해 더 선명해졌는데, 악을 누르는 선은 색깔이 없어도 선명해지며, 어두운 시간에도 청명한 것이 악의 근성이라고, 그림은 말해주었다. 〈최후의 만찬〉을 바라보는 임금의 눈동자 안쪽에 거친 눈보라가 떠갔다.

악의 음계

　며칠 사이 능선은 파랗게 물들었다. 하늘과 맞닿은 능선은 조밀하고 차분해 보였다. 산자락마다 초록 물결이 넘실거렸고, 산맥을 타고 넘어온 초여름 색채는 물빛에 가까웠다.

　저녁 무렵 장악원 전각을 따라 깨끗한 별들이 떠올랐다. 별빛 아래 도향은 신음했다. 눈을 감으면 죽은 어미의 얼굴이 떠오른다고 말했으나 약용은 도향의 어미를 본 적이 없었다. 도향의 눈에 세상은 희거나 검게 보이는 것 같았으나 그마저 알 수 없었다.

　도향은 늘 짐작할 수 없는 얼굴로 가야금을 뜯었다. 무거운 선율로 가벼운 생의 모서리를 지났으며, 가벼운 몸으로 무거운 선율을 소환했다.

　도향이 표정 없는 얼굴로 말했다.

　"나으리, 변음變音이라는 게 있습니다."

　"변음? 전에 말한 금기의 연주법을 말하는 것이냐?"

　도향은 부정도 긍정도 하지 않았다. 약용은 더 묻지 않았다. 묻지 않아도 도향은 말해줄 것이므로, 놀란 표정을 지우고 기다렸다. 도향의 목에서 가느다란 바람 소리가 들렸다.

　"변음은 악사들 사이에 음의 경계에서 밀려나간 소리로 정하고 있습니다. 주술의 음계라고 하지만, 사실은 악의 음계에 가깝습니다."

말끝에 도향이 왼쪽 식지와 중지로 현을 누르고 오른쪽 검지로 가야금을 퉁겼다.

지징—.

오래전 우륵이 빚은 가야금 속에서 억눌린 소리가 들렸다. 소리는 높지 않았으나 골수를 파고드는 날카로움이 뒷골에 울려왔다.

약용이 조용히 물었다. 호기심은 아니었다.

"어디서 나오는 소리인 것이냐?"

도향은 총명한 눈으로 웃었다. 소리 없는 도향의 웃음은 꽃을 입에 머금은 듯 조밀해 보였다. 웃은 뒤 무뚝뚝한 표정으로 약용을 바라봤다. 약용은 웃지 않고 도향을 바라봤다.

칭—.

도향이 다시 가야금을 퉁겼다. 시작이 날카롭고 끝이 아득했다. 소리는 다시 뒤쪽에서 들려왔는데, 정확히 뒷골에서 울리고 있었다. 정음에서 이탈한 선율은 공명과 추임만으로 새롭게 들렸다.

악의 음계.

도향의 말은 이해되지 않았다. 소리에 악이 있다는 것은, 소리에 선도 있다는 말이었다. 선과 악으로 나누어진 소리는 약용의 귀에 특별하게 들렸다. 소리로 선을 권하고 소리로 악을 징벌할 수는 없을 것인데, 도향의 변음은 그 모두를 뒤엎거나 해체하고 있었다. 도향의 말이 놀랍고 두근거렸다.

권선의 소리, 징악의 소리가 있던가? 쉽게 넘어갈 일이 아님에도 약용은 변음의 실체를 알 수 없었다. 굳은 표정 위로 약용의 마음이 보였다.

"너의 변음은 해괴하고 요망하다. 입에 담지 마라. 연주하지도 마라. 유생들 귀에 들어가면 물고를 면치 못할 것이야."

도향이 물끄러미 올려다봤다. 옷자락 사이로 가슴골이 드러났다. 약용의 눈은 둘 곳을 정하지 못하고 흔들렸다. 흔들리는 세상 가운데 도향은 앉아 있었다. 찬찬히 도향을 바라봤다. 도향의 가슴은 두근거림 없이 조붓하고 아담하기만 했다. 비 내린 저녁에 빛을 내던 가슴 그대로였다. 눈을 들어 올리면 눈 속에 흔들리던 은하도 그대로였다.

도향이 말했다. 말할 때 도향의 입술은 깨끗해 보였다.

"정법의 음계가 몸으로 듣는 것이라면, 변음은 정신으로 듣는 것입니다."

정신을 품은 몸에 대해, 몸을 감싸 안은 정신에 대해 단 한 번 생각해본 적이 없었다. 약용은 도향의 몸을 생각했고, 도향을 바라보는 정신을 떠올렸다. 합쳐지지 않는 골격과 구조가 보였다.

…나으리, 날이 밝으면 저를 데리고 멀리 가시어요…….

도향의 바람을 이해할 수 없었다. 애끓는 숨소리와 입김으로 그날 밤 기억은 남아 있었다. 거친 숨결은 비리지 않고 달콤했다. 뿌리칠 수 없는 숨결은 밤을 지나 새벽까지 이어졌다. 그날 새벽에 임박한 날것의 바람은 뜨겁고 애절했다.

날이 밝기 전 허운당을 나오면서 약용은 나무 십자가를 생각했고, 도향의 가야금 선율을 생각했다. 두 생각은 합쳐지지 않았다. 도향을 데리고 어디로 가야 할지, 마음만 먹으면 어디든 갈 수 있을 것인데,

그럴 수 없었다. 허허벌판처럼 외롭게 누워 있어도 약용이 갈 수 있는 곳은 거기까지였다. 시시때때 책과 붓과 벼루를 물리고 도향을 품고 싶어도 행동으로 보일 수 없었다. 머릿속으로 만지고 쓰다듬어도 생각은 깊은 우물 아래 내려가 있었다. 생각은 그때마다 달랐으나 끝에 이르면 도향은 저만큼 홀로 서 있었다.

악의 음계에 관한 도향의 말은 간결했으나 소란하게 들렸다. 악은 악일 뿐인데, 악의 축으로 집약되는 허술한 논리에는 십자가를 둘러싼 선의 집체와 배경이 보였다. 선악의 근성이 그 안에 들어 있었고, 불온한 미래가 완결되지 않은 구조로 건설돼 있었다. 대립 없이 어떠한 선악도 없을 것이라는 홍대용의 논리가 직선의 시각이었다면, 악의 음계로 악의 축에 이르는 도향의 변음은 곡선으로 그려진 파격으로 들려왔다.

약용이 단전에 힘을 주었다.

"악의 음계가 어찌 정신으로 듣는 것이냐? 악은 악일 뿐이지 않느냐?"

도향의 변음은 불미하고 위험하게 왔다. 전인수가 알게 되는 날 경을 치르고 남을 미필적 고의가 예감되었고, 사특한 예감을 품고 변음은 들려왔다.

도향의 금기 연주는 무엇으로 해석해야 할지 알 수 없었다. 증명할 수 없는 예감은 허상에 지나지 않았으나 심증을 구획하는 감성은 다른 것이라고, 약용은 생각했다. 생각을 다독여도 불길한 마음은 사라지지 않았다.

약용이 아는 한 선악은 신체로 보여주는 행동의 결과를 말했다. 보이지 않는 음계로 악의 실체를 말할 수 있을지, 모호하고 어려울 뿐이었다. 약용은 공동의 선이 사라진 세상에서 철저한 악, 신비로운 악, 유력한 악을 찾아내고 싶었다. 그것이 도향의 변음에서 흘러나오는 악의 음계일 것이고, 약용이 추격하는 악의 진경이 될지 몰랐다.

이 생각은 다수의 악이 판치는 세상에서 왔고, 하나로 합칠 수 없는 선의 계통에서 왔다. 도향의 변음은 정음을 허문 뒤 선이 사라진 음역에서 악의 음계를 찾아냈을 가능성이 높았다. 볼 수 없어도 변음은 실체의 것이므로, 약용은 감성으로 나누어지고 이성으로 분할된 도향의 선악을 더 이상 의심하지 않았다.

도향이 한숨 끝에 뱉었다. 도향의 목소리는 겨우 들렸다.

"나으리, 연암 어른을 뵙게 해주세요."

생각할 수 없던 말이었다. 약용이 놀란 표정을 감추고 짧게 물었다.

"어찌 연암을 보고자 하느냐?"

"그 어른께 백탑白塔의 실증과 청연淸緣의 기지를 배우고 싶습니다. 배움으로 서학을 깨치려 합니다."

그 모두 시류를 지나치는 실세의 허기라고, 약용은 생각했다. 모호하지 않으면서 분명한 연암의 백탑청연白塔淸緣은 당대를 비추는 희망인 동시에 서학을 허무는 불온이었다. 모순을 모순으로 덮을 수 없는 현실에 맞서 백탑은 뚜렷한 모순으로 왔다.

어찌할 것인가?

약용은 누구에게도 묻지 않았다. 물은들 대답할 자가 없었다. 약용의 『천주실의』와 맞서는 연암의 백탑청연은 언제까지 이어질지 알 수 없었다. 『천주실의』만큼이나 백탑청연은 위험하고 비밀스러웠다. 연암은 북학의 관조와 실학의 문장을 백탑에 드러냈어도, 백탑의 문장 속에 비밀 결사의 문장은 드러내지 않았다. 연암의 백탑청연은 고요하면서도 중후하게 왔다.

임진년王辰年, 1772 사월.

연암은 생애 빛나는 벗들과 함께 종로 기슭 원각사 10층 석탑을 돌았다. 탑을 돌 때, 공상과 현실 사이 허상의 세태를 비판하고 돌아봤다. 세상은 유심唯心과 유물唯物 사이를 오가는 것인데, 연암은 세상 이치를 국경 너머 선진 문물에서 깨치고자 했다. 어렵사리 가져온 문물을 조선의 현실에 실천하려 했다.

북벌에서 북학으로, 연암의 정치적 불운은 은둔의 여유를 가져다주었으나 그다지 행복해 보이지는 않았다. 연암의 은둔은 약용에게 행이 될지 불행이 될지 알 수 없었다.

글 속의 연암은 늘 또렷한 분위기로 좌중을 바라봤다. 연암은 시문詩文 하나로 이마가 빛났고, 척독尺牘-편지글으로 끓는 속내를 다독였다. 술과 풍류는 얼마 되지 않았다. 이 모두 연암의 『취답운종교기醉踏雲從橋記』가 말해주었다.

백탑청연은 자기들만의 표식을 주고받았다. 모두는 오른손을 왼쪽 가슴 언저리 도포 안에 밀어 넣음으로써 서로가 서로를 알아봤다. 이 표식은 백탑청연만이 알았다. 백탑의 의기투합은 정결했고, 현실 개혁과 세태 비판의 명분은 뚜렷했다. 백탑은 시류에 혁신할 수 있을지 알 수 없으나 혁신의 마음들이 다음 시대까지 건너가면 다행이었다.

백탑의 미래는 늘 유망과 불길함이 뒤섞여 있었다.

불온을 안고 백탑청연은 당대를 비추는 지성의 요체이자 다음 임금 대로 이어지는 변증의 골격이길 원했다. 시류에 들끓는 문장의 혼이 되길 바랐으며, 시문의 향기를 이끌어가길 희망했다. 각자의 향기로 조선의 체제와 제도를 개혁하려 했고, 낡은 삶에서 벗어나 새로운 윤리와 능동의 삶을 구상했다. 문체로 문체를 찌르고 다독이며 해부했으며, 문장으로 조선의 윤기를 다지려 했다. 그 이유만으로 백탑의 북벌과 청연의 북학은 두렵고 어려웠다.

약용은 유학과 실학과 서학의 창조적 계승을 꿈꾸는 날마다 희망이 소진되는 것을 알았다. 희망 속에 계승은 올 것이나 희망은 희망할 수 없는 날들 속에 더 분명하게 살아났다. 약용의 신념은 어디에서 비롯되고 어디로 이어질지 알 수 없었다. 약용의 가계가 서학으로 물든 것을 대개는 알았다. 가문의 위태를 안고 약용은 날마다 조정에 발을 디뎠다.

약용은 세자 이선이 죽던 해에 세상에 나왔다. 세자의 누명을 안고 왔을 리는 없었다. 세자의 위엄과 지혜를 빼닮았으나 입에 담기에는 험했다. 임금이 약용을 아끼는 이유가 아비가 죽어간 해와 약용이 태어난 해가 같아서 일지 몰랐다.

연암은 약용보다 무려 스물다섯 살의 연배였다. 생애 한번은 볼 것이지만, 그날이 언제가 될지 알 수 없었다. 약용의 『천주실의』와 연암의 북학은 언제 한곳에서 서로의 어깨를 다독이며 웃을 수 있을지. 그날이 오기나 할지, 막막하고 막막한 날들이 앞날을 향해 울먹였다.

연암을 원하는 도향의 마음은 이해되지 않았다. 도향의 말끝에 비친 서학은 연암의 북학과 섞일 수 없다는 것도 알았다. 유학과 실학과 서학의 연대를 희망한 연암은 어디까지 밀려갈지 알 수 없었다.

도향의 눈빛은 간절해 보였다. 너무 간절하면 가까이 다가갈 수 없는 것을, 도향은 눈으로 말해주었다. 약용이 거칠게 물었다.

"서학, 그것이 무언지 알고 지껄이느냐?"

"알지 못합니다. 그러니 배우려는 것입니다."

"이단이다. 서학인은 곧 반역자다. 죽고 싶은 게냐?"

약용은 부끄러웠다. 서학을 이단이라고 말할 수밖에 없는 자신이 수치스러웠고, 그 앞날이 가여웠다. 앞날에 밀려올 가혹함도 보였다. 가혹함 속에 헐벗은 아녀자와 아이들이 보였다. 약용은 언제까지 천주를 마음속에 숨기며 살아가야 할지 알 수 없었다.

도향이 굳은 표정으로 대꾸했다.

"정교가 아니라고 어찌 이단이라 할 수 있습니까?"

말 속에 들려온 도향의 앞날은 불길하고 어두웠다. 도향의 앞날과 약용의 앞날과 다를 것인데, 그 세상은 안쪽과 바깥쪽으로 나누어진 세상이 될지 몰랐다.

약용의 목에서 거친 비바람이 들렸다.

"조선이 추구하는 정교가 아니니 이단이지 않느냐?"

"나으리, 천주를 본받는 게 어찌 반역입니까?"

알 수 없었다. 북학의 논리와 천주의 교리가 어찌 한곳에서 어울리는지…….

약용은 도향의 생각을 읽을 수 없었다. 꼬여오는 인연을 함부로 재단할 수도 없었다. 어떤 인연으로 이어질지 알 수 없으나 약용은 두렵지 않았다. 약용은 임금의 눈을 생각했고, 연암의 이마를 생각했다. 임금의 눈에 담긴 온화한 빛을 떠올렸고, 백탑 속에 번득이는 문장의 조류를 생각했다. 연암의 백탑을 밀어내고 임금을 생각할 때, 약용의 목에서 기린이 울었다.

"연암보다 전하의 여자는 되고 싶진 않은 것이냐?"

"그럴 수 없다는 걸 잘 압니다."

연암과 닿을 도향의 앞날은 어떨지, 연암은 무엇이 되어 도향을 보게 될지, 우려와 근심으로 밀려오는 마음은 어디로 가야 할지 알 수 없었다. 약용이 겨우 물었다.

"너는, 너는 누구의 여자가 되고 싶으냐?"

"저는 나으리의 여자가 되고 싶습니다."

그 한마디에 약용은 무엇도 묻지 않았다. 도향이 눈을 감았다. 바람이 불어 등짝이 서늘했다. 마룻바닥에 약용은 도향을 눕혔다. 도향이 약용의 입술을 받았다. 어깨가 가늘게 떨렸다. 도향의 몸은 순하고 부드러웠다. 길들여지지 않은 가야금처럼 도향은 무수한 소리와 향기로 출렁거렸다. 도향의 가슴에 얼굴을 묻고 약용은 숨을 멈추었다. 이대로 죽어질 수 있을지, 약용은 알 수 없는 운명에 몸을 떨었다.

도향의 눈을 바라보며 약용이 말했다.

"들어가 쉬거라. 연암 어른께 선을 대어보마. 내가 할 수 있는 건 거기까지다."

도향은 대꾸하지 않았다. 약용의 입 속에 바람을 불어넣으며 도향은 눈을 감았다. 머릿속이 아득하고 어지러웠다. 약용이 힘주어 말했다.

"대금만은 감추어야 한다."

도향이 머뭇거리지 않고 대꾸했다.

"대금이든 가야금이든 오래 걸리지 않을 것입니다. 돌아오면 나으리께 모두 들려드리겠습니다."

"무엇이 됐든 드러내지 않는 게 너와 나를 지키는 일이야."

도향이 약용의 어깻죽지를 깨물었다. 참을 만한 통증이 왔다. 약용은 내색하지 않았다. 기어이 어깻죽지에 자국을 새긴 이유를 알 것 같았다. 약용을 당기는 도향의 안타까움이 보였다. 고요한 아이는 부르지 않아도 나으리-, 하고 불러 주었다. 이 얼마나 두근거리게 하고 벅차게 하는지 도향은 모를 것이다.

저녁 무렵 비가 내렸다. 시린 바람이 불어갔고, 비 내리는 언덕에 십자가가 꽂혀 있었다. 오래전 남문 밖 외진 곳에서 신참 어의들에 의해 해부된 서학인의 무덤이 있는 자리였다. 무덤 위로 흰 꽃이 보였다. 흰 꽃 위로 검은 나비 떼가 보였다.

재회의 초가

서쪽 하늘 멀리에서 검은 가오리 떼가 몰려왔다. 대숲을 빠져나온 바람이 김순의 어깨를 후려치며 지나갔다. 서편 모서리에 걸려 있던 해가 어둠 속에 마지막 빛을 털어 넣을 때 박해무의 얼굴이 밀려왔다. 박해무는 모닥불을 가운데 놓고 늑대들과 갈라섰다.

두 마리 늑대와 박해무의 사력을 놓고 김순은 진저리쳤다. 만경강 언저리에서 박해무와 두 마리 늑대의 전쟁은 완강한 빛으로 꽂혀 있었다. 서늘한 바람이 불어간 자리엔 끓는 사연만 들려왔다.

그날 이후 두 마리 늑대는 박해무 곁을 떠나지 않았다. 으르렁거리며 적대감도 드러내지 않았다. 두 마리 늑대는 여전히 길들여지지 않았으나 박해무를 그림자처럼 따라다녔다. 늑대와 함께 있는 박해무를 바라보면 세상은 조금 환해지는 것 같았다.

　…외줄기 눈이 세상을 밝혀줄 것이네. 때가 오면 알 것이네. 세상과 맞설 그때가…….

박해무의 말은 먼 기다림 끝에 생을 뚫는 비장으로 왔다. 말 속에 들려온 생쇠 울음을 떠올리며 김순은 슬픈 생각을 했다.

쇠와 쇠가 겹으로 눌린 박해무의 말에서 김순은 빛을 보았고 어둠

도 보았다. 말 속의 빛과 어둠은 땅과 하늘만큼 멀어 보였다. 어둠 속
에 천주를 허무는 요설이 들렸고, 십자가를 찢는 사념이 보였다. 외눈
박이 김순의 시야는 안타깝고 쓰라렸다. 김순의 안목은 한쪽으로 치
우쳤어도 순수했다.

순수.

그 한마디 속에 김순의 근성이 보였다. 물고기 같은 생동이 뛰어올
랐고, 무지갯빛 비늘이 박동했다. 김순의 순수는 오직 실과 바늘의 사
투에서 왔다. 임금과 중전의 옷을 지을 때 가장 행복했다. 김순은 상
의원 전각에 묻혀 오래도록 옷을 지어 올리기를 소망했다. 평생 실과
바늘과 가위와 다리미에 묻혀 어침장으로 죽어가길 바랐다. 김순의
희망은 보풀 같은 실밥에서 오지 않고 헝겊을 이어 꿰맨 십자가에서
왔다.

　…진실한 생은 어디에도 없네. 난세의 세상을 딛고 진실하기를 바랄
뿐이네.

박해무의 입에서 나온 세상은 외람되고 공허했다. 박해무는 두 번
째 삶을 살고 있다고 했다. 첫 번째 생은 임오년 초여름 세자 이선과
함께 뒤주 속에서 별을 헤아리며 끝났다고 했다. 두 번째 생은 진안
죽도에서 시작되었다고 했다. 김순의 귀에 죽도는 가나안 땅보다 사
실적으로 들렸으나 갈 수 없는 이유만으로 박해무의 두 번째 삶은 고
통으로 밀려왔다.

246

임오년 초여름 세자 이선이 검고 단단한 뒤주에 갇혀 죽던 날 박해무는 먼 곳으로 쫓겨 갔다. 내금위 무사들은 진안까지 추격해왔다. 별무리를 등지고 오른 곳은 천반산 중턱 죽도가 내려다보이는 벼랑이었다. 벼랑 아래로 몸을 던진 박해무는 정여립의 영혼이 휩쓸려간 자리에 부서진 채 버려졌다.

벼랑 아래에서 박해무를 발견한 사람은 들나물을 캐러 나온 할미와 손녀였다. 외진 골짝 할미와 손녀는 박해무를 끌고 집으로 갔다. 박해무를 바닥에 눕힌 뒤 손녀가 손바닥을 그었다. 박해무의 입을 열고 피를 떨어뜨렸다. 한 방울, 두 방울 핏방울이 이어졌다.

하루, 이틀, 사흘⋯⋯ 보름 지나 한 달 동안 손녀의 간호를 받은 박해무는 허수아비처럼 몸을 일으켰다. 백 일 지나 박해무는 손녀와 함께 겨우 거닐었다. 이백 일이 지날 무렵 할미와 함께 들에 나갔다. 할미는 쑥과 돌미나리를 캤고, 박해무는 산짐승을 사냥했다.

시간은 물같이 흘러갔다. 할미가 죽자 손녀는 박해무를 떠났다. 손녀는 곰티재를 넘어 완산벌 풍남문 근처 장터에서 살았다. 허드렛일로 손이 짓물러 가던 날 박해무가 멀리에서 손녀를 바라봤다. 손녀는 박해무를 알아보지 못했다. 손녀는 앞을 보지 못했는데, 윤지충과 권상연이 죽던 날 스스로 눈을 찔렀다고 했다.

⋯눈먼 세상이구나. 십자가를 쥐려면, 천주의 이름을 가까이 두려면⋯⋯.

손녀의 눈물은 세자의 눈물과 다르지 않았다. 박해무가 손녀의 눈물을 닦아주었다. 그 광경을 천잠산에서 내려온 누에 같은 아이가 목격했다. 아이를 바라보는 박해무의 입에서 뜻 모를 말이 새어 나왔다.

…향기가 사라지는 시대에 세상의 맛을 찾아가는 아이가 있구나.

단 한번 세상을 향해 던진 박해무의 말은 아이의 가슴에 깊이 박혀들었다. 아이의 이름은 누오였다. 어미를 벼랑에서 잃고 독 짓던 아비마저 가마 속 불씨로 보내야 했다. 아이의 눈빛만은 오래전 내금위장과 겨루던 때의 전쟁과 다르지 않았다. 아이가 오래 박해무를 바라본 뒤 걸음을 돌렸다. 아이의 걸음이 무겁고 고단해 보였다.

눈먼 손녀를 아껴주는 사내가 있었다. 흑석골에서 닥을 쪄 종이를 만드는 절름발이였다. 절름발이는 단번에 손녀를 알아봤다. 자신의 아내가 될 여인이라고. 절름발이가 손녀에게 청혼했다. 손녀가 절름발이의 청혼을 받아들였다. 손녀의 신혼 방 높이 십자가가 걸리던 날 박해무는 손녀를 떠났다.

홀로 길 위를 떠돌기까지 손녀에게 전해 들은 정여립의 죽음은 잊히지 않았다. 그 죽음은 조선이 짊어진 악의 실체였다. 악을 누르며 선을 가르치던 손녀의 말은 박해무의 마음에서 지워지지 않았다.

여립의 후예를 자처한 박해무의 내력은 짧았으나 죽은 뒤 삼백 년이 지나도 정여립은 세상을 돌고 돌았다. 박해무는 정여립의 대동으로 악을 누르고 선의 정결을 되찾고자 했다. 악을 무마하는 선의 대동으로 박해무는 초라니 패거리를 이끌었다.

…죽은 자의 권리로 세상을 돌이킬 것이오. 정여립을 머리와 가슴에 묻는 건 세상이 말해주고 있소. 몸은 죽어 버려졌어도 세상을 삼킨 마음은 큰 나무 별자리가 기억하고 있소. 밤마다 별을 올려다보는 까닭은 그 죽음이 거룩한 기슭에 남아 있기 때문이외다.

정여립의 영혼은 죽도에 머물러 있으나 그 이름을 소환할 때 세상이 바라는 순수는 올 것이라고, 박해무는 말했다. 죽은 자의 권리로 세상 앞에 발을 디디면 디딘 발로 더 먼 세상으로 나아갈 것이라고, 박해무는 덧붙였다.

박해무가 살아온 날들은 허망하고 외람되게 들렸다. 박해무의 삶을 신뢰할 용기는 자신에게 있다고 김순은 믿었다. 가벼운 말로 무거운 이야기를 머리에 얹고 다니는 사람은 누가 봐도 피곤해 보였으나 박해무는 단 한 번도 피곤한 기색을 보이지 않았다.

여립의 후예를 자처하는 박해무의 말은 믿어도 되고 버려도 그만이었다. 삼켜도 되고 뱉어도 무방한 박해무의 말은 진위를 가릴 필요도 없었다. 천지도 모르고 박해무의 이야기에 이야기를 보태는 김혁수, 배손학, 이하임을 보았으므로, 믿든 버리든 김순의 자유였다.

박해무의 이야기와 무관한 지점에서 김순은 진실한 삶을 원했다. 진실을 찾아 옷을 깁고 실을 비비며 천을 잘라 세상 위에 박음질하는 삶을 김순은 순수로 알았다. 김순이 바라는 삶은 이 세상의 허위도 저 세상의 헛것도 아니었으므로 고결했다.

모닥불이 소리 없이 타올랐다. 건너갈 밤은 길어 보였다. 빛과 어둠을 갈라놓은 담장을 따라 마른기침 소리가 들렸다. 김순의 머리 위로 길쓸별 하나가 꼬리를 끌며 지나갔다. 별 속에 실과 바늘과 비단이 보였다. 눈이 맑던 상의원 항아의 얼굴도 가물거렸다.

두 마리 늑대가 번갈아 울었다. 놈들의 생각은 다른 것 같았다. 은빛 늑대의 눈은 단절을 생각하는 것 같았다. 검정 늑대의 머리는 격절을 떠올리는 것 같았다.

김순이 혼잣말로 중얼거렸다.

"무거움이 사라지고 가벼운 날들이 뜨는구나. 바람 속에 향기가 실려 가고 있어."

김순은 바람 부는 언덕에서 피리를 부는 목동 같았다. 염소를 모는 목동은 세상 이야기의 가벼움을 실과 바늘로 한 땀 한 땀 기우길 바라는 것 같았다. 염소의 눈을 바라보면 세상은 모두 선으로 물들 것이라던, 항아의 말 속에 김순은 실밥을 누르는 존재를 보았고, 가위를 뚫는 바늘의 운명을 보았다. 가위 대신 십자가를 쥔 항아의 눈빛은 오래도록 지워지지 않았다.

김순과 항아는 보름날 새벽 기도에 나갔다가 함께 체포되었다. 항아는 의금부 지하에 감금돼 모진 고문을 겪었다. 고문 끝에 야훼의 이름을 불렀다. 부러진 뼈가 내장을 찔러오는 순간 마리아의 이름을 불렀다. 항아는 얼마 가지 못했다. 김순은 한쪽 눈이 뽑힌 채 탈옥했다.

상의원에서 김순은 제적되었다. 이름마저 지워졌다. 항아는 강변 모서리 돌밭에 묻혔다. 도라지 향을 품던 어린 항아의 몸은 오래도록 떠나지 않았다. 열아홉 살 항아의 몸은 바람에 일렁이는 물결 같았고, 젖은 산마루 같았다. 김순의 손끝에 항아의 몸은 아아, 봄날 아지랑이 속에 피어오르던 새순 같았다.

항아의 몸은 올과 올이 얽히고설킨 무수한 가닥으로 이어져 있었는데, 무봉의 결마다 끝이 사라진 부드러움으로 왔다. 항아의 몸은 모호하지 않고 분명한 색깔의 능선으로 끝을 감추었는데, 풋내 나는 상의원 수종들의 몸과 달랐다. 항아의 몸을 따라 이어지던 게으른 능선에서 김순은 숨 막히는 색의 진경을 보았고, 끝이 사라진 공허의 실체를 매만졌다. 의전과 전통의 힘으로 항아의 몸은 채워져 있었는데, 실체를 불러오는 끝은 한없이 공허하고 서글펐다.

여백 없어 기름진 들맥으로 채워진 항아의 몸은 젊고 왕성했다. 머리에서 발끝까지 이어진 항아의 몸은 뚜렷한 산하로 뻗어갔고, 가슴골에서 밀려오던 바람 소리는 오래도록 잊히지 않았다. 죽는 날까지 그 몸은 맑고 깨끗했다. 항아의 돌무덤가에 핀 도라지 꽃은 순한 향을 뿜었는데, 언제부턴가 향기가 사라지는 것을 김순은 알았다.

쫓기는 몸으로 김순은 겨울을 견디었다. 몸에서 이가 돌아다녔다. 살을 파고들던 옴벌레와 함께 엄동을 지났다. 기생충 같은 미지의 힘으로 김순은 겨우 살았다. 김순의 눈에 마을 어귀 무당 집에서 피어오른 잔등이 흔들렸다. 빛을 더듬어가던 김순이 돌부리에 걸려 꼬꾸라졌다. 저만큼 이하임이 김순을 보고 걸어왔다. 바람이 이하임의 치맛단 앞으로 몰려가 엎드렸다.

내금위內禁衛

이하임은 춤과 소리로 생을 끝내고 싶지 않았다. 독한 본성으로 무겁게 죽기를 원했다. 산 채 묻혀도 하늘을 우러러 내금위로서 부끄러움 없기를 갈잎 나부끼는 강변까지 걸어간 적이 한두 번 아니었다. 지나간 세월이 살아온 날을 말해주지는 않았다. 이하임은 견디었고, 세상은 이하임과 섞여 흘러갔다.

멀리에서 출렁거리며 어둠이 밀려올 때면 이하임은 내금위 무사의 강령을 되새겼다.

…내금위는 한 가지 명에 살고, 명에 따라 죽는다.

명命.

그 한마디 속에 내금위의 운명은 고립되어 있었다. 내금위의 강령은 천주의 기도문보다 무겁고 비장했다. 그 길이 이하임이 가야 할 길인지 모호함이 없진 않았다. 길을 놓고 시름할 때, 내금위로 응고되는 본성을 이하임은 생의 즐거움으로 알았다. 그 마음은 머릿속에서 왔는데, 떨리는 손과 두근거리는 가슴이 먼저 알았다.

이하임은 무사들마다 지닌 개별적 기질이 좋았다. 내금위의 기질에는 무武의 총기가 눈보라처럼 휘돌았는데, 피가 묻기 전 순백의 하양을 내금위의 정신으로 알았다. 내금위의 명예는 사치가 사라진 깨끗한 죽음 그 한 가지였다. 그 이상 바라지 않았고, 바란들 그 이상 죽음은 누구에게도 오지 않았다. 내금위는 흔하게 죽어 나갔어도 죽음 속에 든 무거움만큼은 여느 죽음과 달랐다.

종자 무사는 대개 전쟁 중에 데려왔다. 부모를 잃은 아이를 데려다 무사로 길러냈다. 훈육 과정이 혹독하고 매웠다. 지쳐 쓰러지거나 험한 산중을 뛰어다니다 죽어 나가는 경우가 많았다. 바닷가 벼랑을 기어오르거나 뛰어내리다 죽는 경우도 적지 않았다. 머리가 깨지거나 사지가 잘려나가는 경우도 허다했다. 부상자는 모두에게 부담이었다.

종자 무사든 내금위 무사든 깨끗한 죽음만을 원했는데, 죽으면 화장하거나 강기슭에 버려졌다. 내금위에 오르지 못한 영혼들은 흰 종이에 출신과 이름을 새겨 돌탑 속에 두었다. 온전한 내금위 무사로 죽은 영혼은 오동나무로 위패를 새겨 종묘 깊은 곳에 두었다.

내금위 무사들의 충정은 무겁고 진실했다. 명령에 살고, 명령에 죽어가는 까닭만으로 내금위의 충은 만져졌다. 모든 것을 버리고 내금위라는 이유 하나만으로 이하임은 죽어질 수 있을 것 같았다.

내금위장은 이하임의 뼛속을 파고드는 연민으로 왔다. 선악이 사라진 내금위장은 이하임에게 하나뿐인 연인이었다. 다가갈 수 없는 내금위장은 늘 멀리에서 바라볼 수밖에 없는 서쪽 하늘 별 같았다.

내금위장을 생각했고, 박해무를 떠올렸다. 둘은 오래전 자하문 밖에서 뒤주 하나를 놓고 겨루었다고 했다. 창경궁 선인문 앞에 여드레를 견딘 뒤주는 내금위장의 가쁜 숨결과 박해무의 거친 숨결 앞에 팽팽한 시름으로 갈라섰다고 했다. 그 사이 바람이 불어갔고, 칼을 쥔 내금위장이 보였다고 했다. 검고 단단한 뒤주는 선과 악으로 뒤엉켜 있었다고, 오래전 이하임은 전해 들었다.

바람 불던 날 내금위장이 이하임을 불렀다. 그날도 내금위장의 눈 빛은 읽히지 않았다. 내금위장의 눈 속에 노란 사슴뿔이 보였다.

"장악원으로 들어가라. 제조에게 줄을 대었다."

이하임은 대답하지 않고 내금위장의 눈을 바라봤다. 읽히지 않는 눈빛은 외로워 보였다. 내금위장의 명을 짚을 때, 이하임은 명에 살고 명에 죽겠다던 내금위 강령을 잊은 듯했다. 내금위장이 덧붙였다.

"너의 소리는 내금위의 칼에 버금간다. 너의 춤사위는 내금위 활을 대신하고 남는다. 비밀을 삼키고 가라."

이하임의 노래는 천상의 소리 같았다. 꿈속에서 내금위장은 이하임의 뱃속 아득한 곳에서 올라오는 소리의 실체를 묻곤 했다. 그때마다 이하임은 칼끝으로 배꼽 아래를 그었다. 이하임의 뱃속은 검고 어두웠는데, 어둠 속에 내금위장은 순한 빛살의 초아草芽로 자라고 있었다. 피와 살과 뼈가 사라진 식물의 근성으로 내금위장은 이하임의 뱃속에서 꿈틀댔다. 이하임의 꿈과 내금위장의 꿈은 칼과 활과 창과 갑옷을 버린 식물의 본성으로 서로의 꿈과 꿈을 넘나들었다.

"저를 살리고자 그곳으로 보내는 것입니까?"

이하임이 물었다. 철칙을 넘어서는 물음을 내금위장은 이해할 수 없었다. 까다로운 무사를 언제까지 데려갈 수 있을지 그마저 알고 싶지 않았다. 치밀어 오르는 화를 누르며 내금위장이 힘주어 말했다.

"죽을 때가 되지 않았으니 더 살아야 하지 않느냐?"

"그것뿐입니까?"

이하임은 짧게 되물었다. 목에서 확신할 수 없는 의혹이 보였다. 복어 쓸개 같은 이하임의 망설임을 내금위장은 알았다.

"주저하느냐?"

"아닙니다."

"가서 서학쟁이들 속에 섞여라. 머리에서 발톱 끝까지 사학죄인을 발본할 것이다. 빠짐없이 찾아내 발고하라."

제.

이하임의 목소리는 깨끗하게 들렸다. 목에서 부드러우면서 강인한 쇠의 탄력이 느껴졌다. 이하임의 얼굴을 바라봤다. 구겨진 이하임의 인상이 마음을 끌었다. 내금위장의 얼굴 위로 알 듯 모를 듯 희미한 웃음이 번져갔다.

바닷가 벼랑에서 넘실거리던 이하임의 춤사위가 머릿속에 번져갔다. 해 질 녘 춤사위 속에 흩날리던 학들의 날갯짓이 오금을 죄어왔다. 석양에 떠오르던 이하임의 춤은 한없이 따스하고 부드러웠다. 춤 속에 떠가던 부드러운 생기가 내금위장의 머리에서 지워지지 않았다.

훈련이 끝난 뒤 이하임은 무사들을 앉혀놓고 홀로 춤을 추곤 했다. 벼랑 앞에서 이하임은 홍학처럼 몸을 띄웠다. 눈보라가 몰아쳤고, 세상 밖의 소리가 들려왔다. 소리 속에 소리가 떠갔다. 소리 밖에도 소리가 떠갔다. 이하임의 춤 속에 내금위의 실체가 보였다. 이하임의 소리를 들으며 내금위장은 내금위의 죽음을 직감했다.

…이 아이만큼은 내금위로 죽을 수 있다. 이 아이만큼은 온전한 죽음

을 이끌 것이다.

내금위장은 이하임의 표정에서 알 수 없는 갈증을 느꼈다. 곡절을
간 대꾸만으로 헛도는 것을 알았다. 내금위장의 목에서 대숲을 스치
는 바람 소리가 들렸다.

"너의 마지막 임무가 될 것이다."

마지막.

그 말의 의미를 이하임은 알 수 없었다. 이하임은 대꾸하지 않고 내
금위장을 바라봤다. 목소리가 여느 때보다 무거웠어도 표정은 한결
같았다. 읽을 수 없는 눈빛으로 내금위장은 선악이 사라진 극점에서
이하임을 바라봤다. 언제나 그랬듯 내금위장의 목에서 강인한 쇠의
근성이 전해왔다.

"혹여 드러나더라도 내금위와 무관한 임무가 될 것이다. 발각되면
너는 지워질 것이고, 우리는 부정할 것이다. 임무가 끝나면 내금위를
떠나 자유롭게 살아라."

이하임의 눈이 동그랗게 뜨였다. 이하임의 목에서 바람이 불어갔다.

"그럴 수 없습니다."

내금위장의 주먹이 날아왔다. 이하임이 다섯 걸음 밖으로 나가 떨
어졌다. 이하임은 황급히 몸을 일으켜 내금위장 앞에 섰다.

"너의 마지가 임무라고 했다."

"싫습니다. 저는 내금위로 죽을 것입니다."

"지금 당장 이 자리에서 죽을 것이냐?"

다시 내금위장의 주먹이 날아들었다. 머리채가 파도처럼 흔들렸다.

내금위장의 발끝이 턱에 닿는 순간 이하임은 새가 되는 것 같았다. 전신을 찌르는 고통은 고통이 아니라 살을 파고드는 화살 같았다. 뼈가 뚫리는 고통은 죽어서도 망각할 수 없을 것 같았다. 엊그제 잊은 고통이 새롭게 몸속에 각인되는 순간 이하임은 불꽃같은 죽음을 생각했다. 죽음 속에 차돌처럼 박혀든 날카로움이 내금위의 죽음이라고, 이하임은 생각했다.

내금위장이 손을 내밀었다. 이하임이 손을 뻗었다. 손끝의 떨림을 이하임은 알았다. 손의 떨림은 심장 박동에서 전해오는 것인데, 내금위장의 손이 이토록 따스할 줄 생각할 수 없었다. 그 손은 차라리 여인의 손처럼 부드럽고 가지런했다.

"장악원에 서학쟁이들이 파고들었다는 첩보다. 전악과 무부들과 여령들이 한통속으로 기도문을 외우고 예배를 올린다는 소리가 들렸다. 필시 궁궐까지 파고 들어올 것이다. 하늘과 땅속까지 경계하는 것이 우리의 임무다."

"서학인이 되라는 말씀입니까?"

이하임의 눈이 동그랗게 뜨였다. 이하임은 내금위의 본성으로 서학인이 될 순 없어도 여인의 본성으로 십자가를 쥘 수 있을 것 같았다. 신분을 망각하고 내금위의 본성을 버릴 때 내금위장을 사랑할 수 있으리란 믿음은 아득히 멀어 보였다.

"철칙을 거스르지 마라. 너는 내금위다."

내금위장의 눈에 까마득한 과거로 밀려가는 내금위의 본성이 보였다. 완고한 죽음의 논리로 축조된 내금위의 철칙은 내금위장의 말 속에 뚜렷이 들려왔다.

내금위장의 눈 속에 눈보라가 보였다. 눈보라 너머 파란 빗살무늬 살기가 떠갔다. 젖은 눈으로 바라볼 때, 내금위장의 눈빛은 온전히 읽혔다.

이하임의 목에서 가느다란 퉁소 소리가 들렸다.

"갈 것입니다. 저를 버리려 함을 알고 갈 것입니다."

내금위장이 눈에 힘을 주었다. 눈 속에 새벽 나절 흔들리는 샛강이 보였다. 내금위장이 돌아섰다. 뒷모습이 허랑한 바람 같았다. 눈에 새겼다.

먼 옛날 내금위의 시작은 성곽을 따라 굽이쳐 흘러왔다. 무너진 시대마다 협객俠客으로 세상 속에 살아남았다. 오래전 세상에서 사라진 빛이 눈보라를 거슬러 올라갔고, 눈보라를 뚫고 건너오는 내금위장이 보였다.

　…독하게 견디지 마라. 너무 절박하면 무너질 것이고, 무너지면 지는 것이다. 칼을 감추고 울고 싶을 때 울어야 한다. 활을 버리고 먹고 싶을 때 먹어야 한다. 따스한 천주의 가호가 기다릴 것이다. 그 아래 아픔 없이 견뎌야 한다. 그래야 산다.

천주의 가호.

그 말에 든 신비가 어떤 것인 줄 내금위장은 아는 듯했다. 내금위장의 마음은 이해되지 않았다. 그 마음은 끝내 알 수 없었다. 내금위를 버릴 때 그 말의 모순은 모순을 으깨고 오는 것을 알았다.

머릿속이 끓어올랐다. 내금위의 시작과 끝을 쥐고 흔드는 내금위장의 말은 서학의 신비를 내금위의 모순으로 덮으려는 것인지, 내금위의 철칙을 서학으로 감싸려 하는 것인지 알 수 없었다.

…정녕, 서학인이 되어야 합니까?

이하임은 그 말을 삼켜야 했다. 내금위의 신비로 모순을 덮을 순 있어도 삶의 모순으로 신비를 감출 수는 없을 것이다. 이하임의 판단이 틀리지 않다면 내금위장은 내금위의 본성을 감추고 천주의 신비를 드러내고 있었다. 철칙을 망각한 채 계집을 놓고 혼돈하는 사내가 아니라 십자가의 긍휼을 지켜보는 온전한 사내라고, 내금위장의 눈빛은 말하고 있었다.

그날 밤 이하임의 몸은 출렁이는 난바다 같았다. 신분의 가혹함을 벗고 이하임은 닿을 수 없는 곳에 내려가 흔들렸다. 이하임의 신체는 모호하지 않고 분명했는데, 끝을 불러올 수 없는 내금위의 전통으로 채워져 있었다.

여령들 가운데 서학인이 숨어들었다는 내금위장의 말은 민간 사찰에서 왔고, 즉시 의금부 수뇌에 보고되었다. 그 가운데 여령과 무관한 박해무, 김순, 김혁수의 이름이 들렸다. 이하임의 비밀 임무는 사헌부 감찰 회의 때 최종 결정되었다. 임무는 곧바로 의금부로 보내졌다. 의금부는 내금위장에게 전했다. 내금위장은 즉시 이하임을 장악원 여령으로 내려 보냈다.

그날 이후 내금위장은 볼 수 없었다. 장악원에 발을 딛는 순간 내금위장은 공허와 기다림으로 밀려나간 듯했다. 어디서든 죽지 않고 살아 있을 것인데, 이하임 앞에 모습을 드러내지 않았다. 보이지 않아도 이하임은 내금위장을 신뢰했다. 명에 따라 움직였고, 어떠한 명도 거부하지 않았다. 명을 받고 장악원 여령으로 숨어들 때, 여수 신청에 배속된 늙은 여령이 지방 서학인과 서울 서학인을 연결하는 중간 책임자임을 알아냈다. 이하임은 즉각 보고했다. 여수 신청 늙은 여령의 검속은 쏜살같았다. 이하임의 임무는 거기까지였다.

그 후 내금위장의 명은 닿지 않았다. 어떤 명도 들려오지 않았다. 내금위장과의 단절은 이하임에게 십자가를 쥐게 했고 서학으로 물들게 했다. 그 이유만으로 이하임은 사학죄인이었고, 서학인으로 살아가야 했다.

자하문 밖 마을 어귀에서 만난 김순의 얼굴은 창백하고 시렸다. 이하임이 김순을 부축하고 마을 안쪽으로 걸음을 옮겼다. 허름한 초가 한곳에 모두는 기다리고 있었다.

김혁수가 몸을 일으켜 이하임과 김순을 맞았다. 박해무가 표정 없는 얼굴로 둘을 바라봤다. 도몽이 실팍한 웃음으로 이하임을 맞았다. 두 마리 늑대가 털을 세우고 이하임을 노려봤다. 늑대의 눈 속에 비친 모두는 한곳을 바라봤다.

눈이 내리려는지 하늘이 땅에 닿을 듯이 낮게 내려왔다. 마당 가운데 피워 올린 모닥불에 장작을 던져 넣었다. 온기가 사방을 비추며 모두를 감싸 안았다.

두 마리 늑대가 불가 멀찍이 바닥에 엎드렸다. 으르렁대지 않고 모두를 바라봤다. 모두의 눈빛은 허기로 채워져 있었다. 목소리마다 타는 목마름이 들려왔다.

소실점

　시월의 경복궁은 시간이 멈춘 듯했다. 전각마다 한로寒露를 품은 정령이 느린 보폭으로 궁 안을 돌아다녔다. 엷은 햇살이 강녕전 뜰을 소리 없이 비출 때 바람은 동에서 서로 불어갔다.

　언제부턴가 수라간에서 밥 타는 냄새가 넘어오지 않았다. 나물 무치는 냄새도 맡아지지 않았다. 탕을 끓이는 냄새도 밀려오지 않았다. 밀전을 부치는 냄새도 나지 않았다. 곡기마다 향기가 사라지는 이유를 알 수 없었다. 수라간 기미나인에게 물을 수 없어 답답했다. 최고 상궁을 불러 향기가 사라지는 것을 묻는 것도 쑥스러웠다.

　저녁 수라를 먹는 둥 마는 둥 일찌감치 수저를 내려놓고는 임금은 편전 밖으로 나왔다. 전각 위로 번져가는 붉은 노을을 바라보며 임금은 윤지충과 권상연이 꿈꾸었을 하얀 나라를 생각했다. 갈 수 없는 나라가 일으키는 검은 전쟁에서 죽고 사는 건 하루살이의 생애와 다르지 않았다.

　여수 신청에서 늙은 여령이 흘린 피가 한나절 동안 마당 가장자리 골짝을 흘러갔어도 그날의 하루는 하루살이에게 일생이었을 것이다. 골짝 너머 산이 보였고, 산 너머 강과 들맥이 펼쳐졌어도 늙은 여령의 핏방울은 임금의 생애 가운데 하루에 불과했다. 늙은 여령의 핏줄기 위로 눈보라가 불어가고 산맥이 드러났어도 고작 한나절 목숨에 지나지 않았다. 늙은 여령은 죽는 날까지 십자가를 쥐고 임금의 너른 들판에서 잠시 쉬었다 갔을 뿐이었다.

임금은 늙은 여령의 죽음에서 장살의 가혹함을 알았다. 매를 내릴 때 뼈가 틀어지는 고통은 고통이 아니라 공포였을 것이다. 질긴 고통으로 이어지던 공포감은 집행관의 매질보다 임금의 머릿속에 먼저 떠올랐다. 직관으로 오는 고통은 두렵고 혹독했는데, 고통의 관념은 실체로 내려치는 무게보다 무겁고 뚜렷했다.

……역질보다 무서운 게 서학이다. 아느냐?

최무영을 통해 매를 내리던 집행관의 엄포가 귓전에 맴돌았다. 매를 내리기도 전에 말 속에 고통이 밀려왔다. 역질보다 거센 징후로 민가와 장터와 사대문을 돌아도 서학은 조선을 병들게 할 것 같진 않아 보였다.

역질의 고통은 참거나 죽거나 둘 중에 하나였을 테지만, 서학의 인내는 십자가 안에 늘 고통으로 잠재되어 있었다. 붙들리면 뼈가 부러져 죽거나 고문으로 사지가 뒤틀리다가 끝내 참형에 처해졌다. 죽은 뒤 시신은 십자가에 묻혀 행방을 알 수 없는 곳으로 떠나갔다.

환각을 불러오는 고통은 죽음과 다르지 않았으나 늙은 여령은 죽은 뒤 무엇으로 돌아갈지 아는 듯했다. 윤지충과 권상연의 죽음이 세상 위에 펄럭였으나 임금은 무엇으로 죽은 자의 영혼을 다독여야 할지 알지 못했다. 죽음들이 던져주는 놀람과 낯섦이 의미 없진 않았으나 생각할수록 대안은 멀어질 뿐이었다.

십자가를 쥐고 죽을 수 있다면, 억겁의 고통을 견뎌내는 자들의 자신감은 어디에서 시작되고 어디로 향하는지 알 수 없었다. 맨몸으로 매를 맞으면 뼈가 부서지는 고통이 뇌리에 박혀들면서 사지가 뒤틀리는 법인데, 늙은 여령의 죽음에서 들려온 고통은 세상과 무관한 여운으로 돌았다.

집행관의 눈이 부드러웠어도 장을 내릴 때 가해지는 고통은 늙은 여령의 살 속에 집중되어 있었다. 고통 끝에 선의 극점이 보였고, 고통에서 벗어날 때 악의 근성이 보였다. 선과 악은 늘 고통 끝에 왔는데, 고통이 사라지면 무엇이 남을지 알 수 없었다.

임금은 다시 향기를 생각했다. 코를 열고 폐를 채울 때 향기는 밀려오는 것이며, 세상의 깨끗함을 조율하는 생리와 습성이 들어있는 게 향기라고 했다. 소리에는 생을 통찰하는 심리가 배어들어 있는데, 땅과 하늘 먼 곳까지 내보내는 게 소리의 본성이므로, 소리든 향기든 사라지는 순간 세상은 무너질 듯 위태로워 보였다.

소리는 귀로 듣는 것보다 머릿속에 맺혀드는 방울을 건져 올리는 것이라고, 장악원 전악은 지난여름 장마 끝에 둔한 빗줄기를 바라보며 말했다. 소리의 방울을 기억하고 들려온 그대로 입에 머금을 때 음감音感은 발휘되는 것인데, 절대음감은 세상 어디에도 없다고도 했다. 향기는 후각으로 맡는 것보다 느낌 없이 스며들 때 알 수 있다고 했는데, 홍대용은 그것을 일러 향미香味이라고 말했다.

한동안 유춘오留春塢에 묻혀 임금의 부름에도 아랑곳하지 않던 홍대용이 말쑥한 차림으로 모습을 드러냈다. 홍대용의 시간은 멈춘 듯 보였으나 매 순간 눈과 비와 바람이 지나쳐 가는 것을 모를 리 없었다. 시간은 말없이 흐를 뿐인데, 홍대용의 시간은 바위와 장벽에 갇혀 스스로 허물지 않는 이상 그대로 멈춰 있을 것 같았다.

이 밤에 임금은 홍대용과 긴 말을 나눌지 짧은 담소를 즐길지 알 수 없었다. 임금의 목에서 성마른 바람이 불어갔다.

"유춘오에서 들려오던 거문고 소리를 잊은 지 아득하다. 향기가 밀려오는 거문고는 봉래금뿐 아니던가?"

유춘오는 홍대용의 집을 말했다. 작고 아담한 정자가 일품이었다. 정자에는 건곤일초정乾坤一草亭이란 현판이 붙어 있었다. 땅과 하늘이 하나의 풀잎에 지나지 않는다는 장자의 심리를 옮겨놓은 주련은 규장각 검서관들에겐 파격이었고, 임금에겐 이해할 수 없는 우주관에 지나지 않았다.

홍대용은 장자의 심리를 낙학의 이상에 견주어 힘을 보태고자 했다. 장자의 심리를 가져와 현실과 이상을 하나로 맞물리게 수레를 짓느라 홍대용은 집에서 나오지 않았다. 돌고 도는 것이 수레라는데, 홍대용의 수레는 늘 멎어 있거나 돌아도 제자리를 벗어나지 못했다. 그러든 말든 홍대용은 거문고의 명인이었다. 홍대용은 거문고와 하나가 되기를 바랐다. 가문에 전해 내려온 거문고를 봉래금蓬萊琴이라 부르며 쓰다듬기를 좋아했다. 봉래금은 퉁기면 맑은 소리가 났고, 청아한 선율이 들렸다.

푸른 관복의 홍대용이 나직이 말했다. 목에서 소리와 향기가 밀려왔다.

"향기란 사소한 것이라 봉래금이 아니어도 선율 속에 나고 드는 것이옵니다. 선율은 본래 마음에 맺혀드는 것이며, 향기 또한 마음으로 듣는 것에 지나지 않사옵니다."

향기는 길고 지루한 삶을 유예할 수 있는 조건 중에 하나였다. 사소해도 짧은 생을 풍요로 이끄는 게 향기였고, 거친 민초들의 삶을 감싸 안는 게 향기였다. 사소한 것이 몸이든 마음이든 들려오지 않을 때 임금은 무엇을 불러 몸과 마음을 다독여야 할지 알 수 없었다. 임금이 물었다.

"향기가 사라져가는 것을 아는가?"

"잦은 고뿔로 입맛을 잃은 지 오래이옵니다. 후각이 제 기능을 하지 못하니 미각도 멎은 듯하옵니다."

향기가 사라지고 있다는 말이 홍대용에겐 금시초문인 것 같았다. 아침저녁으로 밀려와야 할 향기가 사라지는 사실 하나로 세상은 기울고 있는데, 홍대용은 세상의 향기가 사라져도 그만, 있어도 그만인 것 같았다.

임금의 마음은 읽었는지 홍대용은 덧붙였다.

"허나 향기가 없는 세상은 별이 사라진 것과 같사옵니다. 별이 사라진 밤에 말뚝을 두드리며 길을 걷는 것과 같사옵니다. 걷다가 넘어질 수 있으며, 벼랑에 떨어질 수도 있사옵니다. 깊은 못에 빠져 허우적거려도 앞을 볼 수 없으니 건질 수도 없을 것이옵니다. 사계가 지나는 길목에는 향기가 있으므로 저마다 살아가는 것이옵니다. 향기가 사라지면······."

홍대용의 말 속에 향기를 품은 사계가 보였다. 향기가 사라진 뒤 어둡고 막막한 세상도 보였다. 그 세상의 향기는 절박하고 뚜렷해 보였는데, 홍대용은 어디를 바라보는지 알 수 없었다.

어쩌면 홍대용의 북학과 낙론洛論이 향기의 전범이 될지 알 수 없으나 자연사물을 이끄는 호학湖學의 원리만큼은 향기의 가용성을 극대화하는 듯했다. 자연이 지닌 개성과 존재의 이유를 향기로 이어가는 호학의 사유는 저마다의 감성에서 오는 것이며, 자연 사물의 개성은 향기에서 시작되는 것이라고, 홍대용은 말하는 듯했다.

임금은 사람 중심의 세계관을 자연과 결부시켜 세상을 평정하려는 홍대용의 뜻을 알았다. 그것으로 사직을 일으키고 북학을 실천하며 만물의 평등을 실현하려는 것도 모르지 않았다. 조용한 뜻으로 세상을 교화하고 우주 만물의 평등을 세상 위에 실천하려는 것도 알았으나 홍대용의 뜻대로 새 세상은 와줄 것 같지 않았다. 임금은 해와 달과 물과 바람과 산과 들과 짐승들의 안정적인 비율 위에 향기가 나고 들기를 원했다. 세상이 그러하므로 그 이상 바라지도 않았다.

임금의 목에서 무뚝뚝한 감성이 묻어왔다.

"자연 사물의 개성이 사라지는 것은 정반합의 세상 이치에서 시작될 것인데, 합리와 비합리가 얽혀 있으니 세상의 향기가 사라지는 것이 아니더냐?"

홍대용은 생각에 잠겼다가 대답했다. 목에서 가느다란 거문고 소리가 밀려왔다.

"형조참의를 불러 향기의 사라짐을 물어봄이 적정할 것이옵니다."

정약용을 불러 논하라는 듯이 들렸다. 윤지충과 권상연이 죽은 뒤 약용은 불러도 편전 가까이 오지 않았다. 홍대용은 끊지 않고 덧붙였다.

"향기는 보편적이며 평등한 것이라 실학과 서학의 융화를 꿈꾸는 다산은 향기가 어디로 가고 있는지, 아마도 향기의 사라짐이 무엇을 의미하는지 알 것이옵니다."

조용한 날에 백동수를 보내도 약용은 문을 걸어 잠근 채 기척하지 않았다고 했다. 재차 잎 지고 눈 내리는 소설小雪 즈음에 편전으로 건너오라고 조용히 건네도 약용은 언제 오리라는 기별조차 없었다고 백동수는 전했다.

약용이 입었을 상처와 약용이 흘렸을 눈물과 약용이 버렸을 믿음을 생각하면 마음이 좋지 않았다. 신분으로 나누어진 세상을 평등으로 분할하는 약용의 이상은 실학에 있는지 서학에 있는지 임금은 알 수 없었다. 모두가 평등할 수 있으리란 이상은 허허벌판을 지나 홀로 나룻배에 올라 노를 젓는 것과 다르지 않으므로 외롭게 보였다.

임금은 홍대용의 숨은 면모와 약용의 깎아지른 구실을 알았다. 홍대용과 약용은 거문고의 명인 백아와 그의 벗 종자기 같은 사이가 될 수 없다는 것도 알았다. 홍대용은 명문 중에 명문이었고, 약용은 명문의 가계를 지내왔어도 천주의 신망 아래 유배와 복직을 왕래하는 중이었다. 약용과 홍대용의 한계는 뚜렷하지 않았으나 약용에겐 실학과 서학이 융화된 명분이 중요했고, 홍대용에겐 실학과 서학을 뛰어넘는 우주관이 중했으므로, 둘을 들여다보기에는 임금은 더 많은 날을 보내야 할 것 같았다.

임금이 나직이 말했다. 눈 속에 향기를 찾아 나선 나그네가 보였다.

"때가 되면 알아서 찾아올 것이다. 패념치 마라. 약용은 지금쯤 조선 너머의 향기를 가져오려 깊이 잠겨 있을 것이다. 그 생각이 오래가지 않기를 바랄 뿐이다."

홍대용이 기침 없이 임금을 올려봤다. 임금이 고개를 끄덕였다. 좌측 단상에 천으로 가린 것을 바라보며 지긋한 눈으로 전했다. 최무영이 임금의 눈빛을 읽고는 천을 걷어냈다. 펄럭이는 천 너머로 〈최후의 만찬〉이 보였다. 홍대용이 숨을 멈추고 임금과 그림을 번갈아 바라봤다.

등불 아래 〈최후의 만찬〉은 오래된 색과 찬란한 색이 구름처럼 와글거렸다. 13인의 인물은 긴 자락을 늘어뜨리거나 도포를 걸친 채 예수라는 자의 좌우에 둘러서서 최후의 날을 기다리며 수군거렸다. 예수의 얼굴 위에 떠오른 나른함을 홍대용은 이해할 수 없었다. 피곤한 시선을 주고받는 각양의 속삭임은 임금의 귀에도 홍대용의 귀에도 들려오지 않았다.

홍대용이 차분한 눈으로 그림을 바라봤다. 은밀한 자들의 수군거림이 보였다. 헛헛한 풍경을 뒤로하고 가운데 앉은 자의 어깨 너머로 사라지는 소실점을 바라보며 홍대용은 임금이 부른 까닭을 상기시켰다. 그림에 대한 의구와 의문과 의혹을 잠재울 한마디면 충분할 것 같은데, 무엇을 말해야 할지 머릿속이 아득했다. 그림과 향기의 연관을 무엇으로 이어주고 무엇으로 매듭지어야 할지 헝클어진 머릿속 골짜기에서 홍대용은 서성거렸다.

머뭇거린 뒤 홍대용이 말했다.

"천상열차분야지도에 그려진 별자리를 따라가다 보면 땅의 섭리가 우주의 용화로 거듭남이 낯설지 않사옵니다. 이 그림의 옳고 그릇됨을 향기와 연관 지어 말을 보태자면 그림 속 저무는 세상에 있을 것이고, 가운데 앉은 자의 등 뒤로 사라지는 소실점 끝에 세상의 정화하는 낙학의 원리가 숨어 있사옵니다."

홍대용의 안목이 탁월한지 알 수 없었다. 배후로 그려진 그림 속 인왕산을 바라보며 홍대용은 새로운 세상의 이용후생을 생각하고, 그 너머 향기의 실사구시를 생각하는 것 같았다.

임금이 대용의 말을 짚고 말했다. 임금의 목에서 향기를 기다리는 목마름이 들렸다.

"이 그림은 끝을 예감하고 있다. 최후의 전야에 열세 명의 인물이 근심하는 건 아마도 세상의 향기가 사라지는 고통과 다르지 않을 것이다. 향기가 사라지는 때를 기다려 다시 시작하는 것은 낙학에서 가르치지 않던가?"

그림은 바라보는 시각에 따라 결과도 달라졌으나 임금의 말은 들을 때마다 어렵고 낯설었다. 결국 이용후생은 어떻게 바라보든 긍정과 합리와 낙관을 결과로 삼을 때 의미가 있었다. 홍대용은 임금의 눈을 바라보며 조용히 대꾸했다.

"사물에 대한 이해는 보편의 시각으로 건져 올린 사유를 면밀히 분석하는 것에서 시작되옵니다. 너그러운 안목으로 바라볼 때, 소실점 끝에 무엇이 올지 알 수 있어야 하옵니다. 특이한 점은 향기의 소멸을 근심하는 전하의 표정이 가운데 앉은 자를 대변하는 듯하옵니다."

임금도 알았다. 예수라는 자의 표정이 무엇을 말하든 향기가 사라지는 때에 임금의 마음이 그 속에 있다는 것을.

낙학은 성리학을 기초로 하여 청나라 문물을 자발적으로 받아들인 북학의 단초였다. 임금은 홍대용의 낙학에서 뻗어오는 북학의 실제가 좋았다. 낙학이 지닌 이용후생의 수용과 부국강변의 실사구시도 마음에 들었다. 연암을 기둥으로 삼아 박제가·이덕무·이서구·서형수·서유구 등의 학자들이 나라의 질서를 구상하는 것도 나쁘지 않다고 생각했다. 한 번은 조선의 민생을 근심하는 자들을 쓰다듬어주어야 할 것 같았다.

프리메이슨

낙학의 실천은 삼라만상을 평등한 시각으로 바라보는 데 있었다. 십자가가 품은 평등과 다르지 않았으므로 홍대용의 생각은 그가 지닌 충의 계통만큼이나 자연 만물 앞에 뚜렷했다.

외계든 내계든 생을 성찰하는 데 주저함이 없고 부지런하기까지 한 홍대용은 저편 세상에 떠도는 십자가의 구원을 원하지 않아도 세상 이편에서 배반의 삶을 살지 않아서 좋았다. 홍대용은 불충에 맞서는 충 하나로 이 세상과 저 세상이 갈라서길 원했다. 그가 품은 충의 조건은 불충 앞에 늘 청정했으므로, 저편 세상이 이편에 임할 이유도, 이편 세상을 저편으로 가져갈 명분도 없었다. 홍대용은 충 하나로 살아갈 자신이 있었고, 충이 일으키는 붓 하나로 죽어질 수 있었다. 홍대용의 충은 깊고 완고했으므로 진실한 눈빛을 보내는 것도 잊지 않았다.

임금이 차분한 말로 홍대용의 어깨를 다독였다. 홍대용의 어깻죽지에 임금의 목소리가 내려앉았다.

"인간의 성정은 늘 무언가를 갈구하거나 어딘가를 향해 질주하기 마련이다. 그곳은 충의 길이 될 수 있고 불충의 길이 될 수 있다."

홍대용이 눈에 힘을 주었다.

"인간의 사유는 불완전하옵니다. 빈자리를 붓으로 메울 수 없고, 넘친들 칼로 베어낼 수도 없사옵니다. 붓은 확고할수록 공허해지는 것이며, 칼은 정확할수록 어긋나는 것인데, 붓과 칼의 완전성은 그 자체만의 불완전한 진정에서 오는 것이옵니다."

임금이 고개를 끄덕였다. 이 밤에 홍대용과 걸어갈 길이 멀고 아득해 보였다. 홍대용의 말을 곱씹는 임금의 눈총은 나라의 어려움을 떠올리는 듯 냉랭해 보였다.

"붓의 완전은 늘 붓을 쥔 자의 불완전성에서 시작되는 것, 칼의 완벽은 칼을 쥔 자의 불완전한 정신에서 비롯되는 것……."

끝을 감춘 임금은 말로써 홍대용을 쓰다듬고 있었다. 홍대용은 붓과 칼이 지날 곳을 머릿속에 떠올리며 임금이 앉은 자리로 밀려가는 충을 생각했다. 임금은 늘 높고 외로운 곳에 있어도 마음만은 얕은 구릉에 올라 보리피리를 불며 세상을 굽어보는 것 같았다.

"이 밤에 향기를 되찾을 수는 없을 것이옵니다. 머지않은 날 누군가 향기를 싣고 오면 세상은 다시 밝아질 것이옵니다. 좋은 날에……."

홍대용의 눈에 난바다를 건너가는 임금의 모습이 보였다. 임금의 눈에 바다 너머에서 향기를 싣고 오는 홍대용의 돛폭이 보였다. 무인처럼 곧은 홍대용의 문장이 임금의 뜻과 마음과 바람을 싣고 조용히 밀려왔다.

홍대용의 산문에는 이따금 칼이 보였는데 갈대처럼 부드러울 때가 많았다. 홍대용의 문장에는 대쪽 같은 근성이 사라진 대신 적을 겨눈 칼의 목적이 차분할 때도 많았다. 홍대용의 글은 사치스럽지 않았고, 수다스럽지도 않았다. 글 속에 말을 길게 끌지 않았으며, 말 속에 생각을 오래 머금지도 않았다. 그의 산문은 광화문 너머 백성들의 삶을 담아낼 때가 많았는데, 저마다 새롭게 태어나고 의롭게 죽어가는 조선의 세상을 홍대용은 세상의 중심이라고 글로 말할 때가 가장 좋았다.

홍대용은 덧붙였다. 보이지 않은 먼 곳의 우려를 섞은 목소리는 차분하게 들렸다.

"한 가지 명심할 것이 있사옵니다. 서역의 역사를 거슬러 올라가면 이야기로 분화된 심역사의 지점에 전설처럼 떠도는 자들이 있사옵니다. 어둡고 비밀스러운 자들의 이름은 프리메이슨이라고 하옵니다."

프리메이슨.

임금은 묻지 않았다. 생각할 수 없던 먼 나라의 사건은 조바심을 내지 않아도 홍대용은 말해주지 싶었다. 홍대용이 흐트러짐 없이 말을 이었다.

"이들은 악수 하나로 서로를 알아보는데, 이때 엄지로 손가락 관절이나 손등을 누른다고 하옵니다. 중요한 것은 악수법이 아니라 마음먹은 대로 세상을 이끌어가는 영향력에 있다고 하옵니다."

"그런 자들이 세상에 있다는 것 자체가 허무맹랑한 요설이지 않은가?

"허무한 소리로 세상을 흔들 수는 없사옵니다. 중요한 건 누가 무슨 말을 하든 현혹되거나 흡수되지 않아야 하는 것이옵니다. 프리메이슨은 결코 프리메이슨이라고 말하지 않사옵니다."

임금이 눈을 감았다. 홍대용은 풀 수 없는 수수께끼를 던져놓고 풀지 말라고 말하는 듯했다. 임금이 생각 끝에 고개를 끄덕였다.

"말 속에 허구와 실상의 경계를 근심하마. 새겨들을 건 남기고, 쓸모없는 건 버릴 것이다."

임금의 머릿속에 길쓸별 하나가 지나갔다. 별은 꼬리를 물고 꿈결처럼 떨어졌다. 외딴 별은 임금의 머리를 지나 볼 수 없는 먼 곳으로 기울어갔다.

임금은 엉뚱하고 신비로우며 알 수 없는 존재들로 들끓는 홍대용의 마음으로 건너가고 싶어 했다. 임금의 입에서 멀지 않은 희망과 달뜬 바람이 밀려갔다.

"좋은 날 봉래금에 향기를 불러 모아 밤이 지나도록 듣자 한다."

"나직이 기별하소서. 사라진 향기를 깨끗한 터에 불러 놓고 기다리겠나이다."

홍대용이 낮게 허리 숙일 때 멀리에서 솔바람을 타고 새 울음이 들려왔다. 둥지로 돌아가는 새 울음이 헛헛한 홍대용의 가슴을 쓸고 지나갔다. 임금이 고개를 끄덕이며 말했다.

"오늘은 이만 물러가라. 다음을 기약하마."

언제가 될지 알 수 없으나 홍대용의 문장을 기다리는 임금의 마음이 보였다. 좋은 날로 채워진 임금의 다음은 홍대용의 문장을 품고 도는 별이 되거나 바람이 되지 싶었다. 물이 되거나 산이 되어도 좋을 것이다.

홍대용의 문장엔 자주 별이 어른거렸는데, 사념을 버린 외계의 별들이 와글거리며 밀려올 때 어렵기는 했다. 홍대용의 글은 주자의 사유와 성리학의 관념에서 시작되었으나 문장을 따라 강이 흐르고, 숲에서 새들이 울어댔으며, 긴 바다를 건너가는 함선이 보였다. 홍대용의 붓에 든 사유는 날마다 몸을 떨어서 빛을 내는 외계의 별들과 별 속에 잠긴 생명의 고결함을 담아내느라 빛나는 날이 많았으므로 지치는 날도 좋았다.

임금이 지그시 눈을 감았다. 홍대용이 차분한 눈빛을 머금고 돌아섰다. 앉은 자리의 온기가 식어갈 무렵 최무영이 입을 열었다.

"인주 포구에 김홍도가 당도했다 하옵니다."

이양선에 올라 바다를 저어간 지 삼백 일이 지나는 시점에 김홍도의 기별은 놀라움으로 왔다. 향기가 사라지는 때에 마음에서 멀어졌어도 이름을 올리는 순간 〈최후의 만찬〉은 서둘러 머릿속을 맴돌았다.

밀라노의 낯설음과 장영실의 과거를 싣고 김홍도는 돌아왔을 것이다. 〈최후의 만찬〉에 대한 임금의 의구와 의혹과 의심의 사색을 풀어낼 단서를 쥐고 김홍도는 소리 없이 인주 앞 바다에 당도했을 것이다. 어쩌면 그림 속 소실점이 숨기고 있는 다빈치의 역설과 장영실의 직관을 찾아 조선 땅에서 사라져가고 있는 세상의 향기를 싣고 왔을지 몰랐다.

임금은 놀라는 기색 없이 최무영의 말에 눈꼬리를 가늘게 늘였다가 고개를 끄덕였다. 노론 비선들이 김홍도의 행방을 알았을 것이다. 알고도 임금의 뜻과 김홍도의 목적을 알 수 없으므로 입을 다물 수밖에 없을 것이다.

임금은 세상의 향기가 사라지는 때에 윤지충과 권상연을 떠올리는 일이 황망하고 서글펐다. 그림 속 13인의 인물을 떠올리면서 약용과 약현, 약전, 약종을 생각했고, 이승훈에서 주문모로 이어지는 유자들을 생각했다. 합치면 열세 명은 넘을 것이지만, 그림 속 인물과 관계는 여전히 오리무중이었다.

임금이 기침 끝에 물었다. 목에서 조급증이 가라앉은 성정이 보였다.

"〈최후의 만찬〉이 가리키는 소실점이 인왕산이라면 그 의도가 분명 장영실과 연관되어 있을 것이다."

최무영이 조용히 대꾸했다. 최무영이 말할 때 다시 새 울음이 들렸다.

"아직 알 수 없으나 처음 보낼 때부터 목적을 분명히 하였사옵니다. 장영실을 역추적하여 그림이 그려진 과거를 소환해 오라고 전했사옵니다."

"어려움이 있긴 했을 것이다. 힘겨움이 없진 않았을 터……."

임금은 상심한 마음을 다독이며 희망을 떠올리는 것 같았다. 멀고도 긴 항해 끝에 무엇이 기다릴지 알 수 없었다. 최무영이 임금의 마음을 다독였다.

"무리 없이 해내었을 것이옵니다."

말 속에 먼 기다림이 보였다. 기다림 끝에 김홍도가 짊어졌을 무게도 보였다. 그림 속 소실점이 말하는 다빈치의 역설이 김홍도에게 짐이 되었을지 답이 되었을지 아직은 알 수 없었다. 그림 속 오른쪽 끝에서 두 번째 서 있는 자에 대한 의문도 김홍도에게 짐이 될지 답이 될지, 그마저 알 수 없었다.

"열흘 후 편전에 들라 전하라."

"은밀히 기별하겠사옵니다. 열흘 후 조용한 걸음으로 그간의 일을 고하라 전하겠사옵니다."

276

최무영의 말 속에 난세의 어려움이 보였다. 은밀하면 은밀할수록 불리해지는 임금의 곁자리에 김홍도는 적과 다툼 없이 세상의 향기를 싣고 올 전령처럼 들렸다. 오랜 시간 기다려온 김홍도의 귀환은 반가우면서 두려웠다.

　선으로 악을 누르고, 악으로 선을 가리키는 역동의 순간은 임금의 판단이 아닌 향기에서 시작될지 몰랐다. 천지간 갈라선 뒤에라야 서로를 알아보는 선악의 본성은 악이 창궐할 때와 선이 팽배할 때 드러날 것이다. 단 한번 악이 사라진 세상을 살아본 적 없는 임금은 향기가 사라진 뒤에라야 선의 부드러움을 쥐고 세상을 바라봤다.

　어둡고 캄캄한 세상 앞에 임금은 할 일이 많아 보였다. 선악을 조율하고 향기를 되찾는 일은 막막했다. 임금이 나서서 해결해야 될 일인지 알 수 없으나 선과 악이 하나가 될 수 없는 세상에서 향기만큼은 잃지 않아야 했다.

　머리를 들어 올리자 중천에 오른 달이 보였다. 달은 공허한 대기를 가르며 무심히 지나는 듯이 보였다. 달 뒤편은 보이지 않았다. 선악이 겹친 자리도 보이지 않았다. 임금의 마음속에 둥근달이 떠갔다. 달이든 별이든 불꽃이든 임금의 마음은 임금만이 알 것이다.

3부

세상의 향기

내게 많은 것을 걸지 마라.
내가 줄 수 있는 건 밤하늘 별 뿐이다.

향기 도둑

여러 해가 지나도 윤지충과 권상연은 마음에서 떠나지 않았다. 십자가를 쥐고 늘 바른 자리에서 약용을 바라보는 두 눈은 부담이었다. 해직과 복직을 거듭하는 동안 『천주실의』와 일곱 가지 간절함은 마음에서 멀어졌어도 윤지충과 권상연은 그대로인 것 같았다. 윤지충은 약용의 마음속에 더 많은 시간을 원했다. 권상연은 약용에게 더 많은 날들을 기약했다.

신해년 가을 두 선비의 죽음이 허허롭게 들려오던 날의 일기는 어둡고 시렸다. 바람 속에 가야금 선율이 들려왔고, 수원천 물줄기에 부딪힌 선율이 물방울과 함께 흩어져 내렸다. 화홍문 처마를 휘감고 기와에 부딪힐 때 석양은 잔 빛으로 뛰어올랐다. 완산벌 풍남문을 지나친 바람은 풍패지관에 들러 떠날 채비를 마친 뒤 모악산 너머 만경강 물길을 노 없이 건넜다. 김제 들판을 돛대 없이 가로질러 미완의 화성으로 몰려들면서 바람은 조용히 들끓었다.

저녁나절 수라간에서 달려온 아이의 표정은 차분해 보였다. 임금이 남긴 인절미를 넘겨줄 때 아이의 눈은 담은 것 없이 순해 보였다. 누구든 첫 대면은 무겁지 않고 부드러운 것이 편했는데, 수라간 아이의 눈길은 사람에 대한 예의가 보였다.

수라간에서 온 아이가 숨을 고르며 입을 뗐다.

"수라간 기미나인 누오입니다."

누오?

이름은 쉽게 입에 붙지 않았다. 마땅한 이름이 없어 대충 붙인 이름 같지는 않아 보였다. 아이의 눈빛이 이름에 든 사연을 말하는 듯했는데, 들여다볼수록 우물처럼 어둡고 막막했다. 눈빛은 보내는 순간 되돌아오기 마련이었으나 아이의 눈에는 돌아오는 것이 없었다. 읽히지 않은 눈빛에 아이의 곡절과 사연이 있지 싶었다.

약용이 나직이 물었다.

"누오라고 했느냐?"

"미생未生의 곤충이 들어 있는 천한 이름입니다."

아이의 이름 속에 꿈틀대는 누에의 생장이 보였다. 느리되 까만 눈을 가진 곤충의 생동이 보였다. 낯선 이름을 쥐고 척박한 세상을 살아가기에는 어려울 것 같았다. 약용이 고개를 끄덕이며 찬찬히 아이를 바라봤다.

아이는 임금의 저녁상을 물린 뒤 종종걸음으로 경희궁을 찾은 것 같았다. 아이의 눈 안쪽으로 총총한 별이 떠갔다. 그 별은 윤지충의 별과 다른 것 같았다. 눈 속에 불어가는 바람은 권상연의 하늬바람과도 무관해 보였다.

십자가를 쥐지 않고도 사람을 편하게 만드는 아이의 진정은 어디에서 시작되는지 알 수 없었다. 약용이 넌지시 물었다.

"누가 보내서 왔느냐?"

"이덕무 검서관 나으리가 보내서 왔습니다."

이덕무가 보냈다는 아이의 말은 뜬금없지 않고 조용히 들렸다. 박제가, 이서구, 유득공과 함께 규장각을 이끄는 초계문신抄啟文臣의 전갈은 생각할 수 없었다. 뜻밖의 일은 늘 무언가를 싣고 왔는데, 보낼 때 실려 온 것 이상 실어 보내야 했다. 의외의 일은 그때마다 끝이 번거로우므로 들려온 내막보다 돌려보내는 일이 더 조심스러웠다.

이덕무의 학자적 유망은 어디까지 이어질지 알 수 없었다. 그의 벼루에는 시와 산문이 날마다 쌓여갔으며, 시문집은 키만큼 높아갔다. 대가의 모습을 갖춘 이덕무는 실학의 근본을 문장으로 드러낼 줄 알았다.

이덕무는 삼백 년 저편에 잠들어 있는 허균의 문장을 불러와 광화문 밖 너른 조선의 세상으로 흘려보내길 원했다. 문장마다 날 선 자국이 뚜렷할 때가 많았고, 별빛 내린 들판 가운데 홀로 꽂힌 소나무가 보일 때가 있었다. 소소리바람으로 덮인 이덕무의 문장은 십자가와 무관한 사유가 날마다 끓어올랐고, 입 속에 불어가는 문장의 바람은 늦가을 서리처럼 서늘하기까지 했다.

이덕무가 수라간 일을 관여했는가?

약용은 묻지 않았다. 뱉는 즉시 말 속에 수라간뿐만 아니라 누오라는 생면부지의 아이의 눈빛을 가늠해야하므로 말을 아껴야 하는 까닭이 보였다. 거기까지는 가지 말아야 할 것이라고, 약용은 헛기침 끝에 말했다.

"저녁 수라는 올리고 온 것이냐?"

"해가 기울기 전에 드렸습니다. 최고 상궁께서 서두르라고 하였습니다."

"최고 상궁도 이 일을 아느냐?"

아이가 고개를 끄덕였다. 긴장을 늦추지 않고 약용을 바라봤다. 짐작할 수 없는 일은 속내를 감추느라 더디게 왔다. 약용이 넌지시 물었다.

"모두 돌아갈 시각에 수라간에서 무슨 일이냐?"

아이의 얼굴에 다급한 표정이 보였다. 알 수 없는 일이 허다했으나 불안한 일은 따로 있지 싶었다. 아이가 망설인 끝에 말했다. 목소리가 차분하게 들렸다.

"최고 상궁께서 이덕무 검서관 나으리에게 전하라 하였고, 검서관 나으리께서 형조참의 나으리께 전하라 하였습니다. 조선에 향기를 삼키는 자가 있다고……."

향기를 삼키는 자.

생각할 수 없던 아이의 말은 맹랑하게 들렸다. 말 속에 든 향기는 중하게 들렸으나 그것을 삼키는 자가 있다는 말은 가뭇없이 들렸다. 아이의 눈 속에 단 한 번 본 적 없는 세상이 보였다. 도향의 눈매와 다른 이 아이만의 눈매는 특별하게 보였다. 무언지 모르게 이끌려가는 아이의 눈초리 끝에 허허벌판이 보였다.

"흔하고 흔한 것이 향기가 아니더냐? 삼킨다고 사라지는 것도 아닐 터이고……."

말끝을 흐린 뒤 무언지 모르게 불안한 느낌이 들었다. 규장각 검서관이 누오라는 아이를 보낸 데는 중한 까닭이 있지 싶었다. 수라간 최고 상궁이 헛된 말을 실어 아이를 이덕무에게 보냈을 리 없었다. 말 속의 심지가 그제서야 보였다. 약용이 조용히 물었다.

"향기가 어떻게 된다는 말이냐?"

284

아이의 눈 속에 외줄기 보라 바람이 불어갔다. 아이의 얼굴 위로 오래전 명례방明禮坊 김범우의 집에서 십자가를 쥐고 기도를 올리던 윤지충의 얼굴이 보였다. 윤지충의 기도 속에 아득히 뻗어가던 향기를 약용은 단 한번 잊은 적이 없었다.

아이의 눈썹이 흔들렸다. 아이의 목에서 늦은 밤에 뽕잎을 갉아대던 누에 울음이 들렸다.

"세상 위에 돌고 돌아야 할 향기가 세상 너머로 사라지는 것이 문제라고 하였습니다."

누구든 맡을 수 있고 삼킬 수 있는 것이 향기일 것인데, 향기가 사라진다는 말은 무당의 주술과 어의의 마취가 뒤엉킨 망조로 들렸다. 그 너머 난해한 음모로 흔들리는 세상이 보였다. 뒤틀린 세상 속에 악을 잉태한 날것들의 울부짖음과 신음 소리도 들렸다.

"왜 그걸 내게 전하라고 하더냐?"

"나으리께 전하면 그 까닭을 알 것이라고 하였습니다."

간절하면 무너진다는 것을 이덕무는 알고 있는 모양이었다. 절실하면 고통으로 온다는 것을 수라간 최고 상궁은 알고 있는 듯했다. 머릿속이 아득하고 귓속이 먹먹했다. 눈앞이 캄캄해지는 까닭을 누구에게 물어야 할지 알 수 없었다.

해 지는 시간에 아이가 싣고 온 소식은 향기 하나로 선악을 증좌할지 몰랐다. 의문과 의혹과 삿됨과 망상이 뒤섞인 아이의 말은 외계 존재로부터 세상의 종말을 예고하는 한 가지 단서가 될지 몰랐다. 규장각 검서관이 아이를 시켜 일러줄 만큼 일의 강도는 어둡고 강했다.

약용이 물었다.

"그 말은, 향기가 사라지면 음식에 든 맛도 사라진다는 말이냐?"

"최고 상궁의 말도 그것과 다르지 않습니다. 향기보다 맛이 사라지는 것이 더 큰 문제라고 하였습니다."

아이의 말 속에 임금이 새겨들어야 할 나라의 감정이 보였다. 날마다 맛과 다투는 수라간의 소임이 가닥 없이 흩어지는 게 보였고, 저마다 코와 입으로 들이마시는 향기의 소멸이 들렸다. 맛과 향의 감성으로 달려가는 모두의 울분이 아이의 말 속에 들려왔다.

아이는 백성들 저마다 콧속으로 스며드는 향기의 조건이 무엇을 말하는지 아는 듯했다. 향기는 향기로 끝나지 않고 오감과 직결된 사안이므로 문제는 생각보다 크고 심각했다. 약용의 생각을 읽었는지 아이가 말을 보탰다.

"향기가 사라진다는 그 말은 세상에 널린 냄새를 맡을 수 없다는 것이며, 후각이 멈추면 근접한 시각이 제 기능을 하지 못하게 되는 것입니다. 게다가 시각이 흐려지면 귀가 아득해지고, 귀가 멀어지면 만지는 촉각도 소멸되는 이치입니다."

아이의 말 속에 향기는 오감을 깔고 소상히 전해왔다. 세상의 향기가 사라지면 오감도 잃게 되며, 인간의 생리는 만물과 혼연하여 일체로 작동하는 것이라고, 아이는 말하고 있었다. 약용의 생각과 다르지 않은 향기의 출처와 계통이 아이의 입에서 밀려왔다.

향기가 사라지면 오감이 흐려지는 생리를 약용은 생각했다. 얽히고 설킨 개별의 감각이 하나로 맞물릴 때 인간의 심리는 정직해지며 자연스러워지는데, 대관절 누가 세상의 향기를 삼키고 있는지 알 수 없었다. 세상의 향기를 훔쳐서 무엇에 쓰려는지 그마저 알 수 없었다.

약용의 목에서 탁한 소리가 올라왔다.

"인체 계통이 서로 맞물리며 돌아가는 것이 오감이다. 향기 하나로 오감이 정지되는 것은 당연한 이치일 것이다. 허나 향기가 사라진다고 모두가 죽는 것은 아니지 않느냐?"

향기의 사라짐은 살고 죽는 문제와 본질이 달랐다. 향기는 길고 지루한 삶을 유예하는 조건 중에 하나일 뿐이었다. 거칠고 척박한 민초들의 삶을 풍요로 감싸 안는 게 향기였다. 그 때문에 향기 없는 세상은 빛이 사라진 세상과 다르지 않았다.

아이가 말없이 약용을 바라봤다. 약용의 입에서 무슨 말이 나올지 아는 것 같았다. 약용이 조심스레 물었다.

"이덕무 검서관은 무어라 하더냐?"

"검서관 나으리의 말은 무난하게 들렸습니다. 사람들 저마다 지닌 속성과 긴밀하며 질병과 다투는 내성이 바로 향기라고 했습니다. 삶이란 숨 쉬고 사는 게 다가 아니며 세상에 흩어진 향기를 맡고, 향기 나는 곳을 바라보고, 찾아가 먹어보기도 하고, 그러다 세상 이야기도 듣고, 서로 쓰다듬고 어루만지는 것이라고 했습니다. 따라서 향기가 사라지면 삶도 사라지는 것이라고 했습니다."

"그것이다. 그 이유 때문에 오감은 삶에서 떼어놓을 수 없는 것 아니더냐?"

명백히 백성들의 삶은 배부르게 먹고, 편안히 잠자며, 깨어나 배설하는 순환으로 이어졌어도 그 중심은 오감에서 왔다. 오감 가운데 향기를 맡는 후각은 세상에 널린 냄새의 선악을 가리는 중요한 기능을 담당하므로 중했다. 이덕무는 냄새의 선악을 아는 것 같았고, 향기의 전통을 아는 것 같았다.

아이가 말했다. 말 속에 향기의 실사구시가 들려왔다.

"후각은 오감 가운데 가장 예민합니다. 수라간 나인들이 가장 중하게 여기는 감각은 손끝이 아닌 후각에서 시작되고 혀끝의 미각으로 마치게 됩니다."

"너의 말은 옳다. 사람의 코는 냄새만 맡는 것이 아니라 숨을 쉴 수 있는 통로이며, 폐로 직결되는 기관이다. 그래서 향기는 생명과 직결되는 엄한 까닭을 품고 있지 않더냐?"

아이의 눈을 바라보며 약용은 뚜렷이 절망했다. 이덕무가 좌절할 수밖에 없는 까닭을 아이에게 실어 보낸 것 같았다. 그 너머 최고 상궁의 간절한 희구도 보였다. 향기는 세상을 물들이는 감성 가운데 으뜸이므로 향기에 대한 정서는 이덕무와 최고 상궁과 누오의 감성으로 연결된 것 같았다. 향기로 채울 때 맛은 총명하게 오는 것이며, 음식마다 살뜰한 향기가 묻어나면 임금의 정서도 무르익을 것인데, 향기가 사라지고 있으니 애끓을 만도 했다.

향기 도둑.

세상에는 종종 알 수 없는 일들이 일어나긴 했어도 향기를 도둑맞은 일은 없었다. 약용은 당혹스러운 눈빛을 감추지 못했다. 이덕무도 흔들리는 눈빛을 감추지 못하고 아이를 보낸 것 같았다. 최고 상궁이 맛이 사라지는 때를 심히 근심했을 것이다.

맛과 향이 하나로 연결된 수라간 소임은 최고 상궁 지휘 아래 나인들의 일상이 스며들며 기미 나인의 젓가락과 숟가락을 딛고 임금의 입으로 전해졌다. 먹거리로 임금의 삭신을 다독이는 까닭은 끼니에 든 수라간의 질서와 위계와 진정이 맛에서 시작되기 때문이었다. 맛은 향에서 시작되어 향으로 조율되고 향으로 끝나므로 향기가 사라진 임금의 수라는 맛이 사라지는 것과 다르지 않았다.

약용은 향기가 사라진 조선의 운명을 생각했다. 나라와 나라 간 전쟁은 있을 수 있어도 향기를 도둑맞는 일은 망국과 다르지 않았다. 향기를 잃어가는 순간순간이 지울 수 없는 고뇌가 될 것이다.

약용의 목에서 탁한 음색이 들려왔다.

"아무리 수라가 정갈해도 맛을 느낄 수 없다는 건 최악이다. 가야금 선율이 아무리 고와도 음계마다의 향기가 사라지면 소음과 다르지 않을 것이다. 향기란 말이다, 우리네 목숨 같은 것이지 않더냐?"

전각 안으로 들어온 달빛이 고왔다. 달빛이 좋아도 약용의 머리는 어두운 구름이 돌았다. 누오가 표정 없는 얼굴로 말했다.

"세상의 향기는 땅에서 시작된다고 들었습니다. 지심地心이 곧 땅의 향기이며, 땅에서 시작된 향기가 수만 가지로 나누어지면서 저마다 삶은 채워진다고 했습니다. 세상에 널린 꽃과 나무와 바람과 강과 들판의 향기가 땅에서 시작되어 땅으로 이어지고 있으니, 향기가 없는 세상은 빛이 사라진 것과 같을 것이라고, 검서관 나으리께서 전했습니다."

약용의 눈에 향기의 시작은 막막해 보였다. 땅의 향기는 한 줌 머릿속에 모아질 수 없는 것인데, 이덕무는 땅을 물어 향기의 시원과 그 끝을 말하고 있었다. 이덕무는 순한 땅의 섭리에서 향기의 근원을 찾아낸 모양이었다.

약용이 고개를 끄덕였다. 마른 입술에 침을 묻힌 뒤 약용이 말했다.

"땅에서 시작된 향기가 땅을 멀리하고 있으니 애가 탄다. 나라의 향기는 지금 어디로 가고 있는가?"

누오의 대답이 무뚝뚝하게 들렸다.

"본래 있던 자리일 것입니다."

말의 의미가 무엇을 가리키는지 약용은 알 수 없었다.

"땅, 땅속을 말하는 것이냐?"

누오가 생각 끝에 고개를 끄덕였다. 무엇을 생각하든 그 이상은 얻을 수 없을 것 같았다. 약용이 생각에 잠겼다가 덧붙였다.

"향기는 모두에게 평등하다. 아이들의 성장을 돕는 것도 향기에서 시작되며, 농작물의 생장을 채우는 것도 향기의 역할일 것이다. 짐승들의 우량을 다그치는 것도 향기가 있으므로 풍요로운 것이다."

누오가 흐트러짐 없이 약용의 말에 귀를 세웠다. 부정도 긍정도 아닌 표정이 눈에 들어왔다. 누오가 약용의 말을 받았다.

"그 향기가 세상을 돕기도 하지만, 세상을 거스르기도 하는 것입니다."

누오의 목에서 향기의 순류가 들려왔고, 향기의 역류도 들려왔다. 누오의 말이 다 옳은 것은 아니었으나 세상에는 반드시 있어야 할 향기가 있는가 하면, 세상과 무관하며 해악이 되는 향기도 있기 마련이었다.

어이없진 않았으나 누오의 말 속에 든 향기의 변증은 십자가에 든 평등만큼 깨끗하게 느껴졌다. 약용은 생의 연민보다 사람들 가까이 떠가는 향기에 힘을 실어야 하는 까닭을 상기시켰다.

"허나 향기는, 세상의 향기는 백성을 위해 왔다가 백성의 품 안으로 밀려가야 하는 것. 주인이 없다고 하나 향기의 주인은 엄연히 백성인 게야. 어디 임금의 향기, 신하의 향기, 장사꾼의 향기가 따로 정해져 있더냐?"

약용을 바라보는 누오의 눈매는 정직해 보였다. 향기는 모두의 것이라고, 눈빛은 말해 주는 듯했다. 눈빛 속에 수라간에서 임금의 맛을 찾아가는 외로운 근성이 보였다.

약용이 덧붙여 물었다.

"허면, 수라간 기미 나인은 향기가 사라지는 때 무엇을 생각하느냐?"

누오가 대답할 때, 하루하루 정갈한 맛으로 길들여온 세상이 보였다. 누오의 목에서 더운 바람이 불어갔다.

"저마다의 죽음을 생각하고, 모두의 삶을 생각합니다. 삶과 죽음은 한 가지 향기로 채워질 수 없습니다. 세상의 향기는 별과 다르지 않습니다. 별처럼 생멸의 비중이 무한한 것이 향기라고 배웠습니다."

누오의 입 속에서 풍성한 삶이 밀려왔다. 떠밀려가는 죽음이 들려왔다. 완산벌 풍남문에서 십자가를 걸고 죽는 순간까지 윤지충이 지키려 한 것은 외줄기 기도보다 세상의 향기였을 것이다. 목숨을 걸고 권상연이 세상에 남기려 한 것도 구원의 약속보다 모두를 위한 향기였을 것이다.

바람이 불어 등짝이 서늘했다. 전쟁 같은 아이의 눈 안쪽으로 거친 눈보라가 보였다. 밤사이 걸어갈 길목이 멀고 험해 보였다.

"이덕무 검서관께 전해라. 별이 없는 세상을 생각하라고. 어둡고 캄캄한 밤이 날마다 찾아올 것이라고. 향기가 사라지면 세상의 희비애락도 끊어질 것이라고……."

약용은 자신의 이름 속에 박혀든 별자리를 생각했다. 별은 새벽마다 서쪽 하늘에 떠올라 모두를 굽어보는 금성이 될지, 저 너머 목성이 될지 알 수 없었다. 구름 걷힌 밤 중천에 떠올라 모두의 향기로 남는 것이 별일 것인데, 별을 바라볼 날이 얼마나 될지 알 수 없었다.

멀리에서 물소리가 들렸다. 누오가 눈을 감았다가 떴다. 이덕무에게 전하란 약용의 말을 기억하려는 것 같았다. 누오의 눈 속에 총총한 별이 보였다. 별을 헤아리며 약용이 물었다.

"누오라고 했느냐? 어찌 사내의 이름을 달고 수라간에서 생을 열어가느냐?"

"……."

누오는 대꾸하지 않았다. 이름자 속에 박힌 누에의 본성을 끄집어내는 것부터 부담이었다. 완산벌 천잠산 중턱에 불가마를 쌓고 독을 짓던 어미와 아비를 불러오는 것도 부담이었다. 수라간 나인의 몸으로 세자를 호위하던 무사와 눈이 맞아 궁을 떠날 수밖에 없던 어미의 불온도 입에 담을 수 없었다. 먼저 죽은 어미를 따라 가마에 몸을 던진 아비의 죽음을 돌이키는 것도 쉽지 않았다.

누오가 나직이 대꾸했다. 목에서 생비름 같은 생의 번민과 가느다란 삶의 희구가 들렸다.

"천한 이름으로 세상의 맛을 찾아 나서는 중입니다."

말 속에 떠도는 맛의 허기와 십자가의 기다림은 다른 것 같았다. 세상의 맛이란 십자가와 어느 면에서 통할지 몰랐다. 그 생각은 갑작스레 왔다. 누오가 원하는 세상의 맛은 세상 너머에 있을지 몰랐다. 누오를 바라보며 구슬을 품은 누에를 생각했다.

"누구에게 음식을 배웠느냐?"

"이덕무 검서관 나으리의 초당에서 음식에 담긴 맛의 세계를 경험했습니다."

경험.

실사구시의 원칙이 누오의 입을 통해 보편화되는 것 같았다. 모두에게 맛을 전하는 누오의 노력은 거품이 아닌 일생을 걸고 걸어가는 사막 길 같았다. 외롭고 고단한 맛의 길이 이덕무의 거처에서 시작되었다니 마음이 놓였다. 맛은 저마다의 삶을 이끄는 해 같은 것이며, 향기는 저마다 생애를 비추는 달빛 같으므로, 모양과 생김이 달라도 하나로 통하면 모두에게 이로울 것 같았다.

누오의 눈을 바라보며 약용이 나직이 말했다.

"더 어두워지기 전에 돌아가거라."

향기가 사라진 뒤 무엇이 기다리고 있을지, 그 너머엔 무엇으로 채워져 있을지, 생각만으로 눈이 떨리고 손끝이 오그라들었다. 어린 향기가 있을 것이고, 무성히 자란 향기가 있을 것이다. 누오 홀로 그 많은 것을 짊어지고 건너기엔 세상은 너무 넓은 것 같았다.

누오가 고개를 숙이고 돌아섰다. 마른 아이의 뒷모습이 마음을 쓸고 지나갔다. 멀찍이에서 누오가 뒤돌아봤다. 멀어도 정직한 눈매가 보였다. 누오가 다시 약용을 향해 허리를 숙였다가 폈다.

누오가 걸어간 길 끝에서 새들이 울었다. 세상 안쪽으로 이어진 누오의 뒷자락을 바라보며 약용이 신음했다. 덧없고 정처 없는 속박의 길이 세상 밖으로 이어져 갔다. 손을 내려 보자 누오가 건네준 인절미가 쥐어져 있었다. 싸맨 종이를 열고 인절미를 입에 넣고 오물거렸다. 어떤 맛도 나지 않았다.

오라비 별

달빛 아래 도향이 한숨지었다.

눈을 들어 점점이 빛나는 은하를 바라봤다. 하늘을 가로지른 별의 물살은 꿈결 같았다. 바람이 동에서 서로 불어갔고, 청계천 개울물 소리가 들려왔다. 소리가 맑고 순했다.

고요가 세상을 압박해올 때 도향이 숨을 들이켰다. 뱉을 때 차고 냉랭한 목소리가 도향의 귀에 들렸다.

"연암을 만났느냐?"

"뵈었으나 무엇도 청하진 못했습니다."

도향의 목소리는 보푸라기 없이 깨끗하게 들렸다.

"어렵더냐?"

"어렵고 높아 보였습니다."

약용이 고개를 끄덕이며 대답했다.

"그랬을 테지…… 연암은 나와 다를 것이다."

약용은 도향의 얼굴을 바라보며 안도했다. 백탑을 도는 연암의 진실을 이마에서 보았을지, 목에서 보았을지 알 수 없었다. 연암이 도향의 얼굴을 기억해줄지 알 수 없었다. 도향의 가야금을 들었다면, 연암은 달라졌을지 몰랐다. 약용이 은근한 목소리로 물었다.

"가야금을 들려주었느냐?"

"가져가지 못했습니다."

약용의 눈빛이 흔들렸다. 목에서 기름기 빠진 바람이 불어갔다.

"빈손으로 갔느냐?"

"대금을 불었습니다."

도향의 말은 불온하고 불안하게 들렸다. 도향의 대금은 뱃속 저 아
득한 곳에서 거슬러 오르는 감성과 울분으로 운영되는 것이므로, 대
금 하나로 연암의 심금을 울렸을지 몰랐다. 연암이 도향의 대금을 건
성으로 들었을 리 만무했다. 약용이 정색을 하고 물었다.

"너의 대금이 어떻다 하더냐?"

"구성지다 했고, 울적하다 했습니다."

도향은 연암에게 많은 것을 건져온 듯했다. 멀지 않은 자리에서 새
울음이 들려왔다. 약용이 나직이 물었다.

"연암의 세상은 깨끗해 보이더냐?"

"……"

도향은 대꾸하지 않았다. 입 속이 비어 있는 것 같지는 않았다. 말
이 준비되어 있는 것 같지도 않았다. 침묵과 공허, 그것만으로 도향은
연암의 깊고 너른 바다를 헤엄치는 중이라고, 약용은 생각했다. 사람
을 끌어당기는 연암의 학통과 사상과 언변은 어디에서 시작되는지 약
용은 알 수 없었다.

바람이 도향의 갑사 치마를 펄럭이며 지나갔다. 치맛자락 사이로
맨살이 드러났다가 지워졌다. 바람은 태평관 기둥 사이에 놓인 가야
금 현을 퉁기며 북한산 자락으로 몰려갔다. 다시 불어온 바람이 처마
끝에 매달린 풍경을 스치면서 먼 태고의 소리를 냈다.

전각 너머 별무리 속에서 인어가 헤엄쳐가는 소리가 들려올 때 도향이 대꾸했다. 목은 차분히 가라앉아 있었다.

"백탑에서 바라본 연암 어른의 세상은 제가 본 세상과 달라 보였습니다."

"무엇이 다르더냐?"

도향은 말을 길게 늘였다. 초여름 뙤약볕에 빛나던 작은 미생의 존재들을 연암은 북학의 관조로 들려주었다고 했다. 백탑을 따라 기우는 먼 달빛을 바라보며 생의 가파름과 생의 어려움을 말해주었다고 했다. 연암은 달빛 아래 산을 넘는 구름의 까닭이 바람에 있지 않고 대기의 흐름에 있다고 말하면서, 과거를 작파하고 현세를 치를 때 난세의 어려움을 구할 수 있다고 했다.

바람의 변화와 별의 기울기와 물의 흐름에 관한 연암의 소신은 정확했는데, 도향은 묻지 않고 듣기만 하였다고 했다. 연암은 깊고 어려운 말을 쉬운 말로 풀어서 들려주었다고 했다. 말끝에 도향은 산인지 구름인지 모를 희끄무레한 가파름을 보았다고 했다.

약용이 큰 숨을 내쉬었다. 심장이 뛰었다. 머릿속에서 낙숫물 떨어지는 소리가 들려왔다. 나직이 물었다.

"그것으로 끝이냐? 더는 없었느냐?"

"훗날 볼 때는 가야금을 들려주라 하였습니다."

"너는 연암이 이해하는 게로구나."

…너는 연암의 백탑을 긍정하고, 연암의 가파름을 딛고 생을 보낼 아이로구나.

약용은 말을 잇지 못했다. 약용의 말을 부정하지 않았으나 도향은 연암을 우러러보는 듯이 보였고, 약용을 견디는 듯이 보였다.

아, 도향은 짧게 신음했다. 눈이 감길 때, 도향의 몸속에서 부서져 내리던 날을 생각했다. 도향의 몸속 아득히 내려가면 사지가 끊어진 영혼이 보였는데, 영혼의 주인은 약용 자신이지 싶었다. 도향의 몸속에서 약용은 주자의 체통을 벗고 천주의 실체를 안은 채 가파른 언덕을 오르는 것 같았다. 약용의 영혼은 도향의 깊은 곳에서 완성될지 몰랐다. 도향은 안을 때마다 따뜻했는데, 몸속 아늑한 자리에 십자가를 버리고 왔는지 몰랐다.

아.

외마디 속에 도향의 어려움이 보였다. 약용은 번민하지 않았으나 도향이 원하는 것이라면 누구든 내어줄 수 있었다. 연암이 됐든, 홍대용이 됐든, 박제가가 됐든, 이덕무가 됐든…… 그 자신감은 도향으로부터 왔으며, 주자의 세상 앞에 죽음을 무릅쓴 서학의 용기와 다르지 않았다.

감정을 누르며 약용은 조용히 물었다.

"너는 연암이 좋은 게냐?"

"연암 어른의 문장을 딛고 오르면 세상을 구원할 백탑이 보일 것이라 생각했습니다. 연암 어른의 청연백탑의 지혜가 제게로 건너와 십자가의 신념으로 싹트길 원했습니다."

도향은 연암을 추종하는 것 같았다. 연암의 문장 속엔 날것의 기도문이 들어 있지 않았다. 가나안을 향하는 유랑의 삶만으로는 조선을 개혁할 수 없을 것이라던 연암의 문장은 높고 외로워도 투명한 객관의 눈은 언제나 정확했다. 그 문장이 사방 어디로 튈지 모르나 어디에 맺혀 들든 연암의 사유로 남을 것이다. 창조와 개혁의 결의만으로 연암의 백탑청연은 멀고 아득해 보였다.

연암은 귀로 듣고 눈에 새기던 형상과 소리와 시간의 흐름을 곡진히 표현하는 것을 문장의 이상으로 보았다. 문장 위에 세상 흐름이 맺혀 들면 그 중심은 언제나 조선이었다. 그것이 세자를 죽게 한 북학이며 사초史草라고 약용은 말하지 않았으나 모두는 알았다.

도향의 눈을 바라봤다. 먼 곳을 바라보는 도향의 눈은 젖어 있었다. 도향의 몸에서 휘파람 소리가 들려왔다. 약용은 정직한 목소리로 물었다.

"결국 서학을 배우기 위해 연암을 따르겠다는 것이냐? 그것이 얼마나 위험하고 불온한 일인 줄 알고나 하는 소리냐?"

도향은 머뭇거리지 않았다.

"나으리, 저의 신념을 속박하지 마셔요. 이건 필연이며 한 줄기 구원입니다."

연암을 기다리는 도향의 마음은 이해되지 않았다. 대놓고 서학을 이단이라고 말할 수 없었고, 이단이 아니라고 부정할 수도 없었다.

젖은 눈매에서 도향의 어려움은 밀려왔다. 별과 사람은 다를 것이라고, 약용은 생각했다. 약용이 조용히 대꾸했다.

"너는 별을 생각하느냐, 아니면 사람을 생각하느냐?"

"평등한 세상에서 평등하게 나고 자라 평등하게 죽어가는 사람을 생각합니다."

평등한 세상은 죽은 뒤 오지 싶었다. 단 한번 살아보지 못한 세상을 도향은 바라고 있었다. 도향의 머릿속에 그려진 세상은 『천주실의』에 실린 세상과 같을지 몰랐다.

약용의 목에서 물소리가 들렸다.

"물 같은 세상, 물같이 맑고 투명하며 모두가 볼 수 있는 그런 세상을 말하는 것이냐?"

"나으리, 물이 평등한 것인가요?"

도향의 숨소리가 차갑게 들렸다. 약용은 물과 바람을 생각했다. 물 속에 비쳐든 하늘을 생각했다. 하늘을 우러러 날마다 쑥스러울 것 없는 허기를 생각했다. 허기를 생각하면 가난과 주림과 헐벗음은 저절로 떠올랐다. 헐벗음 속에 향기가 사라진 산하가 보였다. 바람이 불어갔고, 슬픈 생각이 들었다.

"평등하니 물이라 했을 테지."

"물……."

도향은 말을 잃은 듯했다. 유난히 밝은 별 하나가 도향의 눈에 비쳐들었다. 도향과 함께 풀잎 옷을 지어 입고 북한산 기슭을 거닐고 싶은 마음이 간절했다. 먼 밤의 섬광이 도향의 어깨 너머에서 부서져 내릴 때, 세상의 맛과 향기를 기다리던 누오가 떠올랐다.

길쓸별 하나가 사선을 그으며 한강 너머로 쓸려갔다. 약용의 눈은 먼 곳을 바라보는 듯했다.

"언제가 됐든 때가 되면 자유롭게 떠나거라. 내게 많은 것을 걸지 마라. 내가 줄 수 있는 건 밤하늘 별뿐이다."

도향이 무뚝뚝한 눈으로 약용을 바라봤다. 눈 속에 물기가 비쳐들었고, 도향의 눈물은 이해되지 않았다. 약용이 아닌 연암을 향한 눈물은 약용의 가슴을 먹먹하게 눌러왔다. 약용의 눈썹이 떨렸고, 도향이 볼멘소리로 말했다.

"나으리, 저는 나으리의 여자입니다. 저는 언제까지나……."

언제까지나…….

그 말 속에 한 줄로 헤엄쳐 가는 물고기가 보였다. 비늘에서 튀어오른 물기는 짜고 시렸으나 약용의 가슴 언저리에 찰랑거릴 때 싫지 않은 것도 알았다.

그 말의 불온과, 그 말의 뜨거움과, 그 말의 모순이 얼마나 오랜 날 헐벗고 가혹하게 자신을 이끌지 약용은 알았다. 알았으므로 도향의 말 속에 박혀든 가시덤불을 맨몸으로 받는 기분도 이해가 됐다.

여린 아이의 고백이 이 밤에 유효할지 알 수 없었다. 도향의 눈 속에 비쳐든 약용은 헐벗어 보였다.

"너는 내가 좋으냐?"

"……."

도향은 대답 대신 가야금을 뜯었다. 변음이 들려왔다. 불길한 선율은 태평관을 휘돌다 약용의 몸속으로 내려가는 것 같았다. 머릿속에서 들끓는 소리가 들려왔고, 핏줄마다 돌덩이 굴러가는 소리가 들렸다. 약용을 바라보는 도향은 눈은 인절미를 남기고 돌아선 누오처럼 저만의 전쟁을 생각하는 것 같았다.

도향이 이마에서 입술까지 짧은 성호를 그었다. 도향의 십자가는 형틀의 기호가 아닌 구원의 신호처럼 보였다. 약용은 숨을 멈추고 도향을 바라봤다. 도향의 표정은 밝아 보였다. 도향이 혼잣말이듯 낮게 속삭였다.

"오라버니는 지금 어디에 있을까?"

오라버니.

도향의 한마디는 폐부 깊숙이 파고들어 왔다. 도향은 물의 본성으로 오라비를 부르는 듯했다. 버릴 수 없는 연민은 짙푸른 바다처럼 밀려왔다. 기다림은 차가운 물길이 되어 끊이지 않고 출렁거렸다.

초라니 패거리를 따라 나선 오라비는 자취가 없었다. 패거리를 봤다는 이도 없었고, 오라비를 보았다는 소리도 들리지 않았다.

오라비는…….

도향의 부름은 단단하고 절박하게 들렸다. 외마디 속에 뜸부기 같은 오라비의 생이 보였다. 삶과 죽음이 흔한 밤에 오라비는 어디에서도 기척하지 않았다.

도향의 눈물을 처마를 타고 내리는 빗물 같았다. 도향은 연민의 강에서 먼 섬광을 바라보느라 조각배처럼 흔들리는 것도 잊은 듯했다. 약용이 손을 뻗어 도향의 얼굴을 쓰다듬었다. 도향의 눈물은 끝내 이해되지 않았으나 눈물 속에 든 생의 어려움은 보였다.

오라버니.

그 한마디 속에 도향의 눈물은 혈육의 절박함과 천주의 부름으로 뒤엉켜 있었다. 『천주실의』의 평등한 세상은 기도와 찬송에서 오는 것이 아니라 간절한 부름을 딛고 오는 것이라고, 약용은 생각했다.

약용이 눈을 들어 올렸다. 소금 같은 별들이 도향의 어깻죽지에 내려앉았다. 약용이 조용히 말했다.

"저 많은 별 가운데 네 오라비 별도 있을 게야. 상심하지 말거라.

언젠가 돌아올 것이야"

  도향의 어깻죽지를 끌어당겼다. 품속에 들어온 아이는 소리 없이
울었다. 품에 안을 때 도향의 몸에서 어떤 향기도 나지 않았다. 향기
가 사라지면서 맛도 사라질 것이라던 수라간 기미 나인의 말이 떠올
랐다. 세상의 향기는 멈춘 것 같았다.

두 개의 낮달

그 사이 날이 맑고 좋았다.

보름 전 종묘 외대문 앞에서 이덕무를 만날 때도 날은 눈부시고 화창했다. 임금은 자신만의 문장을 꿈꾸며 살아가는 이덕무를 오래도록 데려가고 싶어 했다. 문장의 박동이 들려오는 날까지 이덕무와 함께 가고자 했다. 이덕무의 처남 백동수도 종신토록 곁에 둘 생각이었다.

임금은 깨끗한 꽃과 무늬와 바람과 물과 소리가 흐르는 이덕무의 문장을 아꼈다. 뚜렷한 족적과 지문을 숨긴 이덕무의 문장 속에 임금은 살아가길 희망했다. 실체와 헛것이 공존하는 백동수의 칼로부터 보호받지 않아도 될 날을 기다리며 임금은 살아가길 바랐다.

이덕무의 언어는 임금의 정신을 보듬고 굽이치는 숨이었다. 이덕무의 문장은 박해무의 칼과 몹시 닮은 것 같았다.

　…붓과 칼, 그 끝의 날카로움만이 오직 세상을 가르치고 세계를 베어
　낼 수 있사옵니다.

뒤주에 갇혀 아비가 숨을 거두는 날 박해무는 서글픈 눈으로 오래 울먹였다. 한 줌 말 속에 박해무의 칼이 보였고, 칼 속에 이덕무의 붓이 보였다. 박해무의 충과 이덕무의 충은 다를 것이지만, 불충을 베어

낼 때 충이 뚜렷해진다던 백동수의 말은 헛것만은 아닌 것 같았다.

모든 길은 하나로 통한다는 연암의 논리가 아니어도 각자의 길은 하나로 통할 수밖에 없었다. 그 사실을 박해무는 안개 낀 아침에 알았고, 이덕무는 별이 사라진 밤 처마 아래 빗줄기를 바라보며 깨달았다.

임금은 붓과 칼을 앞에 놓고 둘이면서 하나이고 하나이면서 둘로 나눌 수 있다는 이덕무의 말을 신뢰했다. 붓과 칼은 서로를 놓고 울먹일 수 있다는 백동수의 말도 믿었다. 모든 사물은 저마다 고유한 색과 선과 면에서 시작되는 것이며, 사물의 시작을 이덕무는 붓으로 알았고 손끝으로 보았다. 시작과 끝을 보는 시각이야말로 붓을 쥔 자가 갖추어야 할 덕목이라는 백동수의 말은 임금의 머릿속에 곧은 결이 되거나 무뚝뚝한 표정이 되기도 했다.

이덕무의 충은 세자의 무덤가에 깔린 고른 박석 같았다. 석물의 번잡한 주술을 버리고 자연의 순리와 신체의 생리로 박힌 무덤가 박석처럼 이덕무의 충은 낮고 엄하게 왔다.

충忠.

임금은 아비의 혼백을 추도하는 자리마다 이덕무를 봐왔다. 충의 소비가 끈기 있는 지성과 학통으로 예비되어 있다는 것도 알았다. 충에 관한 생각은 보이지 않았으나 임금과 백동수의 의중은 다르지도 않았다.

임금은 시류에 아비에 대한 시름과 근심과 염려를 죄다 소진할 수 없을 것이다. 심중에 오래 묻어 두지도 않을 것이다. 임금은 뒤주에 갇혀 죽어간 아비의 삶을 돌아보고, 그 죽음까지 돌아볼 것이지만, 끝내 돌이킬 수 없다는 사실 하나로 절망하지도 않을 것이다.

삶과 죽음에는 주술로 감당해야 할 것과 자연으로 돌려야 할 것이 많았다. 주술의 이치는 주술로 풀어갈 것이고, 자연의 이치는 자연에 맡길 것인데, 임금은 아비의 죽음을 주술로 볼지 자연으로 볼지 알 수 없었다.

이덕무를 만난 지 닷새 뒤 김홍도는 백동수와 함께 은밀히 편전을 찾았다. 임금의 부르심이 닿지 않은 곳을 다녀온 김홍도는 초췌하고 피곤해 보였다. 낮과 밤이 뒤바뀐 시차를 적응하기 위해 두문불출하고 먹먹한 시간을 보냈다고 했다. 뱃멀미로 헝클어진 뱃속과 머릿속을 다독이기 위해 한동안 식음을 멀리 했다고도 들려왔다.

무수한 시간을 잠재운 뒤 김홍도는 모습을 보였다. 백동수의 호위를 받으며 늦은 시간이 되어서야 김홍도는 임금 앞에 엎드렸다.

"밀라노 한 곳에 실낱같은 희망이 보였사옵니다. 신의 눈에, 장영실은 먼 나라에서 크든 작든 불꽃같은 삶을 살다 갔사옵니다."

김홍도의 말 속에 장영실의 삶은 건강해 보였다. 그 삶의 무게는 임금의 마음으로 나누거나 잴 수 없는 먼 자리에 가늠되었다. 삶의 진정이 어느 곳을 향하든 장영실은 세종 선왕 시대에 과학의 삶을 살다간 조선인이었다. 갈 수 없는 먼 나라에서 장영실이 크든 작든 불꽃같은 삶을 살고 갔다는 말에 눈시울이 뜨거워지는 것을 알았다.

장영실은 삼백 년 저편 여명과 황혼의 중간에 떠 있었다. 찬란하거나 눈부시지 않아도 장영실은 휴대용 해시계를 품고 세상 끝까지 나갔을지 몰랐다. 낯선 땅 밀라노에서 장영실은 이덕무와 백동수가 살아보지 못한 날들을 이끌고 이제쯤 〈최후의 만찬〉 속에서 조선을 돌아보고 있을지 몰랐다.

임금이 낮게 신음했다. 입술 가장자리가 떨리는 것을 알았다.

"많은 것을 생각하지만 도화서 별제를 그곳으로 보낸 이유는 수백 년 전에 조선에서 사라진 장영실이 말해줄 것이다. 그가 어쩌다 〈최후의 만찬〉과 연결되어 다시금 조선 땅에 모습을 드러내는가 하는 것이다."

김홍도는 뜸 들이지 않고 말했다. 목에서 가느다란 피리 소리가 들렸다.

"불꽃같은 삶이 말하고 있사옵니다. 장영실은 밀라노에서 허투루 생을 마감하지 않았사옵니다. 조선의 해시계로 밀라노와 피렌체의 낮과 밤을 열두 시간으로 쪼개었고, 이탈리아의 절기를 해의 높낮이로 소상히 알게 하였사옵니다. 이것은 시작에 불과하며 많은 것을 만들고 부수면서 레오나르도 다빈치와 문명을 쌓고 나누었사옵니다."

이탈리아에서 장영실의 삶은 정직하였는지 알 수 없으나 조선의 과학으로 문명을 쌓아간 자국은 정직하게 들렸다. 처음부터 과학을 알고 갔으니 다빈치와 교류도 쉬웠을 것이다. 둘 사이 관계가 어떠했는지 알 수 없으나 다빈치의 과학을 받아들일 조건은 장영실에게 있었을 것이다. 가진 자가 가지지 못한 자들에게 베푼 용기는 대동세상을 원하는 장영실의 삶에서 오지 싶었다. 그 삶에 박혀든 감성은 조선 땅에서 시작되었을 것이다. 떠나기 직전까지 억압받고 상처받은 장영실은 배반의 삶이 아닌 베푸는 삶을 원했을 것이다.

임금의 목에서 오랫동안 눌린 자국이 밀려왔다. 검고 단단한 뒤주를 사이에 두고 임금과 장영실은 천지간 갈라서 서로를 바라봤다. 그 사이 바람이 불어갔고, 별이 기울고 차오르기를 반복했다.

"저마다 살아갈 길은 다를 것이다. 장영실 스스로 머리에 별을 지고 산 것과 홍대용이 마음에 별을 품고 산 것은 다를 것이다. 왜냐고 물으면 장영실의 대동세상에 있다고 답할 것이다."

임금은 장영실의 과학과 닮은 홍대용의 붓을 언제까지 데려갈지 알 수 없으나 십자가 아래 새겨진 불꽃 무늬가 전부를 말할 수 없다는 것도 알았다. 홍대용은 장영실이 지닌 과학의 유연함을 문장으로 실어 나르곤 했는데, 붓으로 가한 획이 헛것의 세상을 지우고 장영실의 삶을 비출 때가 많았다. 홍대용이 지닌 실증의 허기는 차분하면서도 고요했는데, 그 속에 빛나는 소리와 윤기로 밀려오는 장영실의 삶은 흰 강물로 출렁일 때가 많았다.

홍대용의 나라는 무엇으로 채워져 있는지, 장영실의 나라는 언제쯤 기나긴 전쟁을 끝내고 조선에 이를 수 있을지, 그 모두 임금의 마음으로 헤아릴 수 없어 답답했다.

김홍도가 낮게 말할 때, 밀라노에서 통역관을 붙여 오랜 발품 끝에 얻어낸 정보는 무수히 들렸다. 다양함 속에 낡은 것과 새로움이 뒤엉켜 있었다.

"〈최후의 만찬〉에 그려진 열세 명의 인물은 모두 과거에 실존한 자들이옵니다. 당대를 이끌던 지성들이 신앙과 배반의 갈림길에서 최후를 설정하고 그 전야를 상징하기 위해 그렸다 하옵니다."

임금의 귀에 신앙과 배반의 갈림길은 오묘하고 낯설게 들렸다. 다 빈치는 예수와 같은 시대를 살았을 것 같지는 않아 보였다. 예수의 열두 제자를 불러놓고 그 밤에 믿음과 배반의 만찬을 즐겼을 것 같지도 않아 보였다. 다빈치의 의도는 김홍도의 말 속에 숨어 있을 것이지만, 그것만 가지고는 〈최후의 만찬〉을 꿰뚫어 볼 수는 없었다. 한동안 생각에 잠겨 있던 임금이 물었다.

"처음부터 다빈치의 구상은 열두 제자들의 의도와 같았단 말인가?"

임금의 의도를 김홍도는 단숨에 알아차렸다. 그림을 그린 자와 감상자 사이의 거리는 천차만별이었다. 그 사이에 얕거나 깊은 강이 지날 수 있으며, 가깝거나 먼 산이 가로막힐 수 있었다. 앞이 비치는 투명한 천으로 덮여 있거나 앞이 보이지 않는 막막한 흑단으로 가려질 가능성도 많았다.

그림에 대한 해석은 사람들의 머리에 도는 이상과 맞물리기 쉬운 소재이며 시대와 섞이기 좋은 재료였다. 그 때문에 그린 자와 감상자의 차이를 극복하는 것은 불가능에 가까웠다.

임금의 생각을 쥐고 김홍도가 대꾸했다.

"다빈치는 그린 자에 불과하옵니다. 〈최후의 만찬〉은 감상자들에 의해 각색되고 윤색된 바 없지 않사옵니다. 그린 자의 순수한 의도는 사라지고 이야기에 이야기가 덧붙여졌을 가능성이 크옵니다."

시간에 따라 자연스레 마모되거나 생활 속에 스며드는 이야기의 여백과 달리 전달자의 의도에 따라 왜곡되고 변형되는 이야기의 인멸은 석연치 않게 들렸다.

이야기는 본체는 갈아엎고 뒤엎어도 원천은 변하지 않는 것인데, 그 생성과 마멸은 시대마다 실세를 반영하는 것이 가장 정직했다. 물처럼 흐르거나 한곳을 뚫어낼 수 있는 힘의 원천을 품은 것이 이야기이므로, 어디로든 끝없이 흘러가는 것이 서사의 생동이었다. 시대마다 가공되거나 모색을 거듭하면서 변화의 여지를 딛고 수많은 물줄기를 내는 것이 이야기의 인과였다.

인체비례

이야기는 임금의 광활한 머릿속에 모아지지 않았다. 좁은 손아귀에
도 쥐어지지 않았다. 이야기는 임금의 머릿속에 돌고 돌았는데, 별처
럼 흩어졌다가 물처럼 고여 들 때 좋았다.

임금이 머릿속 이야기를 끌어와 김홍도에게 전했다.

"〈최후의 만찬〉은 수백 년 저편에 그려진 것이므로 관념화될 여백
이 많고 떠도는 이야기도 많을 것이다. 이야기마다 박혀 있는 진실을
물을 수 없고, 물은들 그 모두를 수용할 수 없을 것이다."

임금의 말 속에 흰 화선지를 따라 번져가던 먹물의 막막함이 보였
다. 넓고 황량한 종이를 횡단하는 먹의 행로가 임금의 입이 아닌 김홍
도의 입에서 들려왔다.

"하오나, 들려온 이야기마다 〈최후의 만찬〉은 세상을 삼킬 듯했사
옵니다. 그 너머 장영실의 삶이 보였사옵니다."

다빈치의 그림을 둘러싼 전달자들의 의도가 보이지 않아도 김홍도
의 말을 부정할 수 없다는 것을 알았다. 긍정할 수 없다는 것도 알았
다. 이야기의 진실은 이야기 속에 묻혀 있을 것인데, 수많은 이야기
가운데 어느 것에 신빙성을 두어야 할지 알 수 없었다.

직관을 갖춘 말은 존중받을 것이고, 짐작의 말은 어디에서든 사장
될 것이다. 이야기 속에 떠도는 유령 같은 흔적을 찾아내는 것보다 김

홍도가 모아온 이야기의 순도와 그 속에 감추어진 진실을 가려내는 것이 중했다.

말 속에 떠도는 이야기에는 이미 오래전 죽은 자가 있었고, 죽은 자의 유족도 있을 것이며, 유족의 식솔도 있을 것이다. 떠도는 이야기 속에 지금까지 이어져온 내력이 있을 것이고, 오래도록 상처와 치유 사이를 오가며 헐떡이며 전해온 이야기도 있을 것이다. 견디는 이야기가 진실이어도 형체를 지우고 보이지 않는 자리에 묻히는 것이 진실이었다.

임금이 입술을 깨물며 김홍도를 바라봤다. 김홍도가 낮은 목소리로 말했다.

"예수라는 자는 결국 인간의 삶을 살다 간 자일 뿐이옵니다. 십자가에 못 박혀 죽을 용기가 그 삶의 거룩함을 말하고, 죽은 지 사흘 만에 부활함으로 사후의 신비가 관측되옵니다. 예수의 삶과 죽음과 부활은 사사롭지 않사옵니다. 그 존재가 오래도록 섬김으로 이어져온 까닭은 짧은 삶 속에 긴 부활의 내력이 있기 때문이옵니다."

어느 왕조에도 들려온 적 없는 존재와 섬김이 김홍도의 말 속에 들려왔다. 임금은 예수라는 자의 삶과 죽음과 부활에 든 사연을 생각했다. 당도할 수 없는 먼 곳에 사연은 남아 있었고, 사연은 이야기로 떠돌다 이야기에 이야기를 보태면서 지금까지 밀려온 것 같았다.

윤지충은 예수의 사연을 알고 죽었을 것 같았다. 윤지충으로부터 세례를 받은 권상연도 예수에 얽힌 이야기를 기억하며 죽었을지 몰랐다. 이 밤에 죽은 자들을 불러와 그 사연을 물을 수는 없어도 이야기만으로 임금의 머리는 끓어오르는 것을 알았다.

임금이 조용히 숨을 내쉬었다. 고개를 돌려 〈최후의 만찬〉을 바라볼 때 멀리에서 새 울음이 들렸다. 그림 속 인물들은 할 말이 많은 것 같았다. 저마다 원칙 없이 은밀히 속삭이거나 비통에 젖어 있었는데, 유독 예수의 왼편에 앉은 자는 부드럽고 여성스럽게 보였다. 남성이 거세되고 여성이 강화된 남자인지, 본래부터 남성과 무관한 여성인지 분간하기 어려울 정도로 얼굴 윤곽은 부드럽고 완만했다. 그 인물은 혼자만이라도 흡족한 식사를 마친 듯했다.

"예수의 열두 제자는 최후의 전날에 세상에 나와서는 안 될 비밀을 알았을 것이다. 놀라움과 은밀함과 담담한 표정들에서 비밀을 나누는 표정이 읽힌다. 그 비밀이 무엇을 말하든 결국 다빈치의 비밀일 것이고, 비밀을 삼키는 것이 최후를 장식하는 만찬이 될 것이다."

향기가 사라지는 때에 다빈치의 비밀은 임금의 마음과 같을지 몰랐다. 임금은 향기가 사라진 세상을 생각했고, 비밀을 삼킨 〈최후의 만찬〉을 바라봤다. 예수 뒤편에 감추어진 소실점 너머로 세상은 밀려갔다.

임금의 말을 받을 때, 김홍도의 목에서 두근거리는 이야기가 들렸다.

"그 밤에 열두 제자들로 하여 다빈치는 수수께끼를 남기고 있사옵니다. 예언을 남기되 풀 수 없는 그림자 효과로 비밀을 던지고 있사옵니다."

김홍도는 인체의 비례에 맞춰 정밀하게 분할된 다빈치의 그림에도 비밀은 보인다고 덧붙였다. 그의 해부도는 극사실의 인체 내부를 보여준다고 했다. 다빈치는 서른 구가 넘는 시체를 해부해 장기와 구조를 실제 그대로 그림으로써 인체 내부의 비밀을 그림으로 남겼다.

김홍도는 덧붙였다.

"〈모나리자〉의 신비로운 미소에도 다빈치의 비밀은 드러나옵니다. 베로키오 공방에서 그린 〈수태고지〉 속에 그려진 날개를 단 여인에게도 풀 수 없는 비밀은 나타나옵니다. 〈악기를 연주하는 녹색 옷의 천사〉의 표정에도 다빈치의 비밀은 풀 수 없는 그림자 효과를 담고 있사옵니다."

다빈치의 비밀은 볼 수 없는 먼 곳에 있으나 김홍도의 입에서 밀려 나올 때 임금은 후세들에게 족적을 남기지 않은 장영실의 비밀을 생각했다. 장영실과 다빈치는 수백 년 저편에서 교차하고 있으나 임금의 머리로 달려갈 수 없는 먼 곳에 놓여 있었다.

생존했을 때 이미 사후의 비밀을 남긴 장영실과 다빈치의 삶은 비밀 때문에라도 더 운명적으로 보였다. 그 죽음들은 살아온 날과 마찬가지로 이 세상에도 저 너머 세상에서도 끊어내지 못한 사연과 이야기를 품고 떠돌 것 같았다.

이 밤에 임금은 사색에 잠기거나 너른 하늘 정원을 거닐며 무수한 별 사이를 오가는 듯했다. 임금이 먼 곳의 바람을 부여잡고 창자 끝까지 스며든 공허를 밀어내며 말했다.

"지금도 그림자 같은 비밀을 품고 세상을 떠돌고 있는 자들이다. 서로는 서로를 알아보았을 터이고 서로에게 끌렸을 것이다. 허나 무엇이 장영실과 다빈치를 연결시킬 수 있단 말인가?"

장영실과 다빈치를 연결하는 지점이 어디인지 알아야 의심 없이 〈최후의 만찬〉이 품은 의구와 의혹을 풀 수 있었다. 임금은 눈앞에 당겨오는 이해와 사리와 분별을 버리고 김홍도의 직관을 받아들여야 하는 까닭을 상기시켰다.

김홍도의 대답은 개운하고 냉정하게 들렸다. 지루한 과거를 걷어내고 굵고 단단한 장영실의 삶을 건져 올리는 김홍도의 눈빛은 차분하기까지 했다.

"장영실은 삶을 멀리 보았기 때문에 조선을 떠났을 것이옵니다. 이탈리아가 아니어도 스스로 바라던 대동세상을 꿈꾸며 살아갔을 것이옵니다. 운명이거나 우연이었을 다빈치도 장영실과 같은 대동세상을 꿈꾸었을 것이옵니다."

단정할 수 없는 김홍도의 직관은 추론과 유추와 공상에 불과했으나 말 속에 장영실과 다빈치는 과거 시대에 손을 잡고 하나의 세상을 향해 걸어갔다. 당겨올 수 없는 그 세상의 장영실과 다빈치는 천 년이 지나도 남아 있을 것 같았다. 변하지 않는 과학의 삶과 증거로 장영실과 다빈치는 세상을 쓰다듬으며 오래도록 이어질 것 같았다.

임금이 김홍도를 바라보며 고개를 끄덕였다. 김홍도가 임금을 올려다보며 다시 말을 이었다.

"장영실의 삶과 다빈치의 삶은 유사성이 많사옵니다. 어미의 신분에 묻혀 관노로 밀려나간 장영실의 출생과 사생아로 태어난 다빈치의 출생이 그러하옵니다. 태생부터가 서로의 고통과 아픔을 이해하는 근본이 되고 있사옵니다. 장영실이 태어난 동래의 바다와, 바다에서 멀지 않은 피렌체에서 태어난 다빈치의 생태는 겹치는 부분이 많사옵니다. 바다를 낀 도시는 해양과 무역이 원활한 대신 해와 달의 기울기를 중시하는 습성이 있사옵니다. 또한 침략에 대비한 병기 생산에 따라 과학이 발달할 수밖에 없사옵니다. 장영실은 기름진 육식을 꺼렸고, 다빈치는 채식 위주의 식사를 즐겼다고 하옵니다. 피렌체와 밀라노를 오간 다빈치와 명나라와 조선을 오간 장영실의 행보도 다르다 볼 수 없사옵니다. 장영실과 다빈치는 동시대에 볼 수 없는 먼 곳에서 평행한 삶을 이어갔으며, 장영실은 스스로 선택한 운명을 쥐고 다빈치가 있는 곳으로 향했을 것으로 추정되옵니다."

추측의 삶이 장영실과 다빈치를 연결시킬 명백한 근거가 될지 알 수 없으나 태생의 배후만으로 둘을 한 지점에 묶을 수 있는 조건은 충분해 보였다. 조건만으로 그림 속 오른쪽 끝에서 두 번째 서 있는 백발의 인물이 과연 장영실이 될 수 있는가를 생각했다. 생각만으로 증명할 수 없는 그림 속 인물들의 설정은 다빈치의 의도와 감상자의 해석에 따라 실제와 허구 사이를 오갈 가능성이 많아 보였다. 그린 자의 의도와 감상자의 해석이 섞이면서 그 사이 수천수만 가지 인과로 나누어지거나 열리게 될 이야기의 가능성은 별만큼이나 많아 보였다.

임금은 〈최후의 만찬〉이 가리키는 과거의 지점을 떠올렸고, 현재로 뻗어오는 이야기의 운명을 예감했다. 조건을 들이밀면 소실점 너머로 사라지는 광활한 우주 밖에 장영실은 서 있었다. 목이 늘어진 성성한 백발의 모습으로 〈최후의 만찬〉 한곳에 장영실은 다른 세상에서 다른 삶을 살고 있었다.

임금이 낮은 목소리로 물었다.

"오른쪽 두 번째 서 있는 자가 장영실이 확실한가?"

"결과를 예측할 수 없는 모호한 상징으로 장영실은 〈최후의 만찬〉에 남아 있었사옵니다. 산타마리아 예배당 벽에 그려진 실물에서 오른쪽 두 번째 인물은 유다 타데오란 이름으로 불렸사옵니다. 유다는 바리새인이며 예수와 교류가 드문 인물이옵니다. 그 이름이 장영실의 존재를 가리키기엔 무리가 없던 것은 아니었사옵니다. 그곳의 많은 학사들이 엄밀히 들여다보며 장영실의 존재를 확인해주었사옵니다."

임금이 고개를 끄덕였다. 볼 수 없는 먼 나라에서 김홍도가 본 것은 허상보다 실상일 가능성이 높았다. 그럼에도 선뜻 김홍도의 말을 받아들일 수 없는 까닭은 장영실에 관한 기록의 부재 때문이었다.

밀라노의 학사들이 입으로 전한 말의 실체는 입 속에 있을 뿐 실물로 드러나지 않으므로, 김홍도의 말을 한 번에 수용할 수 없다는 것도 알았다. 임금은 김홍도가 가져온 허상의 증거라도 붙들고 장영실을 시류에 불러오고 싶어 했다. 어떠한 한계에 직면하더라도 마음을 비우면 보일 것도 같았다. 그 또한 추상에 지나지 않을 것이지만, 임금은 스스로 정한 상징과 인상과 사유의 파편들을 한곳에 모아 장영실의 귀환을 받아들이고 싶어 했다.

"오늘은 돌아가라. 조용한 날 다시 부를 것이다."

귀가 먹먹하고 코끝이 찡했다. 과연 장영실이 조선의 역사와 문물과 언어를 이끌고 먼 나라에 임했더라도 대동의 소임으로 세상의 향기를 몰아오면 다행이지 싶었다.

임금은 세상 너머로 사라진 향기를 생각했다. 앞날의 향기는 조선에 있을지 어디에 있을지 알 수 없으나 주술을 버리고 사실에 눈 뜰 때 세상의 향기도 밀려올 것을 내다봤다. 사직의 무능을 꾸짖는 장영실의 유능이 그림 속에서 들려올 때 임금은 서학인들의 입 속에 파묻히던 가나안 땅을 생각했다. 그 모두 시류를 비켜갈 수 없다는 것도 알았다.

김홍도가 깊이 수그렸다가 몸을 일으켰다. 임금이 소리 없이 숨을 뱉었다. 다시 숨을 들이킬 때 허파 속으로 차고 냉랭한 밤기운이 들어찼다. 멀리에서 소쩍새가 울었고, 종종걸음으로 편전을 지나는 말발굽 소리가 들렸다. 야밤에 순찰을 도는 기병들의 젖은 어깨가 떠올랐다. 내관을 시켜 밤참이라도 내주어야 할 것 같았다.

최무영이 굳은 표정으로 임금을 바라봤다. 백동수가 긴 칼을 차고 임금을 지켜봤다. 임금이 하늘을 올려보며 낮게 읊조렸다.

"장영실은 정말 밀라노에 갔단 말인가?"

박석을 밟고 돌아가는 김홍도의 뒷모습을 바라보며 임금이 한숨 쉬었다. 박석 위로 달빛이 부서져 내렸다.

카메라 옵스큐라

빛은 멀리 있어도 또렷했다. 빛이 사라지면 어둠은 티 없이 깨끗하게 왔다. 빛이 사라진 어둠은 견고하고 두터웠는데, 그 어둠을 칠흑漆黑이라 했다. 암흑暗黑보다 짙은 칠흑은 심우주처럼 보였다.

약용은 빛이 들어오지 못하도록 방 안을 옷과 이불로 촘촘히 막았다. 겹겹이 눌린 어둠의 요철이 방 안에 괴어 들었다. 얕은 어둠과 깊은 어둠이 보였는데, 어둠의 밀도는 손으로 만질 수 없었다. 빛을 들이대며 확인할 수도 없었다. 시작과 끝이 사라진 어둠은 하나의 덩어리로 보였다.

어둠 속에 약용은 손톱만한 구멍을 뚫고 직선으로 뻗어오는 외줄기 섬광을 주시했다. 빛은 날카로운 가시처럼 보였다. 빛 속에 꿈틀대는 입자의 파장이 보였고, 파장 속에 소용돌이 같은 요동이 보였다. 어둠 속에 빛은 칼날 같았다.

주머니에서 돋보기를 꺼내 구멍에 끼우자 빛은 한순간 둥근 쟁반만큼이나 넓어졌다. 투명한 쟁반 안으로 세상은 실려 왔다. 구멍에서 다섯 자 거리에 흰 종이를 고정시켰다. 구멍에서 뻗어온 외줄기 빛이 종이 위로 비쳐들었다. 찰나의 시간에 빛은 수천수만 번 구멍과 종이를 왕래했다. 물질인지 공허인지 알 수 없는 빛의 세계는 조밀해 보였다.

밀폐된 방 안의 구조와 장치를 약용은 칠실파려안漆室玻瓈眼이라고 불렀다. 이 원리는 서역 페르시아를 지나 까마득한 비단길을 따라 북경을 거쳐 전해왔다. 서역에서는 빛을 가둔 어둠의 방을 '카메라 옵스큐라'라고 했다. 서역의 용어 안에 원정의 거대함이 보였고, 거대한 원정 속에 빛을 가두는 칠실파려안의 파격이 보였다.

카메라 옵스큐라는 오직 빛과 어둠만으로 찰나의 모습을 종이에 새겨 넣었다. 구멍 밖에 사람을 세우면 방안에 설치된 종이에 거꾸로 상이 맺혀들었다.

종이에 새겨든 그림을 바라보며 약용은 숨이 차오르는 것을 알았다. 그림의 농도와 밀도만으로 두근거리는 것을 알았다. 본래 형상과 조금도 차이가 나지 않았는데, 그 복원력이 놀라웠다. 무엇도 실제와 똑같이 그려낼 수 없는 것인데, 칠실파려안은 수염 하나 사마귀 하나까지 정교하게 그려냈다.

약용은 칠실파려안의 원리를 과거의 모습을 미래 사람들에게 보여주는 통로로 해석했다. 과거의 모습을 미래에 전하는 기록으로는 그림도 마찬가지였으나 빛과 어둠만으로 형상을 담아내는 원리는 사례가 없었다. 원리를 크게 뚫어본 자가 있는가 하면, 사악한 징후로 보는 축도 있었다. 그러든 말든 약용은 비단길을 따라 흘러든 칠실파려안의 파격을 훗날 조선의 맥을 바꿀 실사구시로 보았다.

칠실파려안 안쪽으로 윤지충의 저승길에 들려오던 늑대 울음소리가 들려왔다. 소리는 과거의 흔적을 안고 나라의 꼭대기 단군조선에서 기자조선과 위만조선을 지나 한, 예, 맥, 고구려를 거쳐 보덕, 비류, 백제, 미추홀, 신라, 명주, 금관, 대가야에 머물렀다가 감문, 우산, 탐라, 후백제, 태봉, 고려에 당도하면서 조선의 감성으로 밀려왔다.

마당 앞뜰에서 방 안으로 전해온 저승의 나라들이 이승의 조선과 어깨를 걸면서 나라의 관절마다 신경과 핏기가 돌았다. 저승의 나라들이 어둠 한가운데 한줄기 빛살로 종이에 새겨들면 나라와 나라 사이 바람은 멈추지 않았다.

어둠을 가로질러 종이를 횡단하는 빛이 곱고 따스했다. 칠실파려안의 빛은 한 줄기였으나 어둠 속에 빛나는 근성은 대쪽 같았다.

약용이 칠실파려안을 들여다봤다. 종이 위로 멀리 북한산 영봉이 그려졌다. 그림은 극사실의 질감으로 왔다.

"이토록 정밀한 그림은 일찍이 볼 수 없었다. 이것은 실상을 허상으로 옮기는 것인데, 종이에 맺힌 허상이 실상보다 정교하다."

약용이 숨을 멈추었다. 오직 빛과 어둠만으로 그림을 그려낼 수 있다는 사실이 놀라웠다. 맹렬한 칠흑 가운데 구멍을 뚫어 바깥 모습을 사실 그대로 옮겨오는 빛의 과학은 몹시 두근거리기까지 했다.

실사의 원리는 외부의 빛을 차단한 방 안에 있었다. 어둠을 가두는 방은 어디에도 없던 기획으로 보였다. 방을 지고 다닐 수 없겠지만, 들고 다닐 수 있는 크기의 칠실파려안은 생각보다 특별해 보였다.

카메라 옵스큐라.

약용은 천천히 힘주어 뱉었다. 글자마다 입에 담기 어려운 발음이 맺혀 있었다. 용어 속에 빛과 어둠은 차분히 가라앉아 있었다. 그 빛은 선이 될지, 그 어둠은 악이 될지 알 수 없으나 빛을 감싼 어둠 속에 서학인들의 삶이 보였다.

약용이 한숨 쉬었다. 한숨 속에 도향의 모습이 어른거렸다. 언제 보

있는지 까마득했다. 연암과 연결된 도향은 어떤 세상을 원하는지 알
수 없었다.

　…저의 신념을 속박하지 마셔요. 이건 필연이며 한줄기 구원입니다.

　그리하여 가나안 땅으로 가겠다던 도향의 말은 가물거렸다. 이마에
서 입술로 이어지던 짧은 성호 안에 그려지던 십자가는 머릿속에 뚜
렷했다. 도향의 십자가는 형틀의 기호가 아닌 구원의 상징처럼 모호
하면서도 서글펐다. 모호한 눈빛 속에 떠가던 도향의 가야금이 그리
웠다. 약용은 다 제쳐두고 장악원으로 향했다.

　도향은 장악원 뒤뜰이 내려 보이는 태평관 쪽마루에 앉아 있었다.
무릎에 올린 가야금 양이두에서 잔 빛이 어른거렸다. 가야금을 내려
보며 도향은 한숨 쉬었다. 한숨 속에 떠가는 어미의 죽음과 오라비의
유랑이 약용의 눈에 가시덤불처럼 보였다.

　도향이 조용히 일어서 약용을 맞았다.

　"기다렸습니다. 그 사이 두 번 비가 내렸고, 둥근 달이 반쪽이 되어
서편으로 기울었습니다. 나으리, 이 밤에……."

　도향의 입술을 눌렀다. 단내가 났으나 어떠한 향기도 없었다. 도향
의 입에서 모과 향을 맡은 날이 언제인지 기억나지 않았다.

　도향의 눈에서 낮에 보았던 빛과 어둠이 밀려왔다. 빛과 무관한 지
점에서 약용은 도향을 바라봤고, 어둠과 겹쳐진 자리에서 도향은 우
울한 얼굴로 약용을 바라봤다.

　약용이 생각에 잠겼다가 말했다.

"비가 내릴 때 너를 생각했다. 달이 잘려나가는 동안 너의 가야금 소리가 그리웠다."

약용은 도향을 사랑하는지 알 수 없었다. 사대부가 장악원 여령과 밤을 새웠다는 뜬구름 같은 말은 들려오지 않았다. 바람은 바람으로 잠재울 수 있다는 말도 들려오지 않았다.

오늘이 마지막 밤이 될 것을 약용은 예감했다. 작정하고 도향 앞으로 건너왔으니 그렇게 될 것이었다. 사연을 늘릴수록 도향에게 해악이 될 것도 내다봤다. 예감만으로 충분히 도향이 보고팠다. 도향의 선율도 그리웠다. 능선과 능선이 잇대어진 도향의 몸이 떠올라 이 밤에 돌아설 수 있을지 의문이었다.

… 오늘이 마지막이 될 게야.

약용은 그 말을 뱉지 못했다. 여린 아이의 감정을 흔들어 놓아서 이로울 것이 없다는 생각은 하지 않아도 떠올랐다.

도향의 어깨를 끌어당겼다. 도향의 목덜미에서 젖은 풀 냄새가 났다. 평소 몸에서 나던 향기와 달랐다. 성균관 동재 전각 모서리에 떨어져 내리던 빗줄기를 받아먹고 자란 날것의 냄새는 도향의 몸속에 떠가던 향기와 달리 비렸다. 비린 풀 냄새 속에 작년 가을까지 살다 죽은 귀뚜라미 소리가 들렸다.

"오랜 만에 너의 가야금 소리를 듣자꾸나."

도향이 눈을 반짝였다. 약용이 고개를 끄덕였다. 도향이 젖은 눈으로 몸을 일으켰다. 한순간 치마 속에 고여 있던 바람이 약용의 자리로 밀려왔다. 바람 속에 갯가 비린내가 실려 왔다. 도향의 종아리를 바라보며 약용은 향기가 사라진 세상을 생각했다. 향기가 사라진 세상은 필시 어둠일 것이었다. 그 어둠은 선이 무마된 세상이 될 것인데, 악으로 들끓을지 선으로 채워질지 알 수 없었다. 도향의 변음은 빛으로 채워진 소리인지, 어둠으로 채워진 소리인지, 그마저 알 수 없었다.

당-.

선율은 서둘러 밤을 불러왔다. 장악원 담장 너머 측백나무에서 부엉이가 울었다. 밤은 긴 어둠과 짧은 빛을 이끌고 와서 태평관 마루에 풀어놓는 것 같았다. 칠실파려안의 빛과 어둠이 가야금 줄에 보였다.

약용이 조용히 물었다.

"가나안은 너의 몸으로 이를 수 있다더냐, 아니면 마음속에 머무는 것이더냐?"

"……."

도향은 대꾸하지 않았다. 말하지 않아도 도향의 입 속에서 맴도는 가나안의 근본은 기나긴 강줄기로 뻗어 있었다. 도향의 뼈와 살과 영혼으로 채워진 길은 윤지충과 권상연이 걸어간 길과 같아 보였다.

약용이 덧붙였다.

"가나안 땅은 여기서 볼 수 없으며, 볼 수 없는 그곳은 눈이 아닌 마음으로 갈 수 있는 곳이 아니더냐?"

전에도 그랬고, 앞으로 그럴 것이라고, 서학에 관한 약용의 소신은 분명했다. 그 말이 품은 광활한 공허를 단번에 알 수 없으나 약용이 베푸는 실학의 지혜와 천주의 믿음만큼은 확고했다. 약용의 말을 알아들었는지 도향의 눈매에 조용한 빛이 떠올랐다. 도향의 목에서 마른 물고기 울음이 들렸다.

"연암 어른도 그 같은 말씀을 들려주었습니다."

그 소리는 오래전 뭍으로 올라와 배를 가르며 죽어간 북어의 울음이지 싶었다. 울음 속에 백탑의 허기가 들려왔다. 울음 속에 약용의 『천주실의』를 품은 청연의 깨끗함이 밀려왔다. 도향의 얼굴을 바라보며 약용은 속을 졸였다. 도향의 눈은 연암의 백탑을 돌아 가나안 땅을 향하는 듯했다.

"연암의 백탑청연과 가나안 땅은 엄히 다를 것인데, 너의 말은 서로를 속박하고 있질 않느냐?"

"저는 다만……."

도향은 연암 앞에 묻지 않고 듣기만 했다고 했다. 연암의 백탑청연은 넓고 깊고 푸르며, 푸름 속에 뚜렷한 하양이 보였다고 했다. 그 하양은 깊고 어려웠다고 했다. 알 수 없는 언어의 깊이로 세상을 응시하면 연암의 세상은 심장 먼 곳부터 떨려왔다고, 도향은 서두름 없이 덧붙였다. 언어의 산만과 문장의 이해를 가지런한 깊이로 전해주었으며, 그 속에 백탑의 실증과 청연의 기지가 보였다고, 도향은 정직한 표정으로 말했다.

덧붙일 때 도향의 목에서 긴 허기가 들려왔다.

"백탑청연은 모호했으나 모호함 속에 드러나는 연암 어른의 실체는 분명하고 뚜렷해 보였습니다. 가나안 땅의 고난과 예루살렘인의 유랑은 질곡으로 오지 않고 깨끗한 삶으로 왔습니다. 이해할 수 있는 것과 이해하지 않아도 알 수 있는 것을 구분해서 들려주었습니다."

… 가나안 땅은 왜 가나안이며 어찌 거기 그곳에 존재하는지 알 수 없으므로 들을 수 없었다고, 도향은 말을 보탰다. 사람들의 영혼은 어찌 날 때부터 불우하며 불우한 영혼은 신앙으로 달랠 수밖에 없다는

연암의 말은 도향은 이해할 수 없었다고 했다. 사람들 저마다 원죄라는 것이 있는데, 이것은 모든 만물과 더불어 살아가기 위한 보편적인 진리이므로 거부할 수 없다는 연암의 말은 비 내리는 날 처마 아래 찾아든 정령처럼 들렸다고 했다. 『천주실의』의 야훼는 볼 수 없는 존재이며, 닿을 수도 없고, 끝내 알 수 없는 존재라는 연암의 말이 옳은지 그른지 알 수 없었다고, 도향은 우울한 표정을 지었다.

도향의 말 속에 연암의 백탑과 약용의 실학은 천지간 갈라서 있었다. 약용의 입 속에 자란 천주의 신념은 높고 거룩할 것인데, 그 높고 거룩함이 연암에겐 사치일 뿐이었다.

백탑의 신념에는 서학의 그림자가 지워져 있었고, 청연의 결의에는 기도로 닿을 사소함도 보이지 않았다. 연암은 세상의 중심을 조선으로 보았으므로, 그 이상도 그 이하도 말한들 의미가 없었다. 연암은 철저했고, 고독했다. 생의 현오를 감추고 죽음의 파격으로 빛과 어둠의 통솔하지는 않았다. 연암은 열하, 그 하나로 세상을 뒤엎을 연암일 뿐이었다.

도향이 한숨 쉬었다. 한숨 속에 도향이 오를 언덕이 보였다. 메마른 흙먼지가 바람에 불어갔고, 깎아지른 벼랑 끝에 청초한 들꽃이 보였다. 그 꽃은 필시 도향일 것이라고, 약용은 생각했다. 연암의 사유에는 산인지 구름인지 모를 아득한 가파름이 보였다고, 도향은 말을 맺었다.

"더 말한 것은 없더냐?"

도향이 고개를 끄덕였다. 목을 묻고 고개를 숙일 때 약용은 먼 곳의 어둠을 생각했다. 도향이 고개를 들어 올릴 때 약용은 가까운 곳의 빛을 생각했다. 빛과 어둠, 그 하나로 실사구시를 말할 수는 없었다.

약용의 목에서 젖은 북어 울음이 들렸다.

"칠실파려안을 실험했다. 빛과 어둠만으로 그대로의 자연 사물을 종이에 담아냈다. 놀라움이 가라앉지 않는구나. 두근거리는 심장을 안고 왔다."

아.

도향은 짧은 신음으로 대신했다. 빛은 무엇으로 이루어져 있으며, 어둠은 무엇으로 채워져 있는지. 도향의 빛과 어둠은 아, 그 한마디 속에 일자로 뻗어나가 있었다. 외마디 신음 끝에 빛과 어둠만으로 사물을 그려내는 칠실파려안은 무엇에 쓰는 물건이냐고, 도향은 묻고 있었다.

"서역에서 건너온 것이다. 파미르 고원 너머 페르시아 대상들이 북경까지 그 원리를 끌고 왔다고 했다. 서역인들은 카메라 옵스큐라라고 부른다고 했다."

카메라 옵스큐라.

도향은 천천히 발음했다. 도향의 목에서 가느다란 퉁소 소리가 들렸다. 퉁소 소리 너머 가나안 땅을 향하는 유랑의 예루살렘인들이 보였다. 예루살렘인들의 걸음 속에 빛이 보였는데, 카메라 옵스큐라에 뻗어있던 한 줄기 빛과 같았다. 예루살렘인들의 등짝에 짊어진 어둠은 칠실파려안의 어둠과 다르지 않았다.

외딴 곳

　초저녁 새들이 높지 않은 곳에서 재재거렸다. 해 진 뒤 산마다 숨겨
둔 늦골을 헤집고 새들은 날아올랐다. 새들이 능선에 둥근 무늬를 그
려놓곤 별무리 속을 헤엄쳐갔다.

　도향이 한숨 끝에 말했다. 목에서 짝 잃은 거위 울음이 들렸다.

　"어둠 속에 떠오른 한 줄기 빛이 모두를 평등케 하는 신의 가호가
되진 않을는지요?"

　천주에 대한 도향의 신념은 들을 때마다 정직하게 들려왔다. 도향
의 입에서 나온 성체는 부풀지 않고 보태지 않은 실체 그대로일 것인
데, 그 부드러운 잎사귀 같은 것이 어찌 조선에 들어와 멸시와 억압을
견디고 있는지 알다가도 모를 일이었다.

　평등.

　그 말의 어려움을 약용은 알았다. 평등할 수 없으므로 평등하리란
소망은 사소한 염원일 뿐이었다. 사소한 것이 빛과 어둠으로 나뉘어
져 머릿속을 떠돌 때, 도향이 품고 있을 자유를 생각했다. 흔한 것이
가슴팍을 짓눌러 올 때 신의 가호를 생각했다.

　"무거우면 가라앉기 마련이다. 자유란 사소한 것이다. 처음부터 있
었다면 생각할 필요가 없는 말이 자유다. 그 자유, 나는 오래전 버렸
다. 윤지충과 권상연이 완산벌 풍남문 앞에서 살아온 날을 지울 때 나

는 자유의 무내용과 결별했다."

서학인들이 죽지 않고 살아남는 것은 국금으로 속박하기 때문이라고, 규장각 검서관들이 떠들어댄 말뭉치가 떠올랐다. 쓸모없는 말에 대해, 서학의 속박은 예루살렘을 찾아가던 유대인들이 누천년에 걸쳐 겪어왔고, 오래전 모세라는 자로부터 바다가 갈라지는 신기를 체험하였기 때문이라는 약용의 반격을 규장각 검서관들은 믿으려 하지 않았다. 선을 절대 우위에 올려놓은 천주의 융화는 허점이 많은 이념이라고 약용은 못을 박았으나 검서관들은 곧이곧대로 들으려 하지 않았다. 모든 선은 모든 악 앞에서만 빛나는 것이기 때문에, 천주의 가치와 천사장의 가치는 선악의 위치에서 상극하므로, 서로의 가치로 서로를 몰락시킬 수 있다는 약용의 논리를 검서관들은 달가워하지 않았다.

이단의 이단은 정교라는 약용의 논리가 위험천만하고 불온하게 들렸어도 검서관들은 말을 아꼈다. 이단으로 이단을 척결할 수 있는 기회를 검서관들은 바라지 않았다. 그러자면 결국 한쪽 편을 들어주어야 하는데, 한쪽이 몰락하고 나면 한쪽이 우세해지고 군림하게 되는 것이라고, 검서관들은 반박했다. 그것은 하나마나한 소리라고 약용의 논리를 뒤집으며 검서관들 스스로 무거운 관념을 가라앉혔다.

도향의 눈은 게으른 검서관들의 사유보다 부지런해 보였다. 도향의 목에서 젖은 온기가 보였다.

"나으리, 저의 말을 속박이라 생각하지 말아주셔요. 나으리의 칠실파려안 속에 든 빛과 어둠은 사소하지 않으며 무겁지도 않습니다."

약용은 어둠을 뚫고 종이에 맺혀들던 한 줄기 빛을 생각했다. 종이를 가로지르는 섬광은 시작도 없고 마침도 없는 순환과 윤회의 기나긴 줄기처럼 밀려왔다.

"빛은 본래 투명한 것이지 않더냐? 어둠이라고 투명하지 말라는 법은 없질 않느냐? 칠실파려안의 이상은 빛과 어둠의 조율로 세상을 흰 종이에 새기는 것이다."

빛이 투명할 수 있는 조건은 어둠에 있지 않고 빛에 있다는 생각은 종이에서 왔다. 빛은 어둠과 교접하면서 흰 종이 위에 상을 그려내는데, 맺혀든 빛의 조율 끝에 세상은 드러났다.

빛의 역동과 종이의 결이 만나 실상을 그려내는 칠실파려안의 원리는 달군 생쇠를 두드려 쇠 속에 든 빛을 찾아내는 것과 달랐다. 빛의 역동이 암흑을 뚫고 종이에 스며드는 것이 카메라 옵스큐라의 실체였다.

도향이 말했다. 별이 무성한 밤에 도향의 목소리는 외롭게 들렸다.

"나으리, 저의 갈 길은 가야금 선율에 휩싸인 소리길이 아님을 알았습니다. 나으리, 아무도 모르는 외딴 곳으로 저를 데려가셔요."

…저를 데려가셔요.

그 말을 뱉는 도향의 어려움을 생각했다.

나으리.

도향의 부름에 약용은 십자가의 무게를 생각했다.

…외딴 곳으로…….

그곳은 어디가 될지 알 수 없으나 도향의 신념으론 어디든 갈 것이다. 그곳은 결국 마음속 어느 자리가 되지 싶었다.

도향의 말끝에 저물어가는 산천이 보였고, 입 속에 자란 조선의 산천은 시나브로 밀려왔다. 생의 격절激切은 외딴 곳으로, 그 한마디에 축약되어 있었다.

약용은 도향의 숨소리를 몸에서 떼어내고 싶었고, 도향의 살과 뼈와 혼으로부터 멀리 떠나고 싶었다. 그 모두 가야금 선율에 실어 멀리 유배 보내고 싶었으나 죽기 전에 떼어놓지 못할 것도 알았다.

약용은 처음부터 보았고, 처음부터 알았다. 도향의 가야금 선율 속에 『천주실의』의 무변광대한 세상이 자리 잡고 있다는 것을. 실학의 문장과 십자가의 기도문과 무관한 도향만의 자유가 있다는 것을. 임금의 길은 볼 수 없어도 저녁나절 깨끗한 마음으로 마주한 도향의 길만큼은 뚜렷이 보였다.

장악원 전각 모서리를 타고 내려온 새 울음은 말발굽 같았다. 풍경 소리 한 점을 끝으로 전각에 남아있던 울음이 점점이 사라져갔다. 소리는 꼬리를 물고 길게 늘어졌으나 소리가 사라질 때 낮에 서성이던 빛도 함께 사라지는 듯이 보였다.

도향이 나직이 말했다.

"나으리, 머지않은 날 저는 가고 없을 것입니다. 저 가거든 제게 주신 가야금을 갈라 보셔요. 제가 드릴 수 있는 전부입니다."

도향의 말은 심장 깊숙이 선율을 꽂아두고는 통증을 견뎌보라는 듯이 들렸다. 말끝에 도향의 눈물이 보였다. 약용은 물방울에 비친 자신을 바라봤다. 뼛속을 찌르는 고통이 도향의 언어에서 시작되는지 눈물에서 시작되는지 알 수 없었다. 도향의 눈물은 처마 너머 세상을 적시는 빗물 같았다.

약용이 천식을 앓는 아이처럼 기침했다.

"가다니, 무슨 말이냐? 너는 천주에 목숨을 거느냐?"

"……."

도향은 대꾸하지 않았다. 약용은 끝내 도향을 품지 못하고 돌아섰다. 품을 수 없는 저녁도 있는 것이라고 생각했다. 외딴 곳으로, 그 말은 미래는 보이지 않았다. 예감할 수 없던 말은 허상의 미래를 끊어내고 영영 돌아가지 못할 과거를 점지하는 것 같았다.

…저를 데려가셔요.

머릿속에 가물거리는 도향의 마지막 말이 걸음을 무겁게 짓눌렀다. 약용은 돌아보지 않았다. 돌이킬 수 없다는 것도 알았다. 어둠 속으로 걸음을 내디딜 때, 도향의 말은 예정된 길을 가리키는 듯했다.

약용의 길은 카메라 옵스큐라의 빛줄기처럼 일자로 뻗어 있었다. 도향의 길은 빛을 받아내는 희디흰 종이 같았다. 종이에 맺힌 빛은 소리가 없었고, 떨림도 없었다. 세상과 무관한 종이를 가로지르는 도향의 걸음은 무심하고 외로워 보였다. 멀리에서 부엉이가 울었다.

도검장 刀劍匠

　김순의 외가는 낡고 초라했다.

　검은 검불로 변해버린 지붕에는 세 마리 늙은 구렁이가 마흔다섯 마리 쥐를 잡아먹고 살았다. 굼벵이가 사철 들끓었는데, 매미와 나방과 장수하늘소와 딱정벌레가 섞여 살았다.

　유충들이 사계를 가로질러 구렁이와 쥐 들 속에 뚜렷이 죽거나 살아갔다. 암수 여섯이 짝을 이룬 쥐들은 두어 달에 한 번씩 새끼를 쳤는데, 새끼들이 자랄 즈음 구렁이 뱃속에서 소화되곤 했다. 구렁이는 김순의 외조부 이한림이 태어나던 때부터 지붕에서 살았다. 새끼가 어미로 바뀌고, 낳은 새끼가 어미로 바뀌기를 아흔아홉 차례 반복했다.

　김순의 외가가 망하기 직전 구렁이는 시름시름 앓기 시작했다. 망한 후 진이 빠진 구렁이는 지붕에서 내려와 세간을 들락거리며 똬리를 틀고 새 주인을 기다렸다. 구렁이가 내려온 지붕에서 쥐들은 수시로 새끼를 낳아 구렁이 앞에 내보냈다. 허기진 구렁이는 겨우 먹었다. 밤마다 구렁이가 울었는데, 물 긷는 소리 같기도 하고 휘파람 소리 같기도 했다.

　해거름에 박해무는 애기 무당의 해원굿에 박힌 춤사위를 떠올리며 초가에 들어섰다. 뒤를 이어 김혁수가 칼끝을 감추고 구렁이의 살을

지나 초가에 들어섰다. 배손학이 『시경』의 목마름을 안고 지붕 아래
로 들어섰다. 배손학의 귀에 굼벵이 기어가는 소리가 들렸다. 박해무
와 두 마리 늑대의 몸서리치는 기억을 안고 김순이 초가에 들어섰다.
마당을 가로지르는 구렁이가 김순의 눈에 들어왔다. 대숲을 빠져나온
바람이 구렁이 비늘을 쓰다듬고 지나쳐갔다.

이하임이 평복 속에 갑옷을 감추고 느린 걸음으로 주위를 돌아봤
다. 어둠 속에 내금위장의 눈이 보였다. 어둠 속에서도 그 눈은 읽히
지 않았다. 목소리도 잊히지 않았다.

…너만은 오직 내금위로 죽을 수 있다.

먼 노을이 내금위장의 몸을 지우며 밀려갔다. 이하임의 눈 속에 먼
과거가 보였다. 이하임은 춤과 소리로 생을 끝낼 수 없다는 것을 알았
다. 내금위로 죽을 조건은 이하임에게 있을 것인데, 내금위장의 말 속
에 이하임의 죽음은 미래에 준비되어 있었다. 산 채 묻혀도 이하임은
내금위로 견딜 자신이 있었다. 내금위로 살아온 날들은 부끄럽지 않
았으나 춤과 소리로 살아온 날들은 쑥스러웠다. 이제라도 십자가를
쥐고 내금위의 수치를 지울 수 있으면 다행이었다.

도몽이 두 마리 늑대를 데리고 초가에 들어섰다. 등 뒤로 두 자루
칼을 달아 언제든 뺄 수 있었다. 초가 마당을 가로지를 때 두 마리 늑
대는 가볍게 뛰어올랐다. 털 속에 조밀한 털이 드러났다.

도몽이 칼을 쥐고 달을 바라봤다. 칼 속에 달빛이 맺혀 들었고, 달
속에 지평선이 보였다. 박해무로부터 받은 칼은 가볍고 단단했다. 내

금위의 칼은 다급하고 까다로웠으나 두 마리 늑대와 섞이어 들면서 차갑게 길들여졌다. 칼날에 짙푸른 생광이 뻗어갔다. 죽은 어미의 기억이 날 속에 새겨졌고, 소란한 날들이 날 속에 기울어갔다.

지붕 위로 성근 저녁 빛이 몰려왔다. 땅과 하늘 사이 꼭두서니 같은 바람이 불어갔다. 들판에 꽂힌 나무들은 곧은 수직이었다. 천지간 많은 것들이 울었다. 무당 집 개가 짖어댔고, 민가의 아이들이 젖을 보챘다. 개들이 짖자 늙은 소가 게으른 울음을 흘렸다. 소 울음 속에 바람 소리가 들렸다. 바람 속에 지붕 덤불 속을 기어 다니는 굼벵이 소리가 섞여 있었다. 바람을 뚫고 새들이 날아오르자 닭들이 목을 뽑아 울었다. 소리는 멀고 너른 곳까지 나아갔다.

마당 가운데 피운 불은 따사롭고 밝았다. 장독대 한곳에 움츠리고 있던 구렁이가 불빛을 발견하곤 마당을 가로질렀다. 박해무의 눈은 조용했다. 늑대를 바라보는 김순의 눈은 차분했다. 박해무가 김순의 어깨를 다독이며 말했다.

"열흘 뒤 궁중에서 잔치가 있을 것이네."

동짓날 궁중연향은 모두의 머릿속에 빛처럼 떠올랐다. 빛을 떠올리며 모두는 머리에서 발끝으로 이어지는 언약을 생각했고, 깨트릴 수 없는 대의를 생각했다.

배손학이 짧게 말했다. 배손학의 목에서 『시경』은 사라지고 없었다.

"동짓날 각자의 춤으로 세상 앞에 서는 날……."

배손학의 얼굴은 두려움을 버린 듯이 보였다. 칼보다 춤이 그리운 날 모두는 초라니 탈을 쓰고 세상 앞에 설 것이라고 말했다. 무르익은 춤사위로 세상을 건너갈 때 저마다 바라던 희디흰 꿈으로 채워질 것이라고 덧붙였다.

김순의 외가에서 모두는 언약했다. 세상은 말대로 돌아갈 리 없으나 모두는 망각할 수 없는 조건을 걸고 눈빛을 모았다. 언약은 단단했다. 도몽은 살을 걸었으며 김혁수는 뼈를 걸었다. 배손학은 붓을 걸었고, 이하임은 숨을 걸었다. 김순은 손을 걸었으며, 박해무는 혼을 걸었다.

두 마리 늑대가 주위를 어슬렁거리며 김혁수를 노려봤다. 김혁수가 생각에 잠겼다가 말했다

"우리의 춤이 살아온 날을 말해줄 것이오. 춤 속에 삶이 떠가는 날, 우리의 나머지 삶은 평등할 것이오."

김혁수의 말은 신중하게 들렸다. 김혁수는 덧붙였다.

"흔한 것이 새로울 수 있는 조건은 생때같은 삶을 걸기 때문이지 않겠소."

배손학이 김혁수의 말을 받았다.

"최후의 날에 복수가 아닌 춤을 생각하는 건 모두의 삶이 말해주고 있소. 우리는 한가롭게 죽지는 않을 것이오."

배손학의 말 속에 떠오른 요한계시록은 사막 같았다. 사막 위에서 오랜 날 복수의 날을 기다려온 자의 목마름은 거칠고 황량하게 들렸다. 배손학의 복수는 요한계시록 9장 3절에 예견되어 있었다. 사막을 떠나 조선 천지에 요한계시록은 한 줄기 복음이 될지, 일생을 건 복수가 될지 알 수 없었다.

배손학은 『시경』 조풍曹風 하루살이[蜉蝣]의 역동으로 사막을 횡단

하느라 고단해 보였다. 사막을 지나는 배손학의 춤과 복수는 어디로 향할지 아직 정하지 못한 것 같았다.

　心之憂矣 마음속 깊이 새겨진 시름이여
　於我歸說 이 몸은 어디에 머물러야 하는가?

『시경』부유蜉蝣 끝 소절을 장식한 구절에서 배손학은 춤을 생각하고, 춤사위 너머 요한계시록에 새겨진 복수를 생각하는 것 같았다. 이하임의 눈에 요한계시록은 부드러운 물길 같았고, 밤하늘 은하수 같았다. 『시경』은 사람들 사이에 끝없이 나누어지며, 사람들 속에 파묻힌 이야기가 한곳으로 모여드는 것에 불과했으나 이하임의 눈엔 다른 것 같았다.

이하임의 눈을 지나 눈보라를 뚫고 걸어오는 내금위장이 보였다. 내금위장의 얼굴엔 요한계시록도 『시경』도 보이지 않았다. 내금위장의 본성은 내금위에 있는지 서학에 있는지 알 수 없었다. 자취를 감춘 내금위장은 언제까지나 이하임의 머릿속에 남아 있을 것만 같았다.
이하임이 말했다. 목에서 조용한 물소리가 들렸다.
"그날 내금위의 경계를 뚫을 수 있을지 의문입니다. 평복의 내금위가 군중 속에 섞여 있을 것입니다."
이하임의 말 속에 내금위의 부릅뜬 눈과 갑옷의 동맹이 보였다. 흔한 춤으로 내금위의 살기를 누를 수는 없을 것이다. 가파른 역동으로 뛰어오르면 그 춤은 내금위의 살기를 넘어설지 몰랐다.

박해무가 말했다. 목에서 오래 묵은 근성이 들렸다.

"존현각 서까래 너머 달이 차오르면 모두는 초라니 탈을 쓰고 뛰어들 것이네. 그날 모두는 하나의 마음이라야 하네."

칼이 사라진 춤으로 세상을 정화할 수 있을지, 박해무의 춤 속에 세자익위사의 끈기가 보였다. 춤사위를 딛고 뛰어오르는 박해무의 근성은 내금위와 닮아 있었다. 춤의 탄력과 무인의 역량을 박해무는 춤으로 예감하는 것 같았다. 박해무는 외로운 사람 같다고, 이하임은 생각했다.

도몽이 입을 열었다.

"누구도 죽지 않는 전쟁으로 끝나야 합니다. 우리가 바라는 전쟁은 그것뿐입니다."

도몽의 말 속에 끝내야 할 검은 전쟁이 보였다. 하얀 나라에 박힌 검은 전쟁의 소용돌이 속에 누가 죽고 누가 살아남을지 알 수 없으나 춤사위 속에 전쟁은 예감되어 있었다. 예감만의 전쟁이 쓸모 있을지 알 수 없었으나 이하임의 생각은 달랐다. 춤은 지나온 생의 기억과 다가올 미래 예감 속에 조율되는 것이며, 이것은 바람 부는 언덕에서 춤을 띄워 본 자만이 알 수 있는 것이라고, 이하임은 생각했다.

눈보라로 춤의 능선을 감추고 바람 속에 칼을 숨기는 것이 내금위라던 내금위장의 말은 헛것 같았다. 이하임의 귀에 낯선 목소리가 들렸다. 공조에 처마를 올린 대장간에서 오래도록 쇠를 두드리던 도검장刀劍匠의 말이 이하임의 어깨를 눌러왔다.

    …칼은 바람 끝에서 불어오는 것이라 영혼을 걸 때 비로소 빚어지는

것…….

그 오래전 칼을 빚던 도검장의 말은 무겁게 들렸다. 운석검隕石劍을 만들던 도검장의 이마 위로 잔별이 보였다.

징一.

쇠와 쇠를 겹치고 두드리면 접쇠 속에 생쇠 울음이 들려왔다. 쇠 울음은 바람 소리로 채워져 있었는데, 눌리고 눌린 쇠마다 눈보라가 불어갔다.

쇠는 도검장에 의해 눌러지고 펴지며 다스려졌다. 쇠 속에 불어가는 바람은 도검장의 인내에서 왔다. 쇠로 낮을 부수고 달군 쇠로 밤을 지지면 접쇠 무늬마다 나뭇결이 보였다. 누르고 눌러 탄소의 결정이 쇠터에 고루 번져 가면 도검장의 인내는 불꽃이 되어 피어올랐다.

용해로의 쇠가 붉게 달궈지면 쇠는 비로소 물로 돌아가 첫날을 맞이했다. 물에서 시작되어 칼로 끝나는 백일 남짓, 쇠는 우아한 능선으로 뻗어가 도검장의 기쁨 속에 놓였다. 쇠는 속을 애태우는 관능으로 칼이 되어 갔는데, 단일하고 청아한 결로 칼의 능선은 채워졌다.

칼의 무르익음은 사치와 향기를 버린 쇠의 질긴 풍요 속에 왔다. 쇠의 시작은 어디이며, 쇠의 마침은 어디인지 쇠를 부르는 도검장의 기름진 무두질 속에 쇠의 끈기가 스며들면, 도검장이 쇠를 다스리는 게 아니라 쇠가 도검장을 눌러오는 듯했다.

도검장의 숫돌에는 균일한 무늬가 새겨져 있었는데, 오랜 시간 쇠를 부빈 흔적은 쉽게 지워지지 않았다. 장인의 눈 속에 어른거리던 한 뼘 불꽃은 우주를 담고 별을 품어 회오리로 돌 때가 많았다. 칼 속에 향기가 스며들던 날 도검장은 목이 잘려 죽었다.

도몽의 칼 속에 도검장의 불꽃이 녹아 있었다. 칼을 바라보며 이하임은 오래전 칼을 쥐던 자신을 돌아봤다. 칼과 창과 활을 따로 떼어놓을 수 없던 날들의 어려움이 떠올랐다. 내금위의 칼은 저마다 바람과 눈보라와 우기가 정해져 있으며, 칼 속에 삶은 응고되어 있었다. 칼을 쥐면 부릅뜬 눈동자와 잘려나간 사지가 칼 속에 집중되는 것이며, 칼을 기쁘게 받아들이는 일은 도검장의 땀방울과 다른 것이라고, 내금위장은 젖은 목소리로 말하곤 했다. 숨 쉬는 동안 칼을 쥘 것이라던 내금위장은 이하임을 보내던 날 서글픈 눈으로 칼의 능선을 바라봤다.

배손학이 도몽을 바라보며 말했다.

"칼 속에 스며든 도검장의 향기를 기억해주시오."

배손학의 칼은 춤에서 시작되는지 도검장의 인내에서 시작되는지 알 수 없었다. 그 칼은 안과 밖의 경계가 사라진 모호함에서 왔다. 물처럼 부드러우면서도 가벼운 것이 배손학의 칼이었는데, 춤사위마다 떠오르던 역동과 다르지 않았다. 배손학의 칼에서 목이 잘려 죽은 도검장의 생애가 보였다.

김순의 칼은 길지 않았으나 칼 속에 벼린 날이 보였다. 김순의 칼에는 구름이 어른거렸고, 구름마다 회오리가 돌았다. 이하임의 칼은 조용한 살기로 채워져 있었다. 칼날 속에 만경강 하늘을 뛰어오르던 물고기 비늘이 보였다.

도몽이 눈빛을 모아 말했다. 눈 속에 초라니의 가냘픈 생애와 몸이 만들어내는 춤이 보였다.

"그날 모두의 춤사위가 세상을 증명할 것입니다. 그리하여 역린을 잠재우는 전쟁이 될 것입니다."

역린.

언제 일어설지 모르는 위엄이며 잠재된 칼날이기도 했다. 아비를 잃은 임금만이 용의 다섯 발톱과 거꾸로 박혀든 비늘을 지닐 수 있었다. 여드레 동안 검고 단단한 뒤주에 갇혀 죽은 아비의 최후를 목격한 비늘이기도 했다. 대궐의 피바람은 거꾸로 박힌 임금의 비늘에서 오는 때가 많았다. 극도로 예민한 언약이 모두의 귀에 박혀들었다.

복수는 나의 것.

언약 속에 도몽의 날은 뚜렷이 보였다. 모두는 이마에서 목으로, 외편 가슴에서 오른편 가슴으로 손마디를 그었다. 성호를 띄우는 도몽의 몸은 허허벌판 같았다. 두 마리 늑대가 으르렁거리며 눈 속에 파란 십자가를 머금었다.

먼 능선을 따라 날선 바람이 불어갔다. 능선 너머 별무리 가운데 길 쓸별 하나가 깊은 사선을 그으며 지나갔다. 멀리에서 부엉이 울음이 들려왔다. 늙은 구렁이가 마당을 가로질러 지나갔다. 지붕에서 떨어진 굼벵이가 늦은 저녁에 얼어 죽었다. 쥐들이 덤불 속에서 서걱거리며 날이 새도록 기어 다녔다.

비가 내렸다. 바람 한 점 없는 초가에서 김혁수, 김순, 배손학, 박해무, 이하임, 도몽은 서로의 생을 바라보며 소리 없이 눈물 흘렸다. 서로는 서로의 죽음을 예감했는데, 죽음 속에 향기가 사라진 검은 전쟁이 보였다. 그 너머 생의 긴장이 보였고, 쪽빛 십자가가 보였다. 모두는 십자가 너머 서학의 길항과 그 끝나는 지점을 예감했다.

실증의 허기

존현각 위로 달은 떠올랐다. 박석 위로 달빛이 스며들 때 임금은 검고 단단한 뒤주를 생각했다. 뒤주 너머로 튕겨나가던 빛이 떠올랐다. 여드레 동안 뒤주 속에서 오직 빛과 소리만을 떠올렸을 아비를 생각하면 잠이 올 것 같지 않았다.

달무리를 감싼 밤기운이 냉랭했다. 풀이 죽은 달그림자 너머 인왕산은 검고 적막했다. 공제선을 따라 하늘과 맞닿은 자리마다 별이 떠올랐다. 광화문 밖에서 개들이 짖어댔다. 개 울음 속에 새 울음이 번져갔다. 섞이지 않는 두 울음 위로 달빛은 소리 없이 내렸다. 눈이 내릴 것 같았다.

김홍도는 최무영과 함께 늦은 시간에 왔다. 존현각 앞뜰에 내린 달빛을 밟을 때 김홍도와 최무영의 그림자는 보이지 않았다. 두꺼운 도포를 걸친 김홍도의 걸음은 무거워 보였다. 긴 보폭 속에 김홍도는 밀라노에서 보낸 날을 신고 왔다. 짧지도 길지도 않은 날을 지고 김홍도는 수그렸다.

젊은 나라의 늙은 기운을 좇아가는 임금의 마음은 어제와 같았다. 감당할 수 있을 만큼 희망을 실어도 마음은 다시 막막했다. 앞날은 지나온 날보다 깨끗해 보였는데, 바라는 만큼 지나갈 날들이 조용하면 그 또한 참을 만했다.

좋거나 좋지 않아도 세상은 무르익고 시간은 지나가느라 멈출 때가 없었다. 두 팔을 벌리면 어깻죽지 위로 날개가 솟는 듯했는데, 두근거리는 어깨를 펴고 밀려오는 세상으로 나아가고 싶어 했다. 세상은 보듬을 때도 밀어낼 때도 있으며, 울먹일 때 깊이 울어야 하는 까닭도, 슬플 때 곡진할 이유도 알았다.

최무영이 해질 무렵 사라지던 그림자를 달빛 아래 불러내며 말했다.

"〈최후의 만찬〉은 13인의 감성으로부터 믿음의 완전체를 위해 세상을 응시하거나 세상을 외면하고 있사옵니다."

믿음.

말 속에 떠오른 감성과 믿음의 실체가 무엇이 될지 알 수 없었다. 임금의 마음으로 건너오기엔 더 많은 날을 보내야 할 것 같았다. 뒤주에서 죽어간 아비로부터 물려받은 근성은 믿음보다 외로움을 감추는 감성과 처세가 먼저였다. 그림 속 믿음의 원천이 어디에서 비롯되어 무언가의 숙주로부터 이어지는지 알 수 없으나 오직 한 가지 믿음을 깔고 세상을 무겁게 꾸짖고 있었다.

임금은 임오년 여름 여드레 동안 뒤주에 갇혀 있던 아비를 생각했다. 검고 단단한 뒤주 안에서 아비는 믿음보다 자유를 꿈꾸었을지 몰랐다. 몸의 자유, 마음의 자유로부터 아비는 어둡고 캄캄한 뒤주에서 별이 사라진 세상을 생각했을지 몰랐다. 선인문 앞뜰에 갈라선 삶과 죽음 앞에 아비는 믿음을 버리고 자유와 평등을 생각했을지 알 수 없었다.

멀리에서 새 울음이 들렸다. 임오년에 울어 지친 어미 부엉이 울음 같았다. 임금이 생각 끝에 말했다.

"사헌부에서 형륙을 내린 날 윤지충은 밀려오는 운명을 직감하며 권상연과 함께 최후의 만찬을 기획했을 것이다. 스스로의 믿음과 나라에 대한 배반을 놓고 번민 없이 깨끗한 몸과 순진한 마음으로 죽기를 희망하며 가르치길 바랐을 것이다. 순교의 의미로 나라의 기운을 바로잡을 수 있다면 그보다 더 한 일도 윤지충과 권상연은 마다하지 않았을 것이다."

임금의 말이 의미 없진 않았다. 때를 기다려 죽기를 바라는 자의 마음을 무엇으로 감당할진 몰라도 임금은 울먹이지 않고 모두를 멸하거나 사할 수 있을 것 같았다. 임금의 자리에서 내릴 수 있는 어명은 수천수만 가지를 더해도 모자랄 것이므로, 임금은 날마다 들끓는 상소를 물리칠 수 없어 애가 타는 듯했다.

최무영이 말을 보탰다. 임금을 다독이는 최무영의 목소리가 떨렸다.

"하오나 추조적발사건으로 모두를 투옥시키기보다는 훈방만으로 많은 자들을 살려주었사옵니다. 윤지충과 권상연의 형륙에 비하면 살려 보낸 자가 더 많사옵니다. 윤지충과 권상연은 나라의 기강을 세우는 중요한 결정이었고, 판단은 백성들이 할 것이옵니다."

임금은 추조적발사건을 잊지 않았다. 그 일로 이승훈, 권일신, 정약현, 정약전, 정약종, 정약용 등 십여 명이 발각되었다. 모두는 명례동 김범우의 집에서 십자가 아래 이벽의 교설敎說을 듣고 있었다고 했다. 붙들린 자들은 스스로 죄를 묻지 않았는데, 지은 죄가 없다고도 했다.

형조판서 김화진은 김범우를 투옥하고 나머지를 석방했다. 임금은 나서지 않았다. 판서가 알아서 할 일을 관여하는 것은 도리가 아니었다. 석방된 권일신은 이윤하, 이총억, 정섭 등 다섯 사람과 함께 형조에 들어가 압수한 성상聖像을 돌려달라고 울먹였다. 이를 목격한 이용서와 유생들이 올린 척사상소斥邪上疏는 오래도록 임금의 어깨를 눌러왔다.

모두 처벌할 것을 바라는 상소는 정월대보름 쥐불놀이만큼이나 임금의 속을 까맣게 태웠다. 끓는 상소에도 불구하고 임금은 김범우만을 경상도 밀양으로 유배시키면서 성학聖學이 흥하면 사학邪學은 자멸할 것이라고 믿었다. 임금의 믿음은 임금 스스로 정하였으므로 오래가지 않았다. 그 이상 임금은 돌이키고 싶지 않았다.

추조적발사건에 이은 적발사건으로 기어이 윤지충과 권상연의 목을 베었으므로, 임금은 조용한 뒷날을 기대해 마지 않았다. 김홍도를 밀라노로 보낸 이유도 거기 있었다.

임금이 입을 열었다. 임금의 말 속에 답답한 세상이 보였고, 답답한 세상을 등지는 장영실의 무거운 걸음도 보였다.

"밀라노의 풍문만으로 장영실의 존재를 증명하기엔 한계가 있을 것이다. 물증이 나오지 않는 이상 장영실이 그곳에 살았다고 말할 수 있겠는가?"

김홍도는 오래 생각에 잠겨 있다 입을 열었다. 목에서 길지 않은 날 많은 것을 느끼고 돌아온 사연과 감성이 보였다.

"밀라노로 출정한 까닭이 거기에 있사옵니다. 한계를 엎고 오류를 검증하기 위해 이양선에 올라 긴 날을 낯선 땅에서 통역관과 헤맸사옵니다. 조선의 역사에서 문득 사라진 장영실의 여생을 추적하는 것은 버거웠사옵니다. 추적 끝에 밀라노에서 얻은 답은 장영실과 다빈치는 아주 친밀한 관계로 돌아왔사옵니다. 둘은 오래도록 가까운 벗으로 살다 간 것으로 매듭지어야 했사옵니다."

김홍도의 말을 믿어야 할지 버려야 할지 알 수 없었다. 긍정도 부정도 할 수 없는 말은 임금의 속을 태우며 밀려왔다.

낯선 땅에서 외롭게 걸었을 김홍도를 생각했다. 걸음 속에 까맣게 밀려오는 밀라노의 환영이 보였다. 안개 낀 도시는 무거운 하늘을 이고 지붕마다 날카로운 창을 내걸고 있었다. 색깔 없이 고즈넉한 밀라노의 풍경은 임금의 머릿속에 달빛으로 비쳐들거나 비로 내렸다.

임금은 생각만으로 가본 적 없는 밀라노 거리를 홀로 배회했다. 장영실이 거닐었을 길목에 서서 별만큼 멀리 있는 조선을 생각했다. 밀라노에서 조선은 볼 수 없는 아득한 곳에 자리 잡고 있었다.

장영실의 허기는 믿음으로 출렁거리며 밀려왔다. 믿음의 근원은 과학이 되거나 신앙이 될지 몰랐다. 다빈치와 함께 과학을 꿈꾸었을 장영실의 생이 어디에서 마감되었든 덧없지는 않았을 것이다. 무거운 걸음으로 과학의 이상을 실현하려 한 까닭은 인간에 있고, 구원에 있다는 것도 알았다. 과학이든 신앙이든 장영실의 이상은 대동의 대의를 싣고 금빛 돛폭을 펄럭이며 바다를 건너올 때 그 신화도 완성되지 싶었다.

임금이 김홍도를 바라봤다. 김홍도가 족자를 들어 올렸다. 족자를 펼치자 두루마리 속에 그린 지 오래된 인물화가 보였다. 그림은 깨끗하고 보존이 잘되어 있었다. 임금은 그림 속 주인공이 누구인지 묻지 않았다. 묻지 않아도 장영실의 초상임을 알았다.

임금이 말없이 내려봤다. 김홍도가 족자를 펼치며 말을 이었다.

"성균관 밀실 수장고에서 가져왔사옵니다. 장영실이 〈최후의 만찬〉 한곳에 남아 있다는 것은 이 족자가 말해주고 있사옵니다. 〈최후의 만찬〉에서 오른쪽 두 번째 유다 타데오란 인물의 인체 비례에 비추어 볼 때 장영실의 초상에 그려진 이마와 눈매와 코와 입술의 위치에서 동일인으로 판명되고 있사옵니다. 인체 비율은 저마다 동등하지만 이목구비로 채워진 윤곽은 개인마다 다르옵니다. 머리부터 다리로 이어진 골격 또한 개인마다 다른 지문을 지니듯 각자의 것으로 나누어지고 있사옵니다."

임금은 인체 비례와 저마다 윤곽을 이루는 이목구비를 생각했다. 비율로 봐서 장영실의 얼굴과 〈최후의 만찬〉에 그려진 유다의 이목구비가 같아지는 변증이 놀라웠다. 장영실의 어깨와 팔등신의 골격이 유다의 골격이 동일인일 수밖에 없는 인체 비례의 적합성에 임금은 다시 놀라웠다.

증명하기 까다로운 인체 비례의 합리는 다빈치의 그림과 장영실의 과학에 실린 정밀한 구상과 구도에서 드러났다. 크기와 위치와 모양이 다른 골격을 하나의 인물로 증명할 수 있는 단서는 오직 김홍도만이 지닌 감각에서 오지 싶었다.

임금은 김홍도의 풍속화에 그려진 너른 세상을 생각했고, 세상마다 그려진 광활한 생활을 생각했다. 죽음을 생각할 수 없는 김홍도의 풍속화는 생생한 삶을 그대로 옮겨놓음으로써 정확한 인체 비율을 반영했다. 장영실의 골격도 두 그림을 놓고 실상의 범위 안에 판명되었을 것이다.

임금이 열린 입을 다물지 못하고 말했다. 목에서 떨리는 감성이 밀려왔다.

"인체 비례의 과학에서 답을 구한 도화서 별제의 관찰과 집중과 논리가 놀랍다. 그 놀라움이 입 속이거나 머리에 파묻히지 않고 세상에 드러나니 총명하다."

"장영실은 〈최후의 만찬〉뿐 아니라 다빈치가 그린 인체 해부와 황금분할의 비례에도 남아 있었사옵니다. 우람한 건축과 하늘을 날 수 있는 원반 모양의 설계도에도 장영실의 흔적은 남아 있었사옵니다."

협소한 실마리를 인체 비례의 과학을 들이대며 증명하는 김홍도의 체감은 극도로 예민해 보였다. 오랜 시간 그림을 그려왔으니 김홍도의 눈에서만큼은 가능하지 싶었다.

풀리지 않는 의문은 윤지충의 집에서 〈최후의 만찬〉이 발견되었다는 것이다. 윤지충의 의도는 무엇이 될지, 그림 속 장영실의 존재는 무엇을 말하는지 꼬리를 물고 이어졌다. 이 일을 윤지충에서 매듭지어야 할지, 장영실의 실마리를 찾아 끝까지 추적해야 할지 알 수 없었다. 임금은 풀 수 없는 수수께끼와 끝없는 미로 사이에 여러 밤을 이어온 것 같았다. 임금이 말했다.

"밀라노에서 짐작되는 장영실의 족적을 증명하는 데는 이유가 있을 것이다. 〈최후의 만찬〉에서 장영실의 등장은 조선이 앓고 있는 서학과 밀접하기 때문에 해명을 요구한다. 그 때문에 도화서 별제를 이양선에 실어 먼 곳으로 보낸 것이고, 그에 적합한 답을 구하기 위함이었다. 별제는 보아서 알 것이다. 만고에 불어가는 믿음은 의심이 사라질 때 더 확고해지지 않던가?"

김홍도가 눈을 들어 임금을 바라봤다. 임금의 속을 읽는 김홍도의 눈은 긴박하고 영민해 보였다. 김홍도의 목에서 임금이 풀 수 없는 의문과 의혹과 의심의 파편들이 무뚝뚝하게 들려왔다.

"하오나 〈최후의 만찬〉이 중요한 것은 빵과 물고기로 지은 오병이어 기적이 아니옵니다. 이교도의 아가페를 굴복시킨 인간 예수의 참된 눈빛을 바라보소서. 희생과 순교의 의미가 물처럼 출렁이며 그 물은 만 가지 별을 품고 있사옵니다. 순수한 결정만이 세상을 정화하고 조선이 잃어버린 향기를 가져올 수 있을 것이옵니다. 아마도 장영실은 훗날 조선이 처할 불운을 미리 내다보며 그림 속에서 파우스트 폴의 숙명으로 조선을 다독이고 있을 것이옵니다."

임금이 숨을 멈추고 김홍도의 눈을 바라봤다. 김홍도의 눈 속에 기록되지 않은 심역사의 운명이 보였다. 그 속에 칼과 활과 방패를 쥐고 갑옷으로 무장한 장영실이 밀려왔다. 역사와 이야기의 중간에 스스로 실존을 허문 장영실의 환각은 무겁게 왔다. 생각할 수 없는 지점에서 장영실은 무거운 몸으로 역사의 증거와 이야기의 환상을 깔고 김홍도의 눈을 지나 임금 가까이 걸어왔다.

임금이 놀란 눈으로 물었다.

"파우스트 폴이라고 했느냐?"

"아마도 프리메이슨이란 말을 들은 적이 있을 것이옵니다."

"비밀결사 조직이라고 들었다. 조선에도 누군가 그 조직과 연결되어 있다고⋯⋯."

임금이 말을 아꼈다. 입에 올릴수록 불리한 것을 모를 리 없었다. 홍대용의 입에서 프리메이슨이 나올 때 임금은 흘려듣지만은 않았다.

규장각 검서관의 입에서도 까다로운 존재들의 연결고리는 쇠사슬만 큼이나 단단하고 집요하게 들렸다.

   …프리메이슨은 결코 프리메이슨이라고 말하지 않사옵니다.

   홍대용의 입에서 들려온 프리메이슨은 익지 않은 죽순의 어감을 품 고 있어도 이름 속에 든 영향력은 새벽 나절 물기를 머금은 대쪽보다 강하게 들렸다. 그 하나만으로 임금은 프리메이슨의 비밀을 짐작했 다.

   비밀이 품고 있는 사연은 이야기와 역사의 중간을 잇대는 심역사의 오랜 인고와 고락과 비애로부터 자유롭지 못한 것도 알았다. 홍대용 은 덧붙이지 않았으나 프리메이슨에 대한 규장각 검서관들의 직관은 얼음처럼 차갑고 냉혹하게 들려왔다. 그 존재들은 서학보다 더 두려 운 존재로 불리었다. 입에 올리지 말고 알려고도 해서는 안 된다는 철 칙이 규장각 검서관의 입에서 입으로 임금의 자리까지 밀려왔다. 까 다로운 자들로 조직된 프리메이슨은 그림자 같은 존재를 품고 바다를 건너와 조선에도 하나둘 가지를 뻗고 있다고 했다. 그럼에도 그 이름 이 두렵지 않은 까닭은 조선의 백성들 속에 되찾아야 할 세상의 향기 가 남아 있기 때문이었다.

심역사深歷史

파우스트 폴.

하늘에 뜬 별자리를 말하는 것 같지는 않았다. 밤이면 중천에 올라 오래도록 땅을 내려 보며 기근에 타는 붉은 시름과 흉작에 쓸려가는 샛노란 근심을 달래는 달 같지도 않았다. 대보름날 손과 손을 잡고 풍성한 소출과 순풍 같은 다산과 질병 없는 한해살이를 기원하는 강강술래의 달은 더 아닌 것 같았다. 보름이면 쫑긋한 귀를 내려뜨린 채 방아를 찧는 두 마리 토끼의 이야기를 품은 소박한 달은 더더욱 아닌 것 같았다.

사람들 사이에 믿음과 희구와 구복과 잉태를 품은 설화의 달과 무관한 파우스트 폴은 거친 역사와 풍상의 이야기가 뒤섞인 눈보라 같았다. 김홍도는 임금의 눈에 바라보이는 달과 무관한 시대 저편의 이야기를 이 밤에 끌고 왔다.

"천 년 저편 서역에서 큰 싸움이 일어났사옵니다. 그리스 남부 라코니아 반도에서 삼백 명의 도리아인으로 결성된 스파르타와 페르시아 군대의 충돌은 세상을 선악의 이념과 감성으로 갈라놓았사옵니다."

멀고도 아득한 이야기가 김홍도의 입에서 실사처럼 밀려왔다. 단한번 들은 적 없는 이국의 전쟁에서 무엇이 옳고 무엇이 그른지 판단할 순 없었다. 임금은 밤이 깊어가는 줄 모르고 김홍도의 말에 취해갔다.

말을 이어갈 때 김홍도의 눈은 세상 너머의 것을 바라보는 듯했다.

"살아남은 스파르타 군사 아홉 명은 하늘 아래 창을 세우고 칼을 휘둘렀으며 방패로 몸을 가려야 했사옵니다. 이들은 고도로 훈련된 용병으로 길러졌고, 그 명맥은 스파르타를 동경하는 라코노필리아를 등에 업고 파우스트 폴을 조직했사옵니다. 이들은 천 년을 달려 선악을 가르고 악의 퇴치를 집행하였사옵니다. 신화 속 님페에서 시작된 파우스트 폴은 강하고 은밀하며 나라마다 위험한 존재로 낙인되었사옵니다. 오래전 스파르타와 함께 사라졌어야 할 무리가 심역사를 딛고 세상 위에 활보했사옵니다. 이를 저지하기 위해 지중해를 낀 나라들이 파우스트 폴에 맞서는 조직을 만들었사옵니다. 이들이 바로 프리메이슨이옵니다."

김홍도의 말은 오래도록 이어졌다. 파우스트 폴의 실체는 역사와 이야기와 신화에 묻혀 사실과 공상이 거대한 장벽이 되어 밀려왔다. 파우스트 폴과 프리메이슨의 적대 감정은 오래도록 이어졌고, 세기를 거듭할수록 은밀하게 세상을 파고들었다.

선악의 연대기는 오랜 시간 전쟁으로 이어진 것 같았다. 선과 악은 천사와 악마로 나누어지면서 세상에 발을 디딘 것 같았다. 파우스트 폴은 깨끗한 세상을 원했고, 밝은 세상을 갈구한 것만은 분명해 보였다.

오래전 선의 편에서 악에 개입한 대가로 파우스트 폴은 세상에서 밀려나갔다. 어둠을 밀어내고 밝음을 끌어들일 때 밝음을 허무는 세

352

상의 악은 너무도 많았다. 희망할 수 없는 밝음으로 어둠을 몰아내려 했으니 파우스트 폴은 선을 동경하고도 악의 오명을 뒤집어써야 했다. 본래 악의 어둠은 선의 밝음보다 분명하고 뚜렷한 것이므로 악을 누르는 선의 집행은 결국 악일 뿐이었다. 삼백 년 저편 밀라노로 진출한 장영실은 파우스트 폴과 동맹하였고, 다빈치와 교류하면서 세상의 변혁과 세상의 대동을 실천하려 한 것 같았다.

김홍도의 말이 임금의 귀에 뜨겁게 들렸다. 장영실에게 파우스트 폴은 천지간 차별 없는 평등을 손 위에 얹는 뜨거운 계시였다고, 김홍도의 눈이 붉어질 때 임금의 머리에 달이 차오르는 것을 알았다.

파우스트 폴은 허균의 활빈活貧과 같은 존재이며, 역사와 이야기의 중간에 파묻힌 전설이 아니라, 변혁과 대동을 원하던 실존의 무사집단이었다고, 김홍도는 덧붙였다. 활빈의 끈기는 허균으로부터 시작되어 정여립으로 이어지고 있으며, 이것은 장영실의 파우스트 폴과 통한다고, 김홍도는 덧붙였다.

인간 세상을 타락시킨 죄, 파우스트 폴은 오해와 유배의 길을 걸어갔어도 장영실은 회색의 세상이 소멸한 뒤 밝은 세상을 원했다고 했다. 장영실은 태어난 곳을 망각하는 대신 천 년 저편의 파우스트 폴과 함께 세상 끝으로 밀려나갔다고 했다. 장영실의 삶은 악에 맞서는 선의 징후로 뚜렷이 살아가길 원했다고 했다.

큰 기둥의 두 조직은 세상 속에 깊숙이 스며들어 보이지 않았으나 지금까지 이어져 오는 데는 이유가 있지 싶었다. 그 실체는 역사와 이야기의 중간에 떠도는 심역사에 불과했으나 부정할 수도 긍정할 수도 없는 지점에 놓여 있었다. 김홍도가 알고 있는 심역사는 거기까지였고, 규장각 검서관들 사이 떠도는 이야기와 역사의 실체도 거기까지였다.

장영실에서 허균으로, 허균에서 정여립으로, 정여립에서 다시 장영실로 이어지는 대동의 거대 물결은 파우스트 폴에 집중되거나 포진되어 있었다. 손바닥 크기의 해시계를 쥐고 대륙을 가로질러 빙하의 산맥을 건너가는 장영실의 환각이 보였다. 뒤를 이어 전라도 진안 죽도에서 생때같은 자식과 몸을 내준 정여립의 내홍이 보였다. 활빈의 세상을 꿈꾸었을 허균과 시문에 능한 난설헌이 떠올랐다. 자식을 먼저 보낸 초희의 운명은 꽃다운 시문으로 세상을 정화하려 하였다는데, 임금은 청나라에서 난설헌의 이름으로 건너온 초희의 시편을 지울 수 없었다.

豈是乏容色　얼굴도 어찌 남보다 빠지랴
工鍼復工織　바느질도 길쌈도 또한 잘하네
少小長寒門　어려서부터 가난한 집안서 자라
良媒不相識　좋은 중매가 알아주질 않는구려

불우한 요절의 시절을 건너온 시편은 외롭게 들려왔다. 근본이 외롭고 가난해도 난설헌의 시는 섬세한 서정으로 채워져 있었다.

임금은 허균에서 정여립으로, 정여립에서 장영실로 이어지는 연결 지점마다 떠돌던 세상의 향기를 생각했다. 시대는 달라도 미래를 내다보며 꿈꾸었을 서로의 체온은 신분의 차별과 권력의 횡포와 말할 수 없는 자들의 불우가 시대를 타고 넘어 난류로 들끓고 있었다. 향기가 사라진 시대에 〈최후의 만찬〉은 장영실로 하여 향기를 불러올지 알 수 없었다.

임금이 기침 없이 김홍도를 바라봤다. 김홍도의 눈 속에 기나긴 시간의 연대가 보였다. 시간은 아득한 과거로 밀려갔다 한순간 눈앞에 밀려왔다. 임금이 눈을 감았다. 별이 기운 자리에 십자가가 떠올랐고, 죽던 날 정여립의 머리 위로 떠오른 큰 나무 별자리가 보였다. 별자리마다 팔랑거리며 나비 떼가 날아올랐다. 허상으로 날아오른 나비 떼가 장영실의 초상을 싣고 왔다.

임금이 젖은 눈으로 장영실을 바라봤다. 무뚝뚝한 눈으로 장영실은 임금을 향해 고개 숙일 뿐이었다. 새로운 별이 태어나느라 죽은 별이 떨어지고, 보름달이 차오르느라 바람은 서에서 동으로 불어 가는 것이라고, 장영실은 젖은 목소리로 응답했다.

…세상의 질서가 무너지고, 무너진 자리마다 나태와 타락과 부패가 들끓고 있나이다. 수치와 오욕과 부끄러움이 하늘에 닿으니 선을 세워 악을 멸하소서. 세상의 판도가 뒤집히고 새로운 향기가 세상에 도래하니 적정한 때 베풀고 거두소서. 그 오래전 십자가의 궁휼에 따라 파우스트 폴은 세상을 조율하고 지켜왔나이다. 파우스트 폴의 의무는 숭엄하고 거룩하나이다.

삼백 년 저편에서 걸어온 장영실의 모습은 허상 같지 않고 뚜렷했다. 정여립과 허균을 만날 때도 마찬가지였다. 그 시간의 연대는 멀고 까마득했으나 무모하진 않았다. 장영실은 찰나에 다녀갔어도 여러 세대의 시간과 거리를 지나쳐온 것을 임금은 알았다.

장영실은 파우스트 폴의 존재를 안고 대동세상을 개척했을 것이다. 과학의 감성으로 우주를 통찰하고 죽음을 헤아리며 삶의 질곡을 땅의 지평선에 걸지 않고 바다의 수평선에도 걸지 않았을 것이다. 대동의 믿음으로 세상의 부조리를 밀어내고 순수의 과학으로 세상의 질서를 바로 세우려 했을 것이다.

아주 오래전 세상이 물속에 잠기던 날 노아라는 자가 방주에 싣지 못한 단 하나, 세상의 향기를 축적하고 전파하는 파우스트 폴의 숙명을 장영실은 알았을 것이다. 그 까닭을 안고 장영실은 죽은 뒤에라도 깨끗한 향기를 조선과 조선 너머 세상에 남기려 했을 것이다. 파우스트 폴은 세계의 종말을 추구하는 자들로부터 오명을 쓰고 세상 밖으로 밀려나가 오랫동안 흔적 없이 묻혀 있었을 것이다. 짐작만으로 긍정할 수 없고 부정할 수 없는 존재들이 임금의 마음 안에서 부레처럼 둥둥 떠다녔다.

임금이 뱃속 저 까마득한 자리에서 올라온 더운 숨을 내쉬었다. 말할 때 세상 너머로 밀려나간 향기의 끝자락이 아지랑이처럼 피어올랐다.

"장영실은 세상의 향기가 사라지는 때를 기다려 왔단 말인가?"

김홍도가 나직이 대답했다. 목에서 오래 묵은 시간이 그림자를 지우며 밀려왔다.

"밀라노의 산타마리아 성당 깊은 곳에 다빈치의 인체 비례도와 함께 장영실의 필적으로 보이는 고문서가 발견되었사옵니다. 문서 말미에 조선은 적그리스도로부터 세상을 구할 위도에 자리 잡고 있다고 들려왔사옵니다. 먼 훗날 과학의 힘으로 하늘에서 내려다보면 알게 될 것이라고 하였사옵니다."

임금은 그리스도와 적그리스도의 뜻을 알 수 없었다. 신앙을 말하는 자들에게 적그리스도는 그리스도의 다른 개념이거나 반대의 뜻일 것이다. 신약성서 요한서신에 적그리스도는 '불법의 사람'이란 암시로 기록되어 있을 뿐 그 실체는 드러나지 않았다. 역사와 이야기의 중간에서 적그리스도는 수모와 멸시와 박멸의 시간을 견디며 때로 천사로 때로 악마의 얼굴로 나타났다가 사라졌다. 임금은 적그리스도의 개념을 알 수 없었다. 불길한 시대에 뜻밖의 존재로 등장한 적그리스도는 그리스도의 반대 개념으로도 이해되지 않았다.

임금이 말했다. 목에서 냉랭한 기운이 돌았다.

"어둡고 불길하다. 어찌 세상을 구원할 지도가 조선 땅에 그려져 있단 말인가? 하늘에 올라 바라본 자가 있느냐?"

임금은 하늘을 생각했고, 땅을 생각했다. 높고 가파른 벼랑보다 더 오를 수 없는 곳이 하늘이므로, 임금의 말은 찌르듯 밀려갔다. 임금은 땅과 하늘, 그 중간에 떠도는 수많은 존재를 생각했다. 떠오르는 것이 너무 많아 죄다 입에 담을 수 없었다.

김홍도의 입에서 생각할 수 없던 역사와 이야기가 들렸다. 그 너머 이야기의 환각이 보였다. 환각 속에 실물로 떠가는 오래된 이야기가 김홍도의 입에서 나왔다.

"〈최후의 만찬〉에서 생략된 예수의 성배가 심역사를 딛고 조선의 위도를 따라 새겨져 있다 하옵니다. 신라의 첨성대를 분수령으로 하여 대가야의 봉수대를 지나 익산 미륵사, 완산의 경기전, 공주의 수리치골, 안성 미리내, 서산 해미, 대전 유성, 수원 화성, 서울의 광화문에 이르는 큰 그림을 이어보면 알 수 있다 하옵니다."

나라와 나라를 잇댄 긴 역사가 김홍도의 말을 딛고 생장과 멸망으로 이어져 갔다. 끝이 파란 하루살이 같은 나라가 일어서며 한순간에 허물어져 갔다. 팔도를 가로지르는 심역사의 위도가 김홍도의 입에서 가파르게 들려왔다. 김홍도는 덧붙였다.

"위도를 따라 조선의 역사와 질곡의 이야기가 합쳐지고 있사옵니다. 이 길은 선악의 이합과 향기의 집산이 순환하는 곳이라고 하옵니다. 그 까닭을 안고 장영실은 밀라노로 향했다 했사옵니다. 그곳에서 다빈치와 함께 하늘에 오를 수 있는 비행체를 구상하고 설계하였다 하옵니다. 신은, 산타마리아 성당에서 장영실의 고문서와 함께 설계도를 확인했나이다."

김홍도가 품에서 꺼낸 종이는 비행체의 설계도를 모사해온 것이었다. 장영실의 구상을 다빈치가 그린 것이라고 했다. 비행체는 날개를 중심으로 이를 구동하는 여럿의 기계가 얽혀 있었다. 김홍도는 정밀하게 그려올 수 없었다고 했으나 그것만으로도 장영실과 다빈치의 관계를 암시하고 남았다.

그림 하나로 실존들의 관계는 증명되고 남았다. 허구와 공상과 망상이 엇갈린 김홍도의 말에서 임금은 장영실과 다빈치의 존재를 신비롭게 바라봤다.

"장영실이든 다빈치든 오를 수 없는 하늘에 오르고자 뜻을 세우고 있다. 하늘의 무엄을 스스로 허물고 아득한 자리에서 대동을 실천하려 함은 가상하다. 그 설계도가 무엇을 말하든 부정하지 않을 것이다."

김홍도가 눈을 들어 올렸다. 임금과 짧은 순간 눈이 마주쳤다. 김홍도가 낮고 침착하게 말했다. 목에서 조용한 물소리가 들렸다.

"실로 높은 곳에 올라 조선의 위도에 새겨진 곳을 연결하면 〈최후의 만찬〉에 숨겨진 그릇 형상이 나온다 하옵니다. 그릇은 세상을 악으로 물들게 하거나 선으로 채울 수 있으며, 세상의 향기를 담거나 버릴 수 있는 그리스도의 성배라고 하옵니다."

임금은 김홍도의 말을 믿어야 할지 버려야 할지 알 수 없었다. 장영실은 종말을 고하는 세상을 구원하기 위해 밀라노로 떠났을지 몰랐다. 그곳에서 다빈치와 함께 조선을 선악의 선택지로 삼아 〈최후의 만찬〉을 기획하였을 것이다. 예수와 열두 제자의 표정을 빌려 조선의 운명을 한 점 그림으로 예언하였을 것이다. 그리하여 스스로 질서를 찾고 타락을 금하며 믿음을 쌓아 세상의 향기를 바로 세울 원대한 뜻을 밀라노에서 계획했을 것이다. 임금의 생각은 거침없이 밀려갔으나 생각만으로 장영실의 실체를 만질 수는 없었다.

김홍도가 조용히 대꾸했다. 김홍도의 목에서 장영실의 끝이 보였다.

"장영실은 〈최후의 만찬〉에서 먼 곳을 바라보고 있사옵니다. 생명으로 꿈틀대는 조선의 향기를 점지하기 위해 먼 곳으로 떠났사옵니다."

김홍도의 말 속에 캄캄한 눈보라가 불어갔다. 천둥소리가 들렸고,

벼락이 꽂혀 들었다. 임금이 고개를 끄덕일 때, 김홍도의 눈 속에 장영실이 걸었을 밀라노의 신기루가 보였다. 파란 달빛이 비쳐든 밀라노의 새벽은 조선의 새벽과 무척 닮아 보였다.

장영실의 과거는 높은 신앙과 외로운 서정으로 밀려왔다. 멀리 내다보이는 조선의 운명을 바라보며 과학의 삶에 안도했을 것이다. 감정 없는 깨끗한 연민으로 차별과 억압과 인간 세상의 환멸로부터 새로운 미래를 구상했을 것이다. 장영실이 발견한 과학은 놀라운 세계였을 것이다. 장영실은 오감을 적시는 감성으로 조선을 추억했을 것이다. 파우스트 폴과 동맹은 세상과의 결별이 아니라, 새로운 세계와의 조우였을 것이다. 천년의 은둔으로 채워진 파우스트 폴의 심역사는 임금의 눈에 과학만큼이나 조용하고 차분해 보였다.

…해가 있는 낮 동안 감사하라, 달이 뜨는 밤마다 기도하라.

김홍도가 전한 파우스트 폴의 격문엔 칼과 창과 방패가 사라진 대신 별과 물과 꽃과 바람만이 들렸다. 그 이름만으로 해와 달과 별의 길을 묻고 답하면서 세상 너머로 사라진 향기를 싣고 왔다. 사람의 감성을 뛰어넘는 과학은 세상 어디에도 없다고 했는데, 파우스트 폴은 파격을 감추고 어깨를 감싸 안는 전율로 왔다.

"더 이상 장영실을 입에 담지 마라. 좋은 의미든 좋지 않은 의미든 파고들수록 마녀사냥에 지나지 않을 것이다."

종말론과 구세론의 차이를 임금은 세상의 향기만으로 논할 수 없다는 것을 알았다. 종말론은 예나 지금이나 끝없이 돌고 돌았으며, 끝은 언제나 공허와 망상으로 끝을 맺는 골자라는 것도 알았다. 파고들수록 난해해지는 장영실의 행방은 이쯤에서 매듭지어야 할 것 같았다. 무엇이 됐든 조선을 세상의 중심으로 생각하고 그 세상의 대동을 구상하였다면 그것으로 족했다.

임금이 덧붙였다.

"오늘 이야기는 이것으로 덮자. 이야기가 세상에 돌아다니지 않도록 스스로 단속하라. 장영실의 초상은 편전에 두고 가라."

왕가의 비기를 생각할 때, 장영실은 봉인된 책 속의 아이들과 동질한 삶을 살다 간 것 같았다. 세상을 정화하거나 위험에 빠뜨릴 초월의 아이들과 함께 장영실을 비기에 새겨야 할 것 같았다.

임금의 눈빛은 냉랭했다. 김홍도가 깊이 수그리며 알았다고 했다. 임금이 돌아보자 최무영이 황급히 허리를 숙였다. 최무영과 함께 백동수가 목을 꺾고 돌아섰다.

임금이 〈최후의 만찬〉을 바라봤다. 장영실이 짊어진 고통이 보였다. 그 너머 선악의 균등이 보였다. 멸할 수도 버릴 수도 없는 선악의 그림자가 그림 속 장영실의 꾸부정한 등짝을 타고 눈앞에 밀려왔다. 장영실이 지닌 고통은 선을 누르며 밀려오는 악의 힘이 아니라, 과학의 경지로 악을 허무는 선의 연대기였을 것이다.

풀 수 없는 표정을 지우고 순한 표정으로 장영실은 임금을 바라봤다. 그림 속 표정만으로 장영실의 의도를 알 것 같았다. 〈최후의 만찬〉이 고하는 천지간 공명도 알 듯했다. 귀가 먹먹하고 눈이 시려왔다.

임금이 자리에서 일어섰다. 존현각 앞뜰에 내려설 때 용마루 끝에 둥지를 튼 부엉이 울음이 들렸다. 별들이 십자가 형상으로 멀리 떠 있

였다. 월대 마루 한곳에 측백나무 한 그루가 보였다. 느지막한 저녁에
아지랑이가 피어올랐다.

변음變音

삶을 생각하면 가뭇없고, 죽음을 생각하면 꿈결 같은 밤이었다. 밤기슭은 건조해 보였다. 삶과 죽음이 한데 뒤엉켜 흔하게 들려왔다. 성균관 전각 너머 숲에서 부엉이가 울었다. 이 밤에 또 누군가 생을 버리고 저승길을 걸어가는 모양이었다.

자시 무렵 존경각에서 만난 전인수는 조용하고 과묵했다. 전인수는 홀 대신 박拍을 쥐고 있었다. 집박執拍 전인수는 박으로 연주의 시작과 끝을 알렸으며, 박 하나로 장악원을 통솔했고, 박을 쥐며 태평관을 지휘하고자 했다.

전인수는 정육품이었다. 전악의 품계로는 최고의 위치였다. 그 이상 오를 수 없었다. 약용도 알았고, 전인수도 알았다. 전인수가 장악원 제조 김용겸이 지닌 음악적 질료와 품격이 다른 것도 알았다. 김용겸은 행정 관료였으나 음악에 조예가 깊었다. 거문고에 유능한 김억과 자주 어울렸고, 연암과도 교유했다. 칠순에 이르렀어도 김용겸은 남산 자락에 묻힌 홍대용의 유춘오에서 젓가락으로 구리 쟁반 두드리는 것을 좋아했다. 김용겸의 가락은 근력이 좋았다.

김용겸이 문필로 행정을 담당했다면, 전인수는 꿈틀대는 음악을 구부리며 펴 나갔다. 김용겸의 행정은 유학의 본성 위에 기름진 가르마를 탔다. 전인수는 젊고 탄력 있었으며 눈빛이 밝았다. 그의 음악적 재능은 먼 과거 무동 시절에서 이어졌으나 과거의 어두운 그늘이 늘 함께했다.

전인수의 어미는 빼어난 소리꾼에다 절색의 미모를 갖춘 여령이었다. 본래 천한 출신은 아니었는데, 노론에서 밀려나기 시작한 전인수의 가문은 한 철을 견디지 못하고 무너졌다. 무너진 반가의 식솔은 뿔뿔이 흩어졌다. 식솔 가운데 젊은 어미는 관노로 끌려갔다. 죽는 날까지 전인수의 어미는 장악원에서 소리를 했다. 일이 끝나면 동문 최참판 집에 머물렀다. 관기를 끌어들이는 데는 권력보다 연줄이었고, 연줄에는 금붙이가 따라붙었다. 전인수의 어미는 천하게 살고 싶지 않았다고 했다. 최참판 첩으로 살 때, 어미는 속신贖身의 기회를 접고 전인수를 낳았다. 어미는 전인수만큼은 천한 운명을 거슬러 가문을 일으켜주길 원했다. 자식만큼은 악가무에서 벗어나 자유롭게 살아주길 바랐다.

어미의 바람과는 달리 전인수는 일찌감치 무동으로 길러졌다. 장악원 무동은 여령의 천함과 다르지 않았다. 함부로 놀이판에 불려갈 수 없었다. 소리와 춤과 악기 연주는 정해진 규율을 벗어나지 못했다. 따가운 속박 아래 춤과 소리와 악기를 연주해야 했다.

약용은 일찌감치 여령과 무동의 굴레를 알았다. 속박을 딛고 일어서는 소리와 춤과 음악의 내용도 알았다. 장악원은 늘 하나로 모아지는 체계를 원했다. 규범 속에 살아가거나 속박 속에 죽어가길 바랐다. 여령과 무동 모두는 소리와 춤과 아악이 뒤섞인 궁중 음악으로 연명했고, 모두 보풀 같은 생을 살았다. 여령과 무동은 세상 안에서도 밖에서도 보이지 않았다. 드러나지 않아도 모두는 굴레를 벗고 개성대로 뚜렷이 살아가길 바랐다.

전인수의 표정은 늘 한 가지였다. 희비애락의 순간을 전인수는 얼굴에 담지 않지 않는 것 같았다. 약용이 전인수가 지닌 근본을 모를 리 없었다. 전인수가 어미를 보낸 뒤 홀로 소리를 하던 모습은 해가 지나도 약용의 머리에서 지워지지 않았다.

전인수가 표정 없는 얼굴로 약용을 바라봤다. 약용이 짧게 물었다.

"변음이라는 걸 아시오?"

전인수는 놀라는 눈치였다. 그의 얼굴에서 좀처럼 떠오르지 않던 당혹한 빛이 보였다. 전인수가 되물었다.

"어디서 들었습니까?"

전인수의 목은 깊고 풍성하게 들렸다. 늦은 밤에 전인수의 음색은 피곤한 기색을 지우고 싱싱하게 들려왔다. 다시 부엉이 울음이 들렸다. 전각 너머 어디일 것인데, 부엉이는 늦은 밤에 둥지를 떠나온 모양이었다.

약용이 낮은 소리로 물었다.

"설명해 줄 수 있소?"

"패려한 것입니다. 알려 하지 마십시오."

전인수는 무언지 모르게 조심스러워 보였다. 변음이란 정음에 반하는 것인데, 어찌 정음의 정면에 맞서는지 알 수 없었다. 전인수는 정직한 눈매로 조목조목 살피듯 약용을 바라봤다. 전인수의 눈은 약용을 보는 것이 아니라 미래를 예감하는 듯이 보였고, 눈 속에 사지를 죄어오는 무거움이 보였다. 그 무거움은 필시 전인수의 과거에서 뻗어오지 싶었다.

약용이 뒤를 돌아봤다. 존경각 안쪽으로 짙은 어둠이 아가리를 벌리고 노려봤다. 책장 사이에서 솔향이 나왔다. 언제쯤 마름질한 소나무인지 알 수 없었다.

약용이 다시 나직이 물었다.

"변음이란 것이 있기는 한 것이오?"

약용의 물음은 호기심보다 학구學究에 가까웠다. 구품 예문관검열에서 육품 사간원정언을 거쳐 삼품 승정원 좌부승지를 지나 형조참의에 이르는 기나긴 지성으로 변음에 접근하고 싶었다.

전인수가 차분한 음색으로 약용을 다독였다.

"괜한 것에 몸도 마음도 다칠 수 있으니 하는 말입니다."

전인수의 목에서 죽은 도향의 어미가 보였다. 도향의 어미는 홀로 무거운 십자가를 짊어지고 전인수의 목을 지나 약용의 눈앞으로 걸어 나왔다. 곁에 완산벌 풍남문 앞에서 목이 잘린 윤지충과 권상연이 보였다. 남문 밖에서 사지를 열고 죽어간 김혁수의 누이도 보였다. 어의 김혁수의 인술은 자연을 거스르지 않았다. 인체의 근본을 오직 자연의 섭리와 우주의 순리 위에 일으켜 세운 치밀한 인술의 집행자였다. 약용은 김혁수의 누이가 해부된 채 버려졌다는 소리를 누구보다 먼저 들었다. 남문 밖으로 달려갔을 때, 시신은 태워졌고 옷자락만 남아 있었다. 김혁수의 누이는 세상의 악을 누르며 간 것이라고, 약용은 생각했다.

목이 타는 것을 느꼈다. 뒷덜미가 뻣뻣해지는 기분에 몸서리쳤다. 불현듯 일어서는 조급증을 누르며 약용이 말했다.

"임금 가까이 선 신하로서 응당 알아야 하기 때문이오. 사사롭게 여기지 말고 알려주면 좋겠소?"

"변음은 금기 중에 금기입니다. 발설해서 좋을 것 없으니 입을 닫는 것뿐입니다."

"그만한 이유가 있어야 금기로 묶을 수 있는 것 아니겠소?"

"……."

그 말에 전인수는 약용을 한참 동안 바라봤다. 전인수는 갈등하지 않고 모색하는 것 같았다. 전인수의 마음엔 애초부터 갈등이 없는 것 같았다. 전인수의 눈은 노랗지 않고 파랗지도 않았다. 검어야 할 곳은 분명히 검었고, 희어야 할 곳은 명백히 희었다. 약용이 못을 박듯 말했다.

"누구에게도 발설하지 않겠소."

전인수가 진심을 알아주기 바랐다. 전인수는 음악의 영수였으나 처세는 노련한 데가 없었다. 약용과의 거래에서 무엇을 얻게 되고 무엇을 잃게 될지 손으로 계산하지 않고 머릿속으로 풀어가는 것 같았다.

약용이 침을 삼켰다. 침을 삼킬 때 콧속이 매웠다. 전인수가 겨우 입을 열었다.

"약조할 수 있습니까? 발설하지 않겠다는 그 말……."

입 안에 괸 침을 삼키며 약용이 대꾸했다.

"약속하리다. 전악."

전악이라 부르자 전인수의 눈빛이 한층 부드러워지는 것을 알았다. 어미의 신분 때문인지 전인수는 전악 대접을 제대로 받지 못했다. 장악원 악공들과 악생들마저 전인수를 집박이라고 불렀다. 매운 눈으로 전인수가 물었다.

"무엇을 걸 수 있습니까?"

"꼭 걸어야겠소?"

전인수가 고개를 끄덕였다. 예상치 못한 거래는 입에 담기보다 몸으로 보여주어야 할 것 같았다. 신분만으론 전인수와의 거래를 확신할 수 없었다. 그럼에도 끝까지 밀고 가야 한다는 것을 약용은 알았다.

약용이 눈을 치켜뜨고 말했다. 약용의 목에서 절박한 심경이 보였다.

"허면, 내 목이라도 걸겠소."

전인수는 눈 하나 까딱하지 않았다. 얼굴은 씻은 듯 냉랭했고, 눈 속에 매운바람이 불어갔다. 북한산 머리 위로 차오른 달빛이 전인수의 이마에 어른거렸다. 전인수의 눈동자는 보름달 같았다.

"대감의 목이야 대단한 줄은 알지만, 이건 목을 걸수록 불리한 것입니다. 설령 죽더라도 죽었다고 떠들어댈 수 없는 불미한 일이란 말입니다."

전인수의 의중을 읽을 수 없었다. 전인수는 약용을 가지고 노는 것 같았다. 전인수는 과묵하고 대범해 보였다. 필시 곡절이 있지 싶었다. 전인수는 곡절을 안고 끝내 입을 다물지 몰랐다.

약용이 침착하게 물었다.

"그럼 무얼 걸어야 한단 말이오?"

전인수가 침을 삼켰다. 울대가 꿈틀대는 게 보였다. 전인수의 목엔 큼직한 복숭아씨가 걸려 있는 것 같았다. 바람이 할딱거리며 존경각 안으로 불어갔다. 바람 속에 젖은 시위를 당기는 소리가 들렸다. 느닷 없는 전인수의 말은 화살 같았다.

"도향의 목을 거십시오."

약용의 얼굴이 굳어졌다. 이마가 쪼개지는 통증이 왔으나 약용은 내색하지 않았다. 약용이 겨우 물었다.

"도향이라면, 장악원 그 아이 말이오?"

전인수가 고개를 끄덕였다. 산마루에서 새가 날아올랐다. 대기를 가르는 소리가 들렸다. 송골매 같았다. 멀리에서도 날개 휘젓는 소리가 들렸다. 매는 밤사이 날아갈 곳이 드넓고 멀어 보였다.

불길한 예감

약용이 한숨을 내쉬었다. 한숨 속에 도향과 갈라서는 삶이 보였다. 살아서는 걸어가지 못할 저승길이 보였다.

도향의 젖은 몸이 떠올랐다. 도향이 연암을 다시 만났는지 알 수 없었다. 그 앞에서 가야금을 연주했는지 물어볼 수 없었다. 연암은 도향에게 무엇을 베풀었는지 그마저 알 수 없었다. 막막하고 막막한 것들이 머릿속에 맴돌았다. 도향의 목소리가 귓전에 생생했다.

…나으리, 아무도 모르는 외딴 곳으로 저를 데려가셔요.

말의 종착지가 연암에게 있는지 자신에게 있는지 약용은 알 수 없었다.

나으리.

도향의 부름은 깊고 애절했으나 결국 견디어야 할 사람은 약용 자신이었다. 도향의 부름에 약용은 벗어날 자신이 없었다.

…저는 나으리의 여자입니다.

도향의 떨리는 말을 받아들여야 할지, 멀리 유배 보내야 할지, 약용은 알 수 없었다. 도향의 신념을 약용의 것으로 만들 조건은 도향에게 있을 것이고, 약용의 신념을 도향에게 심어줄 조건도 도향에게 있지 싶었다. 약용은 도향을 가까이 끌어당길 수 없었다.

도향의 변음을 감성만으로 하옥시키거나 유배 보내지는 못할 것이다. 늦은 밤에 도향은 긴 허기로 왔다. 허기 속에 목마름이 보였다. 목마름 너머 갈증이 밀려왔다. 갈증으로 끓어오르는 도향의 십자가는 또렷했다.

약용의 입에서 다시 한숨이 나왔다. 십자가의 형과 색과 소리를 딛고 오는 그림자는 어디가 실체이며 어디가 허상인지 알 수 없었다. 약용이 물었다.

"왜 하필 도향이라는 아이오?"

"둘의 연분이 심상치 않다는 것은 장악원 무동과 악생들까지 모두 알고 있습니다."

전인수는 도향을 놓고 약용과 거래하는 듯이 보였다. 끝내 도향을 가질 수 없다는 것을 전인수는 알고 있는 듯했다. 전인수는 약용을 가지고 노는 게 아니라 약용의 많은 것을 꿰뚫어 봤다.

언제든 도향을 놓아주고 싶었다. 멀리 볼 수 없는 곳으로, 그곳이 가나안 땅이든 골고다 언덕이든 새처럼 훨훨 날아 어디든 볼 수 없는 곳으로 날아가길 바랐다.

약용이 끓는 목소리로 말했다.

"그 아인 어렵게 여기까지 왔소. 그 아일 자유롭게 버려두면 안 되겠소?"

도향의 절박한 사정을 전인수가 알아주기를 바랐다. 간절하면 더 멀어지는 것을 전인수가 알아주길 바랐다. 말 속에 실린 감정을 알든 모르든 전인수는 쉽사리 끌려오지 않았다. 전인수는 저만의 음악적 질료를 쥐고 약용과 맞서고 있으므로, 완강하고 고집스럽게만 보였다. 전인수가 대꾸했다.

"그 아이 어미가 천주를 머리에 이고 성호를 그으며 십자가를 감싼 채 죽어간 것을 알고 있습니다. 대감이야말로 이제 그 아일 놓아주면 안 되겠습니까?"

놀라웠다. 전인수는 약용보다 도향을 원하고 있었다. 도향이 지닌 천주의 신망과 십자가의 구원을 전인수는 원하는 듯했다. 약용이 대꾸했다.

"그 아인 언제 어디든 가고 싶은 곳으로 갈 수 있는 몸이오. 그 아이가 바라는 자유를 알고 있소. 그 아일 속박한 적이 없고, 앞으로도 그럴 것이오."

"그 아일 만나지 않겠다고 약조하면, 그 아이 목도 걸지 않겠습니다."

이노옴! 패악한 악사 주제에, 출신과 신분을 망각하고 천주를 끌어들여 장악원에 서학을 주입한 패려한 놈이…….

약용은 그렇게 말하지 않았다. 약용이 지닌 신분과 체통으로 용납되지 않았다. 감정에 지나지 않을 말은 입에 담지 말아야 했다. 순간적인 감정은 생산이 아니라 소모라는 생각을 지울 수 없었다. 약용은 문장의 응징을 생각했고, 말의 가르침을 떠올렸다. 지금은 때가 아니라고, 약용은 다시 생각했다.

전인수의 눈을 바라봤다. 전인수의 눈은 전각 너머 먼 곳을 가리켰다. 우수에 젖은 눈빛이 어딘지 모르게 우울해 보였다. 전인수가 눈을 감았다. 약용이 숨을 들이켰다가 천천히 내쉬며 물었다.

"도향 아이를 놓아주라는 그 말, 그 한 가지 이유 때문이오?"

"그 아이만이 변음을 낼 수 있기 때문입니다."

"변음, 그것이 그토록 불온하고 위험한 것이오?"

"그렇습니다."

전인수의 눈은 진실을 말하는 듯했다. 그 진실은 음악적 질료와 체계에서 오지 싶었다. 전인수가 덧붙였다.

"어미가 장살된 이유가 변음을 낼 수 있는 계기가 되었겠지만, 사악한 음은 용납할 수는 없는 것 아니겠습니까?"

"그게 나와 인연을 끊어놓을 만큼 큰 위험이란 말이오? 그게 내 목으로도 모자라 그 아이 목까지 걸 만큼 큰 역심이란 말이오?"

전인수의 눈은 흔들림이 없었다. 표정을 지운 얼굴로 무엇을 말하든 약용이 건너야 할 강물은 멀기만 했다. 전인수는 한마디 말로 도향과의 인연을 떠올리게 했고, 인연을 끊어내려 했다.

"변음은 그 자체로 악의 소리입니다."

전인수의 말은 폐부 깊숙이 밀고 들어왔다. 전인수는 덧붙였다.

"그 소리는 아편보다 더 의식을 마비시키고 정신을 혼미하게 만듭니다. 장악원 악사들이 금기로 묶는 데는 그만한 곡절과 사연과 이유가 있기 때문입니다."

놀랍고 두려웠다. 도향의 목덜미에서 뛰어오르던 박동이 전해왔다. 손끝이 기억하는 도향의 살결이 떠올랐다. 부드러운 살결 어딘가를 누르면 활처럼 휘어지던 도향을 놓을 수 없었다. 그 따사롭고 아늑한 살과 뼈마디 사이의 떨림을 지울 수 없었다. 잊힐 리 없는 아이를 지우고자 하는 건 무모하고 의미가 없어 보였다. 약용은 힘겹게 물었다.

"어떻게 변음이 생성되는지 아시오?"

"그 원리는 정확히 모릅니다. 가야금 현을 지탱하는 기러기발 속에 숨겨져 있다고도 하고, 짚어야 할 줄의 위치를 정음의 위치에서 벗어나면 나온다는 말도 있습니다. 좌익으로 현을 뜯으면 변음이 나온다는 그 말만큼은 어김없습니다."

"모두 신빙성 있는 말이오?"

"믿을만한 것입니다. 그러니 악사들 사이에 변음은 입에 올리지도 않습니다."

전인수의 말은 신비롭게 들렸다. 무겁고 사악한 음계로도 들렸다. 약용이 보채듯 물었다. 목에서 쉰 바람이 불어갔다.

"적어도 원리는 있지 않겠소?"

"정확한 원리를 알 수 없지만, 이 소리가 언젠가는 큰일을 낼 것이라고, 모두 두려워하고 있습니다."

"그렇다는 것은, 이 소리로 사람을 죽일 수도 있다는 말이오?"

"충분히 그럴 수 있습니다."

도향의 가야금이 떠올랐다. 우륵의 벽조목 가야금 속에 떠오르던 변음을 생각할 때 생각 이상 중한 것도 알았다. 도향의 변음은 세상 밖의 소리처럼 들렸다. 약용이 나직이 물었다.

"그건 전악의 생각인 것이오?"

"나만의 생각이 아니라 장악원 모두의 귓속을 따져 풀어낸 결과입니다."

그 이치가 무엇인지 정확히 알 수 없으나 감각과 경험으로 전인수는 변음을 풀어내고 있었다. 변음이 지닌 물리적 증좌와 감각의 이치는 의외였다. 전인수의 눈은 무뚝뚝하면서도 확신에 차 있었다.

전각 위로 새들이 날아갔다. 새들은 시위를 떠난 화살처럼 함부로 밤하늘을 날아다녔다. 약용이 오래 생각에 잠겼다가 말했다.

"허면 변음에 관한 사례가 있소?"

"서역에서는 변음이 연주되면 죽은 자들이 돌아온다고 믿고 있습니다. 죽은 자의 권리로 산 자의 영혼을 수확하는 것으로 보고 있습니다."

두려운 말이었다. 서역의 선율과 우리의 선율은 다르지 않느냐고, 약용은 물을 수 없었다. 어깨가 떨려왔고, 손끝이 오그라드는 기분이 들었다.

죽은 자들이 돌아온다는 그 말은 더 믿을 수 없었다. 죽은 자의 권리로 산 자의 영혼을 앗아간다는 말은 두렵게 들렸다. 세상천지 있을 수 없는 일일 것인데, 어떻게 풀어가야 할지 막막하고 막막했다. 어깻죽지가 떨려왔다. 약용이 물었다.

"만약에 말이오, 변음을 임금 앞에 연주하면 어떤 일이 일어날 것 같소?"

전인수가 눈을 치켜떴다. 전인수의 눈은 약용의 눈으로 당도할 수 없는 것을 바라보는 것 같았다. 목소리는 선악이 뒤섞인 바람 같았다. 전인수의 선은 소리로 채워져 있는 듯했고, 그 소리는 악을 누르는 십자가로 채워진 듯했다.

"그건 절대 일어나선 안 되는 일입니다. 그 자체로 반역이며 시해가 될 것입니다."

전인수의 말은 목을 걸어야 할 만큼 위험하게 들렸다. 두렵고 살 떨리는 말의 의미를 전인수는 변음 하나로 말하고 있었다. 말 속에 그려진 골짜기를 더듬어갈 때 눈썹이 떨려오는 것을 알았다.

시해.

단번에 약용의 머릿속은 끓어올랐다. 닷새 후 동짓날 궁중연향은 예비되어 있었다. 도향을 보게 될 것이고, 그날 도향은 어떤 선율을 들려줄지 알 수 없었다. 불길한 예감이 약용의 눈앞으로 미끄러지듯 밀려왔다.

밤이 깊어 갔다. 변음에 관한 의문은 쉽게 사라지지 않았다. 전인수의 마지막 말은 약용의 폐부 깊숙이 파고들어 왔다.

"변음은 가야금을 반경으로 열 걸음 안에서만 유효합니다."

삶의 희구

"땅과 하늘에 향기가 사라지고 있다. 향기가 없는 세상이 있을 수 있단 말인가?"

임금의 목에서 기갈의 여름이 보였다. 눈두덩에서 메마른 향기가 어른거렸고, 이마 위로 주름진 노기가 보였다. 어느 쪽을 바라보든 향기가 돋아야 하는데, 언제부턴가 향기가 사라진다는 장계가 들끓기 시작했다.

향기가 사라지면 오감도 잃게 되며, 사람은 향기와 더불어 살아가는 것이라고, 언젠가 내의사 종오품 어의가 했던 말이 떠올랐다. 세상에는 종종 알 수 없는 일들이 일어나긴 해도 향기가 사라지는 일은 단 한번 없었다. 아침나절 수라에서 냄새가 나지 않을 때, 임금은 음식에 들어 있는 맛도 사라지는 것을 알았다.

박제가가 마른침을 삼키며 임금을 올려봤다. 임금의 눈이 아무리 청명해도 세상의 향기까지 다스리지는 못하는 것 같았다.

"신, 박제가는 고하옵니다. 모두가 원하는 향기는 세상 어디에도 없사옵니다. 본래 향기는 있다가도 없어지는 것이며, 삼키었다가 뱉을 수도 있는 것이옵니다."

"누가 그것을 모르는가? 문제는……."

목이 타는지 임금이 물그릇을 집어 들었다. 임금의 울대가 꿈틀댔다. 박제가는 임금의 울대를 바라보며 외방마다 들끓는 장계를 떠올렸다. 세상의 향기가 사라지고 있다고, 향기가 사라지면 세상이 황폐해지는 것이라고, 장계마다 쏟아지는 민초들의 신음 소리가 박제가의 귀에 들렸다. 민초들의 향 마른 절규는 장계보다 부담이었다.

문제는…….

맺지 못한 임금의 말 속에 모두의 울분과 안타까움이 들어 있었다. 임금은 백성들 저마다 콧속으로 스며드는 향기가 무엇을 말하는지 아는 듯했다. 문제는 생각보다 크고 심각했다.

이서구가 말을 보태었다.

"냄새를 맡는 감각은 오감을 결정하는 중요한 계통이옵니다. 향기가 사라진다는 그 말은 세상에 널린 냄새를 맡을 수 없다는 것인데, 후각이 멈추면 근접한 시각이 제 기능을 하지 못하게 되옵니다. 시각이 흐려지면 귀가 아득해지고, 귀가 멀어지면 만질 수 있는 감각도 소진되는 것이옵니다."

수라간 기미 나인 누오의 말도 이서구의 말과 다르지 않았다. 내의사 종오품 어의의 말도 누오의 말과 다르지 않았다.

…세상의 향기가 사라지면 오감도 잃게 되는 것이옵니다. 인간의 생리는 만물과 혼연하여 하나로 작동하는 것이옵니다.

어의의 말 속에 향기의 필연은 소상히 전해왔다. 임금의 목에서 탁한 소리가 나왔다.

"어이가 없다. 대관절 세상의 향기를 훔쳐서 무엇에 쓰려 하는가?

세상의 향기를 삼킨 자는 어디에 있단 말인가?"

향기가 사라진 뒤 불편한 생리와 불안은 임금의 무능을 꾸짖고 있었다. 약용은 말을 보태지 않았다. 서학의 단죄를 허술히 하였기 때문에 불길한 징조가 나라를 어지럽힌다는 공서파가 두려운 것은 아니었다. 서학인의 박해로 세상의 향기가 사라진다는 신서파의 벽서를 두둔할 처지가 못 되어서도 아니었다. 무엇을 말하든 신빙성이 떨어지는 말을 보태어서 좋을 것이 없었다.

이덕무가 말했다. 이덕무는 온화하고 화합하는 것을 좋아하는 듯했다.

"누군가 향기를 훔치거나 삼키는 일은 없을 것이옵니다. 아마도 세상이 흉흉하여 그럴 것이옵니다. 이런 때 나라의 어른들을 불러 베푸는 것도 좋을 듯하옵니다."

임금이 고개를 끄덕이며 물었다.

"엄동에 노인들이 올 것 같은가?"

"부르면 올 것이옵니다."

임금은 속이 까맣게 타는 것을 느꼈다. 동짓날 연향이 예비되어 있는 것을 모르지 않았다. 문제는 향기를 둘러싼 삶의 희구였고, 기갈의 목마름이었다. 대안을 원했으나 있으나 마나 한 말로 시간을 허비하고 있는 건 아닌지, 임금은 향기의 종결을 딛고 새로운 기운을 찾고 싶어 했다. 임금이 다시 물었다.

"그것이 최선인가?"

"최악이 아니면 최선이 될 것이옵니다."

이덕무는 흔들림 없이 대답했다. 그의 목은 주저함이 없고 망설임도 없는 것 같았다.

약용이 임금을 올려봤다. 약용의 목에서 가느다란 삶의 희구가 보였다. 그 너머 좁은 난세가 보였다.

"아뢰옵기 황공하오나 향기는 마음과 같은 것이옵니다. 금생에 십자가를 쥐었다 하여 죽어나간 백성이 허다하옵니다. 죽은 자가 풍기는 피비린내가 세상의 향기를 가로막아 모두의 마음에서 삶이 지워진 탓이옵니다. 마음으로 향기를 되찾아야 하옵니다. 모두를 감싸 안는 마음으로 구하면 세상의 향기는 제자리로 돌아올 것이옵니다."

임금은 완산벌 복판에서 몸을 버린 윤지충과 권상연을 생각했다. 윤지충과 권상연의 강변强辯은 죽은 사람을 섬기고 죽은 사람과 더불어 사는 것이 나라의 근본이라고 했다. 사람은 살아 있기 때문에 사람이며, 사람답게 살도록 돕는 게 나라의 예의라고 보태었다고 했다. 틀린 말이 아님에도 보냈어야 하는 마음은 임금이므로 언젠가 돌이킬 수 있을 것 같았다.

목이 잘린 자들이 하나둘 아니겠지만, 형륙을 내릴 수밖에 없던 마음은 임금 스스로에게 내린 형륙과 같았다. 삶과 죽음이 뒤엉킨 마음을 알 리 없는 중신들의 마음은 어떠한지 임금은 알 수 없었다.

마음.

임금은 소리 없이 되뇌었다. 마음에 건설된 미움은 마음으로 허물수 있을 것 같았다. 마음으로 쌓아 올린 백성의 죄상은 임금의 마음으로 사할 수 있을 것 같았다. 그것이 약용이 숨 죽여 말한 마음이지 싶었다.

임금의 눈 속에 등이 굽은 물고기가 보였다. 세상의 향기를 바라는 마음이 임금의 목에서 들렸다.

"과인의 부덕한 탓에 세상의 향기마저 흉년이 들었다. 마음으로 저버린 자들을 위로할 것이다. 동짓날 기로耆老와 민가의 어른들을 부르라."

임금이 조바심을 냈다. 모두는 말이 없었다. 임금이 말없는 신하들을 내려 봤다. 향기가 사라지고 있다고, 고을마다 들끓는 장계를 생각하면 말없는 신하들을 내려다보는 것도 쑥스럽고 안타깝기만 했다.

생각 끝에 임금이 덧붙였다.

"불러 풍성하게 베풀어라. 크든 작든 잃어버린 향기를 되찾을 것이다. 사라진 향기가 돌아오면⋯⋯."

향기가 흉년일 때, 연로한 자들을 불러 베푸는 일은 옳을지 몰랐다. 옳지 않아도 어쩔 수 없었다. 향기를 찾을 수 있다면 이보다 더한 것도 할 수 있을 것 같았다. 잃어버린 향기를 되찾을 수 있다면⋯⋯.

궁중 연향

동짓날 새벽.

액정서掖庭署에서 어좌를 가져와 성균관 존현각 월대에 놓았다. 앞
뜰에 장악원에서 나온 악공들로 하여 전정헌가殿庭軒駕를 진설하고 자
리를 배치했다. 전정헌가는 제례와 연향에서 주악을 담당한 악대를
지칭했다. 이것 말고도 전정고취殿庭鼓吹, 전부고취前部鼓吹, 전후고취殿後
鼓吹의 악대가 편성됐으나 동짓날 연향에는 전정고취만 불러 자리를
메웠다.

임금과 중신들은 전정고취의 전통과 역량을 알았다. 조선악의 전형
을 신뢰했으며, 조선악의 평균율이 전부고취에서 오는 것도 알았다.
언제부턴가 전후고취에서 가야금과 거문고를 사용하지 않았는데, 현
음의 파격을 감추는 대신 타악의 무거움과 관악의 장엄을 위한 것도
알았다.

청나라 사신들은 돌아가고 없었다. 사신들이 올 때마다 악대는 돌
아가며 진을 뺐다. 사신들은 진종일 음악을 원했고 기녀들을 품었다.
먹을 것과 마실 것을 한시도 놓지 않았다. 사신들은 돌아갈 때 늘어진
대공을 가마에 실어 끈덕지게 돌아갔다.

동짓날 양로연은 기름지고 풍족했다. 왕실과 외방에선 해마다 양
로연을 베풀어 노인들을 위로하고자 했다. 연로한 노인들에게 장수를

빌었고, 공경의 뜻을 전하고자 했다. 멀게는 나라의 화평을 다지고 근심을 떨쳐내고자 했다. 가깝게는 전염병과 가뭄과 기근를 모면하고자 했다. 언제 넘칠지 모를 홍수를 막아서고자 했다.

향기가 사라지는 때에 나라의 어른들을 궁에 들여 먹고 마시게 함으로써 향기의 기근을 끊어내는 일은 옳은 일이지 싶었다. 주술의 의미는 없었고, 기복의 의미는 강했다. 나고 죽으며 병들기까지 수해와 기근과 혹서와 혹한과 질병의 모든 부정한 기류는 본래 연로한 장인들이 죽을 때 가져가는 것이라고, 모두는 믿었다. 노인들에게 대접이 후해야 후세들이 부정을 타지 않는 것도 모두는 알았다.

아침나절 햇살은 반듯하고 고왔다. 기로들이 줄을 이었다. 중신과 당상당하 관료들이 임금 행차 전에 당도했다. 임금이 소여小轝를 타고 왔다. 의장이 가파르게 올랐다. 홍주의紅紬衣를 걸친 악대가 〈여민락만 與民樂慢〉을 연주했다. 느리면서 장엄한 선율이 존현각 뜨락을 물처럼 떠갔다. 전정고취의 연주는 예행 때보다 격이 솟았다. 전인수가 땀을 흘리며 악대를 지휘했다. 전인수의 얼굴엔 표정이 없었다. 눈을 감고 음을 즐기는 듯이 보였다. 전인수는 노련하고 기품 있어 보였다.

가마에서 내린 임금이 어좌로 향했다. 임금은 익선관에 자주색 용포를 입고 있었다. 뒤로 중전과 왕가의 어린 자손들이 가마에서 내렸다. 내금위 무사들이 임금을 호위했다. 금위영 나장과 근위무사들이 왕후와 세자, 세자빈을 호위했다. 멀리 망루에 올라 활을 든 저격사들이 아래를 굽어봤다. 저격사들의 시위마다 팽팽한 긴장감이 돌았다.

약용은 임금으로부터 열 걸음 밖에 섰다. 중신들의 자리는 임금을 반경으로 걸음 수에 따라 정해졌다. 악대를 배경으로 좌우와 뒤편엔 편종과 편경을 세웠다. 협률랑協律郎이 임금의 존명을 받힌 휘를 들어 올렸다. 삭고朔鼓를 한 번 두드린 뒤 응고應鼓를 울렸다. 이어 축祝을 한 번 쳤고, 건고建鼓를 세 번 울렸다. 이를 신호로 전정고취의 모든 악기가 합주를 시작했다.

조선의 음악에는 매번 고려의 음향이 돌았고, 고려의 가락이 버무려져 나왔다. 민가에서 올라온 노인들이 상을 끼고 둘러 앉아 어깨를 흔들었다. 음악이 연주되는 동안 노인들은 웃을 때가 있었고 상을 찌푸릴 때도 있었다. 〈여민락만〉이 멋었다.

어좌 우측에 왕후의 자리가 놓였다. 좌측에 세자와 세자빈 자리가 놓였다. 좌우로 이조판서 김종수와 영의정 김상철이 보였다. 좌부승지 박우원도 보였다. 김용겸과 김억은 함께 있었다. 연암은 멀지 않은 자리에 앉아 있었다. 홍대용은 보이지 않았다. 남산 자락 유춘오에서 홍대용은 나오지 않은 것 같았다.

임금이 좌우를 돌아보며 나직이 말했다.

"과인이 소홀하여 나라에 깃들어야 할 향기를 잃었다. 서학의 이름으로 종천에 사무친 자들이 많을 것이다. 죽어 묻히고 상처 입은 자들을 위로하여 나라의 향기를 되찾고자 한다. 잃은 몸은 되돌릴 수 없으나 잃은 마음이라도 돌이키고자 한다. 사직은 사라진 향기를 마음으로 내려 모두에게 닿기를 소망한다. 이것은 나와 중신과 백성들의 바람이다. 멀고 가까운 곳에서 모여들었으니 다들 편안히 즐기시라. 시작하라."

말끝에 〈태평춘지곡太平春之曲〉이 연주되었다. 음악이 연주되는 동안 내관 둘이 궤几와 장杖을 임금 곁에 내려놓았다. 상선이 어보御寶를 들여와 탁자 위에 신중히 내려놓았다. 연향이 시작되자 세자가 기로들과 절하고 자리에 가서 앉았다. 음악이 멎었다.

늙은 신하들을 위한 기로연은 아니었으나 나이 든 벽파와 시파 신료들은 임금 앞에 배례함을 마땅히 여겼다. 소론의 신료들이 대개 불참한 터에 다툼은 없었다.

임금이 말했다. 임금의 목소리는 다감하게 들렸다.

"초계문신들은 가까이 오라."

임금이 규장각 검서관 이덕무, 이서구, 박제가, 유득공을 불렀다. 초계문신을 부를 때, 약용은 실학의 미성숙이 쑥스럽고 황망했다. 문신들을 불러 세우는 말 속에 칠서七書의 어려움이 보였다. 임금은 구두句讀보다는 문의文義에 치중했는데, 시류에 유교의 완결을 이루려는 뜻이 분명해 보였다.

임금은 이단을 배척하고 유교를 중하게 여겼으므로, 서학을 이단으로 이해하거나 사학으로 볼 수밖에 없었다. 이단은 악의 종자였고, 악의 씨였으니, 그 씨 내림 또한 이단일 수밖에 없었다.

서학은 성리학으로 풀 수 없는 수수께끼였다. 천주와 공자는 서로의 말씀과 말씀으로는 절대 섞이지 않는 몽상과 관념의 기록자들일 뿐이었다. 가나안으로 통하는 길목은 어디로 뻗어 있는지, 광화문 너머 어느 길로 가야 할지, 누구도 알지 못했다.

서학에 관한 약용의 이념은 규장각 검서관의 학통과 통하는 부분이 많았어도 합쳐지지 않았다. 약용은 서학을 정학이라고 말하지 않았으나 이단이라고 말 수 없는 것만으로 이단이 될지 몰랐다.

임금의 뜻을 모르는 바 아니었으나 초계문신을 불러 세우는 것만으로 약용의 자리는 쑥스럽고 외람됐다. 이덕무, 이서구, 박제가, 유득공은 임금 곁으로 다가갔다. 네 검서관은 다섯 걸음 밖에 기다렸다. 거기까지가 규장각 검서관들의 자리였다.

임금이 덧붙였다.

"나라의 연로한 어른들이시다. 격을 높이지 말고 어깨를 낮추어 연향을 돌보라."

임금이 속삭이듯 말했다. 격을 격으로 세우지 말고 몸으로 격을 낮추어 백성과 함께 하라는 임금의 말은 부드러운 연잎 같았다. 임금의 말에는 파격이 사라진 솔직함이 배어 있었는데, 동짓날 양로연의 뜻과 바람을 정확히 아는 듯했다.

말 속에 임금의 뜻과 바람은 단순하면서도 면밀해 보였다. 서학의 용서가 아닌 화해를 임금은 원하는 것 같았다. 면죄가 아닌 사함을 임금은 구하는 것 같았다. 미움을 허물고 용기를 다독이는 것 같았다. 적개심을 끊어내고 화합을 구상하는 것 같았다.

검서관들이 임금을 바라보며 나란히 허리를 숙였다. 허리를 숙이자 어깨가 낮추어졌다. 임금이 흡족해했다.

전정고취 합주가 시작되었다. 〈낙양춘洛陽春〉이었다. 관악의 합주가 연주되는 동안 기로들이 엎드려 절했다. 당상당하 관료들이 다가와 엎드렸다. 사옹원 제조가 임금에게 올릴 술을 내왔고, 음악이 그쳤다. 임금을 향해 휘건揮巾을 올릴 때 〈수제천壽齊天〉이 연주되었다. 당피리 대신 향피리로 연주된 〈수제천〉은 유장하게 들렸다. 술잔을 올리자 음악이 그쳤다.

수라간 최고 상궁이 임금의 찬안饌案을 가져왔다. 다시 음악이 들렸다. 〈하운봉夏雲峰〉은 동짓날 어울리지 않은 곡이었으나 모두는 기침 없이 들었다. 수라간 나인과 항아들이 기로들의 찬탁饌託을 내왔다. 민가에서 올라온 노인들의 상에도 음식이 나왔다. 음악이 멎자 화반花盤을 내온 내관들이 임금과 왕후, 왕가의 어린 자손들에게 꽃을 올렸다. 음악은 〈유황곡維皇曲〉이 연주되었다. 내관들이 기로들에게도 꽃을 올렸다.

음악은 격과 차례와 맞물려 올릴 때 연주되었고, 마칠 때 멎었다. 음악은 연주되고 멎기를 반복했다. 음식을 먹는 동안 〈환환곡桓桓曲〉이 연주되었다. 〈정동방곡靖東方曲〉으로 바뀌면서 음악은 돌고 돌았다.

식사를 마치자 김용겸이 악장樂章을 올리라는 명을 받고 전인수에게 전했다. 전인수가 부전악과 함께 동서로 갈라서 존숭악장尊崇樂章으로 〈유천곡維天曲〉을 불렀다. 임금에게 올리는 노래였다. 전인수의 목청은 굵고 무거웠다. 곁에 선 부전악의 목소리는 가늘고 섬세하게 들렸다. 전인수와 부전악의 화음이 절묘하게 들렸다. 듣기에 좋았다.

노래를 마치자 임금에게 올리는 술잔이 올라왔다. 〈세령산細靈山〉에 맞추어 여령들의 초무初舞가 이어졌다. 장악원 여령들의 춤사위는 부드러우면서 하나로 이어진 물결 같았다. 음악은 〈오운개서조伍雲開瑞朝〉로 넘어갔다.

술잔을 받은 임금이 세 번 나누어 마셨다. 세자와 기로들의 술잔에 술이 채워졌다. 노인들에게도 술은 돌았다. 노인들의 주량은 제각각이었다. 넘쳐도 임금은 관여하지 않았고, 부족하면 더 내오게 했다. 임금의 표정은 편안해 보였다.

징 소리

저녁까지 연향은 이어졌다. 달이 일찍부터 떠올라 존현각 뜨락을 비추었다. 달빛 내린 나랏집 지붕은 무겁고 중후했다. 박석마다 순한 빛이 뛰어올랐다. 첨계석 없이 반듯이 깔아놓은 돌 뜰이 이목을 끌 때 가야금과 거문고와 아쟁을 든 여령들이 들어왔다. 여령들은 말없이 자리를 잡고 앉았다. 멀리에서 부엉이 울음이 들렸다.

중전과 세자와 세자빈을 보낸 뒤 임금이 다시 어좌에 앉았다. 장악원 제조 김용겸이 임금 곁에 서 있었다. 김용겸 곁에 전인수가 보였다.

임금이 김용겸에게 물었다.

"밤기운이 차다. 다음은 무언가?"

김용겸이 앞으로 나와 조아렸다.

"춤과 가야금 연주이옵니다. 동짓날에 잘 어울릴 것이옵니다."

"동짓날 춤사위와 가야금이라…… 시작하라."

임금의 한마디는 부드러운 죽순 같았다. 말끝에 김용겸이 전인수를 바라봤다. 전인수가 표정 없이 고개 숙였다. 전인수가 부전악에게 고갯짓했다. 부전악이 징을 두드렸다. 저녁 무렵 징 소리가 무겁게 퍼져나갔다. 징 소리는 임금의 앉은 자리를 맴돌다 김용겸의 손바닥에 부딪혀 내렸다. 전인수의 가랑이를 지나 부전악 무릎 사이로 징 소리는 빠져나갔다. 내금위 무사들이 소리에 묻혀 보이지 않았다. 소리는 존현각 담장 위에 선 저격사들의 무장을 뚫고 광화문 쪽으로 나아갔다. 밖으로 나간 징 소리는 돌아오지 않았다.

무녀들의 춤사위는 달빛 같았다. 여령들의 가야금 연주는 잔잔한 물살처럼 번져갔다. 거문고 선율은 부드러운 천을 내리는 듯했다. 아쟁 소리가 가야금과 거문고에 섞여 허허롭게 들렸다. 소리가 소리를 잇대어갔다. 꺾이다 낮아지고 낮아지다가 다시 솟는 소릿결마다 흰 천이 나풀거렸다.

여령들 가운데 도향이 보였다. 약용은 내색하지 않았다. 드러나지 않게 도향의 가야금 소리를 들었다. 도향의 변음이 떠올랐다.

　…음으로 정할 수 없는 소리이며, 악의 음계에 가깝습니다.

악의 음계라는 도향의 말이 떠나지 않았다. 음으로 악을 불러올 수 있다면 음으로 선을 행할 수 있다는 것인데, 이것은 실사구시에 어긋나며 『천주실의』에도 맞지 않았다. 선악으로 나누어진 음계의 진경은 변음에서만 들을 수 있을 것이므로, 도향의 변음은 허무맹랑한 요설을 넘어 불길하고 위험해 보였다. 무도한 음역이 임금 앞으로 뻗어 가면……

약용은 눈을 감고 머리를 가로저었다. 도향의 변음은 미필적 고의가 될지 몰랐다. 악의 음계는 도향과 무관하다 할 수 없는데, 그 속에 불온한 미래가 보였다. 약용은 조용히 전율했다. 어깻죽지 위로 전인수의 말이 피어올랐다.

…서역에서는 변음이 연주되면 죽은 자들이 돌아온다고 믿고 있습니다. 죽은 자의 권리로 산 자의 영혼을 수확하는 것으로 보고 있습니다.

전인수의 말 속에 변음의 실체가 보였다. 죽은 자가 돌아와 산 자의 영혼을 거두는 일은 악의 소관으로만 가능했다. 그 죽음은 악의 집행으로 보였다. 약용의 등줄기에서 소름이 돋았다. 손끝을 따라 어깻죽지 위로 가느다란 떨림이 왔다. 머리카락이 일어설 때 전인수의 목소리가 떠올랐다.

…도향 아이의 목을 거십시오.

전인수는 도향의 목이 아니라 약용의 목을 원하는 것 같았다. 변음은 죽은 자를 걸고 산 자의 영혼을 거두는 것이므로, 그 일은 죽음이 가장 선명했다. 누구인가? 그 죽음은 필시 무거울 것인데, 약용의 머리에는 한 가지 죽음만이 떠올랐다.

시해.

약용은 임금을 앞에 두고 불온한 상상을 생각했고, 황망한 죽음을 생각했다. 임금의 죽음은 생각 밖의 것이므로, 상상할 수 없고, 생각해서도 안 될 일이었다. 그럼에도 약용은 그보다 무거운 죽음은 생각할 수 없었다. 임금과 도향, 약용과 도향은 별개의 인연일 것이지만, 도향의 변음 속에 모두는 하나로 이어져 있었다.

약용이 한숨 쉬었다. 약용의 한숨 속에 도향의 가야금이 보였다. 변음은 들리지 않았다. 변음은 도향의 목숨을 건 일생일대의 기획일 것이므로, 연향이 끝날 때까지 들려오지 않을 것 같았다. 목숨을 걸지 않고서야 도향은 변음을 탈 수 없을 것 같았다.

도향의 가야금은 부드럽고 다감하게 들렸다. 연암 앞에서 가야금을 뜯었는지 알 수 없었다. 가야금을 뜯든 대금을 불든 도향의 뜻이었을 것이다. 연암은 도향에게 무엇을 주었을지 감이 오지 않았다. 둘의 인연을 놓고 약용이 할 수 있는 일은 없었다. 막막한 생각이 머릿속을 돌았다. 멀리에서 도향의 목소리가 들렸다.

…저는 나으리의 여자가 되고 싶습니다.

그 한 가지만으로 도향은 약용의 마음에 들어와 찰랑거렸다. 연암을 만난 후 도향의 가야금을 들을 수는 없어도 그 한마디에 도향의 마음이 보였다.

밤이 깊어갈수록 연향은 무르익어 갔다. 멀리에서 약용을 알아봤는지 도향이 고개 숙였다. 도향의 입가에 희미한 미소가 보였다. 약용이 고개를 끄덕여 주었다.

도향을 바라볼 때 먼 바다를 가로지르는 돌고래 울음이 떠올랐다. 돌고래 울음과 도향의 변음은 초음超音으로 오는 것이며, 어쩌면 한통속이 될지 몰랐다. 그 생각은 의외였으나 오래 머금어서 좋을 게 없을 듯했다.

머리 위에서 별들이 와글거렸다. 별무리를 뚫고 바람이 지나갔다. 저녁나절 맑은 소리가 오래 이어졌다.

존현각의 달

존현각 하늘 위로 별들이 소리 없이 지났다. 별들은 달을 중심으로 도는 듯이 보였다. 달빛 내린 앞뜰은 빛과 소리가 흔했다. 소리 속에 빛이 와글거렸고, 빛이 내린 자리마다 소리가 들끓었다. 소리 밖에도 소리가 무성했는데, 세상의 소리가 이토록 무궁한지 약용은 처음 아는 듯했다.

여령들의 가야금 선율은 한 폭의 산수를 끌어다 저 다른 세상으로 내보내고 있었다. 열 손가락으로 짚고 뜯어내는 선율은 소리가 없던 대기에 파문을 일으키며 아득해졌다가 가까워졌다. 장방의 선율이 별과 별 사이를 돌았다.

약용이 집으로 사람을 보내 연회장까지 가져오게 한 물건은 특별했다. 물건을 싸맨 보자기를 걷어내자 나무 상자가 드러났다. 나무 상자는 거중기를 세울 때와 마찬가지로 삼발을 달아 넘어지지 않도록 했다.

약용은 삼발로 떠받친 나무 상자를 휴대할 수 있는 카메라 옵스큐라라고 했다. 사람들이 미심쩍은 눈으로 고개를 갸웃거렸으나 약용은 상관하지 않았다. 휴대용 카메라 옵스큐라는 작은 나무 상자를 방이 되도록 만들어 한 면에 작은 구멍을 뚫어 빛이 조리며 들도록 했다. 실낱같은 빛이 상자 안쪽에 뻗어 가면 흰 종이에 상이 맺혀들었다. 칠실패려안을 나무 상자에 그대로 옮겨놓은 것이었다. 구멍에 작은 돋보기를 끼워 빛을 조율했다.

카메라 옵스큐라에 안쪽으로 존현각 전체가 들어오도록 멀찍이 세웠다. 상자 안에 빛은 어둠과 정교하게 갈라섰다. 빛이 흰 종이 위에 맺혀들자 존현각은 정밀한 그림이 되어 나타났다. 어둠 속에 빛이 일으키는 파장은 날카롭고 가늘었다. 상자 안에 광활한 어둠이 번져갔는데 끝이 보이지 않았다.

어둠 속에 끝없이 일렁이는 칠흑의 파도가 보였다. 구멍에서 뻗어온 빛이 흰 종이에 맺혀들자 상자 안쪽으로 빛과 어둠의 극점이 보였다. 칼날 같은 빛이 뻗어갈 때 종이 위로 온전한 상이 맺혀 들었다.

어둠을 뚫는 빛의 속도는 측정할 수 없어도 찰나에 그림이 만들어지는 원리는 놀라웠다. 피사체를 종이에 새기는 의미로는 사진寫眞이라는 용어가 가장 적합하지 싶었다. 빛과 어둠의 힘만으로 사물을 담아내는 카메라 옵스큐라야말로 조선이 바라는 실사구시가 될지 몰랐다.

약용이 카메라 옵스큐라 초점을 맞추었다. 상자 안에 연향이 맺혀들었다. 음악은 〈정동방곡〉에서 〈여민락령〉으로 바뀌었다. 때마침 부전악의 목소리가 들렸다. 목에서 아지랑이가 피어오르는 듯했다.

"다음은 신명의 춤사위, 장악원 무동들의 군무이옵니다."

두둥-.

육중한 타악을 시작으로 무동들이 존현각 뜨락으로 들어섰다. 임금과 기로와 내관과 당상당하 관료들이 호기심 어린 눈으로 바라봤다. 민가에서 올라온 노인들이 환호했다. 여령들이 박수 치며 휘파람을 불어댔다. 모두가 들떠 보였다.

소년들의 군무에는 일체감이 보였고 강약이 스며 있었다. 칼처럼 벼린 무동들의 군무에는 생의 긴장 대신 꺾고 찌르는 역동과 전율이 보였다. 개별의 춤보다 일률의 동작으로 안무된 집체에는 팔도를 휘어잡는 일체감이 보였다. 통일된 춤사위에 조선의 끈기와 탄력이 보였다.

약용이 카메라 옵스큐라에 눈을 가져갔다. 구멍 안쪽으로 무동들의 군무가 보였다. 무동들의 춤사위는 힘이 넘쳤다. 역동으로 이어가는 춤사위 속에 무동들의 기량은 거친 듯하면서 부드러웠고, 부드러우면서 군살 없는 탄력이 맺혀 있었다. 타악에 맞춘 무동들의 군무는 최상이었다. 약용이 흰 종이에 무동들의 춤사위를 상으로 맺히게 하고 빛을 쬐었다. 상자를 열고 흰 종이를 갈았다. 꺼낸 종이는 빛이 들어가지 않는 주머니에 담았다.

다시 카메라 옵스큐라에 눈을 들이댔다. 어둠 너머 맺힌 상을 바라보며 약용이 숨을 가다듬었다. 무동들의 춤사위가 절정에 오르는 듯했다. 흰 종이에 무동들의 군무가 맺혀드는 순간 흰 가면을 쓴 자가 보였다. 흰 가면은 흰옷을 입고 긴 칼을 차고 있었다. 흰 가면 뒤로 검정 가면이 보였다. 등에 칼을 멘 검정 가면은 여인이었다. 여인의 몸은 부드러우면서 가벼웠는데, 오랫동안 춤을 배운 모양이었다. 흰 가면과 검은 가면의 춤사위 속에 무인의 역동이 보였다. 칼을 쥔 두 가면은 가벼운 몸으로 빠른 보폭을 보였다.

약용이 숨을 멈추었다. 카메라 옵스큐라에서 눈을 떼자 무동들의 군무만 보였다. 두 개의 가면은 보이지 않았다. 한 차례 숨을 들이쉬고 다시 카메라 옵스큐라에 눈을 가져갔다. 검은 상자 안쪽에 다시 흰 가면과 검정 가면이 보였다. 가면을 쓴 자들은 조밀한 학춤을 추는 것 같았다. 흑백의 학춤은 서로를 잇는 줄도 없이 상대의 몸을 타고 넘으며 뛰어올랐다가 내려앉았다. 역동의 춤사위는 세상천지에 널린 산과 강 같았고, 빛과 어둠 같았으며, 선과 악의 흔들림 같았다.

산으로 강을 덮고, 강으로 산을 에워싸는 춤사위는 한순간 서로를 앞에 두고 잠시 멈추었다. 흰 가면의 눈매에서 부드러움이 보였다. 검정 가면의 눈 속에 차가움이 보였다. 뒤를 이어 파란 가면이 등장했다. 도깨비 형상의 가면은 긴 활을 쥐고 있었다. 화피단장에 그려진 불꽃 무늬를 바라보며 약용은 신음했다.

"저 사람은……."

약용은 단번에 그가 박해무라는 것을 알았다. 오래전 자하문 밖에서 세자의 죽음을 놓고 내금위장과 겨루었다는 박해무를 모를 리 없었다. 세자가 죽은 뒤 쫓기는 몸으로 완산벌 장터에서 목격되었다고 했다. 만경강 언저리로 밀려나갔다는 소식도 알았다. 그런 박해무가 카메라 옵스큐라에 맺힌 것만으로 약용은 놀라움을 감추지 못했다.

천천히 카메라 옵스큐라 안쪽으로 눈을 가져갔다. 박해무는 흰 가면과 검정 가면 사이에 서 있었다. 흰 가면은 도몽이었고, 검정 가면은 이하임이었다. 군무를 뚫고 배손학과 김순이 등장한 것은 그때였다. 둘의 차림은 요란하면서도 우스꽝스러웠는데, 총각탈과 각시탈을 나누어 쓰고 박해무의 춤사위를 어지럽혔다. 마지막으로 김혁수가 붉은 가면을 쓰고 등장했다.

여섯 개의 가면이 그제야 초라니 패거리로 보였다. 현실의 눈에 보이지 않는 여섯 개의 가면이 카메라 옵스큐라 안에서 무동들의 군무와 한통속으로 연결되어 있었다. 타악 속에 가녀린 가야금 소리가 들려왔다.

약용은 속을 졸이며 카메라 옵스큐라를 바라봤다. 여섯 개의 가면이 뚜렷한 상으로 맺혀 들었다. 약용이 소년들의 군무와 여섯 가면들의 뒤엉킨 장면을 종이에 새긴 뒤 장막을 들추고 흰 종이를 갈아 끼웠다.

서늘한 바람이 불어갔고, 약용은 다시 카메라 옵스큐라를 주시했다. 여섯 개의 가면이 그려내는 춤사위는 달빛보다 날카롭고 조밀해 보였다. 처음부터 하나의 구성체로 이어진 듯 조직적인 안무를 보였다. 멀지 않은 자리에 앉은 임금의 표정은 부드럽고 느긋했다. 임금의 눈에는 여섯 개의 가면이 보이지 않는 것 같았다. 수백 개의 횃불이 무대를 비추어도 임금의 눈엔 무동들의 군무만 보이는 것 같았다. 임금이 맺힌 상을 흰 종이에 새긴 뒤 종이를 갈았다.

홍주의를 걸친 악대가 〈여민락만〉을 연주했다. 무동들이 군무를 끝내고 무대를 빠져나갔다. 음악이 연주되는 동안 여섯 가면은 학과 사슴과 물고기를 닮은 춤을 추었다. 춤을 가르며 늦여름 매미 울음 같은 변음이 들려왔다. 춤 속에 칼이 보였고, 칼마다 불꽃이 보였다. 비선무 화피단장에서 불꽃 무늬가 보였는데, 젖은 시위에서 퉁소 소리가 들렸다. 약용은 땀이 밴 손아귀를 쥐며 여섯 개의 가면을 바라봤다.

먼저 칼을 빼든 자는 배손학이었다. 배손학의 칼은 북쪽을 향했다. 북두의 일곱 별을 향한 칼은 별과 바람과 물로 채워진 듯이 보였다. 칼 속에 『시경』 소아小雅편 가운데 학 울음[鶴鳴]이 보였다.

鶴鳴于九皐　높은 곳에서 학 울음 들리니

聲聞于野　그 소리 너른 들에 울려 퍼지네.

　학 울음이 배어든 배손학의 칼은 조용하면서도 순해 보였는데, 세상의 악이 사라진 아름다움이 보였다. 배손학은 칼로 세상의 악을 누르는 것이 아니라,『시경』으로 세상의 선을 되찾아 가는 듯했다. 배손학의 칼에는 유건을 쓴 순유박사의 부드러움이 보였다. 그의 춤사위를 따라 죽은 자들의 긴 울음이 들렸다.

　김혁수의 칼은 무거워 보였다. 칼을 쥐었어도 눈은 어의의 냉정과 차분함이 배어 있었다. 김혁수의 칼은 남쪽을 향했다. 칼끝에 모여든 별들 속에 왕후의 치마폭에 박음질된 암수 사슴이 보였다. 칼 속에 임금에 대한 존숭과 원망이 엇갈려 있었으나 그 이유만으로 칼을 들었는지 알 수 없었다.

　약용이 여섯 가면의 칼춤을 카메라 옵스큐라에 담았다. 장막을 들추고 흰 종이를 갈아 끼울 때, 흰 종이엔 무엇도 보이지 않았다. 빛을 차단한 주머니에 흰 종이를 넣었다.

　여섯 개의 가면 사이로 바람이 불어갔다. 약용은 숨을 죽였다. 카메라 옵스큐라 너머 임금의 표정이 순하고 맑게 개어 있었다. 저녁나절 임금의 얼굴은 피곤한 기색이 없이 깨끗하기만 했다. 임금의 목소리가 밝게 들렸다.

　"춤과 음악이 별과 함께 밤이 성글어 가는구나. 저 멀리 세상에서 사라진 향기가 밀려오는 것 같아."

임금은 간절한 마음으로 향기를 기다리는 모양이었다. 밝고 떳떳한 마음으로 세상에서 지워진 향기를 찾아 나선 임금의 삭신은 동짓날 추위를 잊은 듯했다. 이 밤에 임금이 기다리는 향기가 사람들 속에 임할지 알 수 없었다. 임금도 약용도 이 밤에 오를 곳이 멀어 보였다.

생의 희비

별이 떠오른 밤에 여섯 가면은 카메라 옵스큐라 안에서 최후의 춤을 추는 것 같았다. 여섯 가면의 춤사위마다 세상의 떨림을 숨긴 고락이 보였다.

세 번째 칼은 빼어든 자는 김순이었다. 김순의 칼에서 실과 바늘로 이어진 생의 희비가 보였다. 가위에 눌린 고초가 칼 속에 떠갔다. 칼 끝에 임금과 중전의 옷을 다리던 숯불 다리미의 불꽃이 뛰어올랐다.

김순의 눈은 상의원을 나온 뒤 더 어두워졌으나 샛노란 각시탈로 얼굴을 가리면서 몸은 물고기가 되는 것 같았다. 매운 근성으로 기워진 김순의 칼엔 초롱한 별빛이 어른거렸다.

박석 위로 고른 달빛이 뛰어올랐고, 각시탈을 쓴 김순은 죽은 항아를 생각했다. 항아의 살 속에 기울던 생의 연민과 죽음의 고뇌가 더운 아지랑이로 피어올랐다. 한쪽 눈으로 의금부 지하 감옥을 탈옥할 때 김순은 모든 것을 버리면 살아남을 수 있다고 짐작했다.

강 끝에서 죽어가던 항아의 몸은 무봉의 결로 채워져 있었다. 항아는 입 속에 십자가를 머금고 있었다. 입 속에 머금은 십자가로 항아는 무엇을 건지려 하였고, 어디로 건너가려 하였을지. 김순의 머릿속에 피리 소리가 들렸다. 선한 몸으로 악을 누르는 목동은 염소를 몰며 바람 부는 언덕에 올라 임금을 바라봤다. 칼을 겨눌 때 어침장은 순한 물고기로 돌아갔다.

김순의 어깨를 짚고 뛰어오른 박해무는 붉은 가면에 비선무를 쥐고 있었다. 박해무의 등 뒤로 달이 떠있었다. 달은 공허한 하늘을 무심히 지나는 듯이 보였다. 박해무의 비선무에서 매미 울음이 들렸다. 매 울음을 따라 달이 차올랐다. 시위 너머 임금이 보였다. 박해무가 화살을 걸고 젖은 시위를 당겼다. 화피단장에 새겨진 불꽃이 흔들렸고, 고갯잎 위로 마른바람이 불어갔다.

약용이 김순과 박해무의 춤사위를 카메라 옵스큐라에 담았다. 김순의 칼은 상자 안에서 바늘처럼 빛났다. 박해무의 비선무는 초승달 같았다. 장막을 들추고 흰 종이를 갈아 끼울 때 종이 위로 희미한 그림자가 보였다. 흰 종이를 주머니에 넣자 높은 곳에서 매 울음이 들렸다.

다섯 번째 칼을 쥐고 뛰어오른 자는 이하임이었다. 이하임의 눈 속에 눈보라가 보였다. 이하임은 양날이 파란 검을 쥐고 있었다. 이하임은 검날 위로 외로운 문장을 끌고 왔다. 천주와 주자가 뒤엉킨 칼의 능선을 따라 낮은 기도문이 보였다.

　　…다섯 조각 주먹밥과 두 마리 물고기로 우리의 영혼을 씻어주소서…….

이하임의 가면은 내금위의 우울을 담고 있었다. 흰 가면 너머 이하임의 눈은 오래된 우물처럼 캄캄하고 어두워 보였다. 간절하면 으깨어지고, 절실하면 무너지는 바람을 가면 너머에 담고 있었다. 파란 검날을 딛고 번져가는 어두운 기운을 바라보며 약용은 신음했다. 카메라 옵스큐라 안쪽에서 이하임이 검을 치켜들었다. 검날 속에 선한 힘으로 뽕잎을 갉아대던 천한 누에의 근성이 보였다.

도몽이 임금 앞으로 뛰어올랐다. 다섯 걸음이 되지 않은 거리였다. 이하임이 칼을 쥐고 뛰어올랐다. 김혁수와 배손학이 칼을 쥐고 달려들었다. 김순이 칼을 휘둘렀다. 박해무가 두 마리 늑대와 함께 땅을 박차고 솟아올랐다. 비선무의 시위를 늘일 때 두 마리 늑대가 발톱을 드러냈다. 놈들의 발톱에서 섬광이 보였다.

시해.

이 말의 가혹함은 다섯 개의 칼과 하나의 활에서 시작되고 있었다. 말 속의 어려움을 생각할 때, 약용은 늦은 것을 알았다.

당ㅡ.

도향의 가야금 소리가 들렸다. 도몽의 칼끝에 생의 극점이 보였고, 그 너머 임금의 눈이 보였다. 카메라 옵스큐라 안에서 임금의 표정은 밝고 순했다. 임금 가까이 내금위 무사들은 표정이 없었다.

챙ㅡ.

다시 가야금 소리가 들렸다. 변음이었다. 도향의 왼손이 현 위에 얹혀 있었다. 현을 그을 때, 도향의 손은 날렵하고 빨랐는데, 튕겨나간 소리마다 살기가 보였다.

치징ㅡ.

순간 가야금을 반경으로 열 걸음 안에서 여섯 가면은 움직임이 없었다. 시간이 멈춘 것 같았다. 카메라 옵스큐라 안쪽으로 극도의 긴장이 보였다. 두 마리 늑대가 허공에 떠 있었다. 도몽의 칼이 임금을 겨누고 멈춰 있었다. 도몽과 임금은 불과 두 걸음 밖이었으나 임금은 칼과 무관한 지점에 서 있는 듯이 보였다.

도향의 변음은 생각 이상 위험해 보였다. 변음 속에서 시간은 멎은 듯했다. 긴 시간이 느껴졌고, 죽은 자가 보였다. 산 영혼을 수확하는 죽은 자의 권리는 도향의 변음 속에 한순간 멎어 있었다.

갱—.

다시 한 차례 변음이 들려왔다. 칼과 활을 당기는 여섯 가면이 보였다. 약용이 어깨를 떨었다. 눈에 비친 변음은 생각으로 닿을 수 없는 치명성을 안고 있었다.

열 걸음…… 전인수의 말이 생각났다.

…변음은 가야금을 반경으로 열 걸음 안에서만 유효합니다.

여섯 가면은 가야금에서 열 걸음 안에 있었다. 약용은 열 걸음 밖에 있었다. 전인수는 보이지 않았다. 다섯 개의 칼과 하나의 활에서 조밀한 빛이 떨어져 내렸다.

치징—,

쇠를 찢는 날카로운 소리가 들렸다. 음계마다 무수한 기운이 들어 있는 것을 알았다. 정음을 거스르는 변음은 저 스스로 선율을 굴복시키는 소리가 될지 몰랐다.

변음이 울릴 때 도몽의 칼은 하얀 꽃잎이 되는 것 같았다. 김순의 칼에서 젖은 물기가 보였다. 김혁수의 칼 속으로 마른 바람이 불어갔다. 배손학의 칼에서 『시경』은 보이지 않았다. 이하임의 칼에서 살수는 사라져 있었다. 박해무의 비선무 위로 세자의 얼굴이 떠올랐다. 세자의 눈과 임금의 눈은 몹시 닮아 있었다.

저마다 칼은 다른 세계에 갓 피어난 꽃잎 같았다. 시간이 멎어 있었고, 오래전 세자 이선이 꾸었던 꿈속 같았다. 칼날 위에 꽃잎이 내렸다. 꽃잎 위로 칼이 지나갔다. 꽃잎은 칼에 닿으면서 형체를 지웠다.

찡—.

변음과 함께 수천수만 마리 검은 나비 떼가 카메라 옵스큐라 안으로 날아들었다.

···죽은 자의 권리로 산 자의 영혼을 수확하리니······.

전인수의 말이 헛것이 아님을 알았다. 검은 나비떼가 여섯 개의 가면을 에워쌌고, 돋보기 너머 모두는 생시처럼 보였다. 약용이 모두를 흰 종이에 담았다. 장막을 걷고 흰 종이를 갈아 끼웠다. 주머니에 종이를 담는 순간 여섯 개의 가면을 뚫고 지나는 나비 떼가 보였다. 도몽과 박해무가 입을 벌렸다. 김혁수와 배손학이 눈을 치켜떴다. 김순과 이하임의 표정이 지워졌다. 도몽과 다섯 개의 가면은 움직임이 없었다. 나비 떼가 모두를 뚫고 지날 때 변음은 멎었다.

도향의 표정은 숨이 멎듯 다급하고 슬퍼 보였다.

"오라버니."

도향이 달려갔다. 떨리는 눈으로 오라비를 내려 봤다. 도향은 입을 다물지 못했다. 도향의 손에 불길이 쥐어져 있었다. 검은 나비 떼가 솟아오를 때 도향의 불길이 솟아올랐다. 완강한 불길은 모두를 태울 듯이 위태롭게 보였다. 한순간 불길에 휩싸인 나비 떼가 떨어져 내렸다. 바람이 불어갔고, 검은 눈발 같은 재가 멀리 날아갔다. 재가 밀려간 자리 너머로 세상에서 사라진 향기가 밀려왔다. 허상의 전쟁을 치른 뒤 향기는 멀고 아득한 곳에서 불어왔다.

약용이 숨을 멈추었다. 땅을 짚고 밀려오는 향기를 알았다. 오감을 감싸며 향기는 소리 없이 밀려왔다. 카메라 옵스큐라 안쪽에도 바깥에도 향기는 번져왔다. 불꽃을 바라보며 임금은 오래전 세상에서 자취를 감춘 아이를 생각했다.

불을 다스리는 아이.

임금은 당황한 기색 없이 도향의 불꽃을 바라봤다. 위험을 감지하기도 전에 내금위 무사들이 임금을 에워쌌다. 불꽃 너머 아스라이 밀려오는 향기의 산맥을 임금은 두려움 없이 바라봤다. 약용이 뚜렷한 상으로 맺혀든 모두를 흰 종이에 담았다.

여섯 외인이 훔친 세상의 향기는 악의 집행이었을 것이다. 악을 과시함으로써 선을 밝히는 악의 집행이었을 것이다. 여섯 외인이 사면한 악의 진실은 더럽고 추한 냄새를 씻어내려 함이었을 것이다. 그리하여 세상에서 사라진 향기를 되찾기 위함이었을 것이다. 세상의 악취를 밀어내고 선으로 물든 깨끗한 향기를 내보내려 한 사투였을 것이다.

약용의 생각은 먼 곳까지 밀려갔으나 끝이 스산하고 울적했다. 불길이 사그라든 자리에 울음소리가 들려왔다. 울음이 낮고 절박했다.

도향의 울음은 마지막처럼 들렸다. 약용이 시큰거리는 눈 끝을 훔쳤
다. 콧속이 맵고 목이 말랐다.

최후의 만찬

   도향은 오래 울먹였다. 도향의 눈물은 가슴을 파고드는 쇠꼬챙이 같았다. 약용이 조용히 숨을 내쉬었다.

   시해.

   두렵고 가혹한 음모를 쥔 자가 도향이 아니라 오라비라는 것에 약용은 놀라웠다. 오래도록 도향의 변음을 의심한 것이 부끄러웠다. 변음을 악의 징후로 판단한 것도 결국 착각이었거나 의심에 지나지 않은 것을 알았다. 그럼에도 도향의 변음은 여전히 두려웠다.

   …마지막으로…….

   도향의 말 속에 떠오른 생의 긴장은 세상의 향기로 이어져 있었다. 변음 속에 펄럭이는 선의 종횡과 선의 사계를 생각했다. 하얀 나라의 검은 전쟁에서 살고 죽는 건 모두의 머릿속을 파고드는 고뇌이며 아픔이 될 것 같았다.

   카메라 옵스큐라를 들여다봤다. 임금을 중심으로 우측에 김종수, 김상철, 박우원, 김용겸, 김억, 박제가 여섯 명의 신하가 앉아 있었다. 좌측에 김순, 배손학, 김혁수, 박해무, 이하임, 도몽이 가면을 벗고 앉아 있었다. 카메라 옵스큐라에 맺힌 열세 명의 표정은 저마다 달랐다.

13인의 표정은 한데 합쳐지지 않았다. 헛헛한 웃음을 날리거나 의뭉한 입꼬리를 보였으며, 피곤에 지쳐 있거나 상심에 빠진 듯 표정이 달랐다.

13인의 얼굴이 맺힌 상을 바라본 약용은 소스라치게 놀랐다. 머릿속이 와글거리며 끓어오르는 것도 알았다. 쿵—, 가슴이 무너지는 소리가 들렸다. 등줄기를 따라 식은땀이 흘러내렸고, 선명하게 떠오르는 그림이 그제야 보였다.

최후의 만찬.

청나라를 거쳐 윤지충에게 전한 다빈치의 〈최후의 만찬〉이 약용의 머릿속에 뚜렷이 그려졌다. 임금을 경계로 좌우로 갈라선 여섯 신하와 여섯 외인들의 엇갈린 모습은 다빈치의 그림과 다르지 않았다. 카메라 옵스큐라 속에 모두는 〈최후의 만찬〉으로 맺혀 있었다.

임금의 얼굴이 근심에 쌓인 예수의 얼굴 위로 겹쳐졌다. 임금과 예수는 거리낌 없이 서로의 앞날을 바라보는 것 같았다. 다음 날 열두 제자 가운데 가룻 유다로부터 배신당한 예수의 최후가 보였다. 시해와 역심과 반역으로부터 자유로울 수 없는 임금의 앞날은 무엇이 올지 두렵고 막막했다.

약용이 깊은 숨을 내쉬었다. 카메라 옵스큐라 안쪽으로 두 마리 늑대가 도향을 바라보며 쇳소리를 냈다. 놈들의 눈빛은 치명적으로 보였다. 독한 눈매를 감출 때, 약용은 놈들의 순함을 알아봤다. 날카로운 송곳니와 발톱을 드러낸 뒤 놈들은 털을 누르며 물러났다.

두 마리 늑대가 여섯 외인들 곁에 가서 앉았다. 김순, 배손학, 김혁수, 박해무, 이하임, 도몽이 물끄러미 늑대들을 내려대봤다. 외인들의 얼굴은 지쳐 보였다. 모두는 두 마리 늑대와 함께 돌아갈 곳을 기다리는 듯했다. 그곳은 생이 움트고 박동하는 이승이 될지 별무리 긴 저승이 될지 외인들만 알 것이다. 이제쯤 삼신할미가 점지한 꿈을 기다리며 모두는 숨을 고르는 듯했다. 별이 되어도 좋았고, 새로 태어나도 좋았다.

"오라버니."

도향의 부름이 저세상 끝까지 밀려갔다. 시작이 애절하고 끝이 서글픈 도향의 부름은 돌아오지 않았다. 도향은 단 한번 오라비를 부른 뒤 돌아섰다. 도몽이 도향을 바라보며 손을 흔들었다. 박해무, 배손학, 김혁수, 이하임, 김순이 손을 흔들었다. 모두는 카메라 옵스큐라 안에서 손을 저으며 갈 곳을 정했다.

외인들이 하나둘 카메라 옵스큐라에서 지워져갔다. 두 마리 늑대가 카메라 옵스큐라 안에서 껑충 뛰어오르더니 외인들이 걸어간 길을 따라나섰다.

약용이 돌아봤다. 도향의 뒷모습이 무거워 보였다. 카메라 옵스큐라를 도향에게 향했다. 도향의 뒷모습이 어둠상자 안으로 빨려 들어갔다. 흰 종이에 도향의 상이 맺혀들었다.

박석 위로 고른 달빛이 부서져 내렸다. 도향의 가야금이 박석 위에 버려져 있었다. 구름이 달을 가릴 때, 먼 산마루에서 바람이 헐떡이며 달려왔다. 가야금 위로 가느다란 눈송이가 내렸다. 바람 속에 가야금 선율이 들렸다. 선율 너머 대금 소리가 들려왔다.

소리가 밀려나간 자리마다 세상에서 사라진 향기가 밀려왔다. 연향에 올라온 음식마다 냄새가 났다. 맛이 밀려올 때 수라간 기미 나인이 가장 먼저 알았다. 기미 나인이 최고 상궁에게 맛을 전했고, 최고 상궁이 나인들을 불러 음식을 맛보게 했다. 임금에게 올릴 설하멱을 누오라는 아이가 맛을 봤다. 누오의 입가에 미소가 번져갔다.

임금이 설하멱을 먹은 뒤 흡족한 표정을 지었다. 임금이 약용을 바라보며 고개를 끄덕였다. 약용이 허리 숙일 때 세상의 향기는 제자리를 찾아갔다.

임금이 설하멱을 입에 넣고 혀로 지그시 눌렀다. 눈보라 같은 맛의 변화가 입 속에 번져갔다. 귓속으로 밀려오는 맛의 소리는 멀고도 아득했다. 눈시울이 시려왔다. 맛의 보라가 먼 곳의 불향을 에워싸고 당도했다. 설하멱은 눈 내리는 날 세상이 품은 향기를 알게 했다. 맛이란 향기를 머금고 올 때 가장 정직했다.

눈 내리는 날 설하멱은 임금의 찬으로 어울렸다. 기로와 민가에서 올라온 노인들에게도 설하멱을 내렸다. 먹은 뒤 모두의 표정이 밝았다. 임금이 약용을 바라보며 소리 없이 웃었다. 약용이 허리 숙여 임금의 웃음에 답했다. 임금이 자리에서 일어서 돌아섰다. 향기를 실은 바람이 불어왔고, 임금이 가마에 올랐다.

허리를 세우자 임금은 사라지고 누오가 보였다. 접시에 설하멱을 담아 약용에게 내밀었다. 누오의 눈 속에 깊거나 얕은 전쟁이 보였다. 약용이 물었다.

"맛이 어떻더냐?"

"징허게 맛있습니다."

누오의 눈가에 웃음이 그려졌다. 입술에 그려진 웃음보다 눈가에 번진 웃음 위로 누오의 맛은 보였다. 눈 속에 품은 희구는 전쟁 같아도 머리끝에 향기로운 바람으로 불어오는 아이는 초롱하고 어여뻤다. 이덕무가 누오의 손맛을 아끼는 이유를 알 것 같았다.

"완산벌에서 왔다고 했느냐?"

누오가 말없이 고개를 끄덕였다. 약용이 물었다.

"윤지충과 권상연을 아느냐?"

완산벌 승암산 자락에서 시작된 바람이 눈앞에 불어갔다. 오목대 지나 향교 앞에서 회오리로 돌던 바람은 맵고 시렸다. 교동 담벼락 지나 경기전 앞에서 바람은 오래 울먹였다. 바람을 탓할 일이 아니라고, 명륜당을 비우고 출타한 유생들의 목청은 한결같았다.

누오의 표정은 아비를 묻고 산에서 내려올 때보다 산만해 보였다. 누오가 나직이 대꾸했다. 목에서 신해년 가을 풍남문 모퉁이에서 울던 부엉이 울음이 들렸다.

"천잠산 구릉에 아비를 묻고 내려오던 날 풍남문 앞에 나무칼을 메고 있는 것을 보았습니다. 죽음을 앞둔 둘의 눈빛이 처음엔 가혹하고 매웠으나 나중엔 초연한 바람 같고 한 자락 햇볕 같아 숨을 졸였습니다. 뭔지 모르나 십자가의 깨끗함을 그때 보았습니다."

윤지충과 권상연은 죽을 때까지 기억에 남을 것이라고, 누오는 말을 보탰다. 풍남문 머리 위로 불어가던 바람이 누오의 눈 속에 보였다. 바람 속에 꽂혀 있던 화살이 누오의 눈을 가로질러 날아왔다. 전라감영 돌기둥에 꽂혀 햇살에 빛나던 죽음이 다시 고통으로 밀려왔다. 추억할 날이 많아도 윤지충과 권상연은 사람들 저마다 외줄기 기억으로 남기를 바라는 것 같았다.

"잊지 말아야 한다. 오래 기억해야 한다."

누오가 눈을 감은 뒤 고개 숙였다. 표정은 밝지도 어둡지도 않았다. 기름진 세상보다 깨끗한 세상을 누오는 원하는 것 같았다. 깨끗한 세상에서 깨끗한 맛과 향기로 저만의 음식을 지으며 살아갈 듯이 보였다.

멀리 인왕산 능선에서 부엉이 울음이 들렸다. 그 울음이 완산벌의 부엉이와 무엇이 다른지 알 수 없었다. 약용이 물었다.

"그래, 세상의 맛을 찾았느냐?"

"오늘 밤 반절은 찾은 것 같습니다."

누오의 바람은 소박하게 들렸다. 너무 간절하면 부서지는 것을 누오는 아는 것 같았다. 누오의 얼굴 위로 사리장을 담던 어미의 얼굴이 떠갔다. 누오의 눈 속에 독을 굽던 아비의 불길이 보였다. 누오는 태생을 걸고 단 한번 잊은 적 없는 세상의 맛을 찾아 나선 듯했다.

"나머지 세상의 맛도 찾아 나설 작정이냐?"

누오가 빙긋이 웃었다. 누오가 웃자 세상이 조금 환해지는 것 같았다.

"맛은 세상이 품고 도는 향기와 다르지 않은 걸 알았습니다. 돌고 도는 것이 향기인지라, 세상의 맛도 돌고 돌 것이기 때문에 찾지 않아도 모두에게 공평하게 올 것입니다."

그 오래전 어미의 말 속에 세상의 맛은 가없는 바다 같고, 맛을 내는 자의 삶은 돌덩이 같았다. 맛이 몰아오는 향기는 저마다 뚜렷해야 한다고 했는데, 향기는 맛의 베풂이 아니라 정직이라고, 어미는 덧붙였었다. 누오가 어미의 말을 기억하기 위해 눈을 감았다.

약용이 고개를 끄덕이며 말했다.

"고맙구나."

약용이 설하멱을 베어 물었다. 맛보다 불 향이 먼저 입 안에 퍼져갔다. 향기가 날 때 음식은 저마다 맛을 찾아가는 것이라고, 약용은 생각했다. 눈 내리는 날 설하멱은 약용이 맛본 음식 가운데 가장 선명하고 뚜렷했다.

바람이 누오의 치맛자락을 흔들며 지나갔다. 멀지 않은 자리에서 이덕무가 약용을 바라보며 고개 숙였다. 초계문신 가운데 이덕무는 외딴 언덕에 선 소나무 같았다. 홀로 노론의 해풍에 맞서는 이덕무의 눈빛은 서학과 무관해도 마음에는 기름진 학풍이 엇갈려 있었다. 약용이 이덕무를 향해 고개 숙였다.

횃불 위로 눈이 내렸다. 젖은 벽조목 가야금 현마다 우륵이 숨긴 향기가 밀려왔다. 세상은 본래 있어야 할 향기로 들어찼다. 음식에서도 향기가 왔다. 청계천에서 비린내가 풍겨왔다. 짐승들이 내지른 배설물에도 냄새가 났다. 사람에게도 향기가 났다. 엄동에 한결 밝고 푸근한 세상의 향기가 밀려왔다.

생과 사

눈 멎은 저녁에 어스름을 뚫고 바람이 불어갔다.

혼백과 영혼은 다를 것인데, 혼백은 물 같은 것이고, 영혼은 바람 같은 것이라던 이덕무의 말이 생각났다. 저녁나절 영혼을 맞을 때 저마다 그림자를 지운다는 말이 떠올랐다. 영혼은 육신이 산에 묻힐 때를 기다려 몸에서 빠져나오는 것이고, 화장한 뒤 남은 뼛가루를 물속에 뿌릴 때 혼백은 승천하는 것이라던 박제가의 말은 늦가을 낙엽처럼 쓸쓸하기만 했다.

북한산 능선을 따라 총총한 별들이 떠올랐다. 멀리에서 새 울음이 들렸다. 장악원은 텅 비어 있었다. 도향의 가야금 소리는 더 이상 들려오지 않았다. 도향의 몸을 따라 이어지던 능선이 그리웠으나 볼 수 없었다. 바람과 함께 한강 북편으로 불어가던 대금 소리도 들을 수 없었다.

그날 이후 도향은 어디에도 드러나지 않았다. 도향은 저만의 외딴 세상에서 홀로 피리를 불며 이쪽을 생각할지 몰랐다. 오라비의 죽음 속에 임금의 삶이 청정하였는지 알 수 없으나 결국 오라비는 어미의 길을 따라갔을 것이다. 도향의 변음으로 오라비는 저세상으로 갔고, 임금은 이 세상에 살아남았다.

시해.

무거운 말 속에 긴장된 산하가 보였다. 도향의 변음이 임금을 시해할 것이라는 추측이 빗나가기까지 의혹과 의심은 오랫동안 약용을 헐뜯고 비탄에 젖게 했다. 임금을 살리려 한 도향의 변음은 결국 도향의 것이었을 테지만, 진실로 도향은 임금의 삶을 원하고 오라비의 죽음을 택했는지 그마저 알 수 없었다. 도향의 변음은 언제까지나 미필적 고의로 남을 것 같았다.

약용이 내린 결론은 거기까지였다. 더 이상 답을 물을 수 없었다. 함박눈 내리는 날 약용은 도향의 산마루 같던 품속을 생각했다. 눈 그친 날 약용은 물결 같던 도향의 살결을 떠올렸다. 눈부신 날 붓을 씻으며 도향의 살과 뼈마디가 섞여 있던 십자가를 생각했다.

도향은 벼루의 수평선을 따라 아득히 멀어져갔고, 더 이상 찾아오지 않으리란 것도 알았다. 벼루의 바다에서 도향의 몸을 따라 흐르던 향기가 오래 출렁이다 천천히 밀려갔다.

　　…나으리, 머지않은 날 저는 가고 없을 것입니다. 저 가거든 제게 주신 가야금을 갈라 보셔요. 제가 줄 수 있는 전부입니다.

머지않은 날 가고 없을 거라던 도향은 세상의 향기를 넘겨주고 사라졌다. 도향은 예루살렘 너머 가나안 땅으로 갔을지 몰랐다. 그 너머 저만의 세상을 찾아갔을지 몰랐다. 어디든 저 가고자 하는 곳이었을 것이다. 도향은 갔어도 붓과 벼루와 기도문 속에 살과 뼈와 선율은 남아 있었다.

두 갈래 눈빛으로 생의 긴장과 세상의 어려움을 바라보던 도향은 오래도록 잊히지 않았다. 여섯 외인이 임금을 겨누던 최후의 날에, 손에 쥔 불길로 한순간 검은 나비 떼를 태우던 순간도 잊히지 않았다. 초월의 아이가 남긴 후문은 위험과 불온으로 자욱했으나 누구도 입에 담지는 않았다. 임금도, 임금의 곁을 지키던 내금위도 깊이 침묵했다. 〈최후의 만찬〉으로 그려지던 여섯 중신들과 여섯 외인들은 저마다 카메라 옵스큐라에 희미한 상으로 맺혀 있을 뿐 말이 없었다.

도향의 입에서 나오던 〈제망매가〉가 떠올랐다. 노래는 가야금 선율에 실려 긴 연민을 끌고 갔다.

삶과 죽음의 길 여기에 있음에 두려워하고
나는 간다는 말도 못다 이르고 가는가?
어느 가을 이른 바람에 여기저기 떨어지는 나뭇잎처럼
한 가지에 나고서도 가는 곳을 모르겠구나.
아아, 극락세계에서 만나볼 나는 도를 닦으면서 기다리리라.

죽은 자의 권리가 무성한 날 약용은 가야금을 수습했다. 우륵의 벽조목 가야금은 무겁지도 가볍지도 않았다. 밑을 열자 나무 십자가가 나왔다. 겨우내 십자가를 장독대에 세워놓고 도향이 오기를 기다렸다. 비가 내려도 도향은 오지 않았다. 비가 그쳐도 도향은 드러나지 않았다. 장독대 감나무 아래 십자가를 묻고 약용은 오래 울었다.

해가 저물 때 십자가를 닮은 기도문을 올리고 싶었으나 그래서는 안 될 것 같았다. 십자가를 쥐고 건너가기엔 조선은 견뎌야 할 것이 너무 많았다. 서학인의 슬픔을 지우기엔 더 많은 날이 지나야 하는 것도 알았다.

카메라 옵스큐라에 맺힌 상들은 여러 장의 흰 종이에 남았다. 빛이 들지 않은 주머니에 보관해 두었다가 한적한 날 암실에서 인화했다. 빛으로 소환된 장면은 숨 막히는 순간을 보여주었다. 눈에 보이지 않던 자들이 흰 종이에 고스란히 맺혀 있었다. 칼과 활을 쥔 외인들이 말없이 종이에 새겨져 있었다.

약용은 놀라움을 감추지 못했다.

"결국 모두는 오래전 죽은 자들이었어."

숨을 가다듬고 다시 사진을 바라봤다. 산 자와 죽은 자의 경계가 사진 속에 분명했다. 죽은 지 오래된 자들을 바라보며 약용은 어깨를 떨었다. 가슴이 두근거렸고, 입에서 넋두리 같은 혼잣말이 나왔다.

"변음은 이토록 위험하고 두려운 선율인가?"

죽은 자들이 산 자의 기슭에 머문 이유를 알 수 없었다. 죽은 자들이 산 자의 세상을 어지럽히는 까닭도 알 수 없었다. 살았을 동안 원한을 품었거나 할 일을 끝내지 못한 자들일 것이다. 죽은 뒤 눈을 감지 못한 자들이 한둘이 아니었으나 저승길이 막혀 구천을 떠도는 일은 흔하지 않았다.

약용이 머리를 가로저었다. 박해무가 카메라 옵스큐라에 맺혀들었을 때 알았어야 했다. 그 삶이 평탄하지 않은 것을 알았으나 죽은 뒤 저승으로 가지 못하고 구천을 헤매고 있을 줄은 생각할 수 없었다. 전인수의 말대로 변음이 죽은 자의 권리로 영혼을 거두어들이는 것이라면, 그 모두 이해할 수 있었다. 죽은 자들이 한을 풀어가는 것만은 분명해 보였으나 외인들의 죽음은 이해되지 않았다. 그 죽음들은 언제 일어났는지, 어디쯤 육신이 버려졌을지, 그마저 알 수 없었다.

약용의 손에서 종이가 빠져나갔다. 바닥에 떨어질 때 시린 바람이 불어갔다. 종이를 주워 들었다. 도향을 둘러싼 검은 나비 떼의 활강은 극적으로 보였다. 도향의 손끝에서 뻗어가던 불길은 날카로우면서도 강렬해 보였다. 나비 떼가 불길에 휩싸인 장면은 정월대보름 광화문 앞에 놓던 달집보다 크고 휘황해 보였다. 임금의 위엄과 표정이 정밀한 실사로 흰 종이에 남아 있었다.

여섯 외인의 죽음은 오래도록 머릿속을 떠다닐 것 같았다. 도향의 변음은 죽는 날까지 수수께끼가 될지 몰랐다. 도향의 손에서 너울거리던 불길은 왕가의 비기에 새겨들 것이다.

망자의 권리

감나무 아래 십자가를 묻을 때 먼 눈빛이 약용을 지켜봤다. 박해무
였다. 박해무 뒤로 김혁수, 배손학, 김순, 이하임이 보였다. 멀찍이 도
몽과 두 마리 늑대가 걸어왔다.

〈최후의 만찬〉이 맺혀들던 그 밤 여섯 외인은 긴 고통의 생을 벗고
저승길을 걸어갔다. 감나무 아래 십자가가 묻힐 때 여섯 외인은 복수
를 지웠다. 약용의 집을 지나 외인들은 가파른 언덕에 올라 두 팔을
벌렸다.

복수는 나의 것.

요한계시록에 복수를 언약한 자들의 죽음은 예언되어 있었다. 매운
근성으로 빛을 내던 모두의 눈은 땅에 묻혔어도 그날의 진실은 세상
의 향기로 돌았다. 복수의 외마디 아래 모두는 버려졌어도 멀리 별무
리를 가로지르던 생의 긴장과 저항의 순수는 사라지지 않았다.

도몽의 어미가 언 땅에 묻힌 이듬해 늦겨울.

만경강 기슭에서 모두는 뜬눈으로 몸을 버렸다. 사헌부 감찰어사
최무영이 이끈 금위영 나장과 내금위는 활과 총통으로 무장하고 초라
니패를 쫓았다. 집요한 추격 끝에 만경강 언저리에 서로는 맞닥뜨렸
다.

그날 최무영이 길들인 두 마리 늑대는 박해무와 오래 다투었다. 은빛 늑대 눈 속에 허기가 보였고, 검은 늑대의 눈에는 주림이 보였다. 박해무의 비선무가 놈들의 사지를 뚫었다. 놈들은 임금의 활로 사냥되는 것보다 박해무의 활로 죽기를 원했다. 죽기 직전 놈들의 송곳니와 발톱이 박해무의 사지를 갈랐다. 박해무는 늑대와 함께 가장 먼저 죽었다. 박해무는 죽은 뒤 세자익위사의 신분을 벗고 매미로 태어나길 원했다.

배손학은 총통을 맞고 죽었다. 총통은 『시경』에 맺힌 '아름다운 세상[猗嗟]'을 가르며 배손학의 이마 가운데 박혀들었다. 배손학은 순유박사의 끈기를 훌훌 털고 학으로 윤회하길 바랐다.

김혁수는 금위영 나장의 칼을 받고 죽었다. 배를 가르던 칼끝에 질긴 산하가 보였다. 김혁수는 어의의 신분을 벗고 죽은 뒤 다음 생에 사슴으로 태어나길 원했다.

임금의 용포를 다리던 김순은 내금위의 활을 맞고 죽었다. 등 뒤 세 곳에 박혀 든 화살은 상의원 항아의 손에 쥐어져 있던 바늘 같았다. 김순은 비단과 바늘에 맺힌 희비애락을 털고 신분과 종속이 사라진 물고기로 환생하길 바랐다.

이하임은 최무영이 조준한 총통에 심장이 뚫렸다. 십자가를 꺼내 들고 성호를 그을 때 다시 한 발의 총통이 이하임의 머리를 뚫었다. 이하임은 천한 이름을 버리고 순백의 누에로 태어나길 바랐다.

도몽은 어미의 복수를 원했으나 뜻대로 살지 못했다. 죽음으로 빛나는 짧은 삶이 아니라 천주의 숨결 아래 누이와 함께 조용한 삶을 원했다. 도몽은 내금위의 칼을 받고 죽었다. 죽기 전 어미를 생각했다. 눈빛이 두 갈래로 나뉜 누이를 떠올리며 보풀처럼 흔한 삶의 욕망을 안고 죽었다. 도몽은 죽은 뒤 북두의 별이 되길 바랐다.

강변 멀리에서 바람이 불어왔다. 바람을 등진 늑대들이 여섯 영혼을 바라봤다. 사위는 죽은 듯 고요했다. 안개를 뚫고 물고기가 뛰어올랐다. 시간이 멈춘 듯이 보였다. 거친 숨결 속에 두 마리 늑대를 부르는 휘파람이 들렸다. 휘파람은 오래전 에밀레종에 새겨진 아라阿羅의 보살들이 보리수 줄기로 깎아 불던 피리 소리 같았다. 피리 소리 너머 지평선 끝으로 밀려나간 과거가 보였다. 과거를 거슬러 선악의 연대기가 동굴처럼 뻗어갔다.

박해무가 모두를 바라봤다. 천지를 가르며 바람이 불어갔고, 바람 속에 눈보라가 몰려왔다. 박해무가 신음했다.

"우리에게 남은 건 저승길뿐이네. 죽음은 본래 아름다운 것이지 않은가? 쓸쓸함을 딛고 빛나는 기슭을 찾아가는 여정은 오직 죽은 자만 갈 수 있는 길이네."

박해무의 말 속에 죽은 자의 권리가 보였다. 그 말의 진실을 모두는 알았다. 박해무가 눈을 감았다. 눈을 뜨자 봄부터 겨울로 이어지는 사계가 일렬로 밀려왔다. 꽃이 성근 나무에서 매미가 울었고, 잎이 지더니 길 사이로 눈이 내렸다.

도몽이 박해무의 등에 대고 말했다. 도몽의 목에서 천지간 제 이름을 부르는 울음이 들렸다.

"죽음을 망각한 것이 죄는 아닐 것입니다. 두고 온 것이 많아 잠시 이승을 떠돌았을 뿐입니다."

도몽의 머릿속에 가야금을 타는 아이가 보였다. 누이였다. 홀로 된 아이가 고비의 땅에서 꽃과 씨를 틔운 민들레로 살아주면 다행이었다. 홀씨의 근본을 버리고 수풀의 근성으로 살아주길 바랐다.

김혁수가 도몽의 말을 받았다. 김혁수의 목에서 심장을 멎게 하는 빗소리가 들렸다.

"길지 않은 인연을 끊자면 죽음 자체가 믿기지 않을 때가 있습니다. 가족으로 맺은 인연은 비가 되거나 눈이 되어 내려도 내게는 축복이었습니다."

배손학이 고개를 끄덕였다. 생각에 잠긴 뒤 배손학이 말했다. 『시경』 '빈풍豳風'으로 휘돌던 부엉이 울음이 들렸다.

"생전의 기억을 끊어내자면 망각의 강을 거슬러 올라야 하는데, 우리에겐 그 밤에 떠날 배가 없었나 봅니다. 아마도 잊어야 할 것이 많았나 봅니다."

김순이 배손학의 말을 받았다. 김순의 목에서 생이 짧은 곤충이 바늘을 물고 기억을 꿰매느라 느릿느릿 걸어갔다.

"기억은 실밥 같은 것입니다. 잘리고 눌린 실 끝으로 바람이 불어가면 임금의 옷자락을 깁던 어침장의 모습이 보입니다. 지울 수 있다면 망각 또한 죽은 자를 위한 바느질이 될 것입니다."

김순은 스스로 정한 운명을 누구에게도 묻지 않았다. 묻지 않음으로 답을 구할 이유도 없어 보였다. 이하임이 김순의 말을 받았다. 이하임의 목에서 길지 않은 이승이 보였고, 그 너머 가슴 떨리는 저승길이 보였다.

"매 순간 꿈속을 걷는 것 같았습니다. 선함도 악함도 모두 묻고 떠날 수 있어 기쁩니다. 내게 줄 수 있는 벌은 기억뿐입니다. 지나온 세상은 숨이 마를 만큼 아름다운 곳이었다고……."

이하임의 눈동자 속에 깨끗한 세상이 보였다. 까맣게 밀려오는 이하임의 눈빛은 내금위의 계통과 장악원의 서열이 사라진 깨끗함만 보였다. 멀리에서 대금 소리가 들렸다. 선율을 딛고 이승의 향기가 저승길에 밀려왔다.

모두의 눈에 물이 흘렀다. 물방울 속에 끊어 낼 수 없는 십자가가 보였다. 모두는 자신만의 전쟁을 끝내고 전쟁 없는 곳으로 걸어갔다. 모두는 흔들림 없는 생생한 눈빛과 조용한 목소리로 소박한 날을 품고 걸었다.

에필로그

모두 잊을 수 있어 좋았네.
모두 버려두고 와서 안타까웠네.

기억의 끝

해가 기울어 갔다.

모두의 눈 속에 갈맷빛 하늘이 보였다. 노을빛 물든 갯가에 이르러 이하임이 노래 불렀다. 보풀 같은 기억을 지우기 위해 노래는 모두의 머릿속을 지나 먼 곳으로 흘러갔다.

가시리 가시리잇고

ᄇ리고 가시리잇고

날러는 엇디 살라 ᄒ고

ᄇ리고 가시리잇고

잡ᄉ와 두어리마ᄂᆞ는

선ᄒ면 아니올세라

셜온님 보내ᅡᆸ나니

가시ᄂᆞᆫᄃᆞᆺ 도셔 오쇼셔

산 자들의 노래가 저승길에 어울렸다. 죽은 자의 길을 밝히기 위해 누군가 지은 것 같았다. 고려의 노래는 기억하기 좋은 날을 이끌고 왔다.

…셜온님 보내읍나니 가시는듯 도셔 오쇼셔…….

노래가 끝나자 다섯 외인들은 이하임을 바라봤다. 모두의 눈빛을
바라보며 이하임은 다음 생엔 흰 구름무늬가 어른거리는 까만 누에가
될 것을 예감했다.

박해무가 기침 끝에 정직한 눈으로 말했다.

"이를 수 없는 선악으로 세상의 향기를 수확하려 하였으니, 세상이
조금 선해지고 조금 덜 악해졌을 것이네. 다음 생에는 억압받지 마시
게. 아프지 말며, 고통 없이 살자 하네. 어디로 가든 잘들 가시게."

박해무가 두 마리 늑대를 이끌고 돌아섰다. 도몽과 김혁수가 박해
무를 바라보며 고개 숙였다. 배손학과 김순이 박해무의 뒷모습을 바
라보며 고개 숙였다. 이하임이 아득한 눈으로 고개 숙였다.

바람이 불어왔다. 멀찍이 여섯 개의 등불이 보였다. 죽은 자의 기
슭을 안내할 등불은 조용하고 소박해 보였다. 날이 어두워져 갔고, 저
승길도 저무는 듯싶었다. 저무는 길이 외롭지 않아서 모두는 갈 수
있었다.

김순의 길에 항아가 마중 나왔다. 김순이 천천히 걸어갔다. 항아가
달려와 김순의 품을 파고들었다. 김순과 항아는 오래도록 서로를 바
라봤다. 김순이 항아의 손을 잡고 노을이 내린 길을 걸어갔다.

멀찍이 선 그림자를 보고 김혁수가 달려갔다. 김혁수가 누이를 끌
어안고 오래 울었다. 누이가 김혁수의 눈물을 닦았다. 김혁수가 누이
를 업고 길을 재촉했다. 김혁수의 길은 누이와 함께 걸어가므로 외롭
지 않았다.

이하임을 마중 나온 자는 동문 최참판댁 셋째 아들이었다. 이하임의 밀고로 의금부에 붙들려간 최참판댁 아들은 모진 고문을 받고 얼마 살지 못했다. 생전에는 지독히 밉상이었어도 죽은 뒤 깨끗한 영혼으로 이하임을 마중 나왔다. 이하임이 최참판댁 아들의 등짝을 다독이며 걸어갔다. 이하임의 길은 달빛 아래 비쳐든 가야금 선율 같았다.

도몽의 어미는 살아서는 입어보지 못한 화려한 옷을 걸치고 환한 웃음을 지어 보였다. 도몽이 어미의 품에 안겼다. 어미가 도몽의 등을 쓸어내렸다. 어미가 소리 없이 웃었다. 어미와 함께 도몽은 실개천이 흐르는 길섶을 따라 걸어갔다.

배손학을 마중 나온 자는 윤지충과 권상연이었다. 머리 위로 둥근 빛이 내린 윤지충과 권상연은 배손학의 손을 맞잡고 조용히 웃었다. 배손학이 모두를 향해 손을 흔들었다. 박해무, 김순, 김혁수, 도몽, 이하임이 손을 흔들었다. 배손학의 길 위로 순한 빛이 내려왔다.

박해무가 모두를 바라보며 고개를 끄덕였다. 박해무를 마중 나온 자는 정여립이었다. 박해무가 엎드려 절했다. 기축년 시월 반역을 덮어쓰고 죽은 정여립은 삶을 잊은 지 오래돼 보였다. 대동계를 이끌고 공화의 세상을 꿈꾸던 정여립은 반역과 불충의 오해를 벗고 죽은 뒤에라도 편해 보였다.

박해무가 물었다.

"저승 나라도 살 만하였습니까?"

정여립이 조용히 웃으며 대꾸했다.

"그대를 기다리기엔 지루한 날이었지만, 좋은 날도 다른 날도 많았네."

"늦게 왔다고 꾸짖으시면 달게 받겠나이다."

"늦지 않았네. 모두 잊을 수 있어 좋았네. 모두 버려두고 와서 안타 까웠네. 이제라도 한곳에 만나 다른 꿈을 꾸며 간들 누가 뭐라 하겠는 가. 천천히 가세."

부엉이 울음이 들렸다. 기축년에 울었을 부엉이 울음과 저승길에 들려온 부엉이 울음은 한통속으로 들렸다. 울음이 같든 말든 부엉이 만큼은 정여립의 죽음에 든 진실을 아는 것 같았다.

정여립이 박해무의 손을 잡고 걸었다. 길 위에 별이 떠 있었다. 별 아래 바람이 불어갔다. 바람 속에 나무가 흔들렸다. 숲길을 따라 샛노 란 빛이 내려섰다. 두 마리 늑대가 박해무를 따라 걸어갔다. 두 마리 늑대 뒤로 먼저 죽은 어미와 형제들이 껑충 뛰어올랐다. 형제들의 새 끼들이 바닥을 구르듯 따라갔다.

박해무가 걸어간 길 위로 흰 종이가 날아들었다. 약용이 떨어뜨린 종이에는 도향의 얼굴이 맺혀 있었다. 도향은 한 줄 선율로 오라비 를 부르고 있었다. 도향의 등 뒤로 불길에 휩싸인 검은 나비 떼가 보 였다. 바람이 불었다. 종이에 맺힌 상이 흩어지듯 지워져갔다. 바람에 실려 도향의 얼굴이 가물거리며 밀려갔다. 멀리에서 늑대 울음이 들 렸다.

묵직한 영감으로 가득 차 있는 새로운 역사소설

1.

경제학적 개념으로만 따지자면 소설 창작만큼이나 노동생산성이 떨어지는 일도 없을지 모른다. 창작자가 들이는 노동의 강도나 질부터가 그러하다. 수많은 밤을 자신과 자신의 의식 속에서 펼쳐지는 상상의 세계와 사투를 벌이는 창작자의 고통과 열정은 가히 사막을 가로질러 경전을 구하러 가는 구도자나 폭풍우를 뚫고 아득한 수평선 너머 미지의 세계를 찾아 나아가는 모험가나 다름없다. 그럼에도 불구하고 그 노동의 보상은 너무나 미미하거나 숫제 제로에 가깝다. 극히 일부 소수만이 물을 거슬러 상류에 이른 연어처럼 작은 영광과 보람을 얻을 수 있을 뿐이다.

그럼에도 불구하고 많은 창작자들은 이 비생산적인 노동에 기꺼이 몸을 던진다. 우선 '혼불 문학상'에 응모된 263편의 작품만 봐도 그렇다. 해마다 만만치 않게 투고된 작품 수를 보노라면 소설 창작이라는 것이 지닌 이 치명적인 마력이 과연 무엇인가? 무엇이 그 많은 사람들을 불면의 밤으로 이끌고 있는 것일까, 하는 마음부터 일어나는 것을 부정할 수가 없다.

어쩌면 그것은 인간이 지닌 '창조적 본능' 같은 것이 아닐까? 지금

보이는 이 세계의 근저, 혹은 저 너머에 있을지 모르는 또 다른 실재를 찾아가는 본능 말이다.

2.

올해 '혼불문학상' 응모작은 총 263편. 저마다 고유한 번호를 부여받고, 저마다 치열한 밤을 새웠을 263편의 작품 중 다시 예심을 통과해 올라온 작품은 총 6편이었다. 어떻게 보자면 예년에 비해 다소 많다고 할 수 있을 터인데 그만큼 우열을 논하기 어려운 수준의 작품들이 대거 투고 되었다는 의미이기도 할 것이다.

그중에서 다시 4편이 골라졌다. 『밤은 거짓말』 『발칸의 연인들』 『외계인 게임』 그리고 『최후의 만찬』이 그것들이었다.

『밤은 거짓말』은 일단 너무나 잘 읽힌다는 장점을 가지고 있었다. 마치 한편의 잘 만들어진 느와르 영화를 보는 듯한 긴박감과 드라이한 문장이 돋보였다. 어두운 캐릭터를 한 주인공이 재벌을 심판하는 내용은 어느 심사위원의 말처럼, '자본주의의 시궁창에서 살아남으려는 사람들의 슬픔과 서러움'이 느껴지게 한다. 섬뜩한 장면 묘사조차도 이런 어둠이 지닌 묘한 힘에 의해 독자의 가슴을 아프게 파고든다. 그럼에도 불구하고 우리는 이 소설이 마치 잘 만들어진 느와르 영화같다는 느낌을 버릴 수가 없었다. 멋스럽게 각색된 작품 속의 등장인물들도 그렇게 현실적으로 느껴지지 않았다.

『외계인 게임』은 파키스탄의 '훈자'라는 외진 곳을 여행하는 중에 만난 다섯 명의 인물들이 제가끔 자신이 살아온 이야기를 통해 삶의 상처와 외로움을 보여주는 작품이다. 고전적인 소설 『데카메론』의 형식과도 유사한 이 작품은 인생을 바라보는 여러 가지 시선이 있음을 깨닫게 해 준다. 그러나 이런 소설 형식의 최대 약점이랄 수 있는 '이야기가 너무 길게 늘어져 지루한 감을 버릴 수가 없다.'는 한계를 보이고 있다. 복수와 반전조차도 그렇게 긴박하게 다가오지 않았다.

『발칸의 연인들』은 같은 여행소설이긴 하지만 드물게 어둡고 무거운 주제를 다루고 있는 소설이다. 4·3 제주의 비극적, 이라기 보담은 파탄적 가족사를 지닌 주인공 '한나'가 또다른 집단 학살의 상처를 지닌 우리들에겐 낯선 발칸의 나라들, 크로아티아, 세르비아, 보스니아 등의 여러 도시들, 일찍이 신문을 떠들썩하게 만들었던 코소보나 베오그라드, 사라예보를 여행하는 동안 마주하는 기억들과 7, 80년대 군부독재 하의 우리나라에서 겪어야 했던 개인적 기억이 밀도 높은 문장으로 채워져 있다. 가벼운 소설이 난무하는 시절에 이런 고뇌 깊은 작품이 보여주는 무게는 남다른 것이었다. 그럼에도 불구하고 군데군데 드러나는 허술한 구성이 못내 아쉬웠다.

3.

그런 점에서 『최후의 만찬』은 보기 드문 수작이다.

얼핏 보면 역사적 사건과 역사적 인물들을 다루고 있는 점에서 넓은 의미에서 역사소설, 혹은 가상 역사소설이라고 할 수 있을 테지만이 작품은 통상적인 그런 범주로 규정하기엔 무척 어려운 작품이다. 보통 역사소설은 스토리 위주로 구성되어 있어 독자들은 작가가 재구성해 놓은 역사적인 사건이나 인물을 따라 가면 된다. 그런데 『최후의 만찬』은 그렇게 호락호락 독자로 하여금 따라오기를 완강하게 거부하고 있다.

그것은 작가가 절차탁마切磋琢磨하여 보여주는 문장의 힘이며 깊은 사유에서 발현하는 내면의 힘 때문이기도 하지만 무엇보다도 겹겹으로 중첩된 이야기의 전개 방식 때문이기도 할 것이다.

이 소설은 일반 역사소설의 문법과는 달리 그래서 어렵고 난해하다. 일면 어수선하기까지 하다. 등장하는 인물도 많고, 주제가 애매모호하게 보이기도 한다.

작품 서두의 신해사옥으로 사형을 당한 윤지충과 권상연이 등장하는 장면만 보면 얼핏 조선조 후기 정조 무렵에 일어났던 천주교 탄압을 다룬 작품이겠거니 하고 예감하기 쉽다. 그러나 곧 독자들은 그 이후 등장하는 숱한 역사적 실존 인물들, 정약용, 박지원, 김홍도, 홍대용, 장영실, 허균, 정여립, 정조 대왕, 그리고 분명 작가에 의해 창조되었을 여섯 탈춤패 초라니 암살단 등이 짜놓은 거미줄 같은 미로에 들어와 있음을 알고 적지 않게 당황할 것이다.

그 숱한 등장인물들은 각기 시대적인 상처를 보여줄 뿐만 아니라 그 개개인들이 토해내는 독백 역시 난해하고 철학적이다. 중세 로마 피렌체의 다빈치의 불후의 작품 '최후의 만찬'에 머나먼 조선에서 온 불우한 천재 과학자 장영실의 흔적을 발견하는 발상부터가 예사롭지 않다. 또한 지문 곳곳에 묻혀있는 작가의 독백 또한 숨은 그림처럼 은밀하다.

그것은 이 작품의 결점이자 이와 동시에 지금까지 어느 작가도 보여주지 못했던 한 경지를 보여주는 것이기도 했다. 사실 이 작품에 대한 평가는 극과 극으로 나뉘어져 심사위원 사이에서도 오랫동안 숙고하게 만들었다. 얼핏 보기에 어수선한 구성, 수많은 등장인물, 지나친 관념성 등은 치명적인 결점이 될 수도 있다. 뿐만 아니라 주인공은 과연 누구이며, 주제는 과연 무엇인가, 하는 소설 작품의 기본에 대한 질문을 던지게 만든다.

제목만으로 보자면 다빈치의 '최후의 만찬'에 등장하는 장영실이라 할 수도 있을 것이고, 혹은 임금의 명을 받고 그 흔적을 찾아 멀리 그곳까지 갔다 온 김홍도라 할 수도 있고, 혹은 탄압을 받고 순교한 윤지충과 권상연의 복수에 뛰어든 초라니 탈춤패들이라고도 할 수도 있을 것이고, 혹은 변화하는 시대에 온몸으로 마주했던 실학파의 실존 인물이라고 할 수도 있고, 정약용과 이룰 수 없는 정분인 가야금의 달인 도향이라고 할 수도 있을 것이다. 아니, 이 소설의 시종을 이루는 정조 임금은 또 어떤가. '향기 도둑'으로 상징되는 것은 무엇인가.

그 외에 등장하는 숱한 인물들, 그리고 거미줄처럼 짜인 사건들은 무엇인가.

도대체 이 작가는 이 작품을 통해 무엇을 말하려고 하는가. 신해박해라는 천주교의 순교……? 변화하는 시대, 지나간 시간 속에 잃어버렸던 대동 사회의 꿈……? 정약용과 도향 두 천재 간의 이루질 수 없는 달콤한 로맨스……? 아니면 산자와 죽은 자 사이에서 발생하는 실존적인 갈등……? 어쩌면 그 모든 것이거나 그 모두가 아니거나 일 것이다. 그것은 작가가 말하고 독자가 대답해야 할 문제로서 심사위원들 영역이 아니다.

다만 우리 문학에서 오래간 만에 만나는 품격 높은 새로운 역사소설이 탄생했다는 사실에 모두 주목했다. 이 작가가 오랜 절차탁마를 거친, 깊은 내공의 소유자라는 것은 이런 고도로 절제된 시적 문장에서도 잘 드러난다.

> 죽은 자의 영혼이 물고기를 거느리고 서쪽 하늘 멀리 느리게 흘러갔다. 노을은 멍든 세상을 감추고 먼 곳의 어둠을 불러와 땅 위에 꽂았다. 따순 온기가 밀려올 때 능선 위로 별이 하나둘 떠올랐다.

곳곳에 등장하는 이런 문장들이 이 작품의 골격을 단단히 잡아주고, 당시 풍속들에 대한 엄밀한 고증들이 이 작품에 생명을 더하고 있는 것이다.

마지막으로 심사를 맡은 원로소설가의 말을 덧붙인다.

"이 작가의 감성은 무지갯살처럼 아름답다. 난해하고 철학적인 주제를 다루고 있으면서도 문장은 시적이고 환상적이다. 같은 작가로서 시샘이 날 정도이다."

심사위원: 한승원(심사위원장)

김양호, 김영현, 이경자, 이병천

(대표집필: 소설가 김영현)

작가의 말

긴 계절에 이어져온 아름다움의 침몰[沈沒]을 근심한다.

절망의 자국 위에 글을 새기는 것은

짧은 말로 긴 슬픔을 달랠 수 없기 때문이다.

진이 빠져나가던 노동의 글쓰기가

이제쯤 새롭기를 바라는 것은 사적 허기일 것이다.

남은 기력이 어디로 갈지 알 수 없는 시간에

짧은 생을 살다간 자들의 기진한 기도를 떠올리는 일은,

시대 저편에서 울려오는 절박한 기도에 대한 가난한 나의 응답이다.

그 오래전 풍남문 앞에서 희디 흰 상천上天으로 밀려나간

두 선비의 삶과 믿음과 십자가의 희망을 생각하면,

삶은 문학보다 어려워지고, 문학은 구원만큼이나 멀어진다.

구원의 삶이 멀어질 때 서쪽 하늘 별이 된 자들의 숨소리가

이 시대의 오류에 떠밀려 한 점 구름으로 밀려오던 환영은

분명 꿈일 것이다.

그 삶의 거리에 쌓여 있는 삶의 흔적은 미망未忘의 자국일 뿐인데,

격동과 불굴의 말들이 엉키어들면

저 먼 시대 유자儒者들이 남긴 유언은

밤하늘 달빛보다 뚜렷이 들려온다.

틈 없는 적막 앞에 배반과 구원의 이중성은
별과 별 사이 일이 아니므로,
전동성당 한 곳에 남은 유혈의 그림자는
천년이 지나도 남을 것이다.
단념할 수 없는 증언 앞에
남은 자들의 눈이 어디를 향하든
섬마다 삶이 있고, 삶이 있으므로 죽음 또한 있을 것인데,
땅을 지나 하늘에 이르면 삶은 사라지고 죽음은 별처럼 가없더라.

다시 저 너머 세상의 깨끗한 구원과
이 세상의 비틀거리는 양심을 생각한다.
희망을 말하던 낡은 자들의 눈빛은 잊혀져가도
믿음을 말하던 순한 자들의 음성이 남아 있으므로,
저 세상의 가없음도 이 세상의 속절없음도
상극의 편에서 모두는 편안하다.

최명희 선생이 남긴 '혼불'의 정신과 박동은 그 시대의 구원과 다르지 않을 것이다. 오랜 날 선생의 문장으로 글을 배운 자로서 나는, '혼불'과의 인연을 잊은 적이 없다.

3년의 시간이 배어든 소설 어귀에는 미흡한 문장과 불완전한 서사의 길목이 존재한다. 가벼운 글을 높고 무겁게 보아주신 한승원 선생님, 이경자 선생님, 김양호 선생님, 김영현 선생님, 이병천 선생님께 감사의 말씀 올린다.

잃어버린 시대의 감성으로부터, 실존들이 지켜온 시간과 공간의 내용은 오묘하거나 무뚝뚝했을 것이다. 과거 시공의 정체성을 뚫어본 선생님들의 안목은 후배로서 오래도록 마음에 새길 일이다. 가을의 시점으로, 나와 더불어 살아가는 모든 이들에게 감사드린다.

2019년 가을
서 철 원

[참고문헌]에 관하여

 그 세상은 어둡고 캄캄했다. 어둠 속에 억장을 허무는 십자가가 보였다. 정약용이 청나라에서 가져온 칠실파려안은 부정한 세상으로부터 희망할 수 있는 날을 새기기 좋았다. 날이 흐리든 말든 세상은 흐르는 것이므로, 결국은 사람 사는 이야기에 지나질 않을 것이다.

 역사와 가상의 이야기가 뒤엉킨 소설의 산맥은 과거 주역들에 의해 긍정되거나 부정될 것이다. 역사를 딛고 출몰하는 그 세상을 존중하였고, 허구의 세계가 침범하려는 사실의 경계를 지키려 고심했다. 허구와 사실의 경계를 놓고 역사의 진위를 가릴 수 없다.

 조선 후기 정치 배경과 억압받던 자들의 생존은 소설의 흐름과 다를 수 있으나 글쓴이의 소견은 명료하다. 고증으로 밝힌 곳과 지어낸 서사가 합쳐진 곳이 적지 않다. 실존들의 삶과 그들이 남긴 발자취를 더듬어갈 때 글쓴이의 불완전성은 드러난다.

 시대를 비추는 문헌은 방대하고 깊다. 역사의 명맥과 해석은 사관史官의 몫으로 남겨 둔다. 소설의 서사로서 역사 관점은 작가의 필념筆念으로 새길 뿐이다. 무엇이 됐든 사관에겐 증명의 여지가 있을 것이고, 작가에겐 가공의 여백이 주어질 것이다. 창망의 역사 앞에 실존들의 삶을 돌아보는 일은 어렵다. 실존들의 고뇌를 쓰다듬는 일도 조심스럽다. 가상의 허구가 만들어 내는 빛과 색과 소리의 울림을 염려한다.

소설에서 생과 사를 가로지르는 통찰은 글쓴이의 사적 미망彌望과 실존들의 공적 미망未忘에서 시작되었다. 소설에 나타난 인물과 사건은 역사적 실증과 변별된다. 팩트와 허구가 혼재된 서사에서 소설의 정체성은 '허구'로 규정될 수밖에 없다. 참고한 문헌은 다음과 같다.

강명관,『공안파와 조선후기 한문학』, 소명출판, 2007.

강명관,『안쪽과 바깥쪽』, 소명출판, 2007.

고미숙,『열하일기, 웃음과 역설의 유쾌한 시공간』, 북드라망, 2013.

고미숙,『다산과 연암 라이벌 평전 1탄 : 두개의 별 두개의 지도』, 북드라망, 2013.

곽은아,『한국의 전통현악기 정악가야금과 산조가야금』, 이화여자대학교 음악연구소, 2006.

금장태,『다산 정약용, 유학과 서학의 창조적 종합자』, (주)살림출판사, 2005.

김명희,『허부인 난설헌, 시 새로 읽기』, 이회문화사, 2002.

김문용,『홍대용의 실학과 18세기 북학사상』, 예문서원, 2005.

김우철,『조선후기 정치 · 사회 변동과 추국』, 경인문화사, 2013.

김중혁,『이산 정조, 꿈의 도시 화성을 세우다』, 여유당, 2008.

김학주,『새로 옮긴 시경詩經』, 명문당, 2010.

김 호,『정약용, 조선의 정의를 말하다』, 책문, 2013.

문석윤 외,『담헌 홍대용 연구 : 실시학사 편』, 사람의무늬 : 성균관대학교출판부, 2012.

박석무,『다산 정약용 평전 : 조선 후기 민족 최고의 실천적 학자』, 민음사, 2014.

박성래,『(지구자전설과 우주무한론을 주장한) 홍대용』, 민속원, 2012.

박지원 원저, 고미숙 지음,『열하일기 : 삶과 문명의 눈부신 비전』, 작은길, 2012.

박지원, 오순정 역,『열하일기는 소설이다 : 1부 나는 조선의 광대다』, 북램, 2013.

박지원, 김연호 역,『열하일기』, 하서출판사, 2006.

박희병,『범애汎愛와 평등 : 홍대용의 사회사상』, 돌베개, 2013.

송지원, 『장악원, 우주의 선율을 담다』, 추수밭, 2010.

신정일, 『지워진 이름 정여립』, 가람기획, 2000.

신창호, 『(정약용의) 고해 : 스스로에게 건네는 마지막 고백』, 추수밭, 2016.

안소영 외, 『책만 보는 바보 : 이덕무와 그의 벗들 이야기』, 보림, 2005.

이경엽 외, 『여수 영당, 풍어굿, 악공청』, 민속원, 2007.

이덕무, 권정원 역, 『책에 미친 바보 : 이덕무 산문선』, 미다스북스, 2004.

이덕무, 이황형 역, 『청장, 키 큰 소나무에게 길을 묻다 : 이덕무의 산문집』, 국학자료원, 2003.

이이화, 『조선후기의 정치사상과 사회변동』, 한길사, 1994.

이종숙, 『조선조 궁중악무의 대륙문화 수용 범주』, 『동양예술』, 한국동양예술학회, Vol.5, 2005.

이주한, 『노론 300년 권력의 비밀』, (주)위즈덤하우스, 2011.

이지양 외, 『실학파 문학實學派 文學 연구 : 실시학사 편』, 성균관대학교출판부, 사람의무늬, 2012.

이태진, 김백진, 『조선후기 탕평정치의 재조명 : 『조선시대 정치사의 재조명』 후속편』, 태학사, 2011.

임미선, 『조선조 궁중의례와 음악의 사적 전개』, 민속원, 2011.

임용한, 『박제가, 욕망을 거세한 조선을 비웃다』, (주)위즈덤하우스, 2012.

정석종, 『조선후기의 정치와 사상』, 한길사, 1994.

정약용, 『여유당전서與猶堂全書』, 시문집詩文集 권10 칠실관화설漆室觀畫說.

정약용, 『여유당전서與猶堂全書』, 시문집詩文集 권15 복암이묘지명茯菴李墓誌銘.

조 광, 『조선후기 천주교사 연구의 기초』, 경인문화사, 2010.

차 벽, 『청년 다산 : 절망을 경영하다 : 19번 과거 낙방생에서 조선 천재로』, 희고희고, 2014

최삼룡, 『이덕무의 문학에 대한 연구』, 『人文論叢』 제17집, 전북대학교 인문과학연구소, 1987.

최영찬, 『이덕무의 학문과 사상연구』, 『人文論叢』 제17집, 전북대학교 인문과학연구소, 1987.

홍대용, 김아리 역,『우주의 눈으로 세상을 보다 : 홍대용 선집』, 돌베개, 2008.

홍대용 원작, 이숙경 외 공저,『의산문답 : 개혁을 꿈꾼 과학사상가 홍대용의 고뇌』, 꿈이있는세상, 2006.

■ 레오나르도 다빈치의 노트에 수록된 '최후의 만찬' 연구.

"도화서 별제가 말하길 13인의 만찬은 세상의 비밀을 품고 있다 하옵니다. 화성 행자를 앞둔 근자에 노론의 암투와 다를 바 없다 했사옵니다." _본문 71쪽

■ 카메라 옵스큐라의 원리. 그림 등을 그리기 위해 만든 장치로 현대 사진술의 전신이다.

카메라 옵스큐라는 오직 빛과 어둠만으로 찰나의 모습을 종이에 새겨 넣었다. 구멍 밖에 사람을 세우면 방안에 설치된 종이에 거꾸로 상이 맺혀들었다. _본문 320쪽

■ 전주 전동성당. 한국 최초의 순교
자인 윤지충 바오로와 권상연 야고
보가 처형당한 장소이다.

약용이 나직이 말했다. "바오로
의 피가 신성한 자리에 흩어졌다
고 들었네. 그 자리에 예배당이
들어설 것이네." _본문 42쪽

■ 『천주실의天主實義』. 예수회 선교사
마테로 리치가 저술했다.

조정은 유교의 단절을 염려했고,
서학의 융화를 두려워했다. 정교
를 무릅쓰고 이단을 허무는 데는
그만한 이유와 까닭과 사연이 있
으며, 사적 신앙보다 국가의 존
엄이 우선한다는 사직의 결정은
날카롭고 집요했다. _본문 16쪽

■ 다산 정약용 초상.

약용은 바람에 흔들리는 나무를 생각했다. 나무를 생각하면 십자가가 떠올랐다. 십자가로 건너갈 세상은 여전히 두려웠다. _본문 43쪽

■ 프리메이슨의 심볼 가운데 하나. 컴퍼스와 자는 석공 길드에서 조직이 시작했음을 알려준다.

"허무한 소리로 세상을 흔들 수 없사옵니다. 중요한 건 누가 무슨 말을 하든 현혹되거나 흡수되지 않아야 하는 것이옵니다. 프리메이슨은 결코 프리메이슨이라고 말하지 않사옵니다." _본문 273쪽

최후의 만찬

초판 1쇄 발행 2019년 9월 25일
초판 3쇄 발행 2021년 7월 22일

지은이 서철원
펴낸이 김선식

경영총괄 김은영
콘텐츠사업6팀장 이호빈 **콘텐츠사업6팀** 임경섭, 박수연, 한나래, 정다움
마케팅본부장 이주화 **마케팅3팀** 이미진, 박태준, 유영은
미디어홍보본부장 정명찬 **홍보팀** 안지혜, 김재선, 이소영, 김은지, 박재연, 오수미
뉴미디어팀 김선욱, 허지호, 염아라, 김혜원, 이수인, 임유나, 배한진, 석찬미
저작권팀 한승빈, 김재원
경영관리본부 허대우, 하미선, 박상민, 권송이, 김민아, 윤이경, 이소희, 이우철, 김재경, 최완규, 이지우, 김혜진

펴낸곳 다산북스 출판등록 2005년 12월 23일 제313-2005-00277호
주소 경기도 파주시 회동길 490
전화 02-702-1724 **팩스** 02-703-2219
이메일 dasanbooks@dasanbooks.com
홈페이지 www.dasanbooks.com
블로그 blog.naver.com/dasan_books

ⓒ 2019, 서철원

ISBN 979-11-306-2584-3 03810

다산북스(DASANBOOKS)는 독자 여러분의 책에 관한 아이디어와 원고 투고를 기쁜 마음으로 기다리고 있습니다. 책 출간을 원하는 아이디어가 있으신 분은 다산콘텐츠그룹 홈페이지 '원고투고'란으로 간단한 개요와 취지, 연락처 등을 보내주세요. 머뭇거리지 말고 문을 두드리세요.